회진도(會津圖). 백호선생의 고향 마을. 영조 때 인물인 임택하(林澤夏)가 그린 그림.
우측 중앙에 영모정(永慕亭, 선생의 조부를 위한 정자),
그 위쪽으로 창계사우(滄溪祠宇, 17세기 학자 임영 林泳의 서원)가 보인다.(원본 임영순 소장)

회진 마을 앞으로 흐르는 영산강.(1994년 황헌만 작가 촬영)

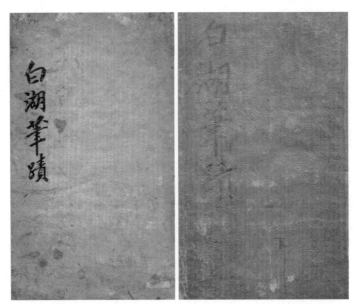

백호선생의 필적.(친필 초고시첩)

노촌(老村) 임상덕(林象德, 동사회강의 저자)이 짓고 쓴
'백호선생 필적 뒤에 붙인 글(白湖先生筆蹟後跋)'.(역문 하권 730면, 원문 하권 757면)

신편

新編 白湖全集

백호전집

· 상

백호 임제 지음 ＼ 신호열 · 임형택 외 편역

창비

신편 백호전집을 펴내며

『역주譯註 백호전집白湖全集』을 독자들에게 선보인 것은 20년 가까이
된다. 지금 다시 간행하면서 번역을 손질하고 체제를 전면적으로 바꾸
어『신편新編 백호전집白湖全集』이라고 이름한다.

백호白湖 임제林悌(1549~1587) 선생은 39세의 나이로 세상을 떠났는데
남겨놓은 작품은 다양하고도 풍부한 편이었다. 자신의 시대에서 대단
히 개성적이고 창조적인 문학세계를 펼쳐낸 작가이다. 그와 동시대의
후배였던 허균許筠은 백호의「수성지愁城誌」를 두고서 "인류 역사가 생
긴 이래 별문자別文字"라고 격찬한 다음, 이것이 없었다면 "천지간에 한
결함이 되었을 것"이라고 말했다. 필자는 허균의 이 논조로 "백호의 특
이한 시와 산문이 존재하지 않았다면 우리 문학사에 한 결함일 것이다"
고 평한 바 있다.

백호의 시문집은 사후 40년이 지난 시점에서 발간되는데 옛날 책으
로 4권 2책에 불과했다. 당초에 편찬 방향이 정선주의를 취했던데다가

기피忌避 문자들이 제외된 까닭이었다. '시대의 검열'이 백호문학의 세계를 위축시켜놓은 셈이다.

전번에 오늘의 독자들이 백호문학을 쉽게 접근할 수 있도록 번역 작업을 하면서 초간에서 제외되었던 유고들을 가능한 대로 다 수습, 전집의 형태로 만들었다. 그때는 새로 들어온 부분을 '속집'이라 하여 '원집'과 구분을 지었다. 이번에도 『겸재유고謙齋遺稿』를 비롯해서 친필 초고들이 또 새로 발굴, 보충되었다. 이에 백호문학의 전모를 통일적으로 인식하기 용이하도록 전면적인 개편을 단행하게 된 것이다.

전체를 일단 시편詩編과 산문편散文編으로 대별을 하였다. 그리고 시편은 두 부로, 산문편은 세 부로 나누었다. 이처럼 구분한 방식과 각각의 내용에 대해서 간략한 설명을 붙여둔다. 백호문학의 세계로 입문하는 안내의 말 정도로 보아주시기를 바란다.

백호문학의 본령은 시에 있다고 여겨졌던 만큼 양적인 비중 또한 시쪽에 있다. 시편에서는 일차로 지어진 시순時順을 따라 배치하고 나머지 연대 미상의 작품들을 일괄해서 주제로 구별해 수록했다. 편년부와 미편년부로 구성한 모양새다. 특히 한시는 속성이 창작 주체의 삶의 족적과 밀착된 문학양식이다. 시를 시간에 연계시킨 편차는 인간 중심의 인식을 의도한 것이라 하겠다. 그런데 당초 시체詩體로 구분했던 방식을 지금 와서 바꿔 시순으로 편차하는 일은 어려울밖에 없다. 다행히도 백호의 30대로 접어들기 직전의 작품을 엮어놓은 『겸재유고』 및 상당편의 친필 초고들이 근래 발굴되었기에 이나마 시도할 수 있었다. 편년부에 배치하기 어려운 작품이 없을 수 없다. 이들 또한 주제로 유별해서 작자의 시 정신에 다가설 수 있도록 배려했다.

여기에 덧붙일 말이 있다. 원집 편찬 당시에 제껴두었던 시들을 지금

6

신발굴이라는 명목으로 챙겨 한데 수록하는 것이 바람직하냐는 물음이다. 이 물음에 대해 나는 이렇게 답한다. 고금의 관점이 꼭 같을 수 없는데 정선주의를 그대로 따를 것도 아니며, 4백년 넘어 파묻혀 있던 소중한 문헌을 확보해서 시인의 원형을 재구하는 학적인 작업은 정히 요망되는 일이 아닐까.

산문편은 문학적 성격으로 분별하여, 제1부 한문학의 전래적 양식에 속하는 글들, 제2부 허구적 수법의 산문들, 제3부 여행기를 수록했다.

1부에서는 『청등논사靑燈論史』를 들어 언급한다. 『청등논사』란 제목으로 수록된 6편은 모두 역사상의 특정한 사실에서 취재, 논의를 전개하고 평을 가한 일종의 사론史論이다. 원래 과문체科文體의 여러 형식을 이용한 글이어서 현학적이고 진부하게 되기 십상이다. 그럼에도 비록 난해하긴 하지만 개성적 필치에 독견이 번득인다. 예컨대 일대의 영웅 항우項羽의 최후를 다룬 「오강부烏江賦」는 백호 사후 법정에 제출되었던 문제작이다.

2부의 허구적 산문들은 한국문학사에서 특이하게 발전했던 의인체와 몽유록 형식을 차용한 성격이다. 의인체로서 「유여매쟁춘柳與梅爭春」과 「전동군서餞東君序」(「봄을 전별하는 글」)는 습작에 속하며, 「수성지」와 「화사花史」에 이르러 그 기법적 실험이 완결된 것으로 볼 수 있다. 「원생몽유록元生夢遊錄」의 경우 세조가 단종을 축출, 살해했던 비극적 사건에서 취재한 작품이다. 「수성지」 「화사」 「원생몽유록」 3편은 불의와 폭력, 모순으로 얼룩진 인간의 역사를 고발한 내용이다. 이들은 소설적인 산문으로 평가되는바 역사철학적으로 해석할 수 있는 것이다.

3부의 『남명소승南溟小乘』은 작가의 나이 29세 때인 1577년 가을 제주도로 건너갔다가 이듬해 봄에 돌아온 여행기이다. 제주도는 물론 현실

적인 공간이고 내용은 견문한 실사實寫의 보고서로서 충실하다. 동시에 작자의 뇌리에서 부단히 상상적 공간으로 의식되고 있다. 작중에서 한라산은 신비로운 선계仙界요, 눈 쌓인 한라산의 백록담에 오르는 것은 유선遊仙이다.『남명소승』은 실사와 상상이 교직되어 하나의 전체를 구성한 작품이다. 지리지 내지 풍속지로서 문헌적 가치와 유기遊記로서 문학적 가치를『남명소승』은 아울러 지니고 있다. 전체가 산문양식이면서 시가 점철되어 있는데 시작품은 유선의 형상을 표출하는 역할을 하기도 한다. 원집은 이들 시의 일부만 선택적으로 수록하고『남명소승』자체는 제외되어 있었다. 이번에 드디어『남명소승』은 원형이 복원된 것이다.

당초에 이 역주 작업은 신호열辛鎬烈 선생이 백호기념사업회의 요청을 받아서 오랜 시일이 걸려 진행하시다가 갑자기 영면을 하신 때문에 필자가 부득이 마무리를 지은 터였다. 이번에 신편 작업은 필자가 도맡지 않을 수 없게 되었다. 이에 이현일·서한석·장유승 세 동학의 도움을 받아서 수행했다. 또 성균관대학교 한문학과 대학원의 임영길·김보성 두 학생이 교정을 도왔다. 그리고 백호공 문중의 협조가 있었는데 임인채 의원은 백호기념사업회부터 지금에 이르도록 일을 주선해왔다. 제반 사실들을 밝혀 거듭 경의와 감사를 드린다.

『역주 백호전집』의 출판주체인 창작과비평사는 이후 창비로 이름을 바꿨다. 이런 종류의 서적은 근래 더욱 출판 여건이 열악해진 것이 실상이다. 다시 부담을 감내하고 맡아주신 창비와 수고해준 편집 실무진에게 심심한 사의를 표한다.

끝으로 독자 제현 및 연구자들에게 하고 싶은 말이 있다. 역주 작업에서 오역·오류 없이 완벽을 기한다는 것은 불가능에 가깝다. 신편 작업을 하면서 필자는 이 점을 새삼스레 실감하였거니와, 더구나 시편에서 취한 편년부는 스스로 모험을 감행한 셈이다. 널리 가르침과 양해를 구해 마지않는다.

2014년 10월

임형택은 덕양재德養齋에서 삼가 쓰다.

차 례 · 상

신편 백호전집을 펴내며 5
일러두기 16

──────────────────────────────────── 시詩

제1부 편년시編年詩

무진년戊辰年 1568

무진년 가을에 호남으로 향하면서 24

임신년壬申年 1572

동고東皐 만사輓詞 26 | 금오산 아래로 떠나는 길사가吉士哥를 전송하며 27 | 밤에 앉아서 29 | 철법사에게 30 | 지호에게 34 | 사선思禪 노스님에게 주다 37 | 잠령의 민정閔亭 38

계유년癸酉年 1573

장난삼아 쓰다 42 | 서여윤을 보내며 42 | 동암 벽상의 미인을 노래하다 43 | 웅점 사에서 우연히 읊다 45 | 느낌이 있어(2수) 46 | 최성을 송별하며 47 | 금성에서 산 사로 돌아가며 48 | 야좌연구(2수) 49 | 정사정을 애도하는 만사 51 | 스님에게 지어 준 게송 52 | 몽선요 54 | 웅점사에서 우연히 짓다 56 | 신군형에게 부치다(3수) 58

갑술년甲戌年 1574

금사에게 주다 62 | 견흥遣興(2수) 63 | 출새행 64 | 임고의 학 그림에 쓴 시 65 | 정악 창수鼎岳唱酬 67 | 중흥동으로 들어가며 67 〔붙임〕원운原韻 – 양대박 68 〔붙임〕차운하 여 – 정지승 69 | 운암 70 〔붙임〕원운 – 양대박 72 | 차운하여 – 정지승 73 | 실제失題 74

〔붙임〕원운-정지승 75 〔붙임〕차운하여-양대박 76 | 비 끝에 읊다 77 〔붙임〕원운-양대박 79 〔붙임〕차운하여-정지승 80 | 현옥玄玉의 시축에 차운하다 81 〔붙임〕차운하여-양대박 81 〔붙임〕차운하여-정지승 82 | 정악연구鼎岳聯句(2수) 83 | 무릉계에서 85 〔붙임〕원운-양대박 85 〔붙임〕차운하여-정지승 86 | 스님의 시축에 쓰다 87 〔붙임〕원운-정지승 89 〔붙임〕차운하여-양대박 90 | 규대선에게 차운하여 주다 91 〔붙임〕원운-정지승 92 〔붙임〕차운하여-양대박 94 | 중흥사에 묵으며 95 〔붙임〕차운하여-양대박 96 〔붙임〕차운하여-정지승 97 | 연구聯句 98 | 석령에서 산으로 돌아가는 스님을 보내며 시은 연구 99 | 식령 제일봉에 올라 100 〔붙임〕치운하여-양대박 100 〔붙임〕차운하여-정지승 101 | 사한동 102 〔붙임〕차운하여-정지승 103 〔붙임〕차운하여-양대박 103 | 가을 재실에서 105 | 휘상인에게 주다 105 | 봉래의 106 | 눈 덮인 매화 107 | 피풍아避風兒 108

을해년乙亥年 1575

낭주 가는 길에 112 | 도갑사 동문 113 | 월출산 노래 114 | 취중에 금성을 지나니 115 | 한식에 금성을 지나 풍포로 가면서 116 | 남도에서 서울 가는 도중에 짓다 118 | 금강루에 올라 119 | 문상인文上人에게 주다 120 | 도잠 스님에게 121 | 능운 스님에게 122 | 회포를 읊다 122 | 부르는 운에 맞춰 벼루를 읊다 123 | 박사상에게 취흥으로 드리다 124 | 고열苦熱 125 〔붙임〕관원灌園의 시 127 | 화병의 연꽃을 노래하다 128 〔붙임〕차운하여-관원 129 〔붙임〕차운하여-김명원 130 | 당막에 드리는 시 131 〔붙임〕차운하여-관원 134 〔붙임〕차운하여-김명원 137 | 박사상께 138 〔붙임〕차운하여-관원 141 | 박사상께(1) 145 〔붙임〕차운하여-관원 147 | 박사상께(2) 148 〔붙임〕차운하여-관원 150 | 박사상께(3) 152 〔붙임〕차운하여-관원 154 | 대행대비大行大妃 만사挽詞 156

병자년丙子年 1576

중부 풍암 선생 만사 160 | 한강 배 안에서(2수) 161 | 관성여사管城旅史 163 - 갈원에서 인편에 금琴을 타는 혜원 스님에게 부치다 164 | 한명회의 무덤을 지나며 167 | 새벽에 닭 울음을 듣고 169 | 아침에 거문고를 타며 170 | 서원객헌에 있는 시를 차운하다(2수) 171 | 지동년의 집에 묵으며 173 | 효자 이몽경의 문을 지나며 173 | 법주사에서 얻은 시 174 | 북호北胡 부락 176 | 느낌이 있어 177 | 주운암에 당도하여

178 | 기사記事 179 | 술회 180 | 김원기가 술을 들고 찾아와서 181 | 남교(2수) 182 | 속리산 문답 183 | 선대仙臺에서 동주를 추억하여 184 | 불사의암 186 | 불사의암에서 거처로 돌아와서 조금 앓는 중에 회포를 읊다 188 | 한밤에 189 | 꿈속에서 190 | 법주사에서 채수재를 송별하여 191 | 종곡에서 상운 도자道者에게 주다 192 | 춘천으로 어버이를 뵈러 가는 허경신을 보내며 193 | 김수재에게 주다 194 | 복천사 회고 198 | 법주사잡영 이십수 199 | 차운하여 성초에게 주다 212 | 사인 스님에게 주다 213 | 선방에서 함께 지낸 혜능에게 주다 214 | 지재 스님에게 주다 214 | 도정에게 215 | 원오에게 216〔붙임〕유촌의 시 217 | 명해 스님에게 주다 218

정축년丁丑年 1577

영회詠懷 220 | 박운거의 집에 도착하여 며칠간 묵으면서 칠언장구七言長句 1수를 지어주다 222 | 김수재와 직별하며 지어주다 223 | 박운서 초성 8수 226 | 고암을 지나며 231 | 고당 길에서 232 | 고당강 추억 233 | 선대봉 폭포를 다시 구경하고 234 | 무주 가는 길에 235 | 강선대를 지나 236 | 장필무 장군 237 | 장필무 장군을 추억하며 238 | 무주 한풍루 240 | 박이항 형제에게 241 | 고향 생각 243 | 기행紀行 244 | 행로난行路難 246 | 눈을 무릅쓰고 임실현에 당도하니 247 | 고석정에서 248 | 제석除夕 닷새 전에 취중에 쓰다 251

무인년戊寅年 1578

경은의 시에 차운하다 254 | 깊은 산골짝 시냇물 254 | 호선사浩禪師에게 부치다 255 | 북방으로 부임하는 외숙 윤만호를 송별하며 257 | 벗을 찾아갔다가 만나지 못하고 시를 지어 보내다 258 | 이경숙의 정우당에 붙여 259 | 당귀초를 심고 260〔붙임〕차운하여 - 관원 261 | 금강산을 가려다 못 가고 262 | 계용에게 주다 263 | 계용에게 답하다(2수) 265 | 다시 계용에게 답하다 267 | 성절사로 중국 가는 양송천 선생을 송별하며 268 | 세심대에서 석천 시에 차운하여 270 | 절구絶句 271 | 영담에서 271 | 산을 나오면서 스님에게 준 시 272 | 소회를 읊어 관원에게 드리다 274〔붙임〕차운하여 - 관원 275 | 산수를 그린 부채에 쓰다 275 | 강상곡 276 | 물가의 기러기 277 | 강가의 절 278 | 낙엽 279 | 밝은 달 280 | 금객琴客 281 | 압구정 282 | 용성창수龍城唱酬 284 - 용성에서 손사군에게 주다 285〔붙임〕원운 - 이달 286 | 손곡의 시에 차운

하여 287〔붙임〕원운 - 이달 288 | 송암의 시에 차운하여 289〔붙임〕원운 - 양대박 292 〔붙임〕차운하여 - 이달 294〔붙임〕차운하여 - 백광훈 296 | 동리의 시에 차운하여 298 〔붙임〕원운 - 이달 298 | 또 동리의 시에 차운하여 299〔붙임〕원운 - 이달 300 | 연구聯 句 302 | 김장원 사수士秀와 작별하며 303

기묘년己卯年 1579~경진년庚辰年 1580

철령에서 306 | 꿈을 꾸고 느껴서 307 | 억두 309 | 역에서 회포를 쓰다 310 | 새하곡 311 | 백우전 312 | 무제 313 | 이달의 시에 차운하여 313 | 도사都事의 시에 차운하여 315 | 도사에게 드리다 315 | 거듭 차운하여 316 | 서울로 돌아가는 도사 선배를 전송 하며 317 | 돌아가는 조판관을 송별하며 318 | 저물녘에 길을 가며 320 | 대곡선생 만 사 321 | 안상사 효원에게 322 | 의주의 작별 323 | 쌍백정 324 | 순무의 시에 차운하여 328 | 시중대 330 | 마운령 331 | 원수대 332 | 원수대 일출 334 | 영동 차운 336 | 임명역 에서 차운하여 338 | 길주를 지나며 339 | 오촌보吾村堡를 지키는 김자유를 송별하여 340 | 경성에서 341 | 수성의 촌에서 342 | 경흥부 344 | 경흥 망적대 345 | 관원에게 346 | 순무사의 무양당 시에 차운하여 349 | 조정으로 돌아가는 정암선생에게 351 | 허어 사許御史가 나를 별해別害로 송별한 시에 차운하여 355 | 서울로 가는 순무어사 허 봉에게 356 | 수찬 김수가 중국 가는데 멀리서 지어주다 358 | 간운看雲 생각 360 | 고 한苦寒 361 | 황초령을 밤에 넘다 362 | 기행 364 | 별해 길 도중의 시에 다시 차운하여 368 | 홍원에서 369 | 석룡굴 370 | 정용강 371 | 보현사 동구 371 | 일선一禪 강당 373 | 성준에게 374 | 경륜 대선에게 374 | 지웅에게 375 | 국진굴 376 | 성불암에서 휴정을 맞아 이야기하다 378 | 상원암 379 | 안심사 380 | 목련협 381 | 침허루 차운 382 | 관원 선생을 애도하다(6수) 383 | 장가행長歌行 388 | 상산협에서 입에서 나오는 대로 부르 다 391 | 도사의 시에 차운하여 394 | 역중에서 소회를 쓰다 395 | 자술 396

신사년辛巳年 1581~임오년壬午年 1582

반금당 398 | 창도역 차운 399 | 회양부에서 원옹元翁에게 주다 400 | 회양의 윤사 문을 작별하며 401 | 최종성을 전별하는 시 404 | 백호白湖에서 자고 용성으로 가 면서 406 | 남례역에서 묵으며 409 | 즉사卽事 410 | 현재縣齋의 일을 적어 허미숙에 게 부치다 412 | 9월 9일에 두 아우와 용두천에서 노닐어 413 | 대둔산으로 놀러가

면서 414 | 대둔사 동구에서 이야기를 나누며 416 | 장춘동 잡언 417 | 대둔사 418 |
즉사 419 | 정상인正上人에게 420 | 스님에게 420 | 아우 자중子中의 시에 차운하여
421 | 북미륵 423 | 석굴 속의 곡기 끊은 스님 424 | 두륜봉에 올라 탐라를 바라보며
425 | 호남을 떠나는 구감사具監司에게 드리는 글 426 | 무위사로 가는 길 428 | 무
위사에서 묵으며 429 | 월남사 절터를 지나며 430 | 백옥봉 만사 431

계미년癸未年 1583~갑신년甲申年 1584

북으로 가는 절도사 정언신을 전송하며 434 | 양대박과 작별하며 435 | 중길仲吉의
시에 차운하여 안거사安居士에게 436 | 안거사와 작별하며 437 | 안거사가 요성遼
城으로 떠나며 이별시를 청하기에 437 | 진위 동헌에서 438 | 청석골에서 440 | 송
도를 지나며 446 | 송도 고궁을 지나면서 차운하다 447 | 송도 회고시에 차운하다
(10수) 448 | 검수역 누각 453 | 총수산葱秀山 454 | 안성역 누각에 올라 455 | 아우의
시에 차운하다 457 | 황강 길에서 458 | 생양관에서 459 | 안정관에서 눈을 만나 460
| 숙천 원 문옥동에게 461 | 안주에서 윤어사 수부에게 462 | 백상루에 올라 463 | 철
옹성의 모란봉 약산대를 바라보며 464 | 정주관 현판의 시에 차운하여 465 | 정주
에서 정포은의 시에 차운하여 466 | 거련관에서 467 | 거련관 반송蟠松 468 | 쌍충묘
에 들러 470 | 용천에서 고향을 그리워하며 471 | 산점山店 472 | 인산에 당도하여
자침子忱의 시에 차운하다 472 | 인주에서 절도사 휘하에 부쳐 473 | 관등날 저녁
에 474 | 절도節度 형과 고죽·인봉에게 부쳐 화답을 청하다 476 | 취승정에서 읊다
477 | 취승정 478 | 구룡담에서 배를 띄워 취벽을 구경하고 479 | 구룡담에서 남으
로 내려가며 480 | 아우 선恟을 남쪽으로 떠나보내며 481 | 안도사가 찾아와서 484
| 기사記事 485 | 즉사卽事 486 | 삼춘체三春體 487 | 아침 일찍 인산을 떠나며 489 |
길에서 비를 만나 490 | 선천 가는 길에 491 | 정주 길에서 496 | 정주 객관에서 자
침과 작별하여 497 | 한식날 길에서 아우의 편지를 받고 498 | 청천강을 건너며 499
| 병중에 김자앙에게 부치다 501 | 지산인池山人을 보내면서 502 | 아우 환懽의 시
에 차운하여 503 | 4월 18일 술회 505 | 곽산 길에 507 | 임금단任金丹에게 508 | 꾀
꼬리 소리를 듣다 509 | 늦게 일어나다 510 | 박점마에게 작별하며 준 시 511 | 산중
고을 512 | 산가山家 514 | 방백 막하에 515 | 평양서 몸져누워 서윤 선생께 편지를
보내다 516 | 연광정 517 | 은밀대에 올라 선연동을 바라보며 519 | 패강 푸른 물결
에 배를 띄워 520 | 배 타고 가며 521 | 윤기尹妓에게 524 | 옥정에게 524 | 다시 향렴

절구 한 수를 지어주다 525 | 기생의 죽음을 애도하며 526 | 탄금곡 527 | 패강가浿江歌 528 | 보원상인에게 534 | 서장관 장운익을 송별하며 535 | 허서장관 만사 536 | 영변의 수구문을 지나며 538 | 노저의 시를 차운하여 스님에게 주다 539 | 천참사에게 540 | 진사를 송별하여 541 | 황회지를 함관 군막으로 송별하며 542 | 이절도 만사 543 | 다시 앞의 시의 운을 사용하여 546 | 빗소리 547 | 기사記事 549 | 비파협 550 | 인풍루 551 | 상토진 552 | 수항정 시에 차운하다 554 | 소대小臺 555 | 적유령 556 | 감회시 559 | 해경海崗에게 차운하여 주다 560 | 이암의 시를 차운하여 계호에게 주다 561 | 기몽紀夢 561 | 지천의 시에 차운하여 562 | 주청정사奏請正使 지천 정승의 송별시 563 | 서상관 한응인을 작별하는 시 564 | 송질정 상현을 작별하는 시 566 | 태헌의 시에 차운하여 현준에게 주다 567 | 답청일 즉사卽事 568 | 새벽에 신안을 떠나며 569 | 대곶大串 570 | 섬 서쪽 돌섬 위에 단이 쌓여 있기에 571 | 산골에서 비를 만나 573 | 의주에 당도하여 574 | 5월 17일 삭주에서 575 | 삭주의 술 575 | 수문탄 576 | 직동보에서 김권관에게 577 | 파저강 578 | 창성에서 579 | 배 타고 가면서 580 | 성남에서 밤 이야기 581 | 모란봉 582 | 영명사에서 묵으며 584 | 무제 585 | 평양 기생을 대신하여 그의 정인情人에게 586 | 김이옥과 이별하며 588 | 김이옥에게 590 | 원문轅門에서 잠이 깨어 짓다 591 | **부벽루상영浮碧樓觴詠 592** - 『부벽루상영록』 뒤에 붙여 - 조우인 610

을유년乙酉年 1585

고흥 현판의 시에 차운하여 616 | 고흥으로 가면서 617

병술년丙戌年 1586

대궐의 입춘첩 620 | 대궐의 영상첩자迎祥帖字 621 | 입춘첩자立春帖字 622 | 김이옥에게 623

정해년丁亥年 1587

경성판관으로 가는 황경윤을 전별하여 626 | 누구를 대신해서 짓다 627 | 동작대 그림에 붙여 628 | 병중에 마음을 달래다 629 | 스스로를 애도하다 630

일러두기

1. 『신편 백호전집』으로 이름한 이 책은 『역주 백호전집』(창작과비평사 1997)을 바탕으로 그 이후 발견된 백호 임제의 초기 시문집인 『겸재유고謙齋遺藁』 및 여러 친필 자료 등에서 새로 수습한 시를 추가하고, 기존 번역과 주석을 새롭게 다듬었으며, 시와 문의 배열을 완전히 일신하여 엮었다. 이번 작업은 먼저 이현일(시), 서한석(산문 제2부), 장유승(산문 제1부와 제3부)이 나누어 맡았고, 임형택이 총괄하여 검토 수정하였다.

2. 이 책은 시詩, 산문散文, 부록으로 구성되어 있다.

3. 시詩는 편년編年이 가능한 작품들을 정리하여 편년시編年詩로, 편년이 확실치 않은 작품들은 미편년시未編年詩로 구분했다. 단, 편년시 중에서 기묘년己卯年(1579)~경진년庚辰年(1580), 신사년辛巳年(1581)~임오년壬午年(1582), 계미년癸未年(1583)~갑신년甲申年(1584)은 정확한 연대를 밝히는 것이 어려워 2년을 하나로 묶었다. 미편년시는 주제·유형에 따라 분류하여 엮었다.

4. 산문散文은 문학적 성격으로 분별하여, 제1부는 한문학의 전래적 양식에 속하는 글들, 제2부는 허구적 수법의 산문들, 제3부는 여행기를 수록했다.

5. 『역주 백호전집』의 원집 및 속집과 『남명소승南溟小乘』에 이중으로 수록된 시문들의 경우, 중복을 피해 『남명소승』 쪽에만 남겨두었으나, '찾아보기-원제'에는 본래의 제목을 남겨 검색할 수 있도록 하였다.

6. 백호의 시문집이 최초로 편찬될 당시 정간精簡을 편집 방침으로 삼았으며 시휘時諱로 제외시키기도 하여 거두어지지 못하고 제외된 것이 적지 않았다. 그후 세월의 풍상을 겪으면서 원고들은 거의 산일散佚되고 말았는데, 그런 중에도 일부는 문집을 개간하는 과정에서 추가로 들어가기도 했

고, 세상에 흘러나와 필사로 전전한 것도 있다. 백호의 글이 실려 전하는 문적을 열거해보면 다음과 같다.

『임백호집林白湖集』(목판본): 4권 2책. 초간은 광해군 9년(1617), 중간은 영조 35년(1759).

『백호선생문집白湖先生文集』(新活字本): 4권 2책. 간년 미상.(내용은 위의 원집에 「元生夢遊錄」이 부록되어 있다.)

『백호선생문집白湖先生文集』(石印本): 5권 3책. 1958년 간행.(이때 별책 부록으로 「南溟小乘」과 「花史」가 수록되었다.)

『백호선생문집습유白湖先生文集拾遺』(석인본) 1책. 위의 석인본 「백호선생문집」 이후 간행.(「浮碧樓觴詠錄」 등이 수록되었다.)

이상은 문집 형태로 간행된 것. 그리고 『부벽루상영록浮碧樓觴詠錄』은 조우인曺友仁의 발문(1611)이 붙여져 따로 간행된 바 있다.

『백호선생필적白湖先生筆蹟』(친필 초고): 2첩. 노촌老村 임상덕林象德이 정리하여 첩帖으로 만든 것이다.

『백호공필첩白湖公筆帖』(친필 초고): 백호의 후손 임일상林一相이 구해서 첩으로 만든 것이다. 서문은 임기수林基洙가 지었다.

『백호일고白湖逸稿』(필사본): 1책. 「남명소승南溟小乘」「용성창수집龍城唱酬集」「유여매쟁춘柳與梅爭春」「전동군서餞東君序」 등이 수록되어 있다.

『백호고잡초白湖稿雜抄』(필사본): 1책. 일반 시문 및 「용성창수집龍城唱酬集」「화사花史」「원생몽유록元生夢遊錄」(필사본)「수성지愁城誌」 등이 잡록되어 있다.

『회진세고會津世稿』(필사본): 1책. 선조들의 사적과 유고를 대대로 수록한

가승家乘으로 여기에 백호의 유사遺事와 묘갈문 및 시문 약간이 실려 있다.
『겸재유고謙齋遺藁』(필사본): 2권 1책. 우전雨田 신호열辛鎬烈 선생 구장본
舊藏本으로 지금은 성균관대학교 존경각尊經閣에 소장되어 있다. 백호의
초기 시들이 시기순으로 수록되어 있는바, 『임백호집』에 수록되지 않는
작품들이 상당수 실려 있다.

7. 부록은 종래 문집에 실렸던 서·발, 그리고 묘갈문·유사 등 관련 기록을
한데 모아 엮었다.

8. 번역은 원문에 충실하면서도 우리말로서 자연스럽고 현대 독자가 이해하
기 쉽도록 하였다. 특히 시의 경우 시다운 느낌을 살리려고 노력했다.

9. 주석은 독자의 이해를 위해 고사나 난해한 곳 및 인명·지명 등에 붙였다.
번역문상으로 보면 주석이 필요치 않으나 원문 독해를 돕기 위해 붙인 경
우도 있다.

10. 원문은 시의 경우 번역문과 함께 제시하여 대조해볼 수 있도록 했으며,
그밖의 다른 모든 글들은 별도로 묶어 제시하였다.

11. 원문은 이본들을 두루 참고하여 교감校勘하였는데, 그에 관한 사실은 원
문에 주를 붙여 대략 밝혀두었다. 원문 중 손상되어 판독이 불가능한 글
자는 □로 처리하고, 역문에서는 ……로 표기하였다.

12. 「백호선생 연보」는 임형택이 지난 1987년 선생의 400주년을 기해 작성
했던 것인데, 여기에 보완하여 실었다.

시
詩

제1부

편년시 編年詩

무진년
戊辰年
1568

무진년 가을에 호남으로 향하면서

살포시 내린 안개 듬성듬성한 별 날이 거의 새려는데
닭 한마리 우는 곳 산촌이 있나 보다.

덩굴 잎새 이슬에 젖어 벌레 소리 촉촉하고
시냇물 말 타고 건너는데 달빛이 분명하구나.

나그네 행장에는 한자루 칼뿐
고향으로 가는 마음 구름처럼 묘연해라.

멀리서 짐작컨대 금리錦里의 옛 정자는
창파滄波 수죽脩竹 속에 낮에도 문 닫혔으리.

戊辰秋, 向湖南

滄霧殘星天欲曙, 一鷄鳴處認山村.
露溥蔓草蟲聲濕, 馬渡溪流月色分.
客路行裝唯有劍, 故園歸思杳如雲.
遙知錦里林亭古, 脩竹滄波晝掩門.

임신년
壬 申 年
1572

동고東皋[1] 만사輓詞

원길原吉 상공 이제 세상에 계시지 않은데
초당 효자草堂孝子[2] 무슨 은혜로 절을 드리리.

선견지명 추앙받는 충의의 소장疏章
뒷사람 길 열어준 바른 그 학문.

선학仙鶴[3]이 날아가매 나라는 병들고
방아찧기 멎어지자[4] 사건 많이 생겼다오.

산에 깃든 이 사람 슬픔 오래 사무쳐
춘성春城을 지나자니 눈물이 줄줄.

---

1 동고(東皋): 이준경(李浚慶, 1499~1572)의 호. 자는 원길(原吉). 벼슬은 영의정에 이르
렀는데 명재상으로 손꼽힌다. 세상을 떠나기 직전에 올린 소장(疏章)에서 붕당(朋黨)
이 일어날 것을 크게 우려하였다.
2 초당 효자(草堂孝子): 미상.
3 선학(仙鶴): 원문은 한학(漢鶴). 한나라 요동(遼東) 사람 정영위(丁令威)가 도술을 배워
학으로 변해 성문의 화표주에 날아와 앉았는데 누군가 활을 쏘려 하자 이렇게 노래하
고 날아갔다.("새가 되어 정영위라는 새가 되어, 집 떠난 지 천년 만에 돌아왔네. 성곽
은 옛날과 같건만 사람은 아니구나. 왜 신선술 배우지 않아, 무덤만 즐비한단 말인가.[
有鳥有鳥丁令威, 去家千年今始歸. 城郭如故人民非, 何不學仙塚纍纍]"(陶潛「搜神後記」) 여기
서 '한학조회(漢鶴吊迴)'는 동고의 죽음을 뜻한다.
4 방아찧기 멎어지자(秦舂輟): 백리해(百里奚)가 진목공(秦穆公)에게 등용되어 공적이
많았다. 그의 죽음을 슬퍼하여 사람들이 방아 찧는 것을 멈췄다 한다.

輓東皐

原吉相公今不在, 草堂孝子拜何恩.
忠言一疏推先見, 正學千年啓後人.
漢鶴吊迴邦已瘁, 秦春輟後事多新.
巖棲久切云亡痛, 獨過春城淚滿巾.

금오산金鰲山 아래로 떠나는 길사가吉士可[5]를 전송하며

오백년 고려 역사에
대장부다운 분 뉘시런가?
문충공文忠公[6]과 그대의 조상뿐이니
그 마음…… 하늘만은 아시리라.
옥수玉樹 같은 그 모습 내가 사모했는데
청전靑氈을 대대로 저버리지 않았네.[7]

---

5 길사가(吉士可): 정확한 신원은 미상이지만, 시의 내용으로 보아 고려말의 충신인 야은(冶隱) 길재(吉再, 1353~1419)의 후손으로 판단된다. 사가(士可)는 그의 자(字).
6 문충공(文忠公): 고려말의 충신인 포은(圃隱) 정몽주(鄭夢周, 1337~1392)를 가리킨다.
7 청전을~저버리지 않았네[靑氈故物]: 여기서는 길사가 집안이 청빈(淸貧)한 가풍을 이어가는 것을 뜻한다.

금오산金鰲山 아래에 유물遺物이 ……

붉은 봉황은 풍의風儀가 아름답다네.

안탑鴈塔[8]에 함께 오르고

근궁芹宮[9]에서 같이 공부하면서,

사귀는 정情은 간담肝膽을 털어놓았는데

이 가을 날 다시 헤어지게 되나니.

낙동강 건너 그대는 천릿길 떠나고

한양성에는 달만 한조각

……때 충절忠節을 숭상하는데

그대는 홀로 어디로 떠나가는가?

送吉士可之金鰲山下

五百年麗代, 爲男子者誰?

文忠與乃祖, 方寸□天知.

玉樹吾傾慕, 靑氈世不隳.

金鰲遺物□, 朱鳳美風儀.

鴈塔同登日, 芹宮共事時.

交〔情〕□肝膽, 秋日更分離.

洛水人千里, 秦城月一眉.

□時尙忠節, 游子獨何之.

---

8 안탑(鴈塔): 불탑(佛塔)을 가리킨다.

9 근궁(芹宮): 학교를 가리킨다.(『詩經·魯頌·泮水』: "思樂泮水, 薄采其芹.")

밤에 앉아서

나그네 생각 유유해라 고향 꿈 놀라는데
둥그렇다 이지러진 달 산중에서 두번 보오.

등걸이의 등불은 차가워 불꽃도 없고
밤이 깊어 풍천風泉은 아스라이 소리가 있군.

시속에 곱게 보여 장부의 뜻 어길진댄
시골로 돌아가서 성군의 백성 되고지고.

백년의 방취芳臭[10] 끝내 가려지기 어렵나니
선리善利[11]의 머리에서 반성의 싹이 돋는다오.

坐夜

旅思悠悠鄉夢驚, 山中再見月虧盈.
短檠燈火寒無焰, 深夜風泉遠有聲.

---

10 백년의 방취(百年芳臭): 진(晉)의 환온(桓溫)이 일찍이 말하기를 "능히 백세(百世)에
  향기를 남기지 못할진대 백년에 악취를 남기기〔遺臭〕라도 해야 한다."고 하였다. 환온
  은 뒤에 공을 세우고 스스로 왕이 되려다가 죽었다.
11 선리(善利): 선행의 업보로 얻는 이득을 뜻하는 말인 듯하다.

媚俗倘違男子志, 歸田願作聖人氓.

百年芳臭終難掩, 善利幾頭省發萌.

철법사徹法師에게¹²

1
스님 지니신 금강金剛¹³의 마음
바로 이 한가지 큰일을 위해.

홀로 향상向上의 길 뛰어넘어
여래如來의 지경에 깊이 갔구려.

빈 배처럼 둥둥 떠다니는 걸
뉘라서 그 까닭 캐묻겠는가.

---

12 본래『임백호집(林白湖集)』권1에는 첫번째 고시만 실려 있으며, 뒤의 절구 2수는『겸
  재유고(謙齋遺藁)』에서 보입(補入)하였다.
13 금강(金剛): 범어(梵語) Vajra(跋折羅)를 한역(漢譯)한 말. 금강석(金剛石), 곧 다이아
  몬드. 물질 중에서 가장 단단하고 날카로워서 불교에서 부처의 지혜를 비유하는 말
  로 많이 쓰인다.

남도南道 가서 한철 결하結夏[14]를 하니
그곳이야 맑은 경치 풍성도 하여,

푸르다 못해 검은 저 서석산瑞石山[15]
우뚝이 빼어나라 남방의 으뜸.

뜬구름처럼 잠깐 머물렀는데
길손이 여기 들르긴 참으로 우연.

벽안碧眼이 푸른 눈동자 마주 대하니[16]
말을 잊은 이 사이 도道가 있는걸.

바윗골에 조사祖師의 달[17]이 밝고
못의 물 만년 가도 공허하여라.

명심冥心[18]은 같이 서로 통하나니
인仁으로 이웃 삼을[19] 뜻 두었더라오.

---

14 결하(結夏): 불가에서 여름철에 수도하려 안거(安居)하는 것을 이르는 말이다.
15 서석산(瑞石山): 광주에 있는 무등산의 별칭.
16 벽안이~대하니[碧眼對靑眸]: 벽안(碧眼)은 원래 서역의 중을 가리키는데 여기서는
   선승을 의미한다. 청모(靑眸)는 곧 청안(靑眼). 완적(阮籍)이 반가운 사람이 오면 푸
   른 눈동자로 맞고 반갑지 않은 사람이 오면 흰 눈동자로 대했다는 데서 유래한 말.
17 조사의 달[祖月]: 조사(祖師)는 종파를 창립한 사람을 가리키는 말인데, 조사의 광명
   (光明)을 조사의 달이라 한 것이다.
18 명심(冥心): 마음을 고요히 하고 사색하다.
19 인으로 이웃 삼을[仁爲里]: 『논어(論語)·이인(里仁)』에 "공자께서 말씀하셨다. 인으
   로 이웃 삼는 것이 아름다우니 어진 곳을 택하여 살지 않으면 어찌 지혜롭다고 하겠

아침 해가 이별의 옷자락 비추나
만 골짝 노을이 비단 펼친 듯.

소매 속 간직한 한조각 종이
나를 보고 맑은 시 한 수 써 달라 하네.

나는 말하노니 문자란 것은
옛사람 쓰다 남은 찌꺼기[20]인걸.

2
한가롭고 고요하여 도정道情이 깊어
홀로 사립문 닫고 달을 벗해 읊조리오.

훗날 ……사祠에서 …… 하렸더니
구름도 정처 없거늘 어떻게 찾을까?

3
이끼 낀 길 산골 집 깊고 깊은데
달은 등불 되고 소나무도 시를 읊네.

는가?(子曰: 里仁爲美, 擇不處仁, 焉得知)"라는 말이 있다.
20 옛사람 쓰다 남은 찌꺼기[古人糟粕]: 책에 씌어진 글자는 옛사람이 남긴 조박(糟粕:
　　진수가 빠진 찌꺼기)에 지나지 않는다는 말이 『장자(莊子)·천도(天道)』에 나온다.

스님 만나 참 소식을 묻노니
철벽은산鐵壁銀山²¹을 어디서 찾을까요?

贈徹法師

師有金剛心, 端爲一大事.
獨超向上路, 深造如來地.
泛泛若虛舟, 誰能問所以.
江南結一夏, 底所饒淸致.
蒼蒼瑞石山, 秀拔雄南紀.
浮雲暫寄蹤, 客來眞偶爾.
碧眼對靑眸, 忘言道在此.
巖居祖月明, 萬古空潭水.
冥心共一味, 有意仁爲里.
朝暾暎別裾, 萬壑霞如綺.
袖中一片雲, 要我揮淸思.
我言文字者, 古人糟粕耳.

人閑境靜道情深, 獨閉松扉伴月吟.
準擬他年□□社, 雲蹤無定若爲尋.

---

21 철벽은산(鐵壁銀山): 선종(禪宗)의 용어로 사람이 본래 가지고 있는 영성(靈性)이 우
뚝하여 올라가기 힘든 것을 형용한다.

苔逕巖扉深復深, 月能燈燭松能吟.
逢師(若)問眞□²²息, 鐵壁銀山何處尋.

지호智浩에게

화택火宅²³이 사람을 잘도 희롱하니
스님 마음 자못 답답했지요.

쥐가 넝쿨 갉는²⁴ 것을 견디지 못해
고개 흔들며 젊을 때 집을 나왔지요.

연하烟霞와 맹세를 깊이 맺으니
높은 뜻 구차히 굽힐 리 있나.

---

22 본래 결락되어 있으나, 의미상 '消'가 분명한 것으로 판단되어 그렇게 번역하였다.
23 화택(火宅): 불가에서 번뇌의 속계를 비유한 말. 사람이 정애(情愛)에 빠져 있는 모습
   이 아궁이 속에 들어 있는 것과 같다는 의미이다.(『法華經』 譬喩品)
24 쥐가 넝쿨 갉는(鼠咬藤): 인생을 비유한 불교의 설화. 벌판에서 코끼리를 만나서 도
   망치다가 넝쿨을 붙잡고 우물로 몸을 숨겼는데 우물 아래는 독사가 혀를 날름거리고
   위에서는 붙잡은 넝쿨을 검은쥐 흰쥐 두마리가 갉고 있었다. 그때 마침 넝쿨에 달린
   벌집에서 꿀물이 다섯 방울 떨어지자 그것을 받아먹었다 한다. '서교등(鼠咬藤)'은 이
   상황을 압축한 표현이다.

병 하나에 바리때 하나로
절간에서 나의 흥을 풀어보리라.

강남이라 학지鶴誌[25]가 날고
서석산은 봉우리 우뚝하여라.

빈 뜰에 숲 그림자 싸늘도 한데
옛길엔 이끼 끼어 미끄럽네.

풀로 엮은 장삼 하마 낡았고
노을로 밥 지어라 양식 떨어졌으니.

알겠노라 찼다 더웠다 하는 저 물
생生도 없고 멸滅도 없는 것임을.

객客이 찾아오자 문득 말이 없으매
무얼 들어 그대에게 설명을 하리.

그대와 함께 하늘 밖을 두루 노닐어
유유히 황홀恍惚을 넘어서자꾸나.

---

25 학지(鶴誌): 미상. 강남(江南)은 순천(順天)의 고호(古號)이기도 한데 그곳에 선종의
   명문(名門) 송광사가 있다. 지호(智浩)라는 중이 그곳에서 왔기 때문에 쓴 표현이 아
   닌가 생각되기도 한다.

구름 지나가니 산 절로 푸르고
바위는 고요한데 냇물만 부질없이 시끄럽네.

정이 깊어 시를 주려 하노니
한 글귀가 생살生殺의 능력 지녔네.

불이不二의 문²⁶이 만약 희미하다면
삼생三生²⁷의 꿈일랑 한낱 물거품.

납臘²⁸이 지나고 삼십일이 되면
모두 공空이라 급하기 율령律令과 같네.

규봉圭峰²⁹에는 조사祖師가 있으리니
가고 또 가서 조사의 달을 찾게나.

贈智浩

火宅娛戲人, 師心頗憫嚩.

---

26 불이의 문[不二門]: 불이법문(不二法門). 직접 도(道)에 들어가야지 말로 전할 수는 없
　는 법문을 가리킨다. (『維摩詰經』入不二法門品)
27 삼생(三生): 불가에서 과거·현재·미래로 전생(轉生)하는 것.
28 납(臘): 불가에서 중이 수계(受戒)한 후 90일 안거(安居)하고 나면 매 1년을 1랍이
　라 칭한다.
29 규봉(圭峰): 당나라의 고승 화엄오조(華嚴五祖) 종밀선사(宗密禪師)를 가리킨다. 그
　가 섬서성(陝西省)의 규봉에 묻힌 데서 유래하였다.

不堪鼠咬藤, 青年掉頭出.

煙霞結盟深, 高情難苟屈.

一鉢兼一瓶, 巖扉我興發.

江南鶴誌飛, 瑞石峯巒屼.

空垈樹影寒, 古逕苔紋滑.

衣草衲已殘, 飱霞粮久絶.

自知冷暖水, 殆將不生滅.

客到却無言, 拈河向汝說.

共爾天之遊, 悠悠超慌惚.

雲歸山自靑, 石靜溪空眡.

情深贈以詩, 一句能生殺.

若迷不二門, 三生夢泡沫.

臘後三十日, 俱空急如律.

圭峯祖師居, 去去尋祖月.

사선思禪 노스님에게 주다

도道를 말하면 도리어 도를 어기는 것이니
선禪을 이야기하는 것이 어찌 선이리까!

찬 구름은 자취를 남기지만
외로운 학은 본래 ……가 없습니다.

물은 승상繩床 아래로 흐르고
등불은 불상 앞에서 환합니다.

연꽃도 피지 않은 곳에
마주한 채 서로를 잊었습니다.

贈思禪老

語道還違道, 談禪豈是禪!
寒雲卽有迹, 獨鶴本無□
水覆繩床下, 燈明古佛前.
蓮花未出處, 相對却茫然.

잠령蠶嶺의 민정閔亭

동녘 바다에는 큰 고래 날치고

서쪽 변방에는 흉악한 멧돼지[30] 내닫는데

강목을 지키는 병사들 처량하고
해안에는 방벽 하나 제대로 없구나.

나라의 계책 이래서야 쓰겠는가
제 몸 보신만 생각한다면 어찌 대장부랴!

찬바람 다시 또 불질 않으니
절영마絶景馬[31] 속절없이 귀가 처졌군.

뉘라서 알랴! 베옷 입은 이 사람
웅대한 마음 하루 천리를 달리는 줄.

蠶嶺閔亭

東溟有長鯨, 西塞有封豕.

江障哭殘兵, 海徼無堅壘.

廟算非良籌, 全躬豈男子.

---

30 흉악한 멧돼지[封豕]: 봉시는 원래 큰 돼지. 악독한 원흉을 비유하는 말로 쓰인다.
(『左傳』昭公二十八年: "貪惏無饜, 忿纇無期, 謂之封豕.") 이는 북쪽 변경의 여진족을 암시
한 것인 반면 앞 구의 큰고래(長鯨)는 바다에 있는 거대한 존재 즉 왜적을 의식한 것
으로 보인다.
31 절영마(絶景馬): 좋은 말의 이름.(景=影)

寒風不再生, 絶景空垂耳.

誰識衣草人, 雄心日千里.

계유년
癸 酉 年
1573

장난삼아 쓰다

해 저물고 은하銀河의 다리[1] 아스라하니
객지에서 하염없이 시름만 많아라.

청루靑樓에 사람들 보이지 않는데
석류꽃 가랑비에 젖어 있구려.

戲題

日暮銀橋迥, 閑愁客裏多.
靑樓人不見, 雨濕石榴花.

서여윤徐汝尹을 보내며

지는 해에 그대를 전송하느라

---

1 은하의 다리〔銀橋〕: 천상의 은하수, 오작교(烏鵲橋)로서 견우(牽牛)·직녀(織女)의 고
사(故事)를 의미한 것이다.

손 잡고 작은 다리 지나간다네.

이별 시름 홀로 있는 밤을 어찌할거나
대숲에 뜬 달만 고즈넉이 차가울 터인데.

送徐汝尹

落日送君去, 相携過小橋.
離愁奈獨夜, 竹月冷蕭蕭.

동암東菴 벽상壁上의 미인을 노래하다

옥루玉樓라 열두 난간
약수弱水[2]는 길고 길어.

푸른 구름 저고리에 무지개치마

---

2 약수(弱水): 『산해경(山海經)』에 "서해의 남쪽, 유사(流沙)의 북쪽에 큰 산이 있으니 곤
륜산(崑崙山)이다. 그 아래 약수(弱水)의 못이 둘러 있다." 하고, 그 주(註)에 "그 물은
약해서 깃털도 이기지 못한다." 하였다.

무슨 연유로 이 공산空山에 머물러 있소?

말도 않고 웃음도 없이 아리따워라
새벽 하늘에 성긴 별인 양.

황홀한 그의 자태 있는 듯 없는 듯
해는 장차 저물어라 차가운 뜨락.

돌여울의 유룡游龍³처럼 나풀거리니
이내 가슴속에 또렷또렷.

손 잡고 함께 난鸞새를 타려고 하니
하늘은 아득하고 달빛마저 차갑구려.

東菴壁上美人歌

玉樓兮十二, 弱水兮漫漫.
靑雲衣兮白霓裳, 騫獨留此空山.
不言笑兮要眇, 淡曉霧兮踈星.
情慌惚其有無, 日將暮兮寒庭.
翩石瀨之游龍, 羌余懷之耿耿.

---

3 유룡(游龍): 유동하는 용. 자태가 한들한들 아름다움을 비유한 말.(曹植「洛神賦」:"其
形也, 翩若驚鴻, 婉若游龍.")

欲其乘兮鸞驂, 天冥冥兮月華冷.

웅점사熊店寺에서 우연히 읊다

밤마다 추워라 해진 갓옷 둘러쓰고
우연히 손님 전송하러 누각 오르니
다리 남쪽 북쪽 〔냇물〕 소리도 없이
눈 쌓인 봉우리마다 바람이 거세구나.

熊店寺偶吟

怊冷連宵擁弊裘, 偶因送客倚西樓.
橋南橋北□無響, 雪壓千峰風力遒.

느낌이 있어 (2수)

1

학은 낭원閬苑[4]의 편지를 두르고
눈 덮인 무수한 봉우리 너머 날아갔네.

요지瑤池[5] 가는 길 헤매이진 않으리라
봉해蓬海[6]에는 밝은 달 환히 떠 있으리니.

2

청작青雀은 어찌하여 왔느냐
추운 산 저녁 눈을 무릅쓰고 날아서.

좋은 기약 저버릴 수 없으니
새벽 동천洞天에 고운 초승달이 떴구나.

寓興二首

鶴帶閬苑書, 飛去千峯雪.

---

4 낭원(閬苑): 낭풍지원(閬風之苑). 중국 고대 전설에 나오는 신선들이 사는 곳 중의 하나.
5 요지(瑤池): 옛 신화 속의 신선의 세계. 서왕모(西王母)가 사는 곳이다.
6 봉해(蓬海): 신선이 산다는 봉래산(蓬萊山)이 있는 바다. 곧 선계를 가리킨다.

瑤池路不迷, 蓬海多明月.

靑雀胡爲來, 山寒飛暮雪.
佳期不可孤, 曉洞蛾眉月.

최성崔珹을 송별하며

저물녘 시냇가에서 작별하자니
시냇물 차가워서 더욱 푸르러

벗님네 떠나가고 물도 함께 동쪽으로 흘러가니
산 첩첩 가로막혀 바라본들 어쩌리.

送崔珹

相送暮溪頭, 溪流寒更綠.
君歸水亦東, 悵望雲山隔.

금성錦城⁷에서 산사로 돌아가며

심원深院의 푸른 등불, 밤은 하염없이 길고
중성重城에 눈이 쌓여 고각鼓角조차 차갑구나.

붉은 소매 금 술동이 꿈에서 깨어나서
석양이 넘어가는데 산사山寺로 돌아가네.

自錦城歸山

靑燈深院夜漫漫, 雪滿重城鼓角寒.
紅袖金尊罷一夢, 獨歸山寺夕陽殘.

---

7 금성(錦城): 나주(羅州)의 별칭.

야좌연구 夜坐聯句(2수)

1
북극北極의 누대樓臺는 숨었는데
남쪽 변방 안개 연기 비린내 나네.

(2구 결락)

풍속은 예절과 거리가 멀고
바람은 사십령四十嶺에 아득하구나.

맑은 강에 본디 찬 달이니
다섯 …… 하지 말라.

2
함께 손잡고 난실蘭室로 들어간다 한들
어물전에 비린내가 안 나리오?

왜소해도 부귀할 상이 있고
늘씬하게 생겨도……

괴로이 읊조림은 시에 붙잡혀서요
술을 끊으니 감옥에 갇힌 신세 같구나.

뉘라서 알아주리, 미친 이 사내가
가슴속에 만리萬里의 정情 간직한 줄.

夜坐聯句二首

北極樓臺隱, 南荒霧雨腥.
□□□□□, □□□□□.
俗遠三千禮, 風遙四十囹.
澄江自寒月, 莫使五生□.

相携入蘭室, 鮑肆豈定腥?
短小猶富相, 頎長展我□.
苦吟詩作祟, 囚斷酒爲囹.
誰識淸狂漢, 胸藏萬里〔情〕.

정사정鄭砂井을 애도하는 만사挽詞[8]

귀밑에 서리 짙어갈수록 마음 하냥 붉은데
저문 세월 흉금은 술을 빌어 너그럽네.

금정金鼎[9]의 수련修鍊이란 계획만 세웠을 뿐
옥루玉樓의 부름[10]이야 까닭이 달리 있을까.

기린각麒麟閣[11]의 옛 공훈 뜬구름 되어 사라지고
구로鷗鷺의 새 맹세[12] 이제 조각달만 차갑구나.

내 입은 은혜 생각하며 이 지기를 위하여
하늘 끝에서 슬피 우니 새벽 노을 잦아드누나.

---

8 백호와 친밀했던 정지승(鄭之升)의 백부(伯父)인 북창(北窓) 정렴(鄭磏)의 묘가 양주
  사정산(砂井山)에 있으며, 내용으로 봐서 도가(道家)와 밀접한 관련이 있는 인물인바,
  정지승의 숙부 중 한 사람이 아닌가 추정된다.
9 금정(金鼎): 연단(鍊丹)을 하는 솥. 금조(金竈). 신선술의 일종.
10 옥루의 부름[玉樓宣召]: 옥루는 천상에 있다는 백옥루(白玉樓). 곧 상제(上帝)가 불러
   서 하늘나라로 가게 되었다는 뜻.
11 기린각(麒麟閣): 한나라 무제가 궁중에 세운 전각. 공신들의 화상을 걸어놓았다.
12 구로의 새 맹세[鷗鷺新盟]: 기러기들과 함께 자연 속에서 지내겠다는 약속. 은거생
   활을 지향한다는 의미.

挽鄭砂井

霜添危鬢寸心丹, 晩歲胸襟托酒寬.
金鼎鍊修徒有計, 玉樓宣召却無端.
麒麟舊業浮雲盡, 鷗鷺新盟片月寒.
如我懷恩爲知己, 天涯一哭曉霞殘.

스님에게 지어준 게송偈頌[13]

너의 말 흐릿하고
너의 용모 거칠구나.

가장 궁한 자 중이요
가장 보배로운 것은 ……이라.

(1구 결락)
……를 그래도 아는가?

---

13 원주: "스님의 이름은 승주(僧珠)이다."

상象을 얻으려 하지 않고
수레와 배만을 구하려나.

밝고 밝아 민멸泯滅되지 않고
항하사恒河沙를 두루 비추네.

단지……
오온五蘊이 마귀가 되었구나.

네가 진실로 보는 것을 기다려
함께 노래 부르리라.

贈僧偈(名僧珠)

爾言佺佺, 爾形麁麁.
莫窮者僧, 至寶者□.
□□□□, □還知否?
罔象之得, 軒轅攸求.
明明不泯, 遍恒河沙.
只□□□, 五蘊爲魔.
待爾實見, 齊唱囉囉.

몽선요夢仙謠[14]

아득해라, 양성陽城의 버들 꺾어[15] 임에게 드리던 일
유자游子는 하루 아홉번이나 애를 태웠어라.

홍전紅牋은 학鶴에게 주어 낭원閬苑이 호젓한데[16]
촛불은 타고 남아 원망하는 눈물이라오.

다정히 인사하고 꿈결의 낭군 맞이하니[17]
용산龍山이라 새벽에 부슬부슬 내리는 비.

대숲에 바람 울고 구름은 침침한데
연지臙脂에 이슬 젖어 안타까움 어이하리.

상사도 병이라 팔에 낀 팔찌 느슨하고
초췌한 모습은 옛 얼굴 아니라오.

---

14 원주: "12월 초하루."
15 양성의 버들 꺾어〔折陽城柳〕: 양성(陽城)은 옛 지명.(宋玉「登徒子好色賦」: "嫣然一笑, 惑
   陽陌城, 迷下蔡." 그 주(註)에 "양성(陽城)과 하채(下蔡)는 귀공자(貴公子)의 봉지(封地)
   이기 때문에 들어서 비유한 것이다."고 했다.) 정다운 사람과 작별할 때에 버들가지를
   꺾어준 고사가 있어, 이별과 관련하여 절류(折柳)를 쓴다.
16 홍전은~호젓한데〔紅牋付鶴閬苑空〕: 홍전(紅牋)은 소폭의 좋은 붉은 종이. 낭원(閬苑)
   은 낭풍지원(閬風之苑)의 준말로 신선이 산다는 곳.(李商隱「碧城三首」제1수: "閬苑有
   書多附鶴, 女床無樹不栖鸞.")
17 꿈결의 낭군 맞이하니〔倩郎魂〕: 낭혼(郎魂)은 낭군의 꿈결의 혼. 청(倩)은 청(請)과 통
   하여 구애를 의미하고 있다.

정연情緣을 애기하자 부끄럼 살짝 피우며
나직한 목소리 노랫가락 구르네.

향라香羅 벗어지는 곳 옥이 한아름
봄 마음도 절반은 도리어 서글프다오.

난鸞의 수레 날아서 쇠북 소리 쫓아가고
해자의 물[18] 아득히 나루를 건너는 듯

정랑情郞은 앉아서 복사꽃 기약 잃고[19]
거문고[20] 줄을 골라 시름을 연주하누나.

남은 향기 감도는데 비취금翡翠衾 썰렁하고
눈이 덮인 다릿가에 사람 발길 닿질 않네.

---

18 해자의 물〔城灘水〕: 성탄(城灘)은 성을 둘러 있는 강. 성호(城濠).
19 정랑은~잃고〔劉郞坐誤桃花期〕: 유랑(劉郞)은 유신(劉晨)을 가리킨다. 전설에 친구 완
   조(阮肇)와 함께 천태산(天台山)으로 약을 캐러 갔다가 선녀를 만나 놀다 온 일이 있
   다. 애인을 지칭하는 말로 쓰기도 한다. 도화기(桃花期)는 내년 도화 필 때 만나기로
   한 기약.(崔護「題都城南莊」: "去年今日此門中, 人面桃花相映紅. 人面不知何處去, 桃花依舊
   笑春風.")
20 녹기(綠綺): 거문고를 가리키는 말.

夢仙謠(丑月初一日)

悠悠曾折陽城柳, 游子回腸一日九.
紅牋付鶴閬苑空, 燭未成灰猶怨淚.
多情爲謝倩郎魂, 霏微曉作龍山雨.
風鳴篁竹雲沈沈, 露濕臙脂無奈苦.
相思寬盡約臂金, 憔悴殊非舊顏面.
情緣說到半成羞, 旋作低聲歌宛轉.
香羅解處玉一圍, 一半春心却悽惋.
鸞驂飛逐寺樓鍾, 依依想渡城灘水.
劉郎坐誤桃花期, 綠綺絃中奏愁思.
餘馨不散翠被寒, 雪滿溪橋人不至.

웅점사熊店寺에서 우연히 짓다[21]

종소리 서루西樓에서 그치고 향심지 다 사위었는데
선탑禪榻 앞에 하염없이 밤 지새우며 앉았노라.

---

21 원주: "12월 10일."

열두 달 달을 보아라 좋은 때 몇번이더뇨?
고적한 절간 등불과 함께 추운 밤 아스라이.

어디메 옥퉁소 소리 채봉彩鳳을 부른다냐?
뉘 집의 은銀촛불에 가는 허리 춤추는지.

천태산天台山의 풍류스런 이야기 눈앞에 그려지는데
유랑劉郞의 무료한 처지 애석히 여겨야 하리.[22]

熊店寺偶成(十二月旬日)

鍾盡西樓香炧銷, 鬢絲禪榻坐無憀.
一年看月幾時好, 孤寺伴燈寒夜遙.
何處玉簫呼彩鳳, 誰家銀燭舞纖腰.
天台想得風流話, 應惜劉郞在寂寥.

---

22 천태산의~여겨야 하리: 천태산(天台山)은 중국 절강성(浙江省)에 있는 산 이름. 동
한(東漢) 때에 유신(劉晨)과 완조(阮肇) 두 사람이 약을 캐려고 천태산에 들어갔다가
길을 잃고 두 선녀를 만나서 지내다가 반년 만에 집에 돌아왔는데 그 사이에 자손들
이 7대(代)가 바뀌었다 한다. 그후 두 사람은 다시 선녀를 찾아 천태산으로 들어가 소
식을 알 수 없이 되었다.

신군형辛君亭에게 부치다(3수)[23]

1
십년 동안 문과 무를 익혔거늘
빼어난 기개 산승에게 부쳤다네.

거문고 여운은 시냇물에 맑게 울리고
차 연기 어둠속에 등넝쿨을 덮네.

멀리 고향을 그리워하여
서늘한 밤 외론 등불만 벗하고

새벽 종 소리 너머로 달이 떠서
다시 홀로 정자에 올라 앉았노라.

2
새벽녘에 일어나 향불 피우고
중용中庸을 두어 차례 외우고 나니

장구章句의 고루함을 절로 느껴서
비로소 성령性靈의 참을 깨닫는구려.

---

23 원주: "12월 28일 밤." 『임백호집(林白湖集)』에는 제2수만 실려 있으나, 『겸재유고』에
의거하여 제1수와 제3수를 보입하였다.

못 가운데 잠긴 달은 고요만 하고
눈 속에 핀 매화 봄이 돌아오네.

보고 또 볼수록 생기 넘치니
모두가 내 한 몸 속에 있는 걸 그래.

3
단지 이 마음만 있으니
사나이 정말로 애달파라

무단한 시름은 옥 수레에 부치고
특출한 기상 금 채찍에 있노라.

지기知己 ……
향 피우고 등불 밝히며 좌선을 배우노라.

서로 생각만하고 만나지를 못하니
(1구 결락)

寄辛君亭(十二月念八夜)

十年書劍學, 牢落寄林僧.

琴韻淸傳澗, 茶烟暝覆藤.
故□□遠想, 寒夜伴孤燈.
月吐晨鍾外, 溪樓又獨登.

曉起焚香坐, 中庸讀數巡.
自知章句陋, 始覺性靈眞.
月靜潭心影, 梅回雪裏春.
看看足生意, 都只在吾身.

只有寸心在, 男兒絶可憐.
閑愁付玉軫, 逸氣在金鞭.
□□□知己, 香燈學坐禪.
相思不相見, □□□□□.

갑술년
甲戌年
1574

금사琴師에게 주다[1]

시속의 음악 음란하게 변하여[2]
그대를 남게 하여 옛 곡조를 타게 하네.

솔바람 손에 들어 서늘하니
학은 울고 저 산 위 구름도 늙어가고.

贈琴手

俗樂變桑間, 留君彈古調.
松風入手寒, 鶴唳巖雲老.

---

1 이 작품부터 아래의 「출새행(出塞行)」까지 3제(題) 4수(首)는 『겸재유고』에, 계유년
(癸酉年, 1573) 12월 28일에 지은 「신군형(辛君亨)에게 부치다」 뒤에 실려 있다. 중간
에 낙장(落張)이 있어 12월 28일 이후 30일까지 지은 것인지 그 다음 해인 갑술년(甲
戌年, 1574)에 지은 것인지 단정할 수는 없지만, 정황상 갑술년에 지은 것이 거의 확
실한 것으로 보인다.
2 음란하게 변하여(變桑間): 상간(桑間)은 중국의 지명으로 이곳의 음악은 음란하여 망
국(亡國)을 초래하였다고 비판받았다.(『禮記·樂記』: "桑間濮上之音, 亡國之音也. 其政散,
其民流, 誣上行私而不可止也.")

견흥遺興(2수)

1

남쪽 변방 한 장사 칼에 먼지 낀 채
음부경陰符經[3]을 읽으며 30년 세월 보내더라.

부들자리에 누웠다가 잠이 깨면 술 찾으니
중도 심상한 사내로 여길밖에.

2

중도 속인도 아닌 소치嘯癡[4]라는 이 사람
거문고에 칼 하나가 생애의 전부라.

때로는 북으로 가 처자를 만나보고
강남에 돌아와서 절집에 붙어 있네.

遣興二首

南邊壯士劍生塵, 手閱陰符三十春.
臥睡蒲團起索酒, 野僧只道尋常人.

---

3 음부경(陰符經): 병서의 이름. 소진(蘇秦)의 스승 귀곡자(鬼谷子)가 지은 책.
4 소치(嘯癡): 백호의 또 하나의 별호.

非僧非俗嘯癡漢, 一琴一劍爲生涯.
有時北去問妻子, 來寄江南禪老家.

출새행出塞行[5]

열사烈士라면 무슨 일 해야 할까
정원후定遠侯[6] 봉을 꼭 받아야 하리.

금과金戈 들고 고향땅 하직하고
철마鐵馬로 변방을 향해 떠나노라.

살기는 사막에 떠다니는데
음풍陰風은 수루戍樓를 뒤흔들어라.

허리에 둘러찬 백우白羽 화살로

---

5 출새행(出塞行): 변방에 출정 가면서 지은 노래를 가리킨다. 두보(杜甫)의 시에「전후
  출새행(前後出塞行)」이 있다.
6 정원후(定遠侯): 동한(東漢)의 반초(班超)는 자가 중승(仲升)인데 일찍이 군인의 길을
  걸어 서역(西域) 50여국을 정복하고 정원후에 봉해졌다.

우현왕右賢王⁷ 머리를 쏘아 맞추리.

出塞行

烈士生何事, 當封定遠侯.
金戈辭漢月, 鐵馬向邊州.
殺氣浮寒磧, 陰風動戍樓.
腰間白羽箭, 射取右賢頭.

임고臨皐의 학 그림⁸에 쓴 시

술 파하자 손님마저 돌아가니

---

7 우현왕(右賢王): 오랑캐의 높은 사람을 가리키는 말. 흉노(匈奴)는 귀족(貴族)의 봉호
(封號)로 좌·우 현왕(左右賢王)이 있다.
8 임고(臨皐)의 학 그림: 소식(蘇軾)의 「후적벽부(後赤壁賦)」를 그림으로 표현한 것. 임
고는 작중의 배경인 정자 이름. 소식이 어느 해 10월에 임고에서 두 손님과 하루를 실
컷 즐겁게 놀고 밤에 물가의 배로 돌아와 쉬는데 마침 학 한마리가 울며 하늘을 지나
갔다. 그후 잠이 들었는데 꿈속에 한 도사가 지나가며 "적벽의 놀이가 즐거웠던가?"
하고 물었다. 이에 작자는 아까 울며 날아간 학이 바로 그대가 아닌가 하는 말로 끝맺
는다. 이 시는 「후적벽부」의 내용을 회화적 형상으로 표현한 것을 다시 시적 형상으
로 재현한 것이다.

조각배는 푸른 산기슭에 기대어 있네.

사람으로 변한 그이 본디 학이라
꿈 아닌 꿈속에 보았더라오.

한번 웃자 새벽 구름 흩어져가고
돌아보니 강 위의 달 져가는구려.

성근 별 하늘에 희미한데
오경五更이라 바람 이슬 차갑구려.

題臨皐鶴圖

酒罷客歸去, 扁舟依翠巒.
化人人本鶴, 非夢夢中看.
一笑曉雲逝, 回頭江月殘.
踈星淡天宇, 風露五更寒.

정악창수 鼎岳唱酬[9]

중흥동[10] 으로 들어가며

마음이 고요하니 지경地境 함께 고요하고
바위는 아슬아슬 하늘과 맞닿았네.

높은 봉우리 저 너머 구름 비끼고
한가람 서쪽에 해가 지누나.

온 골짝 잎새 나무에서 떨어지고
막대 짚은 한 사람 시내 건너네.

바위 사이로 요초瑤草 자라고 있으니
여기가 바로 원공遠公[11]의 집 아닐런가.

---

9 정악(鼎岳)은 삼각산(三角山)의 별칭으로 북한산(北漢山)을 가리키기도 한다. 1574
년 백호는 송암(松巖) 양대박(梁大樸, 1544~1592) 및 천유자(天遊子) 정지승(鄭之升,
1550~1589)과 함께 삼각산 일대를 유람하고 다수의 시편을 수창(酬唱)하였다. 『임백
호집』에는 그 일부가 시체(詩體)별로 따로 수록되었는데 이제 『겸재유고』에 의거하
여 이때 지은 작품들을 모두 수록한다.

10 중흥동(中興洞): 북한산 노적봉 아래 계곡으로, 중흥사가 있었던 곳이다.

11 원공(遠公): 진(晉)나라 고승(高僧) 혜원(惠遠)이 여산(盧山) 동림사(東林寺)에 있었
는데 세상사람들이 그를 원공(遠公)이라 칭하였다. 맹호연(孟浩然)의 「만박심양망여
산(晚泊潯陽望廬山)」에 "일찍이 혜원전을 읽고, 속세를 벗어난 자취를 생각했지.[嘗讀
遠公傳, 永懷塵外蹤]"라는 구절이 있다.

入中興洞

心靜¹²境俱寂, 石危天與齊.
雲橫高岫外, 日落大江西.
萬壑葉辭樹, 一筇人渡溪.
巖間長瑤草, 莫是遠公棲.

〔붙임〕 **원운**原韻   송암 양대박

세상 멀어 티끌 안개 가려졌는데
깊은 산속 나무들은 나란하구나.

가을 모습 골짜기를 비추어주고
돌길은 이리저리 갈라져 났네.

막대 짚고 금지金地에 들어가서는
바람 쐬며 옥계玉溪 물소리 듣노라.

---

12 靜:『겸재유고』에는 '逸'로 고치라고 되어 있다.

먼 훗날 우리 함께 집을 짓고서
이곳이 녹문鹿門인 양 살아보세나.

〔附〕原韻　松巖 梁大樸

俗遠烟塵隔, 山深樹木齊.
秋容照巖壑, 石逕亂東〔西〕.
策杖投金地, 臨風聽玉溪.
他年同卜築, 擬作鹿門〔棲〕.

〔붙임〕 차운하여　천유자 정지승[13]

절간이 외져 중도 드물고
하늘은 높이 장실丈室[14]과 나란해라.

---

13 정지승(鄭之升): 자는 자신(子愼), 본관은 온양(溫陽), 호는 총계당(叢桂堂). 천유자(天
遊子)라고도 했다. 북창(北窓) 정렴(鄭磏)의 조카인데 그의 조부 정순붕(鄭順朋)이 사
론(士論)에 나쁜 평을 받게 되어 벼슬길로 나가지 않고 용담(龍潭: 지금의 전라북도 진
안 땅)에 은거했으며 시인으로 이름이 있다.
14 장실(丈室): 사방 1장(丈)의 방.(白居易 「秋居書懷」: "丈室可容身.")

저 아래 평원을 강물이 가르고
첩첩한 봉우리 가을이 깊어가네.

나그네 잠자리 꿈에 갓 돌아오니
찬 물은 멀리 계곡을 떠나가누나.

이번 가면 만나기 우연찮거니
어느 곳에 암서巖棲를 찾을 건고.

〔附〕次   天遊子 鄭之升

寺僻居僧少, 天高丈室齊.
江分平楚外, 秋老亂峯西.
客榻初廻夢, 寒流遠送溪.
玆行知不偶, 何處覓巖棲.

운암雲菴

봉우리 하늘을 받쳐 옥이 솟은 듯 우뚝하니

하늘이 무너질까 걱정하는 건 기우로세.

성근 숲 붉은 잎새 찬물에 떨어졌고
길 미끄러워 푸른 이끼 등넝굴에 얽혔는데

구름은 천추에 세상 밖의 취향 있고
달빛 아래 암자에는 입정入定하는 중 있다오.

10년의 화택火宅[15]에 번뇌가 하 많으니
공문空門[16]으로 나아가서 대승大乘이나 물어볼까.

雲菴

峯勢支天玉作嶒, 區區杞國謾憂崩.
林踈紅葉墮寒水, 逕滑蒼苔縈古藤.
千古嶺雲方外趣, 一菴蘿月定中僧.
十年火宅多煩惱, 欲向空門問大乘.

---

15 화택(火宅): 불가에서 번뇌의 속세를 비유한 말. 사람이 정애(情愛)에 얽매여 있는 것
   이 불구덩이 속에 있는 듯하다는 데서 생긴 말이다.
16 공문(空門): 불사(佛寺)를 이르는 말.

〔붙임〕 원운原韻   양대박

깎아세운 여러 봉우리 다투어 높고 높아
새도 못 날 세 봉우리 그 형세 곧 무너질 듯.

무르익은 단풍 곁에 짧은 시구 읊조리고
푸른 여울 우는 곳에 다래 넝쿨 걸려 있네.

금정金鼎에다 단사丹砂 굽는 선객仙客은 못 만나고
창문 앞에 면벽面壁[17]하는 선승禪僧만 보겠구려.

듣건대 봉래산[18]은 창해로 막혔다니
도인道人 타는 비거飛車[19]나 기다릴밖에.

〔附〕 原韻   松巖

群峯削立競凌嶒, 鳥外三峯勢欲崩.

---

17 면벽(面壁): 불가에서 좌선(坐禪)하는 것.(『오등회원(五燈會元)』에 "달마達磨가 숭산嵩
山 소림사少林寺에 만거萬居하여 면벽面壁하고 앉아 종일토록 묵연무어默然無語했다."
하였다.)
18 원문의 봉호(蓬壺)는 바다 가운데 신선이 있다는 봉래산(蓬萊山)을 가리킨다.
19 비거(飛車): 옛날 전설상에 바람을 타고 날아다니는 수레.(蘇軾「金山妙高臺」: "我欲乘
飛車, 東訪赤松子.")

紅葉爛邊吟短句, 碧溪鳴處倚寒藤.

未逢金鼎燒丹客, 唯見蘿窓面壁僧.

聞說蓬壺隔滄海, 飛車應待化人乘.

차운하여 　정지승

화산華山[20]의 세 봉우리 푸르게 우뚝 솟아
먼 곳은 구불구불 가까운 곳은 무너질 듯.

……비단
등나무 넝쿨 너머 선실禪室에서 경쇠소리 들리네.

십년 동안 시인을 몇이나 만났는가
침상 하나 스님……

세상 인연 다 끊고 여기 머물며
낭상 여력餘力이 있으면 삼승三乘[21]을 이야기해야지.

---

20 화산(華山): 북한산(北漢山), 곧 삼각산(三角山)의 별칭.
21 삼승(三乘): 불교 용어로 일반적으로는 소승(小乘)-성문승(聲聞乘), 중승(中乘)-연각승
　(緣覺乘), 대승(大乘)-보살승(菩薩乘)을 가리키며, 불법(不法) 일반을 가리키기도 한다.

次 天遊子

華峯三角碧崚嶒, 遠勢逶迤近〔欲〕崩.
□□□□□□繡, 磬傳禪室隔蘿藤.
十年幾見長吟客, 一榻□□□□僧.
斷盡世緣從此住, 直將餘力話三乘.

실제失題

반악潘岳의 귀밑머리 가을 되자 쉽게 세니
어찌할 수 없는 맑은 시름 세월만 흘러가네.

가슴에는 태화산太華山이 서렸으나 우는 새가……
뜻은 관하關河에 있으나 채찍 잡지 못했노라

단풍든 숲 저녁 모습 서리 뒤에 아름답고
옥 같은 산봉우리 비온 뒤에 선명하네.

여기서 혹시라도 신선을 만나게 될까
지초芝草 일산에 구름수레 달 아래로 너울너울.

次 嘯癡

潘鬢逢秋易颯然, 淸愁無賴歲華遷.
肯蟠太華□鳴禽, 志在關河未着鞭.
紅樹晚容霜後媚, 玉峯秋色雨餘鮮.
此間倘得仍仙侶, 芝盖雲車月下蹁.

〔붙임〕**원운** 정지승

시름겨운 마음이라 나도 모르게 서글프고
안석案席 기대앉아 계절 변화에 놀라누나.

한가한 날엔 모름지기 사령운謝靈運의 나막신이 있어야 하나
좋은 유람에 어찌 조적祖逖[22]의 채찍을 기다리랴!

안개 노을 낀 바다와 골짜기는 신선 사는 궁전인가
숲에는 가을 들어 비단 병풍인 양 선명해라.

---

22 원문의 조생(祖生)은 동진(東晉)의 명장(名將) 조적(祖逖)을 말한다. (『世說新語·賞譽下』: "劉琨稱祖車騎爲朗詣." 劉孝標注引晉虞預『晉書』: "劉琨與親舊書曰: '吾枕戈待旦, 志梟逆虜, 常恐祖生先吾著鞭耳.'")

다시금 밝은 달에 봉황새 우는 것을 상상하노니

석장錫杖 쥐고 마음껏 날아다니면 깃옷은 너울너울.

〔附〕原韻   天遊子

愁懷不覺動凄然, 隱几還驚節序遷.

暇日會須〔靈〕運屐, 勝遊何待祖生鞭.

烟霞海壑仙宮秘, 樹木□秋錦障鮮.

更想月明聞鳳鳴, 任敎飛錫羽衣翩.

〔붙임〕차운하여   양대박

산속의 늙은 스님 아직도 여전하시니

옛적 그 시절을 손꼽아보니 몇 해나 지났던가.

이미 수고로운 인생…… 돌아가고

신선 수레 올라타려 말채찍을 사양하네.

누각에 달빛 서늘하고 서리 가득한데
석실石室에 가을 깊자 단풍잎 고와라.

향 연기 마주하고 잠깐 꿈을 꾸니
신선님네 장난삼아 너울너울 춤추더라.

〔附〕次　松巖

山中老宿尙依然, 屈指曾遊歲幾遷.
已把勞生歸□界, 欲攀仙馭謝征鞭.
瑤臺月冷繁霜緊, 石室秋深錦葉鮮.
却對香烟成小夢, 羽人多戲舞蹁躚.

비 끝에 읊다

뭉게뭉게 평상에 구름 일더니
우수수 처마에 빗방울 지누나.

단풍잎은 가을에 사뭇 취했고

시냇물은 한밤중에 소리 높이네.

이슬 기운 새벽 들어 싸늘하고
바람결은 저녁 무렵 더욱 사나워.

하의荷衣[23]는 반이나마 시들었으니
쓸쓸히 찬 바위에 기대었노라.

雨餘吟

淰淰雲生榻, 蕭蕭雨送簷.
葉舟秋醉重, 溪碧夜絃添.
霧氣侵晨泠, 風威向夕嚴.
荷衣半凋落, 怊悵倚寒巖.

---

23 하의(荷衣): 연잎으로 만든 옷이란 뜻으로 선비의 옷을 가리킨다.(屈原 「離騷」: "製芰
荷以爲衣兮, 集芙蓉以爲裳." 「九歌」: "荷衣兮蕙帶")

〔붙임〕 **원운** 양대박

어제부터 내리던 비 아침결에 그치니
가을 산이 처마로 성큼 다가섰네.

유람 나온 나그네 발걸음 묶고
콸콸 흐르는 시내물 기세를 돋우네.

…… 나무 그리움이 어찌 끝이 있으랴
서리 내려 날씨 갈수록 서늘해지는데.

절집 스님들도 분주하여
경쇠 치고 공암空巖에 예 올리네.

〔附〕 **原韻** 松巖

宿雨朝來歇, 秋山近畫簷.
能令遊客滯, 翻使亂溪添.
□樹思何盡, 霜天氣轉嚴.
居僧亦多事, 鳴磬禮空巖.

〔붙임〕 차운하여 정지승

비 개니 가을 구름 엷어지고
삼각산이 처마에 떨어질 듯.

냇물 소리 때때로 들려오고
…… 보태지네.

객지 생활 오래되니 모습이 변하고
하늘은 맑아 날씨가 싹 갰네.

훗날 지난 자취 이야기할 때
명승名勝은 …… 바위일세.

〔附〕 次 天遊子

雨霽秋陰(薄), 三峯落(短)簷.
溪聲時更(出), □□□□〔添〕.
客久形定變, 天晴氣象嚴.
他年話陳迹, 名勝□□巖.

현옥玄玉의 시축에 차운하다

너럭바위 다래 넝쿨 사이 작은 암자 그윽한데
비 지나간 일천봉에 물소리 어지럽네.

단풍 속에 문이 닫혀 향불마저 썰렁하니
속객의 허튼 시름 무슨 상관 있으리오.

次玄玉詩軸

石壇蘿薜小菴幽, 雨過千峯水亂流.
紅葉閉門香火冷, 不關塵客有閑愁.

〔붙임〕 차운하여　　양대박

한번 운창雲窓에 누운 뒤로 일마다 한가로워
속세 꿈은 냇물에나 부쳐야겠네.

가을바람 병든 길손 찬비에……
고승高僧과 마주앉아 시름 한점 없어라.

〔附〕次　松巖

一臥雲窓事事幽, 却將塵夢付溪流.
秋風病客□寒雨, 獨對高僧無箇愁.

〔붙임〕차운하여　정지승

삼각봉三角峯 서쪽의 옛 절이 그윽하여
난간 기대 큰 강물 흐르는 쪽 바라보네.

산인山人이 시를 청하길 탁발보다 더하니
맑은 가을에 뜻밖의 근심을 얻었구나.

〔附〕次　天遊子

三角峯西古寺幽, 憑欄一面大江流.
山人索句嚴□鉢, 贏得淸秋意外愁.

정악연구鼎岳聯句(2수)

1
석문石門의 가을비에 돌아갈 길 지체되어(백호)
시름겹게 산창山窓 기대 날 개길 기다리네.(송암)

내일 아침 한양 길에 ……밖 바라보면(천유자)
옥봉玉峯은 의구依舊하여 하늘에 비꼈으리.(백호)

2
안개비 중흥동重興洞에 자욱하여서
가을 맞은 정악鼎嶽에서 머무노라.(백호)

막대 짚고 신선들을 찾아나서서
그대들과 하늘에서 놀아보았네.(송암)

날 개면 봉우리마다 빼어날 테고

찬 시냇물 골짝마다 넘쳐나리.(천유자)

구름 뚫고 자부紫府에 들어갔다가

절집 서쪽 다락 기대 시를 읊으리.(백호)

鼎岳聯句

石門秋雨滯歸程,(子順), 愁依山窓待晚晴.(士眞)

明日上京□外望,(子愼), 玉峯依舊半天橫.(子順)

霧雨重興洞, 淹留鼎嶽秋.(子順)

携筇訪仙侶, 與子試天遊.(士眞)

霽色千峯秀, 寒聲萬壑流(子愼)

穿雲入紫府, 吟倚寺西樓(子順)

무릉계武陵溪에서

높고 낮은 뭇 봉우리 옥비녀 꽂아놓은 듯
자욱한 구름 노을 속에 시내 한 줄기 숨었어라.

참 근원 찾으려니 길이 문득 끊어지고
푸른 벼랑 단풍 든 나무 눈앞이 어질하네.

次武陵溪

亂峯高下玉簪齊, 縹緲雲霞祕一溪.
欲覓眞源却無路, 翠崖紅樹使人迷.

〔붙임〕 원운   양대박

서늘한 시냇물 푸른 절벽 가지런하니
사람들 무릉계라 이르는 이곳.

그대들 의지하여 배 띄워 가고파도
구름 노을 짙게 끼어 아득한 걸 어찌하리.

〔附〕武陵溪 松巖

流水泠泠翠壁齊, 人言此是武陵溪.
憑君欲放〔漁〕[24]舟去, 其奈烟霞咫尺迷.

〔붙임〕차운하여 정지승

뭇 봉우리 깎아세워 하늘과 나란하니
비단결 같은 구름 푸른 시내에 어른대네.

묻노니 진원眞源은 그 어디서 찾을 수 있나
동문洞門은 꼭꼭 잠겨 흰구름 속 아득할 뿐.

---

24 漁: 글자 아랫부분은 결락되었으나, 남아 있는 부분과 문맥을 고려해보면 '漁'자가
거의 확실하다.

〔附〕次　天遊子

羣峯削立與天齊, 雲錦參差漾碧溪.
爲問眞源何處□[25], 洞門深鎖白雲迷.

스님의 시축에 쓰다

쇠잔한 몸 곡기 끊어 기력이 떨어져서
들보 위 제비가 가사를 더럽혀도 그냥 두네.

매화 열매 씨가 길쭉 꿈이 갓 들었거늘
버들솜은 흙에 붙어 날려고 않는다지.

법法을 굴리면 사나운 코끼리 엎드리는 걸 보리니[26]
돌아갈 땐 놓아둔 소 잡아타고 가야겠지.[27]

---

25 원문에는 결락되었는데, 문맥상 '覓'이 아닌가 추정된다.
26 법을~보리니〔轉法待看狂象伏〕: 전법(轉法)은 법을 자유자재로 할 수 있는 득도의 높
　　은 경지. 광상복(狂象伏)은 데바닷타라는 자가 부처를 해치려고 사나운 코끼리를 풀
　　어놓았으나 그 코끼리가 부처 앞에 이르러서는 공손히 엎드렸다 하여 생긴 말이다.
27 돌아갈 땐~가야겠지〔還家騎得放牛歸〕: 환가(還家)는 진리나 본분을 찾아간다는 의미
　　의 비유적 표현이며, 방우(放牛)는 불가에서 마음이 방종해진 것을 비유하는 말이다.

도화桃花나 격죽擊竹[28] 따윈 말하여 무엇하리

계족산鷄足山 맑은 바람 바로 곧 상기上機라오.[29]

題僧軸

殘衲休粮氣力微, 任敎樑燕汚禪衣.

梅元長核初回夢, 絮已粘泥不肯飛.

轉法待看狂象伏, 還家騎得放牛歸.

桃花擊竹何須說, 鷄足淸風是上機.

---

28 도화(桃花)나 격죽(擊竹): 도화는 인사(人事)는 무상한 데 반해서 자연의 아름다움
이 오히려 그대로임을 뜻하는 듯하며(崔護 「題都城南莊」: "去年今日此門中, 人面桃花相
映紅. 人面不知何處去, 桃花依舊春風."), 격죽은 두 조각의 대를 마주쳐 박자를 맞추는
것을 가리킨다.

29 계족산~상기라오(鷄足淸風是上機): 계족은 가섭존자(迦葉尊者)가 입적(入寂)한 산
이름인데 존자가 석가여래의 금란가사(金襴袈裟)를 가지고 미륵불이 세상에 나오기
를 기다려 전해주었다 한다. 상기(上機)는 최고의 묘리(妙理)라는 뜻.

〔붙임〕 **원운** 정지승

방장方丈[30]이 구름 뚫고 산속에 서 있으니
벽라의薜蘿衣를 몸에 걸친 도인道人.

요단瑤壇에서 지는 꽃을 고요히 마주하고
향로에서 피어나는 전연篆烟[31]을 자세히 바라보네.

용발龍鉢[32] 속엔 영물이 없지도 않을 게고
녹거鹿車[33]는 사문四門에서 돌아올 걸 그려본다.

자고로 묘한 법은 말하기 어려워라
부생浮生들은 일찌감치 기심機心을 버려야지.

---

30 방장(方丈): 고승이 거처하는 처소. 절을 가리킨다.
31 전연(篆烟): 향 연기가 오르는 모습을 가리킨다.
32 용발(龍鉢): 『진서(晉書)·승섭전(僧涉傳)』에 "섭(涉)은 서역인(西域人)인데 부견(苻堅) 시대에 장안(長安)에 들어와서 주문을 읽어 용을 내려오게 하였다. 그래서 날이 가물 적에는 부견이 매양 그를 불러 비를 청하게 하면 문득 용이 바리 속에 나타나 큰 비가 내렸다." 하였다.
33 녹거(鹿車): 불가에서 연각승(緣覺乘)을 비유하여 녹거라 하였는데 이를테면 승이 인중(人衆)을 가까이하지 않는 것이 마치 사슴이 산중에 처함과 같다는 것이다.

〔附〕 原韻　天遊子

方丈穿雲入翠微, 道人身上薜蘿衣.
瑤壇靜對空花落, 玉鴨晴看細篆飛.
龍鉢未應無物伏, 塵車猶想四門歸.
由來妙法難言地, 擬向浮生早息機.

〔붙임〕 **차운하여**　양대박

가을 산색 짙은데 새벽 비 부슬부슬
석양에 빈 시내 건너며 옷깃을 터네.

바람 부는 석단石壇에 잎이 떨어지고
비 그친 못에 구름이 나는데.

찾아갈 신선의 집 어찌 없으리오만
노승이 안 계시면 누구와 더불어 돌아갈꼬?

오늘 인연 따라 게송偈頌 지어 남기노니
구류九流가 어찌 원기圓機를 말할 수 있으리오?

〔附〕次　松巖

秋山濃翠曉霏微, 晩渡虛溪一振衣.

風過石壇寒葉〔落〕, 雨收潭洞亂雲飛.

豈無仙宅可能往, 不有老僧誰與〔歸〕?

此日隨緣爲留偈, 九流安得說圓機?

규대선圭大禪[34]에게 차운하여 주다

광려산匡廬山[35]에 학鶴을 날려 제일봉에 암자 지으니
향불 적적해라 옛 성곽 옆이로다.

나그네 잡념 없고 중도 말이 없거늘
물은 찬 못에 있고 달은 하늘에 떴도다.

구름 모양 조석 따라 스스로 변하지만
산은 예나 이제나 바뀌지 않는다오.

---

34 원주: "원규(元圭)이다."
35 광려산(匡廬山): 중국 강서성(江西省)에 있는 여산(廬山). 풍광이 수려하여 동림사(東林寺) 등 명찰이 이곳에 있다.

석루石樓라 바람 이슬 저렇듯 맑으니

우리 스님 찾아가서 좋은 인연 들어보세.

次贈圭大禪[36](元圭也.[37])

飛鶴匡廬築一巓, 寥寥香火古城邊.

客無塵想僧無語, 水在寒潭月在天.

雲態自隨朝暮變, 山容不與古今遷.

石樓風露清如許, 試向吾師說淨緣.

〔붙임〕원운 정지승

수유 꽃고서 약봉藥峯 마루 모여 놀아[38]

북소리 피리소리 석양에 들썩이네.

---

36 『겸재유고』에는 제목이 「贈圭大禪」으로 되어 있다.

37 『임백호집』에는 없으나 『겸재유고』에서 보입(補入)하였다.

38 수유~놀아(佩茱高會藥峯巔): 옛날 중구일(重九日)이면 산수유를 꽂고 산에 올라가 노
는 풍속이 있었다.(王維「九月九日憶山東兄弟」: "遙知兄弟登高處, 遍揷茱萸少一人.")

남으로 바라뵈는 저 해문海門은 바로 국경
북에서 뻗어온 산세 쪽빛 하늘[39]에 닿아.

슬픔과 기쁨도 운수라 생사가 막혔거늘
선비와 불자 다시 만나니 세월이 흘렀구려.

이야기로 밤이 깊어 찬 기운 뼈골에 스미는데
하늘 저편에 밝은 달도 다 인연일세.

〔附〕原韻　　天遊子

佩茰高會藥峯巓, 簫鼓聲喧落日邊.
南望海門夷夏界, 北來山勢蔚藍天.
悲歡有數存亡隔, 儒釋重逢歲月遷.
話到夜深涼透骨, 一方明月摠因緣.

---

39 쪽빛 하늘〔蔚藍〕: 울람(蔚藍)은 맑고 푸른 하늘빛을 수식하는 말.(杜甫「冬到金華山觀
因得故拾遺陳公學堂遺跡」:"上有蔚藍天, 重光抱瓊臺.")

[붙임] 차운하여 　양대박

지난 해 백운대白雲臺 정상에 올라
태초의 맑은 기운 감도는 주변 굽어보고

날아가는……
이 몸이 높은 데 오르니 하늘이 손에 잡힐 듯

머리 돌려 찾아보나 빼어난 자취 누가 이어갈까.
……옮겼는데.

우리 스님 구절장九節杖을 빌려봐도
석문石門에 길 없으니 어떻게 오르랴!

去年曾上白雲顚, 府視鴻濛淸氣邊.
飛□□□□□, 此身高處手摩天.
回頭勝跡人誰繼?, 屈□□□□遷.
擬借吾師九節杖, 石門無路奈攀緣!

중흥사中興寺에 묵으며

산중의 하룻밤 일신이 한가함을 깨닫겠고
향불 사위어 밤도 하마 깊어가는데

장실의 노스님 반기이 맞으시니
상방上房의 경쇠 소리 등불이 가물가물

오경五更의 달빛 아래 불단佛壇이 조촐하여
온갖 풍상에 나그네 꿈만 서늘하오.

은자를 찾아가서 멀리 떠날 방도 묻자 해도
소산小山의 계수나무 오르기 어려워라.

宿重興寺

雲林經宿覺身閑, 爇盡名香欲夜闌.
丈室老禪靑眼舊, 上房鳴磬赤燈殘.
五更月露空壇淨, 百道風霜客夢寒.
擬訪幽人學長往, 小山叢桂難爲攀.

〔붙임〕 차운하여 양대박

하늘이 우리에게 며칠간의 한가로움 주셔
시를 논하고 차를 달이며 흥이 바야흐로 한창일세.

소나무 기운 옛 산골짝에는 안개…… 늙어가고
가을 늦은 층층 절벽에는 풀과 나무 이울었네.

덩굴의 달 처량한데 한밤중 고요하고
시내 바람 소슬하니…… 상방上方이 서늘하네.

언제나 잠시 호공壺公을 잡고 떠나
멀리 단구丹丘 향해 올라가볼까.

〔附〕 次 松巖

天供吾儕數日閑, 說詩烹茗興方闌.
松欹古峽烟□老, 秋晚層崖草樹殘.
蘿月凄凉半夜靜, 水風蕭□上房寒.
何當暫把壺公行, 遙向丹丘試一攀.

〔붙임〕 **차운하여** 정지승

방장方丈은 고요하고 일마다 한가로워
좋은 유람 바로 한 해 저무는 때를 만났네.

온 산에 물든 단풍 가을 소리 맑고
여울 건너 쇠북 소리 땅거미 지려는데

소단小壇으로 걸어가니 이슬에 젖고
높은 나무 기대보니 달과 별 차가워라.

선인仙人과 범임凡人 아무래도 길이 다르지만
훗날 구름다리 타고 다시 오를 수 있겠지.

〔附〕次 天遊子

方丈寥寥事事閑, 勝遊直值歲將闌.
滿山殷葉秋□澹, 隔水疏鍾暝色殘.
步出小壇風露重, 倚來高□月星寒.
仙凡有路遂成別, 他日雲梯更許攀.

연구聯句

옛 절은 의구히 있고
구름 낀 산은 늘 그 모습이어라.(송암)

등 하나 삼세三世를 붉고
두 눈은 십년 동안 푸르러.[40]

빈 숲에 결사結社를 좋아하고
한가로이 패엽서貝葉書를 읽노라.(천유)

뉘라서 이조梨棗[41]를 기다리나
밝은 해 구름 위로 떠도는데.[42]

聯句

古刹依然在, 雲山常舊形.(松巖)

一燈三世赤, 雙眼十年靑.(□□)

愛結空林社, 閑看貝葉書.(天遊)

---

40 원문에는 작자가 결락되었으나 '嘯癡', 곧 임제로 추정된다.
41 이조(梨棗): 교리화조(交梨火棗). 도가(道家)의 선과(仙果)의 하나.
42 원문에는 작자가 결락되었으나 '松巖', 곧 양대박으로 추정된다.

誰能待梨棗, 白日上雲□.(□□)

석령釋嶺에서 산으로 돌아가는 스님을 보내며 지은 연구聯句

스님은 전부터 알던 분(소치)

밤새도록 푸른 산 이야기를 나누었네.(천유)

멀리 전송하는 은근한 마음(소치)

돌아가는……

釋嶺送僧還山聯句

僧有舊知者,(嘯癡), 終宵話翠微.(天遊)

慇懃遠相送,(嘯癡), 還□□□□□.(□□)

석령釋嶺 제일봉에 올라

먼 하늘에 비가 날려 협곡이 유심한데
한가닥 긴 구름은 저문 빛이 음산하이.

산마루엔 바람이 무한히 좋거늘
안개 낀 강 물결이 낚싯배에 부딪친다.

登釋嶺第一峯

遠天飛雨峽門幽, 一道長雲暝色愁.
無限山頭好風日, 滿江煙浪拍漁舟.

〔붙임〕 차운하여　양대박

발 아래 심상한 산골짝 길 그윽한데
구름 사이로 날리는 빗방울 시름겹게 하네.

가을 강을 끝없이 바라보니 바다와 닿았는데
한폭 돛단배는 어디로 가는 배인가?

〔附〕次 松巖

脚底尋常澗壑幽, 泄雲飛雨使人愁.
秋江極目連□海, 一幅征帆何處舟?

〔붙임〕**차운하여** 정지승

도원桃源을 찾다가 그윽한 동천洞天이 그리워
홀로 높은 봉우리 올라 시름을 씻노라.

머리 돌려 천지를 둘러보니 바둑판 같거늘
어디에 배를 숨길 수 있을까?

〔附〕次　天遊子

尋源還憶洞天幽, 獨上高峯更滌愁.
回首乾坤如□局, 不知何處可藏舟.

사한동 沙寒洞

깊은 골짝 우수수 바람이 불고
차가운 시냇물엔 비가 뚝뚝뚝.

나그네 저물녘에 돌아오는데
싸늘한 안개가 길 위에 피네.

沙寒洞

蕭蕭幽峽風, 點點寒溪雨.
客子暮歸來, 凉烟生古道.

〔붙임〕 **차운하여** 정지승

지팡이는 아홉 굽이 구름을 뚫고
걸친 옷은 세 봉우리 비에 젖었네.

냇가에서 술 한동이 비우고 나서
저물녘에 서울 길 찾아나서네.

〔附〕次 天遊子

节穿九曲雲, 衣濕三峯雨.
臨流一樽空, 暮向長安道.

〔붙임〕 **차운하여** 양대박

시 읊으며 바람 부는 산길 내려오는데
아직도 선산仙山에 비를 띠었네.

술 취해 말 타고 돌아오는 걸음
해 저문 성 동쪽의 길.

〔附〕次　松巖

長吟下風磴, 尙帶仙山雨.
醉來騎馬歸, 日暮東城道.

『정악창수鼎岳唱酬』 마침

가을 재실에서

차운 방에 고즈넉이 앉았노라니
남녘 나그네 돌아갈 생각 간절도 하여라.

숲속에는 바람소리 밤새도록 들리더니
아침 일찍 어린아이 밤을 줍네.

秋齋卽事

寒齋坐不移, 南客思歸切.
林葉夜聞風, 稚兒朝拾栗.

휘상인에게 주다

바람은 번당幡幢에 불고 달은 냇물에 떨어지는데
게으른 심사 더욱 쓸쓸하기만 하네.

삼생석三生石[43] 옆에 예전…… 따르고
백척간두百尺竿頭에서 나아가려는 사람.

贈輝上人

風動幡幢月落川, 懶殘心事更蕭然.
三生石畔從前□, 百尺竿頭向上人.

봉래의鳳來儀

먼 옛날 소소韶簫 구장九章의 음악[44]
저 달은 춤추는 그림자 비추던 달.

---

43 삼생석(三生石): 당(唐)나라 이원(李源)과 원관(圓觀)의 고사(故事)에 나오는 바위. 두
   사람이 삼협(三峽)을 여행하다 원관이 임산부를 보고 자신이 태중의 아이에게 기탁하
   여 태어날 것이라 예언하고, 20년 후 항주(杭州) 천축사(天竺寺)에서 만나기로 약속했
   다고 한다. 과연 그날 저녁 원관이 입적하였으며, 20년 뒤 약속 장소에 가서 원관이 환
   생한 목동을 만났다고 하는데, 지금 천축사 뒷산에 그들이 만난 곳에 있는 바위를 세
   상 사람들이 '삼생석'이라 일컫는다고 전해진다.(袁郊『甘澤謠·圓觀』)
44 먼 옛날~음악(韶簫昔九成): '소소(韶簫)'는 '소소(簫韶)'라고도 하는데, 순(舜)임금이
   지은 곡 이름이다. (『書經·益稷』: "簫韶九成, 鳳凰來儀.")

지금 진녀秦女[45]와 함께 타고
꿈이 깨어……

鳳來儀

韶簫昔九成, 舞影虞庭月.
今同秦女騎, 夢斷□□□.

눈 덮인 매화

동군東君[46]오시는 소식 가지 끝에 새어나와
눈에 눌린 꽃망울 시린 물에 비친다.

다리 가 버들가지 푸르러도 내사 싫소
해마다 꺾이고 꺾여 전별 선물 될 바에는.

---

45 진녀(秦女): 진(秦)나라 목공(穆公)의 딸인 농옥(弄玉)을 가리킨다. 퉁소를 잘 부는
소사(蕭史)와 부부가 되어 나중에 봉황을 타고 하늘로 올라가 신선이 되었다고 전해
진다.
46 동군(東君): 봄을 주관하는 신. 태양의 신을 동군이라 일컫기도 한다. (辛棄疾「滿江
紅·暮春」詞: "可恨東君, 把春去春來無迹.")

雪下梅

東君消息漏橫梢, 雪壓瓊英寒映水.
不學橋邊楊柳枝, 年年折在離人手.

피풍아避風兒

바로 소양전昭陽殿⁴⁷의 제일로 꼽던 여인
피풍대避風臺⁴⁸ 위엔 먼지 하나 일지 않았다네.

번화한 옛 습속 상기 남아서
단판檀板⁴⁹에 풍류와 술, 금수錦水의 봄

---

47 소양전(昭陽殿): 한나라의 미앙궁(未央宮) 내에 있었던 궁전. 후세에 후비(后妃)가 거
처하는 궁전을 일컫는 말로 쓰였다.
48 피풍대(避風臺): 한나라 성제(成帝)의 후궁 조비연(趙飛燕)이 워낙 연약하여 바람도
이기지 못할 지경이어서 성제가 그를 위해 칠보피풍대(七寶避風臺)를 만들어주었다
한다. 제목 '피풍아(避風兒)'는 조비연을 지칭하는 듯하다.
49 단판(檀板): 타악기 이름. 단목으로 만든 박판(拍板).

避風兒

曾是昭陽第一人, 避風臺上不生塵.
繁華舊習依然在, 檀板琴尊錦水春.

을해년
乙亥年
1575

낭주浪州 가는 길에

바닷물 밀려드는 덕진포德津浦
해는 낭주성浪州城에 저무는데.

나그네 갈 길을 걱정하지만
봄바람 자형화紫荊花[1]에 불어오네.[2]

浪州途中[3]

潮滿德津浦, 日暮浪州城.
客子尙懷役, 春風吹紫荊.
(與弟子忱期會於道岬, 故詩中云云.)

---

1 자형화(紫荊花): 옛날 중국에 전진(田眞) 삼형제는 유산을 분배하면서 집 앞의 자형
(紫荊) 나무 한 그루도 세 토막으로 나눠 가지기로 하였는데, 그 말을 듣자 나무가 갑자
기 시들어 죽었다. 전진이 이를 보고, 본래 같은 줄기에서 나온 나무가 잘리는 것이 싫
어 저렇게 죽어버리는데 사람이 나무만 못해서야 되겠냐고 동생들을 타일러서 재산
을 나누지 않기로 하였고, 그러자 나무도 되살아났다고 한다.(吳均『續齊諧記·紫荊樹』)
2 원주: "자침(子忱) 아우와 도갑사(道岬寺)에서 만나기로 해서 시에서 이렇게 말한 것
이다."
3 『겸재유고』에는 이 시에 "此下乃乙亥年作"이라는 주석이 붙어 있다.

도갑사道岬寺⁴ 동문洞門

1

팔선봉八仙峯 아래로 푸른 벼랑 우뚝 솟아
파란 물 하얀 모래 한눈에 아슬하네.

호해湖海라 맑은 술에 이별의 한 많은데
저물녘 풍각소리 덕진다리⁵ 건너오네.

2

강남이라 수죽향水竹鄕에 봄철이 다가오니
푸른 연무 들을 덮고 버들가지 누릇누릇.

끊어진 다리 어디에 매화가 피었느냐.
금술잔 손에 잡고 한바탕 취해보세.

---

4 도갑사(道岬寺): 월출산(月出山)에 있는 절 이름. 도갑사 입구에는 구림(鳩林)이라는
  오래된 마을이 있는데 도선(道詵)이 태어난 곳이다. 지금 전라남도 영암군 구림면.
5 덕진다리(德津橋): 『신증동국여지승람』의 영암군 교량(橋梁)조에 "덕진교는 덕진포
  (德津浦)에 있다."(권35)고 나와 있다. 지금 영암읍에서 나주로 가는 길에 놓여 있다.

道岬洞門

八仙峯下翠巖高, 綠水明沙一望遙.
湖海淸尊足離恨, 暮城風角德津橋.

春到江南水竹鄕, 綠煙橫野柳舒黃.
斷橋何處梅花發, 欲把金樽醉一場.

월출산月出山 노래

서호西湖라 달빛 아래 학鶴을 보러 가고
구정봉九井峰[6] 구름 위로 용을 타고

깊은 밤에 철적鐵笛[7] 한가락을 불다가
아침 일찍 옥황님께 조회를 마치리라.

---

6 구정봉(九井峰): 영암 월출산의 최고봉. 정상은 사람이 20명쯤 앉을 만하고 그 평평한
곳에 움푹 파여 물이 괸 자리가 9군데 있어 구정봉이라 부르는데 가물어도 물이 마르
지 않아 구룡이 산다는 말이 전한다.(『신증동국여지승람』 권35 영암군)
7 철적(鐵笛): 철제(鐵製)의 젓대를 이른다. 주희(朱熹)의 「철적정시서(鐵笛亭詩序)」에
"무이산(武夷山)의 은자(隱者) 유겸도(劉兼道)가 철적을 잘 불어 천운열석(穿雲裂石)
의 형세가 있다." 하였다.

月出山詞

玩鶴西湖月, 騎龍九井雲.
夜深橫鐵笛, 朝罷玉宸君.

취중에 금성錦城을 지나니

길손이 금성을 지나갈 제
술이 취해 도화마桃花馬[8]를 잡아탔다오.

우습다, 이 티끌 세상에서
어느 누가 나를 알아준다지.

눈 내려 아득한데 다리를 건너자
거센 바람 광야에서 일어나네.

저문 숲 위에 가마귀떼 흩어지고
먼 공중에 날랜 수리 내려오누나.

---

8 도화마(桃花馬): 흰 털빛에 붉은 점이 박힌 말.

허리에 매달린 용천검龍泉劍에서
싸늘한 빛 만길을 솟아오른다.

醉過錦城

客過錦官城, 醉跨桃花馬.
自笑紅塵中, 誰爲知己者.
暝雪渡河橋, 雄風生曠野.
晚樹群鴉散, 遙空快鶻下.
龍劍懸腰間, 萬丈寒光射.

한식에 금성을 지나 풍포楓浦⁹로 가면서

남아의 행색 딱하기도 해라.
나그네 되어 남북을 떠도니

---

9 풍포(楓浦): 백호의 고향마을인 회진의 별칭.

괴롭고 괴로워 바야흐로……
누가……

……기운을 펴기 어려운데
긴 강 높이는 만척이요,

강변 길 비가 도롱에 차갑게 뿌리고
……

……
백양에 한식이 가까워 오니

말을 몰아 학다리를 건너자
가야산 산색이 저무네.[10]

寒食過錦官向楓浦

男兒絶可憐, 南北長爲客.
苦苦□方簡, 誰□□□□.
□□氣難平, 長江高萬尺.

---

10 말을~저무네〔驪馬渡鶴橋, 伽倻山色晚〕: 학다리〔鶴橋〕와 가야산(伽倻山)은 회진 인근
  의 지명. 학다리는 현 행정구역으로 전남 함평군에 있으며, 가야산은 회진에서 영산
  강 건너편 산 이름.

江路雨凄凄, □□□□□.

□□□母邦, 白楊寒食近.

驅馬渡鶴橋, 伽倻山色晚.

남도에서 서울 가는 도중에 짓다

당당한 저 사람 뉘 집 아들인가?

멀리 변방에서 새벽길을 떠났나 보군.

허리에 백우전白羽箭을 차고

소매 속엔 자금추紫金槌라.

세상에 알아주는 사람 없어

술잔으로 생애를 살아가니

젊은 시절부터 마냥 객지로 떠돌거늘

운대雲臺[11]에 초상 그려질 날이 언제 있으랴!

---

11 운대(雲臺): 후한 때 이곳에 국가중흥의 공신들의 화상을 그려 붙였다.

自南國赴洛途中作

矯矯誰家子, 晨從關外來.
腰間白羽箭, 袖裡紫金椎.
宇內無相識, 生涯有酒杯.
少年長客路, 幾日畫雲臺.

금강루錦江樓에 올라[12]

매화 핀 언덕 눈은 하마 녹고
두약杜若[13]의 물가 아지랑이 이네.

봄이 깊어 눈길 닿는 대로 다 마음 상해
길손의 발길 누대에 오르는 걸음 더디어라.

---

12 원주: "공주(公州)." 금강루는 공주의 금강(錦江) 남쪽 언덕에 있다.
13 두약(杜若): 향풀 이름. 일명 두형(杜衡), 우리말로 족두리풀.(屈原「九歌」: "采芳洲兮
杜若, 將以遺兮下女.")

登錦江樓(公州)

雪盡梅花岸, 煙生杜若洲.
春深傷極目, 客子倦登樓.

문상인文上人에게 주다[14]

스님 중에 도문道文이란 이 있으니
등나무 지팡이 들고 많이도 돌아다녔다오.

조각구름처럼 산과 바다 노닐었고
말 꺼내면 바라밀波羅密을 자세히 말한다오.

내리는 비 푸른 절벽을 적시고
스며든 물 다래 넝쿨이 울고

돌아가면 도연명陶淵明 사령운謝靈運과 벗하리니
이 때문에 그대를 많이 부러워하노라.

---

14 원주: "도문(道文)."

贈文上人(道文)

僧有道文者, 藤枝沙復沙.
片雲遊海岀, 一語殲波羅.
□雨濕蒼壁, 暗泉啼碧蘿.
歸應伴陶謝, 持此羨君多.

도잠道潛 스님에게

나는 그대만 같지 못하고
그대는 구름만 같지 못하네.

구름은 무심히 산에서 놀거늘
승속僧俗 다 바쁘고 시끄럽군.

贈潛師(道潛)

我則不如君, 君則不如雲.
無心自出岫, 僧俗兩紛紛.

능운凌雲 스님에게

남도 땅 대숲에서 청한清寒을 차지하고
금탑金塔이라 향등香燈에 홀로 문을 닫았구려.

먼 하늘 둥근 달은 만고에 하냥인데
참 인연 어찌 꼭 묘향산뿐이겠소.

贈雲師(凌雲)

江南脩竹占淸寒, 金塔香燈獨拚關.
萬古長天一輪月, 眞緣何必妙香山.

회포를 읊다

뿌리는 비가 객수를 적셔서가 아니라
추운 산에 시든 잎이 많아서라오.

『주역周易』과 거문고 ……
창 앞에 연화루蓮花漏[15] 밤은 얼마나 깊었는가?

咏懷

非關小雨沾離思, 自是寒山病葉多.
羲易琴□□□執, 碧窓蓮漏夜如何.

부르는 운에 맞춰 벼루를 읊다

한조각은 일찍이 왕발王勃[16]의 배에 가라앉았고
백년이나 동작대銅雀臺[17] 때문에 욕을 먹었다네.

가장 좋구나, 창가에서 문인의 벗이 되어

---

15 연화루(蓮花漏): 물시계를 가리킨다. 동진(東晉)의 승려인 혜원(慧遠)이 시각을 재기
  위해 구리 조각을 연꽃 모양으로 만들었다는 데서 생긴 말.
16 왕발(王勃): 당나라 때 시인으로 초당 사가(初唐四家)로 일컬어진다. 그는 26세 때 배
  를 타고 가다가 떨어져 익사하였다.
17 동작대(銅雀臺): 동작대는 조조(曹操)가 축조한 아주 호화로운 건물로, 그때문에 비
  판을 많이 받았다. 동작대가 황폐해진 뒤 그 기와로 벼루를 만들면 여러 날 물을 담아
  놓아도 줄지 않았다 한다. 이를 동작연이라 한다.

삼나무 이슬방울 용매龍媒[18]가 갈릴 때.

呼韻詠硯

一片曾沈王勃帆, 百年銅雀苦逢讒.
最宜騷客山窓畔, 磨盡龍媒露滴衫.

박사상朴使相에게 취흥으로 드리다[19]

안석安石[20]은 동산東山서 다시 일어나
남국의 조과雕戈[21]를 쥐었습니다.

---

18 용매(龍媒): 여기서는 좋은 먹의 이름.
19 원주: "이때 박계현(朴啓賢)이 호남의 방백(方伯)이 되어 있었다." 박계현(1524~1580)
  은 자가 군옥(君沃), 호는 관원(灌園)이며, 백호가 처음 그를 만난 것은 1575년의 일이
  다. 사상(使相)은 감사(監司)를 가리키는 말이다.
20 안석(安石): 사안(謝安, 320~385)의 자(字). 진(晉)나라 양하(陽夏) 사람인데 젊어서
  부터 중명(重名)이 있어 여러번 부름을 받았으나 나가지 않고 동산(東山)에 은거하여
  기생과 어울리니 사람들이 말하기를 "안석이 나가지 않으면 이 창생들을 어찌하랴."
  하였다. 뒤에 벼슬이 태보(太保)에 이르렀다.
21 조과(雕戈): 무늬가 새겨진 창을 일컫는다. 여기서는 박계현이 호남의 병권(兵權)을
  장악했다는 말이다.

일편단심 그대로 남아 있길래
중망을 한 몸에 받고 있습니다.

군사는 호표虎豹를 거두어 용맹스러운데
깃발에 내린 비에 용사龍蛇가 젖습니다.

창에 기대서 새 시구 읊으니
서생의 그 기개 어떠한지요?

醉呈朴使相(時朴啓賢, 爲湖南方伯.)

東山起安石, 南國握雕戈.
一寸心猶在, 群生望已多.
軍容雄虎豹, 旗雨濕龍蛇.
倚槊題新句, 書生氣若何.

고열苦熱

바다의 산 말라서 푸른 빛 멀어졌고

천리에 자욱해라 습한 구름 찌는구나.

붉은 해 대낮에 타는 듯하고
깊은 소沼에 이무기 오르지 못하는가.

혹서酷暑를 녹일 마음은 간절한데
찬 얼음 밟을 길 아득하기만.

어찌하면 서늘한 바람을 만나
학을 타고 하늘 밖을 날아볼거나.

苦熱

海山乾遠翠, 千里瘴雲蒸.
紅日午如爍, 碧潭龍未升.
有心消酷暑, 無計踏層氷.
便欲泠風御, 靑冥控鶴騰.

〔붙임〕 관원灌園의 시[22]

주명朱明이 남기南紀에 다다르니[23]
북쪽에서 온 나그네는 무더위에 괴로워라.

바다에서 해가 떠서 아침부터 내리쬐고
계곡의 구름 한낮에도 오르질 않네.

금정金井의 물이 공훈을 세우고
옥호玉壺의 얼음에 해갈解渴을 하리.[24]

언제야 원소袁紹를 만나서[25]
사람의 흥 오르도록 해볼 건고.

---

22 원주: "관원은 곧 박계현(朴啓賢)이다."
23 주명이~다다르니〔朱明到南紀〕: 주명(朱明)은 해를 가리키는 말이며, 남기(南紀)는 남
　방과 같은 의미로 쓰인다. 이 구절은 계절이 여름임을 표현한 것이다.
24 금정의~하리〔策勳金井水, 解渴玉壺氷〕: 금정(金井)은 우물을 미화한 말로 대궐의 우물
　을 가리키기도 한다. 옥호빙(玉壺氷)은 병 속의 물이 얼음이 된 것이니, 시원하여 청신
　함을 형용한 말이다.(杜甫「贈特進汝陽王二十二題」: "硯寒金井水, 簷動玉壺氷.")
25 언제야 원소를 만나서〔何日逢袁紹〕: 원소가 집안 사람들이나 빈객들과 술을 마시고
　즐기며 더위를 잊었다는 고사가 있다.

〔附〕灌園詩(灌園卽監司朴啓賢)

朱明到南紀, 北客困炊蒸.
海旭朝猶射, 溪雲午不升.
策勳金井水, 解渴玉壺氷.
何日逢袁紹, 令人興欲騰.

화병의 연꽃을 노래하다

연못이건 병 속이건 원망을 하지 않고
곱고 아름다움 쉽게 질까 시름하네.

붉은 얼굴 상기도 취기를 띠었거늘
초택楚澤의 어떤 이[26]는 감히 홀로 깬 척하나.

---

26 여기서 초택의 어떤 이(楚澤何人)는 굴원(屈原)을 가리킨다. 그의 『어부사(漁父辭)』
에 "세상이 온통 흐린데 나 홀로 맑고 뭇사람이 취해 있는데 나 홀로 깨어 있다."고
하였다.

詠瓶蓮

不怨池塘不怨瓶, 只愁濃艶易飄零.
紅顔尚帶三生醉, 楚澤何人敢獨醒.

〔붙임〕 **차운하여**　관원

연꽃을 꺾어다가 백옥병에 꽂아두니
붉은 옷 다 젖어 이슬 똑똑 떨어지네.

속이 비고 겉은 곧다는 그 말씀 너 아느냐?[27]
염계濂溪의 꿈 꾸고 나니 술이 반쯤 깨노라.

〔附〕 次　灌園

挿折蓮花白玉瓶, 紅衣濕盡露華零.
中通外直君知否, 夢斷濂溪酒半醒.

---

27 속이~아느냐〔中通外直君知否〕: 송나라 학자 주돈이(周敦頤)의 「애련설(愛蓮說)」에 연
　꽃을 "속은 비고 겉은 곧다.〔中通外直〕"라 묘사하였다. 주돈이의 호가 염계(濂溪)이다.

〔붙임〕 **차운하여**　주은酒隱 김명원金命元

어찌 맑은 물 싫다 하고 은병으로 들어왔으랴
향기로운 이슬방울 눈물처럼 떨어지네.

연못을 떠나오니 한이 응당 있고말고
취했다 도로 깨는 시인 따라 예 왔다오.

〔附〕 次　　酒隱

竹嫌淸水入銀瓶, 香露凄凄替淚零.
離却一塘應有恨, 也從詩老醉還醒.

당막棠幕[28]에 드리는 시

1

용정龍旌의 옥절玉節[29]로서 변방을 지키자니
나라에 바친 웅심雄心은 늘그막에 더하시네.

임금님 생각 부모님 걱정 마음이 괴로워라
연잎에 비바람 소리 밤에 더 들리시겠지요.

2

가을물 하늘에 닿은 듯 넓다고 뽐내더니만
큰바다 만나고 나선 어이없어 웃었다지요.

양춘陽春이라 백설곡白雪曲[30]은 화답하는 이 적지만
조충雕蟲[31]의 글재주야 값으로 치면 몇푼어치.

---

28 당막(棠幕): 감사를 지칭하는 말. 여기서는 관원(灌園) 박계현(朴啓賢)을 가리키는데
마침 전라도 해안에 왜구의 소요가 있어 나라에서 박계현을 전라 감사로 발탁했다.
그래서 박계현이 일시 나주에 주둔해 있었는데 이때 백호가 찾아가서 만나게 되었다.
1575년의 일로 당시 백호의 나이는 27세였다.
29 용정의 옥절[龍旌玉節]: 제왕의 깃발과 부절(符節)을 의미하는데 나라의 군사임을
뜻한다.
30 양춘(陽春)이라 백설곡(白雪曲): 양춘백설(陽春白雪)은 초나라의 격조 높은 악곡 이
름. 영중(郢中)에서 노래하던 자가 처음에 하리파인(下里巴人)을 부르자 국중에 화답
하는 자가 수천명이었으나, 뒤에 양춘백설을 노래하자 화답하는 자가 수십명에 불과
했다 한다.(宋玉『對楚王問』)
31 조충(雕蟲): 정교히 꾸민다는 의미로 문예를 얕잡아 일컫는 말.

3

조각달 어슴푸레 은하銀河에 비꼈으니
시인의 맑은 생각을 더 한층 보태리라.

두견아 너의 울음 정이 없다 이른다면
타는 촛불 어찌 타 눈물이 저리 많은고!

4

높다란 성곽에 성가퀴 삼엄하고 강물이 띠를 둘렀으니
남방의 방어벽으로 이 이상 없도다.

글 잘하는 원수元帥께서 창대를 비껴 들고
취중에 시를 읊어 백수도 넘는다오.

5

시단詩壇의 굳센 기운 삼하三河[32]를 압도하니
맑은 물의 연꽃[33]인들 이보다 빼어나랴.

조曹·회檜 같은 약소국이 어찌 큰 초나라 당적하리.

---

32 삼하(三河): 원래 하내(河內)·하남(河南)·하동(河東)을 통칭한 말. 예로부터 이 지역
   이 천하의 중심으로 일컬어졌다.(『史記·貨食傳』: "昔唐人都河東, 殷人都河內, 周人都河南.
   夫三河在天下之中, 若鼎足, 王者所更居也.") 여기서는 굳센 기운이 삼하까지 압도할 정도
   였다는 의미이다.
33 맑은 물의 연꽃[淸水芙蓉]: 이백(李白)의 시가 빼어남을 일컫는 말로 쓰인 바 있다.

싸워서 이긴 일 드물고 항복해 오는 자 많다오.

敬占絶句錄呈棠幕

龍旄玉節鎭關河, 許國雄心暮轉加.
戀闕懷親猶苦思, 綠荷風雨夜聞多.

黏天秋水漫誇河, 强笑從前向若加.
白雪陽春知寡和, 雕蟲如我本無多.

片月依依橫霽河, 騷人淸思一分加.
子規若是無情哭, 殘燭如何怨淚多.

萬堞崇墉一帶河, 雄藩南國此無加.
詩書元帥來橫槊, 倚醉新詩百首多.

詩壇勁氣壓三河, 淸水芙蓉不足加.
曹檜豈能當大楚, 戰勝時少乞降多.

〔붙임〕 차운하여 관원

1

그대 재주 넘쳐흘러 강물이 툭 터진 듯
가물어도 마르잖고 비가 와도 불지 않아.

일가를 이룬 것이 어찌 시율詩律에만 그치리요
산동山東 산서山西의 기질[34]을 본래부터 지녔거늘.

2

금석金石 같은 소리에 현하懸河[35]의 구변
늘마에 그대 만나 정이 더욱 깊어지오.

옥당玉堂에서 만나는 그날 괄목상대할 터일세.
계수나무 우뚝한 가지[36] 많다고 좋은 것인가?

3

북쪽 하늘 남쪽 하늘 산하山河마저 가로놓여

---

34 산동(山東) 산서(山西)의 기질: "진한(秦漢) 이래로 산동지방에는 재상이 배출되고
산서지방에는 장군이 배출된다."(『漢書·趙充國辛慶忌傳』)는 말이 있으니 여기서는 백
호가 문무의 재능을 겸비했음을 의미한다.
35 현하(懸河): 말이 쏟아져나와 그칠 줄 모르는 것을 가리킨다.(『晉書·郭象傳』: "王衍每
云聽象語如懸河瀉水, 注而不竭.")
36 계수나무 우뚝한 가지〔桂林孤幹〕: 계림고간(桂林孤幹)은 동류에서 우뚝 빼어남을 비
유하는 말. 계림일지(桂林一枝)나 곤산편옥(崑山片玉)과 같은 뜻.

문득 솟구친 돌아갈 마음 걷잡을 길 바이 없네.

옥장玉帳³⁷이라 금성錦城의 무한한 이내 한은

울다 지친 두견처럼 뉘라서 알아주리.

4

그대는 빠른 말로 빙하氷河를 건너는 듯

긴 채찍 들고서 휘두르지 않는다네.

뜻밖에 상봉한 우리 교칠膠漆³⁸인 양 어울리니

아무렴 재주 많다 경박하게 자랑하리.

5

고된 싸움 참으로 양하兩河³⁹를 낀 듯하니

적병이 더 밀려든들 이보다 놀랄쏜가.

그대가 든든하기로 조후條侯⁴⁰처럼 믿나니

낡은 진지 지친 군사 많다 한들 무슨 소용 있으랴.

---

37 옥장(玉帳): 여기서는 출정시 주장(主將)이 머무는 처소의 군장(軍帳)을 일컫는다.

38 교칠(膠漆): 우의가 아주 친밀함을 비유한 말. 아교와 칠. (『後漢書·雷義傳』: "膠漆自
謂堅, 不如雷與陳.")

39 양하(兩河): 전국·진·한 때 황하의 흐름이 남북으로 나뉜 지역이 있어 이를 '양하'로
칭했다는데 이를 말하는 듯하다.

40 조후(條侯): 한나라의 장군 주아부(周亞夫)의 봉호(封號). 위기에 처한 황실을 구하고
나라를 안정시키는 데 큰 공훈을 세웠다.

〔附〕次　灌園

君才沛若決江河, 旱不能乾雨不加.
豈但成家詩律細, 山東西氣本來多.

聲如金石口懸河, 向老逢君意有加.
他日玉堂應刮目, 桂林孤幹不須多.

北辰南斗隔山河, 斗覺歸心一半加.
玉帳錦城無限恨, 蜀禽啼盡報誰多.

君如快馬渡氷河, 著處長鞭不用加.
忽漫相逢膠漆地, 肯敎輕薄詫才多.

鏖戰眞同夾兩河, 驚心不啻敵兵加.
推君堅似條侯壁, 殘壘疲軍不用多.

〔붙임〕 **차운하여** 주은 김명원[41]

이 땅에서 그대를 만날 줄 누가 알았으리.
귀밑에 흰머리털 저처럼 많단 말인가.

외로운 촛불 술 한동이 정이 어찌 다할쏘냐?
이별의 여한 어느덧 10년이 더 되는것을.

〔附〕次　酒隱(金命元, 時爲羅州牧使.)

逢君誰料此關河, 還怪霜毛兩鬢加.
孤燭一尊情不盡, 向來離恨十年多.

41　원주: "김명원(金命元)으로, 당시 나주 목사로 있었다." 이상 백호가 박계현에게 올린
절구 5편과 이 시들에 차운한 박계현의 5수는 『임백호집』에 한 수씩 원운과 차운작이
배열되어 있는데, 김명원이 지은 이 작품은 제3수 뒤에 붙어 있다.

박사상_{朴使相}께⁴²

1

종이에 가득 찬 황화_{皇華} 운한_{雲漢}⁴³의 글귀

난봉_{鸞鳳}의 자태를 눈앞에 대한 듯이.

영균_{靈均}⁴⁴의 원수_{怨水}란 성루_{城壘}를 삼키었고

길보_{吉甫}⁴⁵의 청풍_{淸風}이란 송시_{頌詩}를 눌렀네요.

베개 기대 천리 먼 곳을 꿈에서도 그리워하고

백년의 공업_{功業}은 누_樓에 기댄 그때지요.

큰 쇠북 울린 뒤 기왓장 치는 격이라

저 같은 말월_{抹月}⁴⁶이야 감히 기특타 하리까.

---

42 박사상(朴使相): 당시 전라도 관찰사로 재임 중이던 박계현을 가리킨다.
43 황화(皇華) 운한(雲漢): '황화'는 사신을 위로하는 시.(『詩經·小雅·皇皇者華』: "皇皇者
   華, 于彼原隰. 駪駪征夫, 每懷靡及.") '운한'은 『시경·대아(大雅)』에 있는 시의 제목. 가뭄
   이 심해서 하늘에 비를 비는 내용의 작품이다.
44 영균(靈均): 굴원(屈原)의 자. 박사상(朴使相)의 문장과 인물을 굴원의 「이소(離騷)」
   와 길보의 「청풍(淸風)」에 비유한 것이다.
45 길보(吉甫): 주(周) 선왕(宣王) 때 문무를 겸한 재상.(『詩經·大雅·烝民』: "吉甫作頌, 穆
   如淸風.")
46 말월(抹月): 말월비풍(抹月批風). 풍월(風月)을 읊조려 스스로 즐긴다는 뜻. 시인을
   가리킨다. 앞 구의 '큰 쇠북(洪鐘)'은 박사상(朴使相)의 문장의 위대함을 비유한 데
   반해, '기왓장 치는 격(鳴瓦)'이란 자신의 하찮은 솜씨를 가리킴으로써 겸손한 의미
   를 담고 있다.

2

범중엄范仲淹[47] 가슴속에 갑병甲兵이 수만이라
일찍이 서울에서 웅명雄名 익히 들었지요.

장성長城을 맡은 장수 시서詩書 읽은 인물이시라
칼과 창이 부딪는 일 변방에서 그치겠네요.

술잔치 자주 열려 깃발 그림자 고요하고
해적海賊이 못 설치니 진지의 구름도 평화롭습니다.

남녘땅 어디에다 염매鹽梅[48]의 손을 쓰리
오래잖아 조정에서 갱재賡載[49]를 하오리다.

3

오뉴월 남방에 찌는 더위 괴로운 날
선절仙節 모시고 옥루玉樓에 올라갔지요.[50]

---

47 원문의 범로(范老)는 송(宋)나라 재상 범중엄(范仲淹)을 말한다. 그가 연주(延州)를
지킬 적에 서하(西夏) 사람들이 감히 범접하지 못하며 말하기를 "범로(范老)의 흉중
에는 항상 수만(數萬)의 갑병(甲兵)이 들어 있다." 하였다.

48 염매(鹽梅): 국사를 맡은 재상에게 쓰는 말이다. 『서경·순전(舜典)』에 "만약 요리를
만들 양이면 네가 염매의 구실을 하라.〔若作和羹, 爾惟鹽梅〕"라고 하였다.

49 원문은 우정갱(虞庭賡). 『서경·순전』에 고요(皐陶)가 순(舜)의 노래에 화답〔賡載〕한
노래가 있다. 여기서는 박사상(朴使相)이 오래지 않아 조정에 들어가 재상이 될 것이
라는 뜻으로 쓰였다.

50 선절(仙節)~올라갔지요〔玉樓仙節憶陪登〕: 옥루(玉樓)는 원래 선인(仙人)이 사는 곳을
가리킨다. 박민헌(朴民獻)이 당시 전라도 관찰사 겸 절도사로 있었기 때문에 그를 아

관하關河의 갠 날씨 구름이 갓 걷히니
하늘로 날 마음 학鶴을 탄 듯하였지요.

고적한 절간 등불 아래 병든 나그네 누웠는데
한편의 주옥珠玉은 맑은 얼음 같았고요.

채막蔡幕의 투호投壺[51]놀이 응당 무사할 터이로되
종당에는 젓가락을 빌려[52] 백승百勝을 계획하시리.

呈朴使相

滿紙皇華雲漢詞, 眼中猶對鳳鸞姿.

平吞怨水靈均墨, 直壓淸風吉甫詩.

千里夢思攲枕處, 百年勳業倚樓時.

洪鍾撞後羞鳴瓦, 抹月如吾敢自奇.

화(雅化)해서 선절(仙節)이라 하였고, 그의 거처를 옥루라고 한 것이다.

51 채막의 투호[蔡幕投壺]: 채준(蔡遵)은 한(漢)나라 영양(潁陽) 사람인데 사람됨이 염
　약소심(廉約小心)하고 극기봉공(克己奉公)하며 정로장군(征虜將軍)이 되어서는 "유술
　(儒術)의 선비를 불러 쓰면서 때로 주악(酒樂)을 배설하고 투호놀이를 하였다. 비록 병
　영에 있을 적에도 조두(俎豆)의 예절을 잊지 아니했다."고 하였다.

52 젓가락을 빌려[借箸]: 『한서·장량전(張良傳)』에 "장량이 한왕(漢王)을 뵈니 한왕은
　그때 식사를 하다가 말하기를 '객이 나를 위해 초(楚)를 동요케 할 계획을 하고 있다.'
　하므로 장량은 '청컨대 젓가락을 빌려주소서. 대왕을 위하여 계산하겠습니다.'라" 하
　였다. 그래서 남을 대신하여 계획하는 것을 차저(借箸)라 한다.

范老胷中數萬兵, 憶曾都下慣雄名.

長城有寄詩書將, 絶徼無勞劍戟鳴.

樽蟻屢開旗影靜, 海鯨難動陣雲平.

炎荒詎試鹽梅手, 未久虞庭乃載賡.

夏半南州苦鬱蒸, 玉樓仙節憶陪登.

關河霽色雲初斂, 霄漢歸心鶴擬乘.

孤寺香燈淹病客, 一篇珠玉當淸氷.

投壺蔡幕應無事, 借箸終當運百勝.

〔붙임〕 **차운하여**　관원

1

호남 땅의 갸륵한 선비 고운 글월 풍부하여

천마天馬인 듯 선금仙禽인 듯 속태를 벗은 기품일레.

문장 공부 도학道學에 해롭다 그런 말씀 하지 마소

『시경詩經』에 절차탁마切磋琢磨[53]란 말 나오지를 않았던가.

하얀 모래 푸른 대숲 강성江城에서 놀던 날과

삿자리 성긴 발 고각高閣 위에 앉았을 때

그대와 시를 주고받아 천자루 붓을 닳여

봄 하늘의 운물雲物을 신선하게 엮어볼꼬.

2

산서山西의 가문이라 병법兵法을 좋아하거늘

낙하洛下의 서생이야 성명이나 기록할 따름.[54]

완대緩帶 경구輕裘[55]는 나로선 맞지 않으니

긴 창에 큰칼일랑 그대 명성을 울리리라.

---

53 절차탁마(切磋琢磨): 여절여차(如切如磋) 여탁여마(如琢如磨)의 준말. 『시경(詩經)·위
풍(衛風)·기욱(淇奧)』에 "자르는 듯 가는 듯하며, 쪼는 듯 가는 듯하다.(如切如磋, 如琢
如磨)"가 있다. 옛날 골기(骨器)나 상아를 가공할 때 끊고 자르고 하는 것을 절차(切磋)
라 하고, 옥(玉)을 가공할 때 쪼고 가는 것을 탁마(琢磨)라 하였다. 위의 이 말이 친구
간에 사귀고 토론하는 것을 비유하는 데 쓰이게 되었다. 『대학(大學)』에 "자르는 듯하
고 가는 듯하다는 것은 학문을 말하는 것이다.(如切如磋者, 道學也)"라는 구절이 나오
는데 여기서는 이를 지칭하고 있다.

54 산서(山西)의~기록할 따름: 산서(山西)에서는 장군이 많이 나오고, 산동(山東)에는
재상이 많이 나왔다는 옛 말이 있다. 백호의 부친이 무장(武將)이기 때문에 '산서의
가문(山西家世)'이라 한 것이다. 낙하서생(洛下書生)은 박관원이 서울 사람이므로 자
신을 겸손히 표현한 말인 듯하다.(蘇軾 「次韻劉景文周次元寒食同游西湖」: "山西老將詩無
敵, 洛下書生語更妍.")

55 완대경구(緩帶輕裘): 진(晉)의 장군 양호(羊祜)가 양양(襄陽)을 진수(鎭守)하면서 느
슨한 띠, 가벼운 갖옷으로 갑옷도 입지 않은 채 오나라 육항(陸抗)과 대치한 상태에서
다스리기를 힘쓰니 오나라 사람들이 그를 사모했다 한다.

남해의 왜구들 넘보지를 말지어다.
북극北極[56]의 조정에선 토벌하길 바라느니라.

강한江漢의 풍류 지금도 잃지를 않았으니
장막 중에 겨를이 있으면 만나서 화답하리.

3
솔개도 떨어지는[57] 남방의 무더위라
높은 누대에 오르길 날마다 주저 마소.

벽오동 푸른 대에 바람도 아니 일고
붉은 구름 붉은 해에 기운이 상승하네.

삼위산三危山[58]의 이슬 한잔 가득 마시고 싶고
골짝을 벗어나면 얼음물 한그릇 생각나라.

무더위 피하는 데 하삭음河朔飮[59]의 고사 들었거니
경계심이 흐트러지면 실수할까 걱정일세.

---

56 북극(北極): 북진(北辰)을 가리키는데, 이 별은 움직이지 않고 다른 별들이 따라서 돈
   다 하여 최존의 위치를 뜻한다. 제왕을 상징하는 말로 쓰인다.
57 원문의 접연(跕鳶)은 극히 더워서 나는 솔개가 물에 떨어진다는 말이다.(『後漢書·馬
   援傳』에 "仰視飛鳶, 跕跕墮水中."이라 하였다.)
58 원문의 삼위(三危)는 삼위산(三危山). 전설상 선계(仙界). 『산해경(山海經)』에 나온다.
59 하삭음(河朔飮): 중국 삼국시대 원소(袁紹)와 그 자식들이 삼복을 맞아 밤낮으로 실
   컷 술을 마셔 더위를 피했다 하여 하삭(河朔)에 피서음(避暑飮)이란 말이 생겼다.

〔附〕次　灌園

南湖佳士富姸詞, 天馬仙禽絶俗姿.
莫謂文章妨學道, 久知瑳切在言詩.
白沙翠竹江城日, 清簟疎簾快閣時.
安得唱酬千管禿, 春空雲物看新奇.

山西家世好談兵, 洛下書生謾記名.
緩帶輕裘吾不稱, 長槍大劍爾能鳴.
南溟倭寇休廉偵, 北極朝廷要討平.
江漢風流今未喪, 幕中多暇會相賡.

跕鳶南服困炎蒸, 莫惜高樓日屢登.
翠竹碧梧風不起, 彤雲赤日午相乘.
盈杯欲覓三危露, 出壑還思一段氷.
避暑久聞河朔飮, 戒心翻動恐難勝.

박사상께(1)

1

강가의 절에 머물어 오래도록 묻혔노니
잠긴 용 일으킬 뇌우雷雨가 없단 말가.

강바람 선들선들 풍경 소리 날리고
산안개 부슬부슬 주렴에 가득차려고.

꿋꿋해라 마음은 가난에 굽히질 않는데
고적한 신세 병이 와서 겹치네요.

산승이 밤이면 등불 걸고 지키니
능가경楞伽經⁶⁰ 한권쯤 들어도 좋겠지요.

2

강성江城에 부임하시니⁶¹ 오늘의 범중엄范仲淹⁶²이요

장막帳幕의 손님은 옛적 도잠陶潛의 풍류네요.

---

60 능가경(楞伽經): 불경(佛經)의 일종. 원명『능가아다라보경(楞伽阿多羅寶經)』. 뜻이 심
오하여 대승(大乘)의 요체(要諦)로 인정된다.

61 강성(江城)에 부임하시니〔按節江關〕 안절(按節)은 지휘관으로 부임함을 뜻하며, 강
관(江關)은 강을 끼고 있는 관(關)을 의미한다. 박사상이 관찰사 겸 절도사로 나주에
부임해 있어서 이렇게 쓴 것이다.

62 범중엄(范仲淹): 북송의 명재상으로 그가 변방에 주둔하여 임무를 훌륭하게 수행한
일이 있기 때문에 박사상을 그에 빗댄 것이다.

지키고 다스림[63]에 장구한 계책 품으셨는데
한가로운 구름 지친 새[64] 발 사이로 들어오네.

남쪽의 고개 북쪽 서울로 꿈이 함께 돌아가고
벽오동 푸른 대는 아울러 빗소리라.

하찮은 이내 몸 영웅과 담소하면
청매靑梅에 술 데워도[65] 무슨 혐의 되오리까.

又

江寺幽棲嘆久淹, 惜無雷雨起淵潛.
溪風颯颯初飛磬, 山靄霏霏欲滿簾.
牢落壯心貧不屈, 寂寥身事病相兼.
巖僧夜夜懸燈宿, 一卷楞伽聽不嫌.

按節江關今仲淹, 幕賓風味古陶替.

---

63 지키고 다스림〔知延撫陝〕: 범중엄이 연주(延州)를 지키고〔鎭守〕 섬서(陝西)를 다스린
〔按撫〕 일이 있어 이와 같이 표현한 것이다.

64 한가로운 구름 지친 새〔倦鳥閑雲〕: 도잠(陶潛)의 「귀거래사(歸去來辭)」에 "구름은 무
심히 골짝에서 나오고 새는 날기 지쳐 돌아올 줄 안다.〔雲無心而出岫, 鳥倦飛而知還〕"
는 구절이 있다.

65 청매에 술 데워도〔靑梅煮酒〕: 조조(曹操)가 유비(劉備)와 함께 청매(靑梅: 매실)를 안
주 삼아 술을 데워 마시면서 당대의 영웅을 논평한 고사가 있다.

知延撫陝懷長算, 倦鳥閑雲入卷簾.

南嶺北京歸夢共, 碧梧蒼竹雨聲兼.

微生倘忝英雄話, 煮酒靑梅却未嫌.

〔붙임〕 **차운하여** 관원

두 달이 길고 길어 역마驛馬가 막혔으니

공무에 틈이 나면 노상 홀로 들앉았네.

고상한 선비 오질 않아 평상일랑 치워놓고[66]

먼 산줄기 보기 좋아 발을 매양 걸어두지.

나와 같은 게으름은 타고난 성벽이거니

그대는 문무文武 겸전 천부의 자질인걸.

세정稅政에 재주 없어 사직할까 생각하니

---

66 고상한~치워놓고〔高人不至空懸榻〕: 『후한서(後漢書)·서치전(徐穉傳)』에 "당시 진번
   (陳蕃)이 태수가 되어 왔는데 그는 빈객을 접견하지 않고 오직 서치가 찾아오면 특
   별히 탑(榻: 의자) 하나를 마련하여 같이 담론하다가 가면 그 탑을 달아맨다〔懸榻〕."
   는 말이 나온다.

어려운 일 마다는 듯 그 역시 혐의롭네.

〔附〕 次　灌園

兩月悠悠驛騎淹, 公餘一室獨常潛.
高人不至空懸榻, 遠岫平看每掛簾.
顧我疏慵應性僻, 推君文武本資兼.
才慙賦政思投劾, 臨事辭難亦所嫌.

박사상께(2)

1
풍호楓湖에 주저앉아 세월을 보내니
둔한 바탕 어찌하리 침잠함이 마땅합니다.

나라 위해 갚을 마음 부질없이 큰 칼 두드리며[67]

마주하는 산이 좋아 발을 아니 내립니다.

남자의 출세 은둔, 결국 정해진 건데
운림雲林이요 종정鐘鼎이라[68] 어찌 겸할 수 있으리까!

어느 분이 나와 함께 포부를 같이하리
만나면 천 잔 술 기울여도 정녕 마다하지 않을텐데.

2
내 홀로 적적함을 어느 뉘 슬퍼할까?
숲속에 우는 새소리 조용히 한번 들어보세요.

주리珠履의 삼천객三千客[69] 아닌 줄 알면서도
선루仙樓의 십이렴十二簾으로 일찍이 들렀습니다.

호흥豪興의 뒤를 따라 시흥詩興마저 도도하고
청광淸狂에 덧붙여 취광醉狂을 겸했습니다.

산골의 구름 한길의 나무 오늘 아주 쓸쓸한데
베갯머리 고향 가는 넋은 비가 와서 심란하시리라.

---

68 운림이요 종정이라〔雲林鍾鼎〕: 운림(雲林)은 자연, 즉 은둔을 가리킨다. 종정(鐘鼎)은
종명정식(鐘鳴鼎食)의 준말로 부귀한 생활을 가리킨다.
69 주리의 삼천객〔珠履三千客〕: 훌륭한 대우를 받는 빈객. 『사기(史記)·춘신군전(春申君
傳)』에 "춘신군의 객(客)이 3천여명인데 그 중의 상객(上客)은 모두 주리(珠履)를 신었
다."라고 하였다. 주리는 구슬로 꾸민 신을 뜻한다.

又

抱膝楓湖歲月淹, 質頑仁義奈沈潛.

心存報國空彈鋏, 性僻看山不下簾.

男子行藏終有定, 雲林鍾鼎若爲兼.

誰人與我同襟袍, 共倒千觴也未嫌.

寂寂誰憐我獨淹, 一林啼鳥玩幽潛.

自非珠履三千客, 曾入仙樓十二簾.

豪興轉隨詩興逸, 淸狂添得醉狂兼.

洞雲官樹今寥落, 枕上歸魂雨作嫌.

〔붙임〕 차운하여 관원

강호에 병이 들어 오래도록 머무르니

『잠부론潛夫論』[70]을 지은 옛사람 같아라.

청산은 곧 문 앞이라 앉은 자리에 구름 일고

---

70 『잠부론(潛夫論)』: 한나라 사람 왕부(王符)가 평생 은거해 살면서 시정(時政)을 논해
글 30여편을 지었는데, 이름을 드러내지 않으려고 책 제목을 '잠부론'이라고 붙였다.

녹수는 창에 닿아 발 사이로 이슬 드네.

호수 밖에 산전山田갈이 그대 자족할지요
바쁜 속에 이은吏隱⁷¹은 나 또한 겸했다오.

달밤의 청담淸談이야 문슬捫蝨⁷²이 마땅하니
이야기 위로 아래로 균형 잡아 혐의랄 게 있나.

〔附〕次　灌園

臥病江潭久滯淹, 還如著論老夫潛.
靑山近戶雲生榻, 碧樹當窓露入簾.
湖外嵓耕君自得, 忙中吏隱我能兼.
淸談月夕宜捫蝨, 上下停杯在不嫌.

---

71 이은(吏隱): 낮은 관직에 숨어 지내는 것을 말한다.(杜甫「院中晚晴懷西郭茅舍」: "浣花
　溪裏花饒笑, 肯信吾兼吏隱名.")
72 문슬(捫蝨): 진(晉)의 환온(桓溫)이 관(關)에 들어오자 왕맹(王猛)이 누더기옷을 입
　고 찾아가 당세의 일을 담론할 적에 이를 잡으며(捫蝨) 말하는데 방약무인(傍若無人)
　의 태도였다 한다. 문슬(捫蝨)은 아무런 구애 없이 마음놓고 이야기를 나누는 것을 나
　타내는 경우에 쓰인다.(『初學記』: "王猛隱華山, 桓溫入關, 猛被褐而詣之, 一面說當代之事,
　捫蝨而言, 傍若無人.")

박사상께(3)

1

광려산匡廬山[73] 조용한 자리 한해가 기우는데
동파東坡의 도잠道潛, 그런 친구 없습니다.[74]

벽수碧樹라 늦바람 짧은 옷 풀어헤치고
청산에 가랑비 뿌려 성긴 발 걷었습니다.

차 끓이는 옆에 거문고, 생애는 넉넉한데
호략虎略이요 용도龍韜[75]로다 사업도 겸했습니다.

대장부 방촌方寸[76]의 땅 스스로 지녔으니
지기知己에게 몸 바침에 무엇을 꺼리겠습니까.

---

73 광려산(匡廬山): 원래 중국의 강서성(江西省)에 있는 명산. 여산(廬山). 여기서는 백호
   자신이 머무는 곳을 가리킨다.
74 도잠(道潛)은 북송(北宋) 때 승려의 이름. 호를 참료자(參蓼子)라 하고 시문을 잘하
   였는데 특히 소식(蘇軾)과 친교가 있었다. 소식은 그의 시가 한점의 소순기(蔬筍氣)도
   없다고 일컬었다.
75 호략이요 용도(虎略龍韜): 호략용도(虎略龍韜)는 병서(兵書)인 『육도(六韜)』란 책의
   편명. 여기서는 병법에 관한 지식을 뜻한다.
76 방촌(方寸): 마음을 가리키는 말. 『삼국지(三國志)·제갈량전(諸葛亮傳)』에 "서서(徐
   庶)가 유비(劉備)를 하직할 때 자기 마음을 가리키며 '지금 노모를 잃었으니 방촌이
   어지러워졌다'고 말했다." 하였다.

2

수문(脩門)에 옥을 안고[77] 얼마나 기다렸나

녹록한 사람 초야에 숨어 살아 마땅한데,

물소리 들어보자 작은 평상 옮겨놓고

뜬구름 보기 싫어 발을 겹으로 내렸지요.

선비 노릇 잘못하여 세월마저 빠르거니

시인은 시속(時俗)에 아파 소갈증(消渴症)까지 걸렸지요.

청도(清都)의 자하액(紫霞液)[78]을 혹시나 빌린다면

천날을 취해 지낸들 무얼 싫다 하오리까.

又

匡廬一榻歲將淹, 却欠坡翁友道潛.

碧樹晩風披短褐, 靑山微雨卷疎簾.

茶鐺琴匣生涯足, 虎略龍韜事業兼.

---

77 수문에 옥을 안고〔脩門抱玉〕: 옛날에 초(楚)나라 사람 화씨(和氏)가 박옥(璞玉)을 얻어 왕에게 바치니 왕은 화씨가 거짓말을 했다 하여 발뒤꿈치를 베도록 했다. 화씨는 수문(脩門) 앞에서 옥을 안고(抱玉) 울었다 한다. 이에 포옥(抱玉)이란 재주를 지니고 있으면서 세상에 쓰임을 얻지 못하는 경우를 비유하는 말이 되었다. 수문은 원래 초나라 수도의 성문 이름.

78 청도의 자하액〔清都紫霞液〕: 청도(淸都)는 상청(上淸)과 같은 말. 도가에서 상제가 있는 환상적인 선경(仙境). 자하액(紫霞液)은 선계에서 마시는 음료.

自有丈夫方寸地, 許身知己更何嫌.

脩門抱玉幾時淹, 碌碌端宜山野潛.
靜聽水聲移小榻, 厭看雲態下重簾.
儒冠坐誤流年急, 詞客傷時病渴兼.
倘借淸都紫霞液, 醉經千日豈爲嫌.

〔붙임〕 차운하여   관원

빈관賓館에 수레 멈춰 두어달 머물면서
나는 새 노는 물고기 누대에 앉아 관찰했지.

휘진揮塵[79]을 제공하는 손님네 없지마는
발을 걷고 구경할 산이 있어 좋았다오.

선우후락先憂後樂[80] 갸륵한 뜻 뉘 능히 다하리오.

---

79 휘진(揮塵): 진(晉)나라 사람이 청담(淸談)을 나눌 적에는 언제나 먼지떨이〔塵尾〕를
손에 쥐고 하였다 한다.(蘇軾「贈治易僧智周」: "揮塵空山亂石聽.")
80 선우후락(先憂後樂): 걱정은 남보다 앞서 하고 즐거움은 남보다 뒤에 누린다는 의
미.(范仲淹「岳陽樓記」: "先天下之憂而憂, 後天下之樂而樂歟.")

강호江湖와 낭묘廊廟[81]를 겸하기 어렵거늘!

시詩란 본디 무엇인가 만호후萬戶侯도 가벼우니
행여나 싫어 말고 우편으로 부쳐주소.

〔附〕次　灌園

賓館停驂數月淹, 倚樓觀物盡飛潛.
稍無客子供揮麈, 賴有山光與卷簾.
憂樂後先誰盡了, 江湖廊廟恐難兼.
詩輕萬戶由來事, 頻寄郵筒幸勿嫌.

---

81 강호와 낭묘〔江湖廊廟〕: 강호(江湖)는 자연을, 낭묘(廊廟)는 조정을 지칭한다.(范仲淹
「岳陽樓記」: "居廟堂之高, 則憂其民. 處江湖之遠, 則憂其君.")

대행대비大行大妃 만사挽詞[82]

간절했던 옛날 유재悠哉[83]의 꿈
그윽한[84] 덕성을 지니셨기에,

긴 세월 금슬을 벗 삼으며
십란十亂[85]으로 임의 걱정 도우셨습니다.

문에는 유룡游龍[86]의 말발굽 끊기고
몸에는 굵은 베옷 입으셨습니다.

인仁을 행할 때 어찌 보답을 바라셨으니
죽지 못하니 다만 마음이 불타는 듯.

---

82 원주: "대신 짓다." 대행(大行)은 왕이나 왕비가 죽은 뒤 시호를 아직 올리기 전의 칭호. 큰 덕행이 있으니 응당 거룩한 이름을 받아야 한다는 뜻에서 '대행'이라고 한 것이다. 여기서 대비(大妃)는 선조 8년(1575) 세상을 떠난 명종비 인순왕후(仁順王后)로 추정된다.

83 유재(悠哉): 임을 그리워하는 모양으로 왕의 결혼에 쓰이는 말.(『詩經 · 周南 · 關雎』: "窹寐思服, 悠哉悠哉, 輾轉反側.")

84 그윽한(幽閑): 유한(幽閑)은 주로 후비(后妃)의 덕을 칭송할 때 쓰였다.(『시경詩經 · 관유關雎』의 전傳에 "문왕文王의 후비后妃가 유한幽閑의 덕德, 정정貞靜의 덕德이 있다."고 하였다.)

85 십란(十亂): 10인의 어진 보필. 여기서 난(亂)은 치(治)의 뜻임. 주나라 무왕(武王)이 '난신' 10인이 있었는데 그 중의 한 명은 왕비인 읍강(邑姜)이었다. 여기서는 대비가 왕을 보필하는 역할을 했다는 의미.

86 유룡(游龍): 말의 모습이 웅걸한 것을 가리키는 말.(『漢書 · 明德馬皇后紀』: "車如流水, 馬如游龍.")

학금鶴禁[87]에 별이 처음 어두워지고
교산喬山에는 해가 또 저물었습니다.

부계符契는 요순堯舜의 따님과 어울리고
정사는 성명聖明하신 임금께 돌리셨습니다.

매양 사제思齊[88]가 길 줄 알았더니만
이윽고 사반社飯[89]을 나눠주다니.

눈물은 소상강 반죽班竹[90]에 얼룩이 졌고
영혼은 정호鼎湖[91] 구름 되셨습니다.

옥섬돌엔 고운 풀이 무성도 하고
금화로엔 저녁 향불 싸늘합니다.

수렴繡簾에는 부질없이 달만 비추는데

---

87 학금(鶴禁): 세자의 동궁(東宮)을 가리킨다. 이 구절은 세자가 일찍 죽은 것을 뜻하는
   듯하다.(『列仙傳』: 주령왕周靈王의 태자 진晉이 7월 7일에 흰 학을 타고 산 위에 머물렀
   다가 떠났다. 이에 태자에게 학가鶴駕나 학궁鶴宮이란 말을 붙이게 되었다.)
88 사제(思齊): 사(思)는 어조사, 제(齊)는 씩씩하다는 의미. 주나라 문왕의 어머니를 칭
   송할 때 쓰인 말.(『詩經·大雅·思齊』: "思齊太任, 文王之母.")
89 사반(社飯): 사(社: 토지신)에 제사를 드릴 때 공양하는 밥.
90 소상강 반죽(班竹): 옛날 전설에 순임금이 창오산(蒼梧山)에서 죽자 그의 두 비(妃)
   인 아황(娥皇)과 여영(女英)이 슬피 울어 그 눈물이 대나무에 얼룩져 반점(斑點)이 되
   었다 한다. 소상강의 얼룩진 대, 즉 반죽은 여기서 유래했다고 한다.
91 정호(鼎湖): 황제(黃帝)가 형산(荊山) 아래서 정(鼎: 세발솥)을 주조하고 나서 용을 타
   고 하늘로 올라갔다 한다. 뒤에 그곳을 정호라고 불렀다.

형패珩珮[92] 소리 끊겨 들을 길 없습니다.

문안의 정성은 그대로 있고
종천終天[93]의 예법 또한 융숭합니다.

大行大妃挽詞(代人作)

昔切悠哉夢, 幽閑早有云.

長秋友琴瑟, 十亂助憂勤.

門絶游龍騎, 身拖大練裙.

爲仁寧食報, 未死只如焚.

鶴禁星初暗, 喬山日又曛.

合符堯舜女, 歸政聖明君.

每擬思齊永, 俄傳社飯分.

淚斑湘岸竹, 魂作鼎湖雲.

玉砌萋芳草, 金鑪冷夕薰.

繡簾空有月, 珩珮聞無聞.

問寢誠猶在, 終天禮亦殷.

二陵長夜恨, 松雨暝紛紛.

---

92 형패(珩珮): 옥으로 만든 패물.
93 종천(終天): 부모가 돌아가심을 뜻하는 말.

병자년
丙子年
1576

중부仲父 풍암楓巖선생 만사[1]

빛나는 재주로 불행에 걸려드니
명을 알고 창주滄洲[2]로 물러나셨지요.

입방아 쇠도 능히 녹인다지만[3]
수신修身으로 훼방毁謗이 그쳐졌지요.[4]

한마당 취한 꿈에 봄은 시들고
혼은 강물을 따라 흘러가네요.

하교河橋[5]의 새벽에 목놓아 우니
저문 노을 취루翠樓에 비치네요.

---

1 제목이 초판본에는 '伯父'로 되어 있다가 뒤에 간행할 때 '仲父'로 바뀌었다. 백호의
윗대는 익(益)·복(復)·진(晋) 삼형제였는데 익은 일찍이 세상을 떴다. 지금 번역은 관
행에 따라 중부(仲父)로 하였다. 뒤에도 같다. 임복(林復, 1521~1576)의 자는 희인(希
仁), 풍암은 그의 호. 원주(原註): "공의 휘(諱)는 복(復)인데 괴원(槐院: 承文院)의 정자
(正字)로 무신년(1548) 사화에 연좌되어 강호(江湖)로 버려지자 시와 술로써 자신을
달랬으며 수명도 역시 길지 못했으니, 아, 원통하도다!"
2 창주(滄洲): 물가의 땅으로 은자가 사는 곳을 가리키는 말.
3 입방아~녹인다지만[口尙銷金衆]: 소금(銷金)은 잘못된 말이 시비를 어지럽힌다는 뜻.
삭금(鑠金)과 같은 말.(『國語·周語』: "衆心成城, 衆口鑠金.")
4 수신(修身)으로~그쳐졌지요: 스스로를 닦는 것을 통해 헐뜯는 말을 그치게 했다는 뜻
이다.(『三國志·王昶傳』: "救寒莫如重裘, 止謗莫如自修.")
5 하교(河橋): 교량의 뜻으로 작별하는 데 원용되는 말.(庾信「李陵別蘇武別贊」: "河橋兩
岸, 臨路凄然.")

伯父楓巖先生挽(公諱復, 早年以槐院正字, 坐戊申士禍, 淪落江湖, 以詩酒自娛, 壽亦不永, 嗚呼痛哉!)

才華坐不幸, 知命臥滄洲.
口尙銷金衆, 身能止謗脩.
春殘一醉夢, 魂逐大江流.
哭徹河橋曉, 餘霞暎翠樓.

한강 배 안에서 (2수)⁶

1
스쳐 지나온 광릉廣陵⁷의 수목
안개 낀 물가에 기러기 울음소리.

낙조는 돛대 끝에 매달려 있고
서풍은 포구에서 일어나누나.

---

6 『겸재유고』의 원주에 "丙子秋作. 當在『旅史』前."이라는 기록을 토대로 이곳에 편정(編定)하였다.
7 광릉(廣陵): 경기도 광주(廣州)의 별칭.

2

시름으로 감회도 쉽게 일어나지만
떠나는 기러기 원망하지 않노라.

베갯머리에 님 그리는 꿈
삼경三更에 ……바람

漢江舟中(二首)

一抹廣陵樹, 數聲煙渚鴻.
亂帆懸夕照, 孤浦起西風.

愁邊易感物, 不獨怨離鴻.
一枕思君夢, 三〔更〕□□〔風〕.

관성여사管城旅史

"사史라고 이른 것은 무슨 까닭인가?"

"일을 기록한 때문이다."

"그렇다면 인간의 시비를 따진 것인가?"

"아니다. 천리길을 여행하여 낯선 고장을 나그네로 다니며 지경이 좋으면 기록하고 승경을 대하면 묘사하고 일을 만나면 서술하고 감회가 생기면 풀어내는가 하면 사람을 만나서 반가워하거나 사람과 작별하며 서글퍼하는 데 이르기까지 무엇이고 기록하지 않은 것이 없었다. 그리하여 혹은 단시短詩가 이루어지기도 하고 혹은 장편이 엮어지기도 하였던 것이다. 장차 잊지 않도록 챙겨두었다가 훗날 늘그막에 조용히 지낼 때 앉아서 젊은 시절의 발자취로 회상해보고자 하는 것이다. 사가史家의 저술류와는 같지 않다."

"그렇다면 어찌 '시詩'로 이름을 붙이지 않고 '사史'라고 하는가?"

"사람의 소리 중에 정精한 것이라야 시가 되는데 시로서 정하지 않으면 어떻게 시라고 이르겠는가."

"하지만 천자라야 사가 있고 제후라야 사가 있는 법이거늘 필부로서 사를 남기면 참람한 일이 아닌가?"

"한묵翰墨이란 한낱 유희의 수단이지만 시단詩壇에도 천자가 있고 문방文房에도 제후가 있다. 여기 '사'는 비록 시단 천자의 사가 되기는 어렵다 해도 문방 제후의 사는 될 수 없겠는가."

드디어 스스로 '관성여사'라 이르고 이와 같이 논변한다.

管城旅史序

史者何? 記事也. 然則是非人乎? 曰: "否. 遊於千里, 客於異鄉, 地勝則記之, 對景則寫之, 遇事則迹之, 感懷則遣之, 至於逢人而喜, 別人而愁, 無不書之. 或成短詞, 或綴長篇, 將以錄遺忘, 而爲後日年衰習靜之時, 坐想少年之奇蹤云耳. 非若史家者流也." 然則何不曰詩而曰史? 曰: "人聲之精者爲詩. 詩而不精, 何以曰詩乎?" 曰: "天子有史, 諸侯有史, 匹夫而史, 無乃僭耶?" 曰: "翰墨一戲具耳. 騷壇有天子, 文房有諸侯, 然則此史, 雖不得爲騷壇之天子之史, 而將不得爲文房之諸侯之史乎?" 遂自爲管城旅史, 是爲辨.

갈원葛院에서 인편에 금琴을 타는 혜원慧遠 스님에게 부치다

혜원 스님에게 묻노니
평안히 잘 계시는지?

옛날 내가 금강산金剛山에 가려 할 제
스님을 마침 도갑사道岬寺에서 만났으니,

용모가 총림叢林에서 빼어나
눈으로 똑똑이 보았거든.

선방禪房에서 등불 하나 밝혀두고
더불어 무생無生의 이치를 논하다가,

종이 몇폭 들고 와서
나에게 시 한편 지어 달라 청했지요.

속세의 인연으로 바삐 작별하고 떠났는데
고개 돌려 바라보니 하염없는 물과 구름.

올 봄도 다시 지나는데
사람은 가도 풍광은 그대로겠지.

찬 솔과 푸른 못을
금琴 소리로 그려내던 솜씨.

남으로 북으로 쑥대처럼 떠도는 신세
행장에 달랑 칼 한자루 지닌 채로.

자연에 맛들여 태평시절 저버리고
또 명산 향해 떠나간다오.

객지에서 우연히 기러기를 만나
이 편에 소식을 부치게 되었다오.

옛 역루驛樓에서 그대를 그리워하니
해는 저물고 천리 밖의 구름이라.[8]

在葛院因人寄慧遠琴僧

爲問遠法師, 安否今何似.
昔我遊金剛,〔逢師道岬寺〕.
〔眉〕宇映叢林, 目擊而已矣.
禪龕一點燈, 共〔話無生理〕.
〔手持數〕幅牋, 要我閑文字.
塵緣告別忙, 回首空雲水.
今春〔再經〕過, 人去烟霞是.
寒松與碧潭, 聲像彈琴指.
南北久飄〔蓬〕, 行裝雄劍已.
有味負淸時, 又向名山裡.
客路遇歸鴻, 因〔之〕消息寄.
思君古驛樓, 日暮雲千里.[9]

---

8 옛 역루(驛樓)에서~구름이라: 벗들이 서로 그리워하는 모습을 형용한 구절이다.(杜甫
「春日憶李白」: "渭北春天樹, 江東日暮雲")
9 〔 〕 안은 『겸재유고』에 결락되어 있어서 『백호필적』에 의거하여 보입하였다.

한명회韓明澮의 무덤을 지나며

한명회韓明澮는 세조世祖 때의 최고 공신인데 포의布衣로 떨치고 일어나 상당부원군上黨府院君의 봉封을 받은 인물이다. 지금 그의 무덤이 청주淸州 서쪽 60리 밖에 있는데 이곳을 지나가다가 감회가 있어 짓다.

1
상당군 묘소를 지나다가 들러보니
풀이 우거져서 세월의 흐름 느끼겠네

풍운은 아무리 날을 따라 변한데도
사람 마음속의 충의야 없을쏘냐?

2
남아의 죽고 사는 일 필경은 의리에 달렸나니
정도正道냐 권도權道냐 성인이나 아는 거지.

"죄 있는 자 벌했노라" 강태공姜太公[10]의 변론
그대의 공적은 어떻게 평가될까?

---

10 원문의 주상보(周尙父)는 강태공(姜太公)을 가리킨다. 주 무왕(武王)이 즉위하자 그를 사(師)로 삼고 존칭해서 사상보(師尙父)라 일컬었다. 은나라 주왕(紂王)을 칠 때 "은은 중죄가 있으니 치지 않을 수 없다."고 말하였다. 여기서 벌죄(伐罪)란 이를 가리킨다.

3
성현의 책 읽은 지 십년 이래
가슴속의 회포 혹은 기특하다 일컫네.
타산지석으로 옥을 다듬을 수 있다 하였거늘
이에 이르러 심사 더욱 격렬해진다.

過韓明澮墓(幷序)

韓明澮, 光廟朝元勳, 奮自布衣, 封爲上黨府院君. 今其墓在淸州西六十里
餘, 客遊過焉, 因之感懷.

客過上黨之墳下, 蓳草蕭蕭歲月深.
縱有風雲隨日□, 可無忠義在人心.

男兒生死義之歸, 事或權經聖者知.
伐罪有辭周尙父, 如君功業定何其.

讀聖賢書十載來, 胸襟人或曰奇哉.
他山之石可攻玉, 到此尤增激烈懷.

새벽에 닭 울음을 듣고

주막집 꼭두새벽 서릿발에 달빛 환한데
이불 끼고 홀로 앉아 닭 울음 듣고 있소[11]

박차서 일으킬 사람 옆에 없고 때조차 못 만나니
갑 안에 든 청룡도靑龍刀 남몰래 혼자 울고 있다네.

宿淸原村店 曉起聞鷄[12]

旅店殘宵霜月明, 擁衾孤坐聽鷄聲.
無人可蹴時難會, 匣裏龍刀暗自鳴.

---

11 닭 울음 듣고 있소〔聽鷄聲〕: 진(晉)나라 때 조적(祖逖)이 유곤(劉琨)과 한 이불을 덮고
잠을 자다가 밤중에 닭 우는 소리를 듣고 그 친구를 차고 일어나 춤을 추었다. 원래 밤
중에 닭이 울면 세상이 어지러워진다 해서 좋지 않게 여기는데 오히려 일을 할 시기
가 왔다고 좋아한 것이다. 이 고사는 뜻있는 사람이 분발하는 데 비유해 쓰인다. 다음
구 무인가축(無人可蹴)은 뜻을 같이할 자가 없다는 의미를 내포하고 있다.
12 원제: "청원(淸原)의 촌 주막에서 새벽에 닭 울음을 듣고"

아침에 거문고를 타며

말 먹일 콩깍지 없고 사람 양식 떨어져
해는 솟는데 가난한 집 연기는 오르지 않네.

거문고 끌어당겨 의란조狷蘭操[13] 한곡 타니
대장부 신세 참으로 안타까워라.

朝坐無聊, 鳴琴自遣[14]

馬乏枯箕人乏饘, 日高蓬戶未生煙.
援琴自奏猗蘭曲, 大丈夫身眞可憐.

---

13 의란조(猗蘭操): 거문고의 곡조.(『樂府詩集·琴曲歌辭·猗蘭操』:"猗蘭操, 孔子所作. 孔子
……自衛反魯, 隱谷之中, 見香蘭獨茂, 喟然嘆曰:"蘭當爲王者香, 乃今獨茂, 與衆草爲伍. 乃止
車, 援琴鼓之, 自傷不逢時, 託辭於香蘭云.")
14 원제:"아침에 마음이 울적하여 거문고를 타며 스스로 달래다"

서원객헌西原客軒에 있는 시를 차운하다(2수)

1
기氣는 씩씩하여 해가 없는 곳
몸은 굳세어 의義 넘치는 때.

……가까이 바람 구름 …

(1구 결락)

부침浮沈은 원래 운수가 있고
득실得失은……

성聖 ……

(1구 결락)

2
심지도 사그러지고 등불도 가물가물
남도 소식을 해를 격해 듣다니.

우는 기러기 멀리멀리 오히려……
밤은 길고 길어 아직 반도 안 지났구나.

마음은 녹문鹿門의 단조丹竈[15]로 가고

꿈은 계돈사(鷄豚社)¹⁶로 돌아가 하늘이 아득하네.

……고목에 깃든 갈까마귀 흩어지고
새벽에 일어나 창가 앉아 짧은 글귀를 쓰노라.

次西原客軒韻二首

氣雄無害處, 身健義勝初.
近□風雲□, □□□□□.
□沈元有數, 得失猶□□.
聖□□□□, □□□□□.

香炧消殘燈暗光, 江南消息隔年芳.
啼鴻遠遠(猶)□□, □夜漫漫殊未央.
心往鹿門丹竈在, 夢歸豚社海天長.
□深古樹棲鴉散, 曉起窓間寫短章.

---

15 단조(丹竈): 도가의 수련을 하는 사람이 단약(丹藥)을 만드는 곳.
16 계돈사(鷄豚社): 돈사(豚社)라고도 한다. 옛날 향촌에서 토지신에게 제사를 지내고
 사람들이 모여 음식을 나누어 먹으며 즐기던 것을 가리킨다. 서낭신을 모시는 서낭
 당과 비슷한 종류이다.

지동년池同年¹⁷의 집에 묵으며

여윈 말 채찍질하여 옛친구 집 찾아가니
사립 밖으로 시냇물 감돌아 들 흥취 좋구나.

홰에는 보라매 처마엔 그물이 걸렸으니
고기잡이 매사냥으로 나날을 보내누나.

宿池同年家

鞭羸尋到故人家, 水繞荊扉野興多.
架有蒼鷹簷掛網, 自將漁獵送生涯.

효자 이몽경李夢慶의 문을 지나며

보은報恩이라 고을 안의 이효자 보소

---

17 지동년(池同年): 동년은 과거 시험에 같은 때 합격한 사람을 일컫는 말. '지동년'이
　　누군지 미상이나 진사시에 함께 합격한 사람일 것이다.

정문旌門도 많다 하나 이런 효자 또 있을까.

대곡大谷선생이 행장을 지으셨다오.
나 지금 그의 문 앞을 절하고 지나가네.

過孝子李夢慶門

報恩縣內李孝子, 旌表雖多孰此如.
大谷先生有行狀, 吾今拜手過門閭.

법주사法住寺에서 얻은 시

법주사 진여眞如[18]의 지경
쇠북 소리 밤 고요할 때.

바람은 오층 전각에 울리고
달은 만년 가지에 비추네.

---

18 진여(眞如): 불가(佛家)의 용어로 실체(實體)·실성(實性)이 영원히 변하지 않음을 이
르는 말.

길손은 그윽한 정취 느끼건만
여기 승려들은 알지 못하네.

말을 잊고 우두커니 섰자니
부질없어라, 시도 짓지 말아야지.

法住寺有得

法寺眞如境, 殘鍾靜夜時.
風鳴五層殿, 月照萬年枝.
暫客自幽趣, 居僧猶未知.
忘言表獨立, 多事可除詩.

북호北胡부락[19]

그대 북쪽 변방의 일을 상세히 논하는데
간담이 불끈 솟고 성난 눈이 찢어지네.

어찌하면 아군의 깃발 쌓인 눈을 무릅쓰고
오랑캐를 쫓아 밤에 선춘령先春嶺[20] 넘어갈까?

俞仲植曾陪其家君踏遍龍沙, 故能坐數北胡部落

君能細說塞垣事, 肝膽輪困怒目瞋.
安得龍旌捲朔雪, 夜追驕虜過先春.

---

19 원제: "유중식(俞仲植)은 그 아버지를 모시고 용사(龍沙)를 두루 다녔기 때문에 앉아
　서도 능히 북호(北胡) 부락의 사정을 헤아렸다." '용사(龍沙)'는 원래 중국의 서북 사
　막지대의 지명인데 변방을 지칭하는 말로 쓰인다. 여기서는 여진족이 사는 지역을 가
　리킨다. '부락(部落)'은 집단을 이룬 부족으로. 북호 부락(北胡部落)은 여진의 부족을
　지칭하고 있다.
20 선춘령(先春嶺): 북쪽 변경에 있는 지명. 고려 때 윤관(尹瓘) 등이 여진을 쫓아내고
　9성을 설치한 다음 공험진(公嶮鎭)의 선춘령에 비석을 세워 경계를 정한 사실이 있
　다.(『高麗史』권58 地理志)

느낌이 있어

정강성鄭康成[21]을 못 뵈오니 마음 애달파라
3년 사이 소식이 구경九京으로 막히었소.[22]

그래도 대련大連[23]이 있어 지금 범절을 차린다니
아득한 정 슬픔과 기쁨에 긴밤을 새워라.

有懷

傷心不見鄭康成, 消息三年隔九京.
還有大連今澹澹, 遠情悲喜坐深更.

---

21 정강성(鄭康成): 중국 동한(東漢)의 대학자 정현(鄭玄). 여기서는 시인이 존경하는 어
떤 학자에 비유하여 쓴 것이다.

22 3년~막히었소(消息三年隔九京): 구경(九京)은 원래 산 이름으로 구원(九原)과 같은
말. 묘지를 일컫기도 한다. 추측컨대 정강성으로 비유된 인물이 이 세상을 떠난 지 3년
되었다는 의미가 아닌가 한다.

23 대련(大連): 상중(喪中)에 예절을 다하는 효자를 지칭해 쓴 것인 듯하다.(『禮記·雜記
下』: "少連大連善居喪, 三年不怠, 三月不懈, 期悲哀, 三年憂, 東夷之子也.")

주운암住雲菴에 당도하여[24]

걸음걸음 들어갈수록 맑고 트여
속세의 발자국 절로 놀라네.

기이한 바위는 범이 쭈그린 듯
소나무 늙어 용龍이 되는구나.

눈길이라 말은 자주 거꾸러지고
숲이 우거져 사람은 못 만난다.

산 속에 숨은 절을 찾을 양으로
막대 짚고 일천봉을 바라보노라.

到住雲菴(菴在俗離山. 公年弱冠, 受業於大谷先生, 入此山讀書, 數歲而
還.)

步步却淸曠, 自驚塵世蹤.
巖奇或如虎, 松老盡成龍.
雪路馬頻蹶, 幽林人未逢.

---

24 원주: "암자는 속리산에 있다. 공이 약관의 나이에 대곡선생(大谷先生)에게 수업하기
위해 이 산에 들어가서 글을 읽다가 몇해 만에 돌아왔다."

行尋翠微寺, 柱杖望千峯.

기사記事

중들 말이 섣달이라 초여드레는
그 스님 강로康老가 별을 보는 때라고.

찬 재같이 6년 고생 속절없이 되었나
평범한 실리實理를 도리어 모르는가.

記事

僧說季冬[25]初八日, 其師康老見星時.
寒灰空作六年苦, 實理平常却未知.

---

25 季冬:『임백호집』에는 '李冬'으로 되어 있으나 『겸재유고』에 의거하여 바로잡았다.

술회

섣달 매화 고향의 봄 부질없이 저버리고
사방 떠돌다보니 새해가 다가오는구나.

게으르고 어리석어 세상살이 졸렬한 줄 스스로 알고
고요하니 도리어 스님과 친해짐을 깨닫노라.

눈 녹여 차 달이며 한가로이 시 읊는 밤
향은 향로를 덮는데 고요히 앉아 있는 사람.

자사子思께서 도道를 근심하여 지은 저작[26]을 읽어보며
자신의 마음속에서 경륜經綸을 짚어보네.

述懷

臘梅空負故園春, 漂泊湖關歲逼新.
癡懶自知行世□, 寂廖還覺與僧親.
茶煎雪水閑吟夜, 香覆鑪山靜坐□[27].

---

26 자사께서~저작(子思憂道作): 자사(子思)께서 도(道)를 근심하여 지은 저작: 유교의
　 경전 중의 하나인 『중용(中庸)』을 말한다.
27 원문에는 결락되어 있으나, 의미와 각운을 고려해보면 '人'으로 판단되어 그렇게

披閱子思憂道作, 自家心上玩經綸.

김원기金遠期[28]가 술을 들고 찾아와서

그대는 종산鍾山 아래 살고 있으니
자리 위의 봄이 응당 훈훈하리다.

시름을 녹이는 술을 들고서
등불과 벗한 나를 보러 왔군요.

풍설에 다리 건너기 위태롭고
단표單瓢[29]의 어려운 살림살이에

은근한 마음 이 같으니
천진天眞을 보여주어 감사하외다.

번역하였다.
28 김원기(金遠期): 대곡(大谷)의 문인으로 속리산 근방 장암동(藏巖洞)에 살고 있었다.
29 단표(單瓢): 가난한 선비의 생활을 형용한 말이다. '簞瓢'. (『論語·雍也』: "賢哉回也, 一
簞食一瓢飮, 在陋巷, 人不堪其憂. 回也, 不改其樂.")

謝金遠期携酒來尋

君在鍾山下, 應薫座上春.

遠携銷恨酒, 來慰伴燈人.

風雪過橋苦, 單瓢生事貧.

慇懃有如此, 多謝見天眞.

남교南橋(2수)[30]

1

무지갠가 와룡인가 깊은 골짝에 걸쳤으니

날마다 노니는 이들 줄지어 건너간다.

비낀 해 일천 봉우리 그림 폭이 아스랗고

온 시내 달 밝으면 더욱더 좋구나.

2

수정봉水晶峯 위로 저녁노을 물드니

---

30 본래 『임백호집』에는 첫 수만 실려 있었으나, 『겸재유고』에서 두번째 수를 보입하였다.

법주사 안에서 쇠북과 경쇠 울리네.

나그네 다리에 기대 휘파람 부는데
음산한 교목 위로 비풍이 일어나네.

南橋

虹垂龍臥跨幽壑, 日日遊人連袂行.
斜暉千嶂畫圖遠, 更好一溪空月明.

水晶峯上暮雲起, 法住寺中鍾磬鳴.
有客倚橋□長嘯, 陰陰喬木悲風生.

속리산 문답

속리산에게 묻노니
천고토록 흰 구름 속
오고간 이들 가운데
영웅은 몇이나 있었느냐?

속리산이 답하길

지나간 자취를 가지고 말하지 마오

행장만 보면 머리 기른 중이요

멍청하고 졸렬하기 너 같은 이 없었느니.

離山問答

問離山: 千古白雲中, 來來去去者, 幾箇是英雄?

離山答: 休將陳迹語, 行裝有髮僧, 癡拙無如汝.

선대仙臺에서 동주東洲[31]를 추억하여

옥이 솟아 백척이나 우뚝한 선대仙臺

나그네 올라서선 상념이 많고 많네.

석인碩人[32]은 어디 갔소? 물어보려다가

---

31 동주(東洲): 성제원(成悌元, 1506~1559)의 호. 처사로서 보은(報恩) 현감을 지낸 바 있
   으며 성대곡(成大谷)과 교유가 있었다.

학을 타고 내려오지 않나 상상하네.

산봉우리 눈이 쌓이니 예 보던 그 모습
늙은 잣나무 바람 끝에 휘파람이 들려오네.

천지는 이제 다시 적막으로 돌아와서
호올로 이내 심사 연라烟蘿에 부치네.

仙臺, 憶東洲

仙臺百尺玉峨峨, 客子登臨思幾多.
欲問碩人去何處, 却疑騎鶴來山阿.
寒峯帶雪舊顔面, 老柏含風餘嘯歌.
天地如今更寥落, 獨將心事寄煙蘿.

---

32 석인(碩人): 학식이 고명한 선비를 말한다.(『詩經·衛風·碩人』: "考槃在澗, 碩人之寬.")

불사의암 不思議菴[33]

1

비탈길에 막대를 자주 멈추니
빙판은 상기 녹지 않았네.

낭떠러지 붙일 곳이 없다 싶더니
암자가 아슬하게 하늘에 기대섰다.

절벽의 소나무 그림과 같고
향대香臺에 앉은 학 부르면 올 듯

노래 읊조리며 돌층계 오르자니
해는 지고 얽힌 봉우리 아득해라.

2

열 개의 홀笏 같은 그윽한 바위 위에는
천년을 쌓인 눈 녹지 않는구나.

---

33 원제: "섣달 보름날 법주사(法住寺)에서 사나사(舍那寺)를 지나 불사의암(不思議菴)
   에 오르니, 참으로 선구(仙區)였다. 거기 머무는 중 정선(正禪)과 등불을 켜고 함께 묵
   었다"『임백호집』에는 제1수만 실려 있으나,『겸재유고』와『백호필적』에 의거하여 제
   2수를 보입하였다.

스님들 법당에 예불을 드리는데
경쇠 소리 은은히 하늘로 오르더라.

스님들은 불상에 예배하고
은은한 경쇠 소리 맑은 하늘로 올라가더라.

고즈넉하니 구름을 벗 삼고
맑고 고아하여 달도 부르기 쉽더라.

등불 켜고 편안히 앉았으니
삼계三界에 오묘한 향기 아련하구나.

臘之望, 自法住寺經舍那寺, 陟不思議菴, 眞仙區也, 有 文士相追隨, 與居僧正禪, 懸燈伴宿

逕仄休筇數, 溪氷未解消.
崖窮若無地, 庵逈倚層霄.
翠壁松如畫, 香臺鶴可招.
微吟度風磴, 日下亂山遙.

十笏幽巖畔, 千秋雪未消.
居僧禮金狄, 微磬上淸霄.
寂默雲爲伴, 淸高月易招.

然燈坐自在, 三界妙香遙.

불사의암不思義庵에서 거처로 돌아와서 조금 앓는 중에 회포를 읊다[34]

절집에서 차를 가져 와 섣달도 저무려는데
문 닫고 홀로 앉은 이 사람 뉘라서 동정하랴?

육신은 사마상여司馬相如의 삼년 병으로 여위었고
입으로 『중용中庸』 한 권을 외운다네.[35]

사부詞賦 짓는 솜씨 기량을 이루었거늘
명성明誠[36] 공부 이로부터 헛되지 않으리라.

어진 이를 존경하는 것은 수신修身의 도道라

---

34 『겸재유고』에는 이 작품이 수록되지 않았고, 『백호필적』에만 수록되어 있으나, 이즈음에 지었을 것으로 추정되어 여기에 편정하였다.

35 육신은~외운다네: 백호는 사마상여처럼 소갈병(消渴病)으로 고생했고, 속리산에서 공부할 때 특히 『중용』을 많이 읽은 것으로 유명하다.

36 명성(明誠): 『중용』에 나오는 말. 수신(修身)을 함에 성실을 실천해야 밝아지고, 밝아야 성실할 수 있다고 하였다.(『中庸』: "自誠明, 謂之性, 自明誠, 謂之敎. 誠則明矣, 明則誠矣.")

때로 종곡鍾谷의 초려草廬를 방문하네.[37]

自不思義還故栖, 抱微恙詠懷

金碧携茶臘欲除, 閉門孤坐孰憐余.
形羸司馬三年病, 口誦中庸一卷書.
詞賦向來成伎倆, 明誠從此莫空虛.
尊賢自是修身地, 時向鍾山訪草廬.

한밤에

온산이 적막하여 선방禪房을 둘러쌌는데
노송 아래로 나가 푸른 이내 쓸고 앉으니

하늘에 명월이 가득 옷소매에 청풍이 가득
거문고 한곡 타자 흥이 한껏 오르더라.

---

37 어진 이를~방문하네: 이때 속리산의 종곡에 성운(成運)이 살고 있어 그를 찾아가 가
르침을 받는 것을 언급한 것이다.

記夜

千山寂寂繞禪龕, 步出松壇掃翠嵐.
明月滿天風滿袖, 玉琴彈罷興方酣.

꿈속에서[38]

그윽하고 깔끔한 집 서쪽으로 작은 시내
화분 매화 피어나서 꽃가지 비스듬이.

시인의 넋 애달파…… 못하니
나부산羅浮山 서쪽으로 달이 질 무렵 꿈에서 깼네.

夢到一小堂, 臨□溪有□□□□□□, 香色芳姸, 愛玩
彷徨, 夢已, □□□.

瀟洒幽齋西小溪, 盆梅開發數枝低.

---

38 원제: "꿈에 작은 집에 도달했는데, 시내를 임하여…… 있었는데, ……냄새와 빛깔
이 향긋하고 고와서 사랑해 감상하며 머뭇거리다가 꿈이 깼다……"

吟魂怊悵不□□, 夢斷羅浮山月西.

법주사에서 채수재를 송별하여

서원에 사는 채자수蔡子受[39]
가풍은 나재懶齋 선생에서 이어받았겠다.

법주사에서 만나 서로 마음이 통했거늘
지금 작별하면 산과 구름 만겹이나 막히겠네.

法注寺送蔡秀才

住在西原蔡子受, 家風傳自懶齋翁.
相逢法寺同爲□, 別後雲山千萬重.

---

39 채자수(蔡子受): 자수는 채수재의 자. 그의 행적은 미상인데 성종 때 문인으로 이름
  높은 채수(蔡壽, 1449~1515)의 후손. 나재는 채수의 호.

종곡鍾谷[40]에서 상운祥雲 도자道者에게 주다

소치嘯癡 이 사람 어찌 시詩에 능한 자이리요
풍설 무릅쓰고 이렇게 찾아오다니!

문자文字란 게 애당초 진면眞面의 일 아니니
산길로 어서 돌아가 이끼나 쓸게.

在鍾谷 贈祥雲道者

嘯癡豈是能詩者, 風雪胡爲勤苦來.
文字元非裡面事, 早歸山逕掃寒苔.

---

40 종곡(鍾谷): 충청도 보은(報恩)의 속리산 기슭에 있는 지명으로 당시 대곡(大谷) 성
운(成運)이 우거하던 곳이다.

춘천으로 어버이를 뵈러 가는 허경신許景愼을 보내며

선부仙府로 근친 가는 허사마許司馬 보소
시의 재주 학문의 깊이[41], 자질과 문채文采까지

호량濠梁[42]의 즐거움을 만나던 그날 알았어라
신이 나면 언제고 영근郢斤[43]을 휘둘렀네.

외로운 산사, 밤 등불에 옥설玉屑[44]이 부슬부슬
한봄의 변방 숲엔 정운停雲[45]이 아득하이.

---

41 시의 재주 학문의 깊이〔渾詩衡學〕: 원문의 '혼(渾)'은 당인(唐人) 허혼(許渾)인데 시를 잘하여 『정묘시집(丁卯詩集)』을 남겼다. '형(衡)'은 원인(元人) 허형(許衡)인데 호는 노재(魯齋)요, 정주학(程朱學)에 조예가 깊어 평생에 도(道)를 전수하는 것을 자임(自任)하였다. 여기서는 상대방이 허씨(許氏)인 때문에 인용한 것이다.

42 호량(濠梁): 『장자(莊子)·추수(秋水)』에 "장자가 혜자(惠子)와 함께 호량(濠梁) 위에 노닐면서 장자가 '조어(鯈魚)가 나와서 조용히 노니는 것은 바로 물고기의 낙이다'고 말하자, 혜자는 '그대가 물고기가 아닌데 어떻게 고기의 낙을 알 수 있으랴' 하니, 장자는 '그대가 내가 아닌데 어찌 내가 물고기의 낙을 알지 못하는 줄을 알 까닭이 있나'라 하였다. 이에 호량은 자유롭게 지내는 삶의 태도를 이른다.

43 영근(郢斤): 『장자(莊子)·서무귀(徐无鬼)』에 "영(郢) 땅의 사람이 흰 흙가루를 코끝에 바르기를 마치 매미 날개와 같이 짧게 하고 장석(匠石)을 시켜 깎게 하니 장석은 자귀를 놀리어 바람소리가 나자 흰 흙가루는 다 깎이고 코는 상하지 않았으며 그 영 땅 사람은 까딱하지 않고 그대로 서 있었다"고 하였다. 이에 영근은 솜씨가 비상함을 나타낸다.

44 옥설(玉屑): 옥을 깨뜨려서 가루를 만든다는 말로 글의 아름다움을 비유한 것.(許有壬「觀雪合然臺」: "坡詩誦得聚星堂, 字字珠璣飛玉屑")

45 정운(停雲): 도잠(陶潛)의 시편 제목. 그 자서(自序)에서 "정운은 벗을 생각하는 것

혹시 아침 노을 마시는[46] 신선을 보거든
나를 위해 일러다오, 꿈에 노상 매달린다고.

送許景脊寧春川

仙府寧親許司馬, 渾詩衡學質而文.
相逢早識濠梁樂, 得意常揮郢匠斤.
孤寺夜燈霏玉屑, 一春關樹杳亭雲.
史吞如見飱霞叟, 魂夢長懸爲我云.

김수재金秀才에게 주다[47]

나는 충암冲庵 선생을 사모하노니
당당한 군자의 인품 지니신 분.

─────────
이다.”고 하였다.
46 아침 노을 마시는〔飱霞〕: 찬하(飱霞)는 도교에서 수련하는 법의 하나.(司馬相如「大人
賦」: “呼吸沆瀣兮飱朝霞.” 注引應劭 “朝霞者, 日始欲出赤黃氣也.”)
47 원주: “공이 성대곡(成大谷) 문하에서 공부하며, 법주사에서 독서할 때이다.”

길이 그리워하며 만나볼 수 없으니
상수湘水에서 추란秋蘭을 찾아볼까.[48]

산중에서 이 사람을 만났는데
충암 선생의 가까운 친척이라.

그 바탕은 자못 옛 사람에 가까우니
배움 향한 뜻 또한 순수하더라.

나는 마주앉아 거문고를 타며
더불어 덕업德業을 개진하였지.

무언가 서로 얻는 것이 있는 듯하여
자리를 옮겨 가까이 붙어지냈네.

글을 논하느라 등불 돋우다가
새벽 종소리를 듣고

남쪽 다리 아래 옥수玉水를 완상하여
잠깐 동화東華의 진애를 벗어났네.

---

48 상수에서~찾아볼까〔湘水秋蘭紉〕: 상수(湘水)는 중국의 소상강으로, 굴원(屈原)이 추
  방되어 가 있던 곳이다. 추란(秋蘭)은 고결한 인격을 표현한 것.(屈原 「離騷」: "紉秋蘭
  以爲佩.")

불가사의不可思議를 가만히 더듬어도 보고
……멀리 별자리를 잡아볼까 했었네.

만리 장천에 높이 뜬 달
지상에 얽혀 산봉우리들 치솟아

법주사法住寺로 돌아가서는
……도리어 참을 의심하였네.

함께 놀던 사람들 다 흩어지고
그대와 나만 남아 서성거리고 있군.

홀연 그대도 떠나겠다 하니
정신이 아득하여……

객지에서 지내기 쉽지 않거늘
문 앞에서 전송을 자주하게 되는군.

갈림길에 다다라 무엇을 드릴까?
……

그대의 가문을 욕되게 하지 말고
항시 노력하며 도리를 지켜 나가게.

사나이가 하늘과 땅 사이에 서서

어찌……

贈金秀才(公受學於成大谷, 讀書法住寺時也.)

我慕冲庵老, 堂堂君子人.

永懷不可見, 湘水秋蘭紉.

山中遇之子, 冲庵之(切功)親.

其質頗近古, 向學志亦純.

我以琴鼓□, 且將德業陳.

欣然若有得, 移榻來相鄰.

論文剪燈夜, □省聞鍾晨.

南橋玩玉澗, 暫謝東華塵.

幽尋不思議, □逈摩星晨.

長天月萬里, 麗地山嶙峋.

歸來法住寺, □□還疑眞.

同遊人盡散, 君我猶逡巡.

忽忽又告去, 悠悠□□神

不堪爲客處, 門前相送頻.

臨歧何(所)贈, □□□□□.

無忝爾家世, 努力恒循循.

男兒立天地, 豈□□□□.

복천사福泉寺 회고懷古

광묘光廟(세조)께서 즉위하신 뒤에 내전內殿과 동궁東宮을 거느리고 순유巡遊하셔서 이 절로 승려 신미信眉를 찾아오셔서 수륙재水陸齋를 배설하셨다. 상上과 양궁兩宮이 불전에 염향拈香하시고, 신하와 종실宗室로 단壇에 들어선 자가 30여명이었다. 어제御題로 그 일을 기록하셨으며, 또 판서 김수온金守溫을 명해서 포장鋪張하도록 하신 것이 절에 전하고 있다.

하늘 닿은 주궁珠宮[49]이라 골짝이 널찍하여
선왕先王이 이곳에 행차를 멈추셨다지요.

공동崆峒의 옛 의장[50]을 금여金輿는 본땄는데
수륙재水陸齋[51] 제단에 옥지玉趾가 다다랐고,

세 분 전하殿下 정성 바쳐 향 연기 타오르자
많은 관원들 복을 벌어 예식이 길어졌다네.

갸륵한 일이라 지금껏 스님들이 말하는데
돌문에 이끼 오르고 구름 그림자 쓸쓸하군.

---

49 주궁(珠宮): 불전을 미화한 말.
50 공동의 옛 의장(崆峒仗): 공동(崆峒)은 산 이름으로 중국 하남성(河南省) 임여현(臨汝縣) 서남에 있는데 옛날에 황제가 광성자(廣成子)에게 도를 물었다는 곳이다.
51 수륙재(水陸齋): 불교에서 수륙의 잡귀들에게 재식(齋食)을 공양하는 법회.

福泉寺懷古幷序

光廟卽位之後, 率內殿·東宮爲巡遊, 遂訪僧信眉於此寺. 因設水陸齋, 上
及兩宮拈香於佛前, 從臣宗室入壇者三十餘人. 御題記其事, 又命判書臣
金守溫鋪張之, 流傳於寺中矣.

天襯珠宮洞府寬, 先王曾此駐鳴鑾.
金輿遠效崆峒仗, 玉趾親臨水陸壇.
三殿獻誠香裊裊, 千官祈福禮漫漫.
至今勝事山僧說, 苔上巖扉雲影寒.

법주사잡영 이십수 法住寺雜詠 二十首 [52]

장교長橋의 달 구경

속세 떠난 첩첩산중에

---

52 이 「법주사잡영 이십수」는 『백호집』에 실려 있지 않아 존재가 알려지지 않았던 작
품이다. 『회진세고(會津世稿)』에 8수가 기록되어 있어서 그 작품들이 『역주 백호전집』
에 들어가게 되어서 세상에 일부가 알려졌다. 신발굴 자료인 『겸재유고』에 그 전편
이 실려 있고, 『백호필적』에도 수록되어 있어서, 이에 세 문헌을 대조하여 전편을 정
리, 소개한다.

명승을 꼽자면 여기가 제일이라네.

무지개 그림자 밤에 더욱 기이하니
물결은 천고의 달을 방아 찧더라.

청담淸潭의 낚시질

못 이름 강청담剛淸潭이라
맑고 맑아 거울이 비치듯.

이 바위 하늘이 조각했나
앉아서 고기 낚기 맞춤일레.

두줄기 맑은 시내

한줄기 복천동福泉洞에서
한줄기 대암연大菴淵에서,

벽암碧巖으로 흘러 들어오니
나그네 물소리에 잠을 자주 깨네.

오층탑伍層塔

고려의 승려 자정慈淨의 탑인데
전에는 보명탑普明塔이라 불렀다지.

구름 밖으로 풍경소리 들려오니
하늘 나는 신선의 패옥佩玉이 울리는 건가.

천왕봉天王峰 약 캐기

제일 높은 천왕봉
그 사이에 약초 캐기 좋아라.

긴 호미 들고 비를 맞고 내려오는데
당귀 한움큼 탐스러워라.

문장대文藏臺에서 이슬 마시기

바위 틈에 신선들 마시는 이슬이 고여 있으니
문장대 북쪽으로 면한 곳이라.

까마득한 바위 만길이나 높은데

길은 외줄기 실처럼 나 있네.

겹겹 산봉우리에 눈 갤 때

정북 방향으로 산봉우리 겹겹이 쌓여
기이한 경관이야 필시 눈이 갠 뒤.

아스라이 마고麻姑 선녀가
옥황상제께 조회드리러 가는 건가.

숲속의 저녁 비

녹음이 십여리에 뻗어
다리 남쪽 북쪽으로 치솟은 나무들

안개비 속에 시냇물 소리
저물녘 절로 돌아가는 스님

절의 쇠북소리 경쇠울림

큰 절에서는 웅장한 쇠북소리

각처 암자에서는 경쇠 울림.

스님들 아침저녁으로 심상히 듣건만
능히 속세의 귀를 일깨워주지요.

산골의 구름 노을

깊은 산의 영기靈氣 활활 타올라
증기를 뿜어올린 구름, 노을도 대단해라.

영호남 이에 힘입어 평안하니
비를 만들어 만물을 소생시킨다네.

하늘을 떠받친 쇠기둥

쇠를 녹여 원통형으로 만들었으니,
원통 셋이 포개지면 한길이라.

겹겹이 삼십층을 쌓아올려
아득히 구름 위로 솟았네.

시내 건너 방아소리[53]

시냇가 구름 속엔 방아를 찧나
텅텅 방아소리 쉼없이 들려오네.

맑은 밤 한가롭게 듣는 이 누군가?
오직 노선사老禪師 한 분.

한조각 끊어진 비석

바위 위에 세워진 자정국존비慈淨國尊碑
오랜 세월에 글자 많이 이지러졌네.

비문 지은 분은 집현관集賢館 학사
이숙기李叔琪란 이름이 새겨 있네.[54]

---

53 원제 '격수소침(隔水疎砧)'의 침(砧)은 일반적으로 다듬이질을 뜻하지만, 여기서는
방아 찧는 것을 가리킨다. '침구(砧臼)'는 찧는 용구 일반을 가리키는 말이다.
54 이숙기란~새겨 있네:『신증동국여지승람』의 법주사에는 "고려 밀직대언(密直代言)
이숙기(李叔琪)가 지은 승(僧) 자정(慈淨)의 비명이 있다."고 나와 있다.(卷16, 報恩 佛
宇條)

만년 다박솔

뜰에 선 소나무 한그루
잎새 사이로 봄기운이 살아 있어.

노룡이 꿈틀거리듯
풍상 속에 굳세게 버티고 있네.

흙 속에 묻힌 돌솥

절 서쪽으로 돌솥이 있는데
불룩한 배 속이 텅 비었구나.

전해오는 말, 북천北川이 넘칠까 하여
돌솥을 묻어 수재를 막는다 하네.

이끼 낀 연蓮화분

화분은 연꽃 모양으로
사방을 돌난간 둘렀구나.

전에는 기이한 꽃 심었다는데

지금은 이끼만 썰렁하네.

배바위의 좋은 경치

바위가 어떻게 물에 뜨리오?
배라고 일컫는 건 모양을 취해서라.

허명虛名은 여기에만 그치지 않으니
하늘에는 기성箕星과 두성斗星이 있지 않나.

용굴龍窟의 기이한 자취

바람 우레 오래도록 적막하더니
용은 날아가고 부질없이 굴만 남았네.

바위엔 다람쥐들 춤을 추고
못에 노니는 건 미꾸라지 따위.

유서 깊은 산호전珊瑚殿

산호전 앞으로 고려의 구름

산호전 뒤로는 신라의 달.

황금으로 만든 장육존상丈六尊像
스님들 말로는 미륵불彌勒佛이라네.

수정선대水晶仙臺

선대를 끼고 위아래로
노송이 넘어지니 바위도 무너질 듯

대가람을 내려다보니
옥처럼 솟은 일만 봉우리와 나란하네.

위의 20수 시는 속리산 법주사의 좋은 경관을 읊은 것이다. 내가 달포
남짓 머물면서 산수의 빼어남과 건축물의 장려함과 해가 뜨고 지는 때
와 맑고 흐린 날의 자태를 보았고, 때로는 고적古跡의 기이한 자취를 흥
미를 가지고 무한히 더듬어보았다. 그 중에서 형용할 만한 것들을 표출
標出하여, 20개 표제로 적시한 것이다. 당초에 제목을 따라 그려내려고
하였으나 나의 글솜씨가 부족함을 어찌하겠는가? 겨우 오언절구를 운
에 맞추어 지었을 따름이다. 다만 그 보고 들은 것을 기록하여 훗날 꿈
에 그리는 자료로 삼고자 한다.
　병자년丙子年 섣달 그믐 하루 전에 겸재謙齋는 끝에 붙여 쓴다.

法住寺雜詠二十首

長橋玩月
俗離山萬重, 形勝此居一.
虹影夜偏奇, 波春千古月.

清潭釣魚
潭以剛清號, 澄澄鏡面虛.
石磯天琢似, 坐可釣遊魚.

兩派澄川
一自福泉洞, 一自大菴淵.
流入碧巖邊, 頻驚山客眠.

五層塔
麗僧慈淨塔, 舊以普明名.
雲外風鈴語, 飛仙環珮〔鳴〕[55].

天王採藥
無上天王峰, 其間蘄藥好.
長鑱帶雨還, 一掬當歸草.

---

55 〔 〕안은 『백호필적』에서 보입하였다.

文藏飮露

石竇貯瓊漿, 文藏臺北面.

危岩萬仞高, 一路纔通線.

亂峯晴雪

直北幾重巒, 奇觀須雪霽.

怳如麻姑仙[56], 分行朝玉帝.

脩林暝雨

綠影十餘里, 橋南橋北樹.

溪喧烟雨中, 薄暮僧歸〔寺〕[57].

梵宇鍾磬

巨刹撞洪鍾, 諸庵鳴小磬.

僧慣暮朝聞, 能令塵耳醒.

洞府雲霞

山之靈氣然, 雲蒸霞蓊鬱.

湖嶺賴而安, 作霖蘇百物.

撑空鐵樯

鑄鐵作筒形, 三筒纔一丈.

---

56 麻姑仙: 『백호필적』에는 '姑射仙'으로 되어 있다.

57 寺: 원문에는 결락되었으나, 『백호필적』128면에 의거하여 보입하였다.

重重三十層, 縹渺雲宵上.

隔水疎砧

溪畔一雲碓, 春春無歇時.
清宵閑坐聽, 獨有老禪師.

一片斷碑

石崖慈淨碑, 歲久字多虧.
撰者集賢士, 書名李叔琪.

萬歲矮松

庭除一株松, 葉間春不死.
虯龍老屈盤, 强項風霜裡.

塵埋石甕

寺西有石甕, 皤腹空洞哉!
傳說北川壯, 埋之壓水災.

苔蝕蓮盆

盆作蓮花狀, 四周爲石欄.
昔時種異卉, 〔今日苺笞寒〕⁵⁸.

58〔〕안은『백호필적』에 의거하여 보입하였다.

船岩勝賞

石性豈能浮[59], 爲船形似取

虛名不獨玆, 天上箕與斗

龍窟奇蹤

風雷久寂寞, 龍去窟空留

欹石鼠齦舞, 寒潭鰍鱔〔遊〕[60].

珊瑚古殿

殿前麗代雲, 殿上新羅月.

丈六黃金軀, 僧言彌勒佛.

水晶仙臺

挾仙上下臺, 松倒巖如隕.

俯壓大伽藍, 平臨萬玉筍.

右二十咏, 乃俗離山法住寺之勝槩也. 余客寓月餘, 〔觀〕夫山水之奇, 殿宇
之莊, 晦冥之候, 陰晴之態, 或古物異〔蹤〕, 疊疊而無窮, 乃標出其可以形
容者, 目爲二十. 初欲〔逐〕題摹寫, 而奈吾短於文藻何? 僅成五言絶句, 按
以散韻, 但誌其見聞者, 而爲後日夢想之資云耳. 丙子臘〔月〕晦前一日, 謙
齋跋.[61]

---

59 能: 『백호필적』 138면에는 '久'로 되어 있다.

60 遊: 〔 〕 안은 『백호필적』에 의거하여 보입하였다.

61 〔 〕 안은 원문에 결락된 것을 『백호필적』 142면에 의거하여 보입하였다.

차운하여 성초性超에게 주다

경오년庚午年[62] 사이에 그대와 작별한 후
수향水鄕으로 산사山寺로 몇해 가을 지났더뇨?

책이며 거문고 상에 가득한데 나그네 폐병을 앓고
향불로 자욱한 문 스님 머리 하얗도다.

얼음 언 난계亂溪에 지는 달 비추고
눈이 갠 영악獰岳에 찬 구름 흐르누나.[63]

예전에 놀던 일을 서로 만나 얘기하니
당시의 푸른 두 눈[64] 어렴풋이 떠오르네.

次韻贈性超

庚午年中曾作別, 水鄕山寺幾經秋.
琴書滿案客病肺, 香火閉門僧白頭.

---

62 경오년(庚午年): 선조 3년(1570). 백호의 나이 22세 때.
63 얼음 언~흐르누나: 난계(亂溪)와 영악(獰岳)은 각각 지명인데 시인과 성초(性超)와
　　관련이 있는 곳으로 생각된다.
64 푸른 두 눈[雙碧眸]: 달마(達摩)대사가 눈동자가 푸른빛이었다는 데서 유래하여 쌍벽
　　모(雙碧眸)는 선승(禪僧)을 뜻하게 되었다.

氷合亂溪殘月照, 雪晴獰岳冷雲流.
相逢細話舊遊事, 暗記當時雙碧眸.

사인思印 스님에게 주다

다리 위에서 한번 작별하고는
칠년 지난 지금에야 돌아왔다오.

노승은 분망한 일 없어서
홀로 산속의 절집 닫혀 있구려.

贈思印

橋上一爲別, 七年今始歸.
老僧忙事少, 獨閉舊巖〔扉〕.

선방禪房에서 함께 지낸 혜능惠能에게 주다

구름 싸인 서창西窓에 일년 만에 돌아와서
혜능선사와 함께 잠자고 밥 먹고.

구수동九水洞까지 나와 정답게 전송하니
추운 날 산을 내려가면 저녁 안개 피어나네.

贈同龕僧惠能

雲集西寮返一年, 共龕眠食惠能禪.
慇懃相送九水洞, 寒日下山生晚烟.

지재智才 스님에게 주다

마음속 사랑을 떠나는 걸 '사문沙門'이라 이르거늘[65]

---

65 원주: "불가(佛家)의 말." '사문(沙門)'은 불교의 승려를 가리키는 말이다.

이별을 아쉬워하는 산승 말에 억지로 웃음 짓노라.

생이 있으면 한이 생긴다는 소리 비로소 믿겠으니
화표주華表柱로 돌아온 학도 혼이 다 녹으리라.

贈智才

離心中愛曰沙門(釋語), 强笑山僧惜別言.
始信有生□此恨, 鶴歸華表亦銷魂.

도정道淨에게

명산을 좋아하여 잠시 시끄러움 피해 왔다가
헤어질 때 회포를 스님에게 말하네.

한줄기 봄 물은 도화도桃花島로 흐르는데
어찌하면 나귀 타고 석문石門을 지날 건가.[66]

---

66 자주(自註): 도화도(桃花島)는 화교(畫橋) 동쪽에 있고, 석문(石門)은 목욕담(沐浴潭)
위에 있는데 모두 이 산중에서 경치가 가장 좋은 곳이다.

贈道淨

自愛名山暫避喧, 別時幽抱與僧言.

一溪春水桃花島, 安得騎驢度石門.

(桃花在畫橋東, 石門在沐浴潭上, 皆山中最勝處也.)

원오元悟에게

도화桃花[67] 격죽擊竹[68]이 모두 바깥의 일이거니

불이문不二門[69]의 조각달은 언제나 밝은 걸.

모름지기 뛰어넘어 공空의 경지 가야거늘

억지로 구한다고 한가로움 얻어지나?

---

67 도화(桃花): 지근선사(志勤禪師)는 복숭아꽃이 피어 있는 것을 보고 도를 깨달았다
   한다.
68 격죽(擊竹): 향엄격죽(香嚴擊竹). 향엄선사는 기왓장을 던지다가 대를 맞춘 소리를
   듣고 도를 깨달았다 한다.
69 원문의 불이관(不二關)은 불이문(不二門)과 같은 뜻. 불가의 말로 평등해서 차이가
   없는 지극한 방도.

次黃柳村韻贈元悟[70]

桃花擊竹皆由外, 片月恒明不二關.
一超須到俱空處, 作意求閑豈得閑.

〔붙임〕 유촌柳村의 시

참선이란 본래 부처님의 방편이요
염불도 원래 제일관第一關이 아니라.

만고의 의문거리…… 알 수……
공부 이루어지면 이 생의 한가로움 깨달으리라.

〔附〕 柳村詩

參禪本是佛方便, 念佛元非第一關.
萬古疑端□得識, 功成方覺此生閑.

70 원제: "황유촌(黃柳村)의 시에 차운하여 원오(元悟)에게 주다" 유촌(柳村)은 황여헌
(黃汝獻, 1486~?)의 호다.

명해明海 스님에게 주다

가장 밝은 것은 해와 달이요
가장 넓은 것은 푸른 바다라.

두가지를 겸하는 것은······
(1구 결락)

贈明海

至明者日月, 最鉅者滄海.
物有兩兼□, □□□□□.

정축년
丁 丑 年
1577

영회詠懷 [1]

소치嘯癡 이 사람 행장이란 칼과 거문고
대곡大谷 선생 하직하고 강남으로 돌아가는 길.

장암동藏巖洞 이 동네에 벗님이 있어
닭 잡고 밥을 지어 한사코 만류하네.

지는 해에 사립 앞에서 함께 웃은 뒤
두어 간 서실로 구름 안개 헤집고 들었노라.

추운 날씨 시냇길에 눈발이 날리는데
좋은 친구 셋이 서로 전송을 나왔구려.

손님 잔에 막걸리 넘치도록 따르는데
좌상에 오가는 이야기 태곳적 일이더라.

푸른 등불 고요한 자리 밤은 바다 같으니
적막한 심사는 산암山菴과 비슷하이.

---

1 원제: "정축년 정월 초이틀에 산을 나가 초나흘에 선생님께 하직 올리고 장암동(藏巖
洞) 김원기(金遠期)의 집에서 유숙하는데 사원(士元)·이현(而顯)·인백(仁伯)이 찾아
와서 작별하다. 이에 영회(詠懷) 시를 지어 7언(七言) 10구를 지었다" 선생님은 대곡
(大谷) 성운(成運)을 가리킨다. 장암동(藏巖洞)은 속리산 근처의 지명이다. 『겸재유고』
에는 "此下〔丁丑〕年作"이라는 원주가 붙어 있다.

오늘 아침 이별하면 또 만리를 가나니
유유한 이내 한을 어찌 견디랴!

인생의 만나고 헤어짐이 본래 이렇다고
말등 올라 껄껄 웃으니 참으로 기남자奇男子 아닐까.

그대는 보라, 세상 아녀자들 이별
눈물에 슬픈 말 섞어 속절없이 지껄이지.

석자 칼 한치 마음
대장부 속마음을 뉘라서 알리오.

丁丑新正初二日出山, 初四日拜辭先生, 宿于藏巖洞金遠期家, 士元, 而顯, 仁伯來別, 詠懷之作, 因成七言十句

行裝琴劍嘯癡者, 拜辭大谷歸江南.
藏巖洞裡故人在, 殺鷄爲黍留征驂.
柴扉殘照其一笑, 數間書屋披雲嵐.
天寒溪路暝雪下, 遠于相送良朋三.
村醪侑客酌細細, 坐中除有羲皇談.
靑燈孤榻夜如海, 寂寞心事猶山菴.

今朝離別又萬里, 此恨悠悠何以堪.
人生聚散固如此, 躍馬笑去眞奇男.
君看世上兒女別, 淚和悲語空喃喃.
劍三尺, 心一寸, 烈丈夫懷誰得諳.

박운거朴雲擧의 집에 도착하여 며칠간 묵으면서 칠언장구七言長句 1수를 지어주다

한매寒梅 고죽苦竹 그윽한 기약 맺어
사방 벽이 쓸쓸한데 조그만 연못에 임해 있군.

팔년 만에 다시 만나는 오늘 저녁……
소년 시절 놀던 때로 돌아갈 수 있으랴!

원암관元巖舘 북쪽으로 바위는 창을 세운 듯
망월봉望月峯 앞에 달이 떠서……

떠난단 한마디에 아쉬움이 생겨나니
한잔의 탁주 사양할 것 없으리라.

到朴雲擧家留數日, 贈七言長句一首

梅寒竹苦結幽期, 四壁蕭然面小池.
八載重成今夕□, 少年寧復舊遊時.
元巖舘北岩如戟, 望月峯前月□□.
說到分離却生恨, 一杯村酒不須辭.

김수재金秀才²와 작별하며 지어주다

맑은 가을 여로에 그해 경오년
그대는 죽마竹馬 타고 나는 소년이었지.

속리산에서 7년 만에 다시 만나니
나는 장년이요 그대는 소년이라.

나 강호에서 낙백落魄하여 떠도는데
그대 문한文翰에 종사하여 이름을 떨치는군.

---

2 원주: "이름은 응윤(應胤)."

세상살이에 하나도 쓰일 데 없어
멍청하니 방석에 앉았으니 노승이나 되는 양.

그대와 즐겁게 청담淸談을 나눠 흥이 나서
촛불 돋우며 글 논하며 긴긴 밤을 지새우고,

다리 위 밝은 달에 한동이 술
휘파람 크게 불어 잠긴 용을 깨우리.

같이 놀던 사람들 물처럼 흩어지고
눈 쌓인 산골에 안개가 비껴 있네.

새해에 길 떠날 사람 행장을 꾸리고서
채찍 들어 멀리 강남 하늘 가리키네.

외로운 마을 벗과 약속을 저버리지 않아
적막한 사립문…… 드리웠고

책상에 서책이 가득하니 삶이 충분한데
벽에는 삼청三淸 학 타는 신선이 그려져 있네.

그대의 두터운 정 더없이 흐뭇하니
장이 먼데 물고기 잡아 반찬이 훌륭하네.

떠날 임시에 내게 시를 청하는데
……요즘은 좋은 시구가 나오질 않네.

길이 그리울 텐데 밥 잘 먹고 건강에 힘쓰소.
천리길 바라보며……

留別金秀才(應胤)

淸秋客路歲庚午, 君騎竹馬我少年.
重逢離岳七載□, 我爲丈夫君少年.
江湖落魄我漫浪, 翰墨從事君翩[躚].
殘生於世百無用, 癡坐蒲團如老禪.
淸談欣遇起予□, 剪燭論文長夜專.
長橋明月一樽酒, 大嘯驚破潛龍[眠].
□遊人散空流水, 雪滿山蹊橫斷烟.
新正遠客戒行[李], 擧鞭遙指江南天.
孤村不負故人約, 冷落荊扉[垂]□邊.
圖書滿案足生事, 壁畫三淸騎鶴仙.
多君□□見厚意, 市遠盤饌猶擊鮮.
臨離要我贈□□, □□近日無佳篇.
長相思, 加餐飯, 千里之望非□□.

박운거朴雲擧 초정草亭 8수

봄 들판 목동의 피리 소리

저 멀리 소를 탄 아이
안개 낀 풀밭에 아침에도 저녁에도

바람결에 피리 비껴들고 불면서
꽃다운 풀 우거진 냇물 위 다리 건너네.

여름 들판의 농가農歌

농군들 노래 즐거움이 넘치는데
나를 격동시켜 슬픈 감정 유발하네.

고생고생 하고도 주림을 면치 못해
가을 오면 또 도토리를 줍는다지.

안개 낀 산에 떠오르는 아침 해

처마에 새벽빛 더디게 찾아드니

동악東岳이 오래도록 안개에 덮여서라네.

해 뜨면 안개가 흩어지니
산의 모습 어제와 다름없어라.

금암金菴의 저녁 종소리

조그만 암자 푸른 언덕에 매달려
노승이 진결眞訣을 지녔는지.

저물녘에 울리는 종소리
댕댕 구름 사이로 뚫고 오르네.

속리산의 봉우리들

구름 돌아가고 새도 높이 날아
멀리 푸른 하늘만 펼쳐 있는데.

고요히 앉았노라니 신유神遊가 넉넉하여
신발 맞춰 신는 걸[3] 관계치 않노라.

___
3 신발 맞춰 신는 걸[理謝屐]: 동진(東晉) 사령운(謝靈運)이 나막신을 신고 험한 산길
을 오르내리는데 오르막에는 나막신의 앞 축을 빼고 내리막에는 뒷축을 뺏다는 고

띠처럼 두른 맑은 시내

흐르는 시냇물 논배미 녹색으로 가꿔주고
보슬비 뿌리면 낙대 들고 나서네.

백조도 홀연 날아오는데
안개는 푸른 풀 언덕을 나눠놓네.

먼 마을 밥 짓는 연기

외진 마을 하얀 연기 피어올라
한가닥 푸른 산빛에 더해지네.

항시 보이는 한폭의 그림
아침 저녁 한결같이 펼쳐지네.

서산西山의 저녁 비

검은 구름 사방으로 드리우고
높은 언덕에 바람이 몰아치더니,

사가 있다.

서산의 비 저녁에 많이 내려
시냇물 흘러넘치는 소리에 꿈을 깨리라.

朴雲擧草亭八韻

春郊牧笛
遠遠驅牛童, 煙莎朝復暮.
臨風晚笛橫, 芳草溪橋路.

夏野農歌
爾歌樂有餘, 激我哀情發.
作苦爾長飢, 秋來又拾栗.

煙嶽朝暾
茅簷曉色遲, 東岳長煙冪.
日出散輕(蘿), 山容依舊碧.

金菴暮鍾
小庵懸翠微, 殘衲携眞訣.
薄暮數聲鍾, 春春雲際出.

離山列岫

雲歸飛鳥高, 只有遙空碧.

靜坐剩神遊, 非關理謝屐.

清川一帶

川流綠護田, 細雨隨漁伴.

白鳥忽飛來, 煙分靑草岸.

遠村炊煙

孤村生白烟, 一抹添山色.

長作畵圖看, 依依朝又夕.

西山暮雨

陰雲四野垂, 風滿高亭上.

山雨暮來多, 夢回溪水漲.

고암鼓巖을 지나며[4]

설 지난 후 호관湖關에 눈이 내려
날도 추워 경물景物[5]들 다 얼어붙었네.

향기 없는 매화가 만그루 피니
밤 아닌 달빛이 온 산에 비추는가.

헌옷이 젖는다 상관하랴.
느린 걸음 한가로움을 더욱 느끼노라.

산속 암자 찾아서 묵지 못하고
부질없이 산 아래서 바라보노라.

風雪中發望月村, 過鼓巖, 山水甚佳, 有小菴在翠微, 路
險未得往尋

臘後湖關雪, 天寒雲物頑.
無香梅萬樹, 不夜月千山.

---

4 원제: "풍설 속에 망월촌(望月村)을 출발하여 고암(鼓巖)을 지나려니 산수가 매우 아
  름답고, 작은 암자 하나가 산기슭에 있는데, 길이 험하여 올라가지 못했다"
5 운물(雲物): 경물(景物)과 같은 말.(『文心雕龍·比興』: "圖狀山川, 影寫雲物.")

衣弊何嫌濕, 行遲更覺閑.
未成巖寺宿, 空望翠微間.

고당高唐 길에서

바람에 눈 몰아치는 고당高唐[6] 가는 길
칼 한자루 거문고 하나 천리 나그네.

종은 떨고 말은 병들어 의지 없는 신세련만
휘파람 불고 노래하니 신명이 나나 보다.

까마귀 우는 높은 나무 저녁 연기 차갑고
개 짖는 외로운 마을 백성의 집 가난쿠나.

유유하다 고향 생각 갑자기 일어나니
금수錦水 가에 매화 피어 남녘 땅 하마 봄이겠지.

---

6 고당(高唐): 『신증동국여지승람』의 영동 산천조(권16)에 "고당포(高唐浦)는 영동읍
15리에 있다."고 나와 있다.

高唐道中

大風大雪高唐路, 一劍一琴千里人.
僮寒馬病却無賴, 嘯志歌懷如有神.
鴉啼喬樹暮煙冷, 犬吠孤村民戶貧.
悠悠忽起故園思, 錦水梅花南國春.

고당강高唐江 추억⁷

황혼에 말 세우고 텅 빈 물가 바라보고
단풍잎 갈대꽃에 그 옛날 놀던 일 회상하네.

강이 온통 얼어붙어 천지가 막혔으니
모래톱엔 물 건너는 배가 도리어 한가하이.

---

7 원제: "고당강(高唐江)에 이르러 경오년(庚午年, 1570)의 놀던 일을 추억하니 경물에
접하여 회포가 일어나다"

到高唐江, 憶庚午年中舊遊, 觸物有懷

黃昏立馬對空洲, 楓葉蘆花憶舊遊.
氷合一江天地閉, 沙頭閑却濟川舟.

선대봉仙臺峯 폭포를 다시 구경하고

선대봉 계곡을 재차 찾아가니
눈 내린 빈 수풀에 저문 빛이 서렸구려.

얼음 덮인 폭포소리 끊어졌다 이어졌다
골짝바람 불어 용의 울음 들려주네.

重賞仙臺峯瀑布

仙臺洞裏客重尋, 雪後空林暮景深.
氷閣瀑流聲斷續, 峽風吹送玉龍吟.

무주茂朱 가는 길에

백척 바위 끝에 만년의 소나무
끝없는 백사장에 푸른 물결 방아 찧네.

강을 따라 오솔길이 꾸불꾸불 열두굽이
은하에 꽂힌 어려산은 세겹인지 네겹인지.

信宿挹淸堂, 行指茂朱, 沿途山水淸麗, 其曰傍巖, 一片
畫障, 其曰麻谷, 可以隱居, 最勝處號爲臺巖, 在魚麗山
下,〔甘川……〕8

百尺巖頭萬歲松, 明沙無際碧波春.
緣江鳥道十餘曲, 揷漢魚山三四重.

8 원제: "읍청당에서 이틀을 묵고 무주로 향해 가는데 도중의 산수가 맑고 곱다. '방암
(傍巖)'은 하나의 그림 병풍이요, '마곡(麻谷)'은 숨어살 만하며, 가장 아름다운 곳은
대암(臺巖)이란 하는데, 어려산(魚麗山) 아래 있다"〔감천(甘川) ……〕

강선대降仙臺를 지나[9]

환선루喚仙樓 북쪽이라 강선대降仙臺로 돌아드니
옥 같은 부용꽃이 거울 속에 피었구나.

어찌하면 적송자赤松子 따라 노닐어
밝은 달에 학을 타고 강 건너갈까.

過降仙臺, 宿陽山縣村舍, 眞別天地也

喚仙樓北降仙臺, 白玉芙蓉鏡面開.
安得從遊赤松子, 月明騎鶴過江來.

---

9 원제:"강선대(降仙臺)를 지나 양산현(陽山縣) 촌집에 묵었는데 정말 별천지다." 양산
현(陽山縣)은 지금 충청북도 옥천군(沃川郡)의 옛이름. 『전국명승고적(全國名勝古蹟)』
의 옥천군편에 환선루(喚仙樓)는 읍의 남쪽 40리에 있고 강선대는 읍 부근에 있다고
나와 있다.

장필무張弼武 장군[10]

헌걸찬 장병사張兵使
평생토록 철석간장鐵石肝腸이셨다네.

동시대 태어나 만나지 못했으니
어찌 그리 바쁘게 세상을 떠나셨나?

갑 속에 교룡蛟龍이 늙어가고[11]
변방의 백성들 애달파한다네.

구원九原에서 친구를 사귄다면
아마도 관운장關雲長과 어울리시겠지.

---

10 원제: "양산촌(陽山村)에서 박희맹(朴希孟)을 만났는데 그의 선친 박응종(朴應宗)은
우리 아버지와 친분이 있어서, 나를 맞아 묵도록 했다. 그 형의 아들인 영남(英男)은 업
무(業武)로 함께 이야기를 나누었는데 말이 장장군에 미쳤다. 장장군의 율기(律己)·
청열(淸烈)의 행적은 전에 못 듣던 내용이 많았다. 이에 감회를 읊다" 장장군은 선조
때의 명장인 장필무(張弼武, 1510~1674) 장군을 가리킨다. 장필무 장군은 자(字)가
무부(武夫)이고, 본관은 구례(求禮)이다. 선조가 『삼국지연의(三國志演義)』에 나오는
장비(張飛)에 견줄 정도로 당대에 손꼽히는 무인이었으며, 『국조인물고(國朝人物考)』
『해동명신록(海東名臣錄)』 등에 전(傳)이 실려 있다.

11 갑 속에 교룡(蛟龍)이 늙어가고: 고대 중국 보검(寶劍) 중에는 '용천(龍泉)'이나 '용
연(龍淵)'처럼 이름에 '용(龍)'이 들어가는 칼이 많아서 보검을 용검(龍劍)이라 일컫
기도 한다. 여기서 '교룡'은 장필무 장군이 생전에 쓰던 보검을 가리킨다.

陽山村遇朴希孟, 其先人朴延世應宗, 與父親〔有〕素
云, 迎宿于家, 其兄子英男業武, 亦與談話, 偶及〔張〕將
軍事, 其律己淸烈, 多前所未聞, 遂感懷

烈烈張兵使, 平生寸鐵腸

同時不相見, 捐世一何忙

〔古匣〕蛟龍老, 邊州士女傷

九原如結友, 應與〔漢雲長〕[12]

장필무張弼武 장군을 추억하며[13]

장군은 태어나길 태평세상 만났으니

절도節度의 공명이야 말할 게 무에 있소.

---

12 이상 〔 〕 안은 『백호필적』에 의거하여 보입하였다.
13 원제: "무주(茂州)에 도착하여 한풍루(寒風樓)에 올랐는데, 문지기가 거절하여 고을
의 원님을 만나보지 못하고 박충현(朴忠賢)의 집승정(集勝亭)에 묵었는데, 장의현(張
宜賢) 판관(判官)은 장장군(張將軍)의 아들로 집승정 주인과는 친척이며 우리 아버님
이 회녕(會寧)에 주둔하셨을 때 그 휘하의 통판(通判)으로 있었기에, 밤중에도 찾아왔
다가 이튿날 아침에 또 나를 초대하니 장군의 사당이 있는 집이요, 부인께서도 집에
계셨다"(『겸재유고』) 『임백호집』에는 「過張通判義賢家, 仍憶先將軍」이라는 축약된 제
목으로 실려 있다. 이 시에 나오는, 장필무 장군의 아들인 장의현(1533~1615) 역시 명
장으로, 니탕개(尼蕩介)의 난(1583)을 평정하는 데 공을 세웠고, 임진왜란 때도 참전
하여 혁혁한 전공을 세우게 된다.

필마匹馬로 나아가 오랑캐를 무찔렀기에
그 시절 변방에는 문도 닫지 않았다네.

영용한 그 초상 능연각凌煙閣[14]에 그려지지 못하고
사당만 시골에 속절없이 남아 있네.

아들들 그대로 가업을 보존하니
형님 아우 함께 탁주잔 거친 밥.

到茂州, 登寒風樓, 以閽辭, 不得見主〔倅, 投宿於朴忠〕
賢集勝亭, 張判官義賢, 乃張將軍胤也, 於亭〔主〕爲族
親, 而父親鎭會寧時, 張爲通判, 故卜夜來見〕, 朝又邀
我, 乃將軍有廟所在齋家, 而夫人亦在堂云[15]

將軍生遇大平世, 節度功名豈足言.
匹馬獨衝驕虜陣, 當時不閉塞垣門.
雄姿未畫凌煙閣, 遺廟空留野水村.
胤子猶存舊家業, 濁醪糲飯弟兼昆.

14 능연각(凌煙閣): 당 태종때 공신들의 초상을 그려 걸어두고 기념하던 전각이다.
15 〔〕 안은『백호필적』에 의거하여 보입하였다.

무주茂朱 한풍루寒風樓[16]

보허사步虛詞[17] 노래하던 집 신선들이 흩어지니
다락이 따로 서서 거오巨鰲 탄 형상이라.

반가운 손이 와서 뜻밖에 만났으니
자하주紫霞酒에 실컷 취해 거들대며 노닐밖에.

고요한 밤 달 밝은데 여울이 꽁꽁 얼고[18]
찬 구름 바람에 쏠려 눈산이 우뚝하이.

두어라 백화난만한 늦봄을 기다려서
꿈결에 물새 따라 강둑을 거닐어보세.

---

16 『신증동국여지승람』(권39)의 무주현(茂朱縣)의 누정(樓亭)조에서 "한풍루(寒風樓)
　는 객관(客館) 앞에 있다."고 하였다. 『전선명승고적(全鮮名勝古蹟)』의 무주편에 역시
　한풍루가 나오는데 바로 이 시가 소개되어 있다. 몇군데 글자가 다른데 별기(別起)가
　기간(起看), 배두(杯亞)가 표계(標啓), 사조(沙鳥)가 사구(沙鷗)로 되어 있다.
17 보허사(步虛詞): 신선의 표묘경거(縹紗輕擧)의 아름다움을 표현한 곡조를 이른다.
　『전선명승고적(全鮮名勝古蹟)』에 의하면 무주에 신선이 내려와 놀던 전설이 결부된
　유적으로 강선대(降仙臺)와 사선암(四仙岩)이 있다. 이 구절은 이런 전설과 관련해서
　쓴 것으로 생각된다. 다음 구의 거오(巨鰲) 역시 연결되는 의미로서 선계(仙界)를 지
　칭하는 말이다.
18 여울이 꽁꽁 얼고[氷灘壯]: 여기서 장(壯)은 얼음이 꽁꽁 언다는 뜻으로 쓰였다.(『禮
　記·月令』: "仲冬之月……氷益壯, 地始坼.")

自張判官家將欲發行, 主倅聞別, 再三相邀, 月夕設酌
於新樓, 樓乃主倅創構, 中有燠室, 制甚好, 以複道通寒
風樓, 酒闌頗發高興, 以長律奉呈[19]

步虛堂上散仙曹, 別起高樓駕巨鰲.
青眼客來逢邂逅, 紫霞杯亞醉遊遨.
月當靜夜氷灘壯, 風折寒雲雪岳高.
會待芳菲春暮節, 夢隨沙鳥過江皋.

박이항朴以恒 형제에게[20]

도를 배우려는 마음 가상한데다 훌륭한 스승 만났는데

이 나그네 찾아주니 고맙기 그지없소.

---

19 원제: "장판관(張判官)의 집에서 떠나려고 하는데, 고을 원님께서 그 소식을 듣고 여
러번 초대하여, 달이 뜬 밤에 새로 지은 누각에 술자리를 마련하셨으니, 이 누각은 원
님께서 처음 지으신 것으로, 가운데에 온돌방이 있어 그 양식이 매우 좋았고, 복도로
한풍루(寒風樓)와 연결되어 있었는데, 술이 거나해져 자못 흥취가 도도하여 장율(長
律)을 지어 원님께 바치다."(『겸재유고』)『임백호집』에는 「茂朱寒風樓」라는 축약된 제
목으로 실려 있다.
20 원제: "박이항(朴以恒)과 박이겸(朴以謙)은 집승정(集勝亭) 주인의 아들인데, 성산(星
山) 정한강(鄭寒崗) 구(逑)에게 배우니 그 뜻이 가상하고, 내가 묵는 공관(公館)으로 두
번이나 찾아왔기에, 떠나려 할 때 시를 지어주다"

조촐한 마루에 앉아 달을 대하니 시냇물 정겹고
관각官閣에서 등불 돋우며 밤이 더디 가길 바랐네.

푸른 산 겹겹이 쌓인데 이별의 꿈 시름겹고
요금瑤琴 한 곡조에 그리움 깊어가네.

그대들 돌아가면 한강자寒崗子를 뵙겠거늘
말해주오, 풍광자風狂者 소치嘯癡 이 사람.[21]

朴以恒, 以謙乃集勝亭主人子也, 從星山鄭寒崗〔述〕事
之, 其志可嘉, 再到訪我於公館, 將發, 以詩留贈

學道心嘉更得師, 旅人多謝枉追隨.
幽軒對月憐〔溪〕□, 官閣挑燈願夜遲.
碧峀萬重愁別夢, 瑤琴一曲振相〔思〕.
君歸定見寒崗子, 爲說風狂者嘯癡.(春來將往星山, 故云云.)

---

21 자주(自註): 봄이 오면 장차 성산(星山)으로 간다기에 이렇게 말한 것이다.

고향 생각

기구한 신세, 멀리 떠도는 이 사람
적수赤水²²의 바람과 연기 속에 또 한해 봄.

향반香飯²³이며 소채疏菜로 명절을 맞이하니
타향이라 어딜 가도 부모님 생각.

思歸

奇窮長作遠遊人, 赤水風煙又一春.
香飯細蔬逢令節, 異鄕何處不思親.

---

22 적수(赤水): 신화 속의 물 이름. 여기서는 멀리 떠도는 사람이 만나는 물을 표현한
   것으로 보인다.
23 향반(香飯): 절에서 밥을 가리키는 말로 쓰이며 또는 향기로운 밥이라는 뜻으로 쓰
   이기도 한다. 우리 옛풍속에 정월 대보름날 먹는 약밥(藥飯)을 가리키는 것이 아닌가
   생각되기도 한다.

기행紀行

새벽녘 무주茂朱 고을 떠나는데
구름 칙칙하고 빙판길 험하여라.

우연히 장씨집 말을 빌리니
길 가기 한결 수월한데다,

산천경개도 아주 볼만하니
노고를 달래기에 충분하였네.

말이 지치자 해도 저물어
시내 언덕 어둠이 고루 퍼진다.

진안이라 북으로 십리 지점
언건촌 마을에 투숙을 하니,

때마침 마을사람들 술자리 벌여
취해서들 바야흐로 왁자지껄.

길손에게도 한잔 따라 권하는데
그 뜻이 역시나 은근하여라.

백성들이 즐김을 생각해보라.
성군 위해 축하할 일 아니더뇨.

새벽빛이 관솔불에 비쳐오자
행장을 챙겨 출발하였네.

운무로 앞길이 희미한데
저 멀리 임실任實 땅을 가리킨다.

紀行

晨發茂朱縣, 雲陰氷路難.
偶得張家馬, 行李賴以安.
多有好山水, 頗足慰苦辛.
馬倦日已暮, 川原暝色均.
鎭安十里北, 投宿偃蹇村.
適屬鄕人飮, 醉語方喧喧.
勸客一盃酒, 其意亦慇懃.
翻思民樂業, 深賀聖明君.
淸曉照松明, 束裝我行發.
雲霧迷前途, 遙遙指任實

행로난行路難

그대는 못 보았나 행로의 험난함을
무주茂朱·진안鎭安 산중을 가보아라.

높은 곳은 사다리로 하늘을 오르는 듯
낮은 데는 빠져서 땅속으로 들어가는 듯

벼랑을 타고 만길을 내려다보니
한걸음 천리길인 양 시름겨워라.

대낮인데 해는 봉우리에 가려졌고
저녁 전에 벌써 행인이 끊어지네.

땅이 따뜻하면 녹고 추우면 얼어붙어
빙판은 미끄러지고 진흙 바탕 발 빠져 위태롭네.

호랑이 산에 있고 이무기 물에 있어
행로의 험난은 말로 다 표현 못하리.

사람 마음 한치 속에 구의산九疑山²⁴이 들었다지.

---

24 구의(九疑): 산의 이름인데 중국 호남성(湖南省)에 있다.『수경주(水經注)』에 "구의산
(九疑山)은 봉우리가 아홉인데 봉우리가 다르면서 형세가 유사하므로 구경하는 사람

그대는 말 마오 "행로의 험난을 말로 다 못한다고."

行路難

君不見行路難, 茂朱鎭安山峽裡.

高者如梯天, 下者如入地.

緣崖俯萬仞, 寸步愁千里.

停午日隱峯, 未夕行人絶.

暖則泥融寒則氷, 氷滑易顚泥陷沒.

虎豹在山龍在水, 行路之難不可說.

人心方寸有九疑, 君莫道行路之難不可說.

눈을 무릅쓰고 임실현任實縣에 당도하니²⁵

해 저문 눈 속에 산읍山邑에 당도하니

관원의 말씀 하도 사나워.

이 현혹된다. 그러므로 구의(九疑)라 한다."고 하였다.

25 원제: "눈을 무릅쓰고 임실현(任實縣)에 당도하니 고을 안이 다 길손을 안 받으므로 마침내 말을 먹이고 밤길을 달려 구기촌(枸杞村)에 당도하다"

집집마다 길손 받기 꺼리기로
캄캄한 밤길을 또 홀로 떠났다오.

冒雪到任實縣, 縣內皆禁行旅, 乃抹馬, 乘夜到枸杞村

暮雪投山縣, 官人語甚獰.
家家禁行旅, 昏黑且孤征.

고석정孤石亭에서[26]

1

옥으로 빚은 부용芙蓉 위로 푸른 솔
높은 정자 아슬한데 물은 하늘에 닿을 듯

천고의 흰 구름 깊은 골짝에 숨어 있고
밝은 달밤 한 소리 멀리 울리는 쇠북.

---

26 원제: "신군형(辛君亨)의 고석정(孤石亭)에서 봉록선생(鳳麓先生)의 시에 차운하였
다." 신군형은 신응회(辛應會, 1546~?)를 가리키는 것으로 추정된다.

하늘은 본디 활병活屏²⁷에다 공력을 드렸거늘
나라고 사어死語를 가져다가 공졸工拙을 다투랴.

늦은 봄 어부 초동 다니는 길로 발걸음 옮기니
천지에 나무숲 붉은 노을 겹겹이 쌓이누나.

2
이 골짝 안개로 막았다가
오직 친구 위해 열어놓았나.

눈길에서 여윈 말에 채찍질 급히 하며
암서巖棲를 바라보는 시선은 높아가네.

……오니 수심愁心은 진작 흩어졌거늘
날 저무려 하자 나그네는 막 떠나려 하네.

문득 그대 따라 머물고 싶네
찬 물가에서 갈매기와 사귀면서.

---

27 활병(活屏): 생동하는 자연 그대로의 화폭이라는 의미.

辛君亭孤石亭, 次鳳麓先生韻

玉作芙蓉戴碧松, 高亭迢遞水如空.
白雲千古秘幽壑, 明月一聲來遠鍾.
天向活屛元著力, 吾將死語敢爭工.
春深欲覓漁樵路, 萬樹紅霞重復重.

洞門煙鎖斷, 一爲故人開.
雪路鞭羸急, 巖棲送眼嵬.
□來愁已散, 將暝客初廻.
却欲就君住, 盟鷗寒水隈.

『관성여사管城旅史』마침

제석除夕 닷새 전에 취중에 쓰다

날마다 누각에 기대 바라봐도
산길로 그이는 오시지 않네.

어지러운 산봉우리 눈이 막 개고
찬 들판에 석양이 기울려 하네.

……아득히 끝이 없고
눈도 얼어붙어 날지를 못하네.

외로이 휘파람 불며 가는 나그네길
세상살이 얽혀 내 뜻과 어긋나네.

칼은…… 기운이 있되
상에는 살진 고기 놓이질 않누나.[28]

숲속 저물어 새가 날아들고
넝쿨 위로 달이 뜨자 빗장이 걸리네.

---

28 상에는~않누나(盤無刺齒肥): 자치(刺齒)는 이를 쑤신다는 의미.(『禮記·曲禮 上』: "毋
絮羹, 毋刺齒.")

除夕前五日醉題

日日倚樓望, 山蹊人未歸.

亂峯初霽雪, 寒野欲斜暉.

□□漠無際, 凍雪凝不飛.

行裝孤嘯裡, 世累此心違.

劍有□□氣, 盤無刺齒肥.

林岩又暮鳥, 蘿月掩重扉.

무인년
戊寅年
1578

경은景誾의 시에 차운하다

바위산 오르고 싶건만
찬 바람에 연잎 옷이 날리겠네.

어떨까, 의자에 앉아서
주역을 읽어 천지 이치 음미하는 것이.

次景誾韻

欲上幽巖去, 風寒荷製翻.
何如坐一榻, 讀易玩乾坤.

깊은 산골짝 시냇물

영롱한 골짝의 물
밤새도록 찬 물결을 보내주네.

양대陽臺의 꿈 깨우지 마오
초왕楚王의 마음이 어떠하겠나?

幽澗水

玲瓏幽澗水, 一夜送寒波.
莫覺陽臺夢, 楚王心若何.

호선사浩禪師에게 부치다.[1]

신세는 뜬 구름과 친하고
사귀는 정은 푸른 눈으로 보는 사이.

태전太顚과 이부吏部와도 같고
여만如滿과 향산香山과도 같네.[2]

---

1 원주: "의호(義浩)이다."
2 태전(太顚)과~향산(香山)과도 같네: 이부(吏部)는 한유(韓愈), 향산(香山)은 백거이(白
  居易)를 가리킨다. 태전(太顚)은 한유의 문집에 실린 「여태전사서(與太顚師書)」의 수신
  인인 태전(太顚)을 가리킨다. 백거이는 형부상서(刑部尙書)로 치사(致仕)하고 나서는 향
  산의 스님 여만(如滿)과 함께 향화사(香火社)를 결성하고 서로 종유하면서 향산거사(香

병석에 있어도 누가 문병을 올까.
밤새도록 그대를 그리워했다네.

한 항아리 강해주江海酒에
취해 얼굴 환해지는 걸 상상하네.[3]

寄浩禪師(義浩也.)

身世浮雲親, 交情碧眼看.
太顚於吏部, 如滿與香山.
□病誰相問, 思君夜欲闌.
一樽江海酒, 空想醉開顔.

山居士)라 자칭하였다.
3 이상 세 작품은 정축년(丁丑年) 연말이나 무인년(戊寅年) 초봄 사이에 지은 것으로 추
  정되는데, 일단 무인년으로 편정하였다.

북방으로 부임하는 외숙 윤만호尹萬戶 [4] 를 송별하며

남녘 기러기 돌아가자 북쪽 변방 차가운데
삼삼파森森坡 [5] 는 어언 구름 사이 있다지요.

관성關城은 대금국을 옆으로 갈랐는데
장백산長白山 기대어 적장이 날뛰거늘,

여기 천리 밖으로 외숙을 보내다니요
어머님도 떠나가서 구원九原에 계시는데.

남과 북에서 서로 생각하며 권면하노니
한묵翰墨과 궁도弓刀 힘쓰기는 일반이라지요.

送尹萬戶外舅北行

南鴈初歸北塞寒, 森森坡在凍雲間.

關城橫截大金國, 虜騎憑凌長白山.

---

4 이 외숙은 윤대축(尹大畜)으로 만호(萬戶)와 절도사(節度使) 등을 지냈으며, 백호보
다 네 살 연상이다.

5 삼삼파(森森坡): 함경도 경성(鏡城)에 있던 진보(鎭堡)의 이름. 이곳은 만호(萬戶)가
관할하였다.

千里那堪送舅氏, 九原況復隔慈顔.
相思兩地還相勉, 翰墨弓刀業一般.

벗을 찾아갔다가 만나지 못하고 시를 지어 보내다

옥수玉樹 같은 그대를 한해 넘게 못 봤기에
봄 맞은 성을 한번 찾아갔다오.

황혼에 속절없이 우두커니 서 있었으니
어디서 좋은 만남 갖게 될는지.

……달에 그대를 몹시 그리워하다
산을 내려갈 때는 천천히 몰았다오.

시냇물 소리가 멀리 나그네를 전송해주어
바로 다리를 건널 때라네.

訪友不遇, 有寄

玉樹經年別, 春城一訪之
黃昏空佇立, 何處是佳期.
□月憶君苦, 下山驅馬遲.
溪聲遠送客, 直到過橋時.

이경숙李敬叔의 정우당淨友堂[6]에 붙여

그대의 집 계양촌桂陽村에 있어
버드나무 안개 속에 낮에도 문이 닫혔네.

서책이 한방 차지하여 세상살이……
못에 가득한 연꽃 진정 마음에 들어서라.

은은한 향기 달빛 받아 끊기는 듯 이어지고
옥 이슬 바람결에 스치고 스치누나.

---

6 정우당(淨友堂): 이경숙이란 인물의 당호로, 연꽃을 매우 사랑하여 벗으로 삼는다는
그 주인의 취향을 표현하고 있다.

매미가 허물 벗듯[7] 때로 태화봉太華峰[8]을 꿈꾸며
홀로 조각배 타고 은하수의 근원을 찾아간다네.

咏李敬叔淨友堂

夫君家在桂陽村, 楊柳烟中晝掩門.
一室圖書生事□, 滿塘荷藕賞心存.
天香受月斷未斷, 玉露迎風翻又飜.
蟬蛻時時夢太華, 獨乘船葉上河源.

당귀초當歸草를 심고[9]

공명功名이나 꿈을 꾸면 웅지雄志는 시들해지나니
고향 산으로 돌아가자 본래의 다짐이라.

---

7 매미가 허물 벗듯〔蟬蛻〕: 선태(蟬蛻)는 더러운 데서 벗어나 고결하게 됨을 비유한 말.
  진흙에서 아름다운 연꽃이 피어나기 때문에 인용한 것이다.
8 태화봉(太華峰): 오악(五嶽)의 하나인 화산의 봉우리 명칭. 한유(韓愈)는 「고의(古意)」
  라는 시에서 태화봉 정상에 옥정련(玉井蓮)이 있는데 꽃이 피면 열 길이나 되고 그 잎
  사귀가 배 같다고 신화적인 경지로 그려놓았다.
9 원제: "당귀초(當歸草)를 심고서 절구 한 수를 지어 관원(灌園)에게 바치다"

분盆에다 당귀초를 내 손수 심어두고
봄비 내리는 골짝을 앉아서 그려보네.

種當歸草, 一絶奉呈灌園

短褐圖名壯志衰, 故山投老本前期.
小盆手種當歸草, 坐想幽巖春雨時.

〔붙임〕 **차운하여**　관원灌園

돌아가야 할 걸 못 돌아가니 내 너무 쇠했구나
풍진을 언제 떠날까 기약하기 어렵도다.

한줌 흙에 고단한 뿌리 시들기 십상이라
깊은 산 비 내릴 때를 꼬박꼬박 기다리네.

〔附〕次　灌園

當歸不去甚吾衰, 離却風塵未有期.
寸土孤根容易悴, 深山須待雨來時.

금강산金剛山을 가려다 못 가고[10]

금강산을 꿈에서 십년이나 애타게 그리다가
비로소 지팡이 들고 동쪽 향해 나섰는데

어찌 생각했으랴, 선계仙界에 종소리 헛되이······
전염병이 어디 잠복해 있다가 요악한 기운 떨치는가.

여러 암자에 향불은 봄 지나며 식었을 터요
만폭동萬瀑洞의 운하雲霞는 누구를 위해······

발길 돌려 속세로 들어오면서
시를 지어 화산옹華山翁[11]에게 부친다오.

---

10 원제: "장차 금강산으로 가려 했는데, 길에서 전염병이 돈다는 말을 듣고 갈 수 없어,
　　회포를 적어 박계용(朴季容)에게 부치다"

將向楓岳, 路聞癘氣, 不果往也, 述懷寄朴季容

夢勞楓岳十年中, 始向東溟理一笻.
豈謂仙區鍾虛□, 被藏癘氣鼓妖匈.
千庵香火經春冷, 萬瀑雲霞爲底□.
還把行裝入塵土, 題詩寄與華山翁.

계용季容에게 주다

조용히 책을 보면 공功이 두배나 되어
전에 모르던 것도 알게 된다오.

성정이란 안배할 수 있는 물건 아니거늘
글쓰기 어찌 억지로 엮어낼 일이랴'

괴롭고 난삽한 글 곤궁한 문사의 투라고 이르나니
부진敷陳[12]하는 솜씨 누가 화평한 시[13]를 본받겠는가?

---

11 화산옹(華山翁): 박계용을 가리킨다. 화산이 삼각산의 별칭인 점으로 미루어 박계용
은 서울 사람으로 생각된다.
12 부진(敷陳): 글을 쓰는 데 펼쳐 서술하는 수법을 이르는 용어.

미산眉山[14]의 가통이 그대 집안에 있으니

기껏해야 진장秦張[15]에 비견되는 내가 따를 수 있으리오.

贈季容

靜裏着盡功倍之, 得知前所未能知.

性情不是安排物, □字何須矯揉爲.

苦涉世傳寒子語, 敷陳誰效穆如〔詩〕[16].

眉山家數君家有, 我似秦張豈可追.

---

13 화평한 시〔穆如詩〕: 원문의 '穆如'는 '목여청풍(穆如淸風)'에서 유래한 말로 화평하고
   아름다운 모습을 형용한다.(『詩經·大雅·烝民』: "吉甫作誦, 穆如淸風.")
14 미산(眉山): 송나라의 유명한 문학가 소식(蘇軾)의 별칭. 그가 사천성의 미산 출신이
   기 때문에 붙여진 칭호인데 그의 부친 소순(蘇洵)과 아우 소철(蘇轍)이 함께 문학가로
   이름이 높아 문장세가로 손꼽혔다.
15 진장(秦張): 소식 문하의 문인인 진관(秦觀)과 장뢰(張耒).
16 원문에는 글자의 밑부분이 결락되어 있으나, 남아 있는 윗부분과 문맥, 운자(上平聲
   支韻)를 고려하면, '詩'로 추정된다.

계용季容에게 답하다(2수)

1
쑥대밭 세 이랑도 만족하다 여기는데
세상이 날 몰라준다 구태여 말할 거냐.

득실得失은 하늘에 달렸고 분수도 정해졌거니
궁통窮通은 운명인즉 인력으로 어이하리.

문 앞에 귀한 손님[17] 끊어진 적 오래라
책상 위 월로시月露詩[18] 보기를 그만두오.

대숲 밖의 산들바람 낮꿈을 끌어당겨
금강錦江의 고깃배 잠시나마 타고 놀았지.

2
10년 세월 표연히 오늘의 두목지杜收之라
술집의 풍류야 사람마다 알고말고.

---

17 귀한 손님(輕肥客): 경비(輕肥)는 의경구 승비마(衣輕裘 乘肥馬)의 줄인 말. 곧 호화로
    운 생활을 하는 사람.(杜甫「秋興八首」:"同學少年多不賤, 五陵衣馬自輕肥.")
18 월로시(月露詩): 언어 표현은 기교적이고 화려하면서 내용은 공허한 시체. 남조(南
    朝)의 제·양(齊梁) 시대 성행한 문체를 월로체(月露體)라고 일컬었다.

허랑하던 지난 자취 이제 와선 꿈이로다
거문고 타는 외엔 아무것도 하질 않소.

고요 속에 문 닫으니 긴긴 날 잠뿐인데
좋은 벗의 몇편 시 참으로 반갑구려.

그대의 기운이야 볼수록 생동하니
굴원屈原·가의賈誼의 경지로 부디부디 들어가오.

答季容二首

蓬蒿三畝亦安之, 敢曰塵埃莫我知.
得失在天皆分定, 窮通由命豈人爲.
門前久絶輕肥客, 案上休看月露詩.
竹外小風牽午夢, 錦江魚艇暫尋追.

十載飄然杜牧之, 酒樓歌鼓萬人知.
伊今浪迹還如夢, 除却鳴琴摠不爲.
閉戶寂寥長日睡, 良朋珍重數篇詩.
看君氣力關飛動, 屈賈門墻勉勉追.

다시 계용에게 답하다

대작大作이 한번 나오면 사람들 춤을 추나니
조曹·회檜[19]같은 시를 쓰는 나는 항복할 줄 절로 환히 알리라.

맑고도 곱기란 하늘꽃[20] 피어난 듯
허황하고 괴이하기론 귀신이 만든 건가.

민첩한 저 재주 이태백李太白의 솜씨인가[21]
기려騎驢의 가락은 맹호연孟浩然과 다르구나.[22]

왕풍王風[23]이 버려진 지 이제 천년이라
함께 달려나가기를 그대에게 기대하오.

---

19 조·회(曹檜): 춘추시대의 약소국들이다.(黃庭堅「子瞻詩句妙一世, 乃云效庭堅體, 蓋退
    之戲效孟郊·樊宗師之比, 以文滑稽耳, 恐後生不解, 故以韻道之」: "我詩如曹檜, 淺陋不成邦.")
20 하늘꽃[天葩]: 아름다운 꽃. 빼어난 시문을 비유하는 데 많이 쓰인다.
21 민첩한~솜씨인가[倚馬金粟手]: 원문의 의마(倚馬)는 말에 기대어 글을 바로 지을 정
    도로 글짓는 솜씨가 재빠름을 가리키는 말이고, 금속수(金粟手)는 이백(李白)을 가리
    킨다.(李白「與韓荊州書」: "試萬言, 倚馬可待."「答湖州迦葉司馬問白是何人」: "湖州司馬何須
    問, 金粟如來是後身.")
22 기려(騎驢)의~다르구나: 당나라 시인 맹호연(孟浩然)은 "시사(詩思)는 파교(灞橋) 눈
    속의 당나귀 등에 있다.[騎驢灞橋]"고 말하였다.
23 왕풍(王風): 정시(正始)의 음(音), 전통적인 시를 뜻한다.

又答季容

大作令人鼓舞之, 乞降曹檜自明知.

淸姸政似天葩秀, 荒誕應須鬼匠爲.

倚馬才同金粟手, 騎驢調異灞橋詩.

王風委草今千載, 他日期君幷駕追.

성절사聖節使로 중국 가는 양송천梁松川 선생을 송별하며[24]

봉기鳳紀[25]라 온 천하 정성을 바치는데

해동海東의 사명使命은 명공明公에게 맡겨졌네.

현안玄案[26]의 삼천 권은 가슴에 서려 있고

오호鳥號라 팔찰궁八札弓[27]을 어깨에 걸었구려.

---

24 양송천(梁松川): 양응정(梁應鼎, 1519~1581). 벼슬은 대사성에 이르렀고 시인으로 유
   명한 인물. 성절사(聖節使)는 중국 황제의 생일에 하례(賀禮) 가는 사신을 말한다.

25 봉기(鳳紀): 봉력(鳳曆) 즉 역(曆). 봉이 천시(天時)를 안다 해서 생긴 말.(『左傳』昭公
   17년: "我高祖少皥摯之立也, 鳳鳥適至, 故紀於鳥, 爲鳥師而鳥名."이라 하였다.)

26 현안(玄案): 심오한 서적을 이른다.

27 오호라 팔찰궁(鳥號八札弓): 오호는 양궁(良弓)의 이름.(『회남자淮南子』에 "사자사
   者가 오호鳥號의 활을 펴고 기위基衛의 화살을 당긴다." 하였다.) 팔찰(八札)은 화살의

고점리高漸離의 축筑, 형가荊軻의 노래[28] 감회가 깊을 터요
한관漢官과 주악周樂[29] 그 유풍遺風을 상상해보리.

사신이시여! 관광 또한 두루 하시고
압록강 돌아올 땐 기러기 소리 듣겠지요.

梁松川先生以聖節使赴京別章

鳳紀輪忱萬國同, 海東專對屬明公.
胸蟠玄案三千卷, 臂掛烏號八札弓.
高筑荊歌悲古市, 漢官周樂想遺風.
使乎兼償遊觀志, 歸及龍灣聽早鴻.

세심대洗心臺에서 석천石川 시에 차운하여

산들바람 옷자락에 스치는데
한적한 이끼 길로 산책을 하노라니,

맑은 물이 마음에 낀 먼지 씻어주고
바위에 노송은 학의 성질과 맞는구나.

이 사람 고향 산천 그리다가
안개 낀 숲에서 경쇠소리 아련히 듣노라.

시를 논하며 오래 돌아가지 못하는데
비에 적셔 단풍나무도 어두워지네.

洗心臺, 次石川韻

微風灑衣巾, 散步閑苔逕.
玉澗洗塵心, 岩松稱鶴性.
□人憶故山, 怳聞烟蘿磬.
論詩久不歸, 雨濕楓林冥.

절구絶句

선경을 찾아가니 흥이 일어 새로와라
십년 티끌 옷에 절어 너무도 부끄럽소.

온 계곡 솔바람 소리 서늘하기 찬물처럼
길거리 땀 흘리는 사람들 떠올리네.

絶句

尋到仙區發興新, 十年羞殺滿衣塵.
一谿松籟涼如水, 爲謝街頭揮汗人.

영담影潭에서[30]

맑은 집 고요하여 문도 닫혔는데

---

30 원제: "영담(影潭)에서 한음상공(漢陰相公)의 시에 차운(次韻)하여 스님에게 주다" 자주(自註): "8월 7일." '한음상공'은 정승을 지낸 이덕형(李德馨, 1561~1613)을 가리킨다.

묻노니 향산거사香山居士가 아니신가?

한나절 스님과 함께 시내에 앉았노라니
가을바람이 옛 하의荷衣에 떨어지네.

在影潭, 次漢陰相公韻, 贈僧(八月初七日)

淸齋寂寂閉禪扉, 問是香山居士非?
半日携僧坐溪□, 秋風零落舊荷衣.

산을 나오면서 스님에게 준 시[31]

연화대蓮花臺[32]의 일곱 밤 누수漏水 들으며
짚방석에 앉아 스님과 함께 지냈더라오.

---

31 원주: "윤치암(尹緇巖)에 있다."
32 연화대(蓮花臺): 불가에서 연화대와 관련해서 상징적 의미가 있는데, 이 구절에서는
   또한 연화루(蓮花漏)라는 고사와 직결되어 있다. 연화루는 일종의 물시계로 중국 여
   산(盧山)의 고승 혜원(惠遠)이 만든 것이다. 연꽃 모양의 그릇인데 그 바닥에 구멍을
   뚫어 물이 새들어와 반쯤 차면 그것이 가라앉았다. 하루 밤낮에 열두 번 가라앉아서
   그것으로 시간을 쟀다는 것이다.

달은 외로운 봉우리에 가리었고
가을 소리 시냇물에서 생기누나.

산을 나오자니 마음이 헛헛하여
고개 돌려 바라보곤 거듭 서글퍼지네.

옛 성에 물든 단풍 비단 같으면
운제雲梯[33]에 또 오르도록 해주려오.

出山贈僧(在尹緇巖.)

蓮花七夜漏, 草座共僧棲.
月色隱孤嶂, 秋聲生亂溪.
出山殊忽忽, 回首重悽悽.
古堞楓如錦, 雲梯更許躋.

---

33 운제(雲梯): 성을 공격하는 데 쓰는 도구. 여기서는 높은 산의 바위 길을 뜻하고 있
　다.(謝靈運「登石門最高頂」: "惜無同懷客, 共登靑雲梯.")

소회를 읊어 관원灌園에게 드리다

대궐에 글 바치고 객지에 머무르니
어느 제나 예전 운송雲松[34]으로 돌아가 누울 것인지.

궁중의 물시계 똑똑 떨어지는 소리
풍교楓橋서 듣는 밤중의 종소리만 못합니다.[35]

述懷呈灌園

獻策龍墀滯客蹤, 幾時歸臥舊雲松.
禁城玉漏丁東響, 不及楓橋半夜鍾.

---

34 운송(雲松): 백운과 소나무. 은거자의 반려로 생각한 것이다.(張緝「臨江仙望廬山」: "何
須魂夢覓瀛洲, 雲公終可卜, 我與謫仙儔.)
35 풍교서~못합니다: 당나라 시인 장계(張繼)의 「풍교야박(楓橋夜泊)」에 "고소성 밖 한
산사에서, 한밤중의 종소리 객선에 들려오네.(姑蘇城外寒山寺, 夜半鐘聲到客船)"이란 구
절이 있다. 풍교는 한산사 옆에 있는 다리 이름. 궁전의 벼슬살이보다 초야에서 지내
는 것을 동경한다는 의미이다.

천굽이 물결 위에 발자취를 붙였으니
어느 제나 고향 문전의 소나무를 본단 말가.

임금님 생각하는 마음 아직 식지 않았으니
꿈속에도 깨어나 새벽종을 새겨듣네.

〔附〕次　灌園

千層浪上寄危蹤, 何日門前獨看松.
只有愛君心未死, 夢中猶覺怯晨鍾.

산수를 그린 부채에 쓰다

나뭇잎 떨어진 산이야 응당 황량할 게요
모래밭 드러나니 물도 가을인 줄 깨닫겠네.

강마을에 사람은 보이지 않아
나루에 건네주는 배 한가롭구나.

題山水畫扇

木落山應廢, 沙長水覺秋.
江村人不見, 閑却濟川舟.

강상곡江上曲

유랑遊郞은 영천穎川의 관인官印을 차려고
강가에서 꽃같은 미인과 작별을 했다지.

외로운 배 젓대소리 지는 해 원망하고,
연지에 눈물 적셔 손수건 붉게 물드네.

안개 낀 파도에 이별의 한 모두 아득한데
쌍쌍이 날던 원앙새도 함께 끊어졌구나.

유랑이여, 유랑은 알지 못하시니
저의 마음 벌써 청루靑樓 위 달에 가 있어요.

江上曲

遊郎新縮潁川綏, 江上醉別如花人.
孤舟長笛怨夕□, 臙脂淚濕紅羅巾.
烟波離恨俱悠悠, 鴛鴦雙飛□斷絶.
遊郎兮遊郎不知, 妾心已在靑樓月.

물가의 기러기

물가에서 취해 졸다가 남쪽 기러기 꿈꾸어
고향 소식 들리는 소리 귀에 어렴풋이

풍호楓湖의 낚싯배 봉암鳳巖의 숲
서울에 있는 그대 어느 날 돌아오려나.

洲鴈

醉睡空洲夢南鴈, 故園消息說依依.
楓湖漁艇鳳巖樹, 君在漢城何日歸.

강가의 절

배를 봉은사奉恩寺에 대고
밤엔 매화당에서 잠을 자네.

채소뿐인 스님 공양 나눠 먹다 물렸으니
포단蒲團 주위로 고향 꿈 맴돈다네.

좋은 향기 불전佛殿에서 나오고
초승달은 서쪽 담을 넘어가네.

가을 소리 차마 들을 수 없는데
절집 밖으로 대숲이 그윽하네.

江寺

泊舟奉恩寺, 夜宿梅花堂.
惡草分僧飯, 圍蒲歸夢□.
名香出寶殿, 微月度西墻.
秋聲不可聽, 堂外有幽篁.

낙엽落葉

밤이 되면 부귀가엔 병풍 아늑한데
미인이 좋은 비단옷 걸치더라.

"추풍은 사심 없다" 말하지 말라
산골 문에 다다르면 벌써 낙엽이 우수수.

落葉

夜玉屏深富貴家, 美人猶自著輕羅.
秋風莫道無私意, 纔到山門落葉多.

밝은 달

장안長安에도 밝은 달이 뜨고
산중에도 밝은 달이 뜨네.

장안의 달, 금 술동이 은 촛불로 비단결에 화사하고
산중의 달, 향불 찻잔과 어울려 그윽하기 그지없다.

저 때도 한때요,이 때도 한때라
나 산에 있으니 산중의 달 사랑하리.

有明月

長安有明月, 山中有明月.
長安之月金樽銀燭艶綺羅, 〔山〕中之月香炷茶〔鐺〕伴幽絶.
彼一時兮此一時, 我在山中愛山月.

금객琴客

거문고 매고 온 나그네
달빛 아래 선방의 문 두드린다.

맑고도 슬픈 한 곡조 타니
강물……

琴客

客有荷琴者, 禪扉月下敲.
清商飜一曲, 江□□□.

압구정狎鷗亭[36]

사람이 물새와 친하게 되는 것은
기심機心[37]이 없기 때문이라.

정자 이름 '압구'라 칭했거늘
과연 기심을 잊은 자일까?

지난 일 모두 다 유유해라
뜨락에 풀 잘 자라 앉을 만하네.

길이 청은옹淸隱翁[38]을 그리노라니
슬픔으로 눈물이 주먹에 차누나.

---

36 압구정(狎鷗亭): 한강 가에 한명회(韓明澮)가 지은 정자 이름. 『신증동국여지승람』에
는 "압구정은 상당부원군(上黨府院君) 한명회가 두모포(豆毛浦) 남쪽 언덕에 정자를
짓고 명나라에 사신으로 갔을 때 한림학사 예겸(倪謙)에게 이름을 청했더니 '압구'라
고 지어주었다.(권6 廣州府)"고 기록되어 있다. 현재 서울 강남구 압구정동은 이 정자
와 관련된 지명이다.

37 기심(機心): 술수를 부려서 남을 해치려는 마음. 해변에 사는 한 사람이 갈매기와 친
해서 늘 그의 옆에 갈매기들이 와서 놀았다. 누가 갈매기 한 마리를 잡아 달라고 해
서 갈매기를 잡을 마음으로 바닷가에 나갔더니 갈매기들이 가까이 오려 하지 않더라
한다. 그때 그에게는 '기심'이 있었기 때문에 그런 일이 일어났다는 것이다.(『列子』)

38 청은옹(淸隱翁): 김시습(金時習)을 가리킨다. 김시습은 벽산청은(碧山淸隱)이란 호를
쓴 바 있다.

狎鷗亭

人而可狎鷗, 以其無機也.

狎鷗以名亭, 果是忘機者.

往事俱悠悠, 寒庭草可藉.

永懷淸隱翁, 悲來淚盈把.

용성창수龍城唱酬[39]

대방帶方(남원의 옛이름)은 옛 고을이니 누관樓觀이 호남에서 으뜸이다.
나는 탐라에서 돌아오는 길에 들러 손명부孫明府[40]를 관아로 찾아가 뵈
었는데 때마침 옥봉玉峰 백광훈白光勳 창경彰卿과 손곡蓀谷 이달李達 익지
益之가 나그네로 노닐어 자리에 있었다. 인사를 나누자 곧 좌석을 광한
루廣寒樓로 옮겼다. 또한 송암松巖 양대박梁大樸 사진士眞을 서촌西村에서
초청해 오니 사미이난四美二難[41]이 기약한 바 없이 모이게 된 것이다. 시
를 읊다가 술을 마시는 등 진솔한 모임이 되었다. 며칠을 머물러 놀다가
아쉽게 작별을 했다. 온 누각의 맑은 취미는 모두 시편에 담겨 있다. 옥
봉의 아들 진남振南은 매우 그 부친의 기풍이 있었다. 지금 그의 절구 또

---

39 여기 실린 시문은 백호가 무인년(戊寅年, 1578) 2월 제주도를 떠나, 3월경 남원에 들
   러 남기게 된 것이다. 당시 남원부사는 손여성(孫汝誠)이란 인물인데 그곳에 와 있던
   백광훈(白光勳)과 백진남(白振男) 부자와 이달(李達), 그 지방에 살고 있었던 양대박
   (梁大樸) 등이 참석하여 광한루에서 시회(詩會)를 가졌다. 이때 지은 시작품을 모은 것
   이 바로 『용성창수(龍城唱酬)』이다. '용성창수집'이라고 일컬었으며, 『임백호시집』에
   는 「용성광한루주석수창(龍城廣寒樓酒席酬唱)」이란 제목으로 그 일부가 수록되어 있
   다. 여기서는 백호의 작(作)을 위주로 수록하는 것을 원칙으로 하되 그 대략의 전모를
   알 수 있도록 배려하였다. 그래서 원운(原韻)은 바로 붙여서 제시하며, 경우에 따라 다
   른 이들의 작품을 첨부하기도 했다.
40 손명부(孫明府): 당시 남원부사를 가리킨다. 명부는 태수를 지칭하는 말. 당시 남원
   부사는 손여성(孫汝誠)으로 호가 촌로(村老)로 나와 있다. 『국조방목(國朝榜目)』에 의
   하면 손여성은 명종 신유년(1561) 식년시(式年試)로 문과에 합격했고 자는 극일(克
   一), 벼슬은 부사에 이르렀으며 호는 용담(龍潭)이라 하였다.
41 사미이난(四美二難): 여러가지 좋은 것이 두루 갖추어짐을 뜻하는 말. 왕발(王勃)의
   「등왕각서(滕王閣序)」에 "네가지 아름다움이 갖추어지고, 두가지 어려움이 함께 있
   다.(四美具, 二難幷)"라는 말이 나오는데 사미는 양신(良辰), 미경(美景), 상심(賞心), 낙
   사(樂事)이며, 이난은 현사(賢士), 가빈(佳賓)을 가리킨다.

한 기록 속에 들어 있는데 아매阿買[42]에 견주어 훨씬 낫다고 하겠다.

벽산碧山 임자순林子順은 쓰다.

龍城唱酬集序

帶方古國也, 樓觀甲湖南. 某自耽羅歸路, 歷拜孫明府於牙門. 時玉峰白光
勳彰卿, 蓀谷李達益之, 客遊在座. 纔敍寒喧, 乃移席于廣寒樓. 又致松巖
梁大樸士眞于西村, 四美二難, 不期而同. 或詠或觴, 爲眞率之會. 留連數
日, 悵然而散. 一樓淸致, 俱在詩篇. 玉峰兒振南, 深有乃父風, 今其絶句在
錄中, 比之阿買亦云遠矣. 碧山林子順志.

용성龍城[43]에서 손사군孫使君에게 주다

옛 고을 봄이 저물 때 상봉을 하고 보니

강변에 꽃이 지고 유사遊絲[44]도 잠잠해라.

---

42 아매(阿買): 원래 한유(韓愈)의 자질로 어린 시절 이름. 한유가 "阿買不識字, 頗知書八
分."(「醉贈張祕書」)라는 시구를 남긴 바 있다. 백광훈의 아들 백진남(白振南)이 글도 썩
잘하며, 특히 글씨를 잘 썼기 때문에 원용한 것이 아닌가 한다.

43 용성(龍城): 남원의 옛 이름. 손사군(孫使君)은 남원 부사로 있었던 손여성(孫汝誠)
으로 호는 촌로(村老).

홍루紅樓에 석양이 비치는데 동이술 넘치누나.

이 풍광 그려낸 시가 여기에 또 있지 않소.

龍城, 贈孫使君[45]

古國相逢春暮時, 江郊花落靜遊絲.

紅樓晩照杯樽瀲, 模寫風光更有詩.

〔붙임〕 원운原韻[46]　　이달

춘삼월 남국에서 노니노라니

산꽃은 비단 같고 버들은 실인 양.

모인 사람들 다 십년 옛벗이건만

---

44 유사(遊絲): 봄날의 아지랑이를 말한다.(杜甫「題省中院壁」: "落花遊絲白日靜, 鳴鳩乳燕
青春深.")

45 시제가 『임백호시집』(권3)에는 「龍城, 贈孫使君」으로 나와 있으나, 『백호일고(白湖逸
稿)』에는 「次遜谷韻」으로 나와 있다. 자료를 제시하는 상황이 서로 다르기 때문에 이런
차이를 보인 것인데 여기서는 경우에 따라 양자를 절충한 방식을 취했음을 밝혀둔다.

46 이 작품은 이달(李達)의 시집인 『손곡시집(蓀谷詩集)』에는 실려 있지 않고, 『용성창
수집』에만 전한다.

병든 이 사람 좋은 시 없어 스스로 웃을 뿐.

〔附〕原韻　李達

南國春遊三月時, 山花如錦柳如絲.
相逢盡是十年舊, 自笑病夫無好詩.

손곡의 시에 차운하여

광한루 이곳은 인연이 있으려니와
이 좋은 놀음 본래 기약이 없었네.

오늘 밤이 무슨 밤인가
새 친구에 옛 친구 어울려.

촛불이 잦아들자 강에 달이 떠오르고
바람이 잔잔한데 들에 구름이 낮아.

방초芳草에 어긋나는 한탄이여!

인생은 이별도 많아라.

次蓀谷韻

仙樓應有分, 勝賞本無期.
今夕是何夕, 新知兼舊知.
燭殘江月上, 風盡野雲卑.
芳草差池恨, 人生足別離.

〔붙임〕 **원운** 이달

서울에서 만나지 못하여
상봉할 기약 봄 뒤로 잡았더니,

남쪽에서 떠돈 지 오래인데
아무리 봐도 친한 벗이 없었네.

안개 낀 물가 다리 어둑하고
이슬 맺힌 꽃가지 늘어졌네.

모이고 헤어짐은 기필할 수 없으매
긴 이별 앞에 유유한 마음일 뿐.

〔附〕原韻   李達

洛下不得見, 相逢春後期.
南來作客久, 擧目無親知.
煙起水橋暝, 露重花枝卑.
聚散莫可數, 悠悠長別離.

송암松巖의 시에 차운하여

1
손과 주인 즐기는 자리 속물은 드물어라
온 누각에 나만 빼고 시詩를 다 잘하시네.

난간 앞의 저문 산은 구름이 갓 걷히고
맑은 햇빛 사람 밀어 자리 자주 옮기누나.

반은 깨고 반은 취해 밤이 이슥한 뒤요
만나자 이별이라 꽃 지는 시절일레.

다리 가의 능수버들 연기 엉겨 새파라니
한 가지 꺾어내어 임에게 주고지고.

2
남포南浦의 가는 바람 늦은 물결 일어나고
연기 속의 수양버들 푸르러 늘어졌네.

산은 선부仙府를 나누어 누각이 좋거니와
길은 벌판에 들어 들빛이 한창이라.

천리라 서울 꿈이 다시금 꾸어지니
옛 동산의 봄꽃들 속절없이 져버렸소.

맑은 술에 작별의 사연 새 글귀로 남겼으니
이별가[47] 두어 가락 노래보다 낫군그래.

---

47 이별가: 원문의 이구(驪駒)는 원래 검은 색 말로, 『시경(詩經)』의 일시(逸詩)의 제목.
  작별의 정을 담은 노래라 한다.("驪駒在門, 僕夫俱存, 驪駒在路, 僕夫整駕.")

次松巖韻[48]

賓主交懽俗物稀, 一樓除我摠能詩.

晚山當檻雲初斂, 清景撩人席屢移.

半醉半醒深夜後, 相逢相別[49]落花時.

橋邊楊柳和煙綠, 欲折長條贈所思.

南浦微風生晚波, 晴煙低柳碧斜斜.

山分仙府樓居好, 路入平蕪野色多.

千里更成京國夢, 一春空負故園花.

清尊話別新篇在, 却勝驪駒數曲歌.

---

48 『임백호집』권3에는「용성광한루주석수창(龍城廣寒樓酒席酬唱)」이라는 제목으로 실려 있고, 아울러 이달(李達), 백광훈(白光勳), 양대박(梁大樸)의 차운작이 실려 있다. 그런데, 『용성창수집』에는 양대박의 원운에 임제를 포함한 사람들이 차운한 것으로 되어 있어서, 이를 따라서 새로 정리하였다.
49 別: 『백호일고』에는 '看'으로 되어 있으나, 『임백호집』에 의거하여 '別'로 고쳤다.

〔붙임〕 원운[50] 송암 양대박

1
신선 누각 이 모임은 세상에서 드물리니
아름다운 시절 청담淸談에다 좋은 시까지.

은 촛불 환한 곳에 꽃 그림자 옮겨 가고
옥 난간 높은 곳에 달도 자리 바꾸누나.

평소에 마음껏 마시고 미친 듯 노래 부르던 곳에서
오늘 밤 만났다가 작별을 아쉬워하네.

아득히 먼 길 생각하면 아득한 한恨만 생기나니
자리 옆의 버들을 꿈에서도 그리워해보네.

2
오작교 머리에는 봄 물결 출렁이고
광한루 밖에는 실버들 늘어져라.

천고의 풍연風烟은 이 명승에 다 있거니
한마당 시와 술에 흥겨움도 도도하다.

---

50 『임백호집』에는 둘째 수만 실려 있으나, 『용성창수집』에 의거하여 첫째 수를 추가
하였다.

뉘라서 떠나는 자리 방초芳草를 원망하랴
돌아가는 말발굽 꽃을 밟고 갈 터인데.

하늘 끝의 작별이라 시름이 오락가락
광언狂言을 읊조려 호가浩歌를 갈음하네.

〔附〕原韻 松巖 梁大樸

仙樓此會世應稀, 佳節淸談與好詩.
銀燭爛邊花影轉, 玉欄高處月輪移.
平生痛飮狂歌地, 今夜相逢惜別時.
遙憶長程有長恨, 席邊垂柳夢想思.

烏鵲橋頭春水波, 廣寒樓外柳絲斜.
風煙千古勝區在, 詩酒一場歡意多.
誰向離筵怨芳草, 行看歸騎踏殘花.
天涯去住愁如織, 强把狂言替浩歌.

〔붙임〕 차운하여[51] 동리 이달

1

몇달 동안 집 떠나서 편지도 드물었고
가는 봄 애석하여 봄 보내는 시를 짓노라.

술동이 옆 오래 앉아 있을수록 남쪽 누각 좋고
은하수 깊어가 북두성도 옮겨가네.

날리는 버들개지 떨어진 꽃 정처 없거늘
실컷 노니는 때와 좋은 모임 또한 같은 때라.

서로 만났다가 동으로 서로 떠나가니
방초 우거진 시절 한없는 그리움일세.

2

비온 뒤라 청계淸溪에 가는 물결 일어나고
능수버들 늘어져 물가 언덕 비끼었네.

앞뜰의 한동이 술 슬카장 취해보세
동풍 춘삼월 거진 다 가는구나.

---

51 『임백호집』에는 둘째 수만 실려 있으나, 『용성창수집』에 의거하여 첫째 수를 추가
하였다.

이정離亭엔 곳곳마다 왕손초王孫草[52] 푸른 풀
골목길 이 집 저 집 탱자나무 하얀 꽃.

하늘 가로 유랑하여 길손 된 지 얼마더뇨
한밤중의 남쪽 소리[53] 차마 듣기 어려워라.

〔附〕次 東里 李達

數月離家音信稀, 惜春還賦送春詩.
杯尊坐久南樓好, 河漢更深北斗移.
飛絮落花無定處, 倦遊良會亦同時.
相逢各自東西去, 芳草萋萋無限思.

清溪雨後起微波, 楊柳陰陰水岸斜.
南陌一尊須盡醉, 東風三月已無多.
離亭處處王孫草, 門巷家家枳殼花.
流落天涯爲客久, 不堪中夜聽吳歌.

---

52 왕손초(王孫草): 왕유(王維)의 「송별(送別)」에 "봄풀은 해마다 푸른데, 그대는 돌아
  올는지 못 올는지.〔春草年年綠, 王孫歸不歸〕"에서 나온 말. 또한 왕손이란 이름의 약초
  가 있다.
53 남쪽 소리〔吳歌〕: 중국 동남쪽 오나라 지방의 노래. 오음(吳音). 남원 땅이 남방이기
  때문에 이렇게 쓴 것인데, 여기서는 우리나라 남도의 가락을 가리킨다.

〔붙임〕차운하여[54] **옥봉 백광훈**

1
남북으로 소식이 끊긴 지 몇 년이런고?
술잔 잡고 춘성春城에서 다시 이 시를 쓰노라.

베개머리 물소리에 바람도 은근히 도는데
주렴 걷으니 꽃 그림자 달은 갓 옮겼구나.

취하니 경물은 아스라이 꿈과 같고
늙어가니 마음에 맺힌 것도 풀리는가 싶소.

이상히 보지 마오, 깊은 밤 다시 일어나 앉는 걸
이별에 당해서 어찌 생각하지 않으리오.

2
화란畵欄의 서쪽 둑 수초水草에 물결 치고
이별의 정 무한하니 해조차 비끼런다.

방초芳草 핀 가는 길은 어느 때나 끝날 건고
청산이라 어느 곳에 흰 구름이 많다더냐.

---

54 『임백호집』에는 둘째 수만 실려 있으나, 『용성창수집』에 의거하여 첫째 수를 추가
하였다.

한바다 외론 배는 꿈속의 일이거니
삼월달 아지랑이 상원上苑의 꽃이로세.

술동이 쉬이 비고 사람 곧잘 흩어지니
원망인가 노래인가 들새도 우짖누나.

〔附〕 次　玉峯 白光勳

幾年南北信音稀, 把酒春城又此詩.
欹枕水聲風暗轉, 捲簾花影月初移.
醉來雲物渾如夢, 老去情懷解惜時.
莫怪夜深重起坐, 別離何事不相思.

畵欄西畔綠蘋波, 無限離情日欲斜.
芳草幾時行路盡, 靑山何處白雲多.
孤舟夢裡滄溟事, 三月煙中上苑花.
樽酒易空人易散, 野禽如怨又如歌.

동리의 시에 차운하여

지는 해 뉘엿뉘엿 먼 물가로 내려가는데
떠날 사람 손 붙들고 강다락 올랐어라.

난간에 너무 오래 기대 있질랑 마오
황혼이 다가오면 시름 따로 생긴다오.

次東里韻

夕照微茫下遠洲, 離人携手上江樓.
危欄莫作移時凭, 纔到黃昏別有愁.

〔붙임〕 **원운**[55] 이달

높은 성에 해 지자 물가도 어둑한데

---

55 이 시는 이달의 『손곡시집』에도 실려 있지 않으나, 『용성창수집』에 의거하여 추가
하였다.

강가의 누각 버드나무 바람이 치고,

슬프다, 내일 아침 역 앞의 길에
방초芳草는 이별의 시름 견디기 어려우리.

〔附〕原韻 李達

層城日落暗蘋洲, 楊柳風多近水樓.
怊悵明朝驛南樓, 不堪芳草萬里愁.

또 동리의 시에 차운하여

머나먼 길 용성으로
다시 들리니 올해는 무인년.

방초 호시절 견디기 어려워라
아직 돌아가지 못한 사람으로 있다니!

누각 위에 신선놀음 파하자

물과 들 저문 빛이 깔리는데.

객의 심경 떠나는 아쉬움
명월이 화문석에 비추오.

又

迢遞龍城路, 重來歲戊寅.
不堪芳草節, 猶作未歸人.
樓閣仙遊罷, 川原暝色均.
客懷將別思, 明月照華茵.

〔붙임〕 원운⁵⁶ 이달

손가락으로 헤어보니 임신년壬申年에서
어느덧 무인년戊寅年에 이르렀구려!

---

56 이 시는 이달의 『손곡시집』에도 실려 있지 않으나, 『용성창수집』에 의거하여 추가
하였다.

일곱달 뒤에 다시 만나 노니는
우리들 두세 사람.

서울에는 친지들 있고
산천에 도로도 평평하네.

그대는 먼저 말 달려간다니
오늘 밤 향긋한 풀밭에서 취해나 보세.

〔附〕原韻   李達

屈指壬申歲, 悠悠到戊寅.
重遊七月後, 吾輩兩三人.
京國親知在, 山川道里均.
君先策馬去, 今夜醉芳茵.

연구聯句[57]

신선놀음 화인성化人城[58]에 와 있는가(송암 양대박)
열두 난간에 달이 저절로 밝구려.(동리 이달)

응당 천상에서 생학笙鶴[59]이 내려와(벽산 임제)
밤 깊은데 멀리서 보허사步虛詞[60] 소리 들리리.(촌로 손여성)

聯句

仙遊疑入化人城,(松巖), 十二欄干月自明.(東里)
應有九天笙鶴下,(碧山), 夜深遙聽步虛聲.(村老)

『용성창수집』 마침

---

57 연구(聯句): 한 편의 시를 합작해서 짓는 특수한 형식. 여럿이 시회를 할 경우 이 방
　식으로 창작을 하기도 했다. 이 연구는 제1구는 송암(양대박), 제2구는 동리(이달), 제
　3구는 벽산(임제의 또 다른 호), 제4구는 촌로(손여성)가 지은 것으로 밝혀져 있다.
58 화인성(化人城): 신선이 거주한다는 별세계. 화인궁(化人宮).(『列子·周穆王』: "化人之
　宮, 構以金銀, 絡以珠玉, 出雲雨之上, 而不知下之據, 望之若屯雲焉.")
59 생학(笙鶴): 옛날 왕자교(王子喬)가 생(笙)이란 악기를 잘 탔는데 백학을 타고 내려
　왔다는 고사에서 유래하여 신선이 탄다는 선학을 가리킨다.
60 보허사(步虛詞): 악부(樂府)에 속하는 노래 이름. 여러 신선이 하늘을 가볍게 나는 아
　름다움을 표현한 내용. 북주(北周)의 유신(庾信)과 수양제(隋煬帝) 등이 지은 작품 등
　이 유명하다.

김장원金壯元 사수土秀와 작별하며[61]

지난해 용문龍門에 물결이 칠 때
바람과 우레 앞뒤를 다투더니[62]

남궁南宮의 별자리에 응하였는데[63]
북새北塞에선 말안장에 앉았다지요.

한번 이별에 귀밑이 시들어라
삼청동三淸洞[64] 좋은 잔치 언제 또 보랴.

오랑캐 근자에 날뛰거늘

---

61 원주: "이름은 여물(汝吻)." 김여물(1548~1592)은 본관이 순천(順川)이고, 사수(土
秀)는 그의 자이다. 1577년 9월의 알성시(謁聖試)에서 장원급제하였고, 백호는 바로
그 다음 성적으로 과거에 합격하였으니, 동방(同榜)의 인연이 있다. 의주 목사를 역임
했고, 임진왜란 때 신립(申砬, 1546~1592)의 종사관으로 출전하여 충주의 탄금대(彈琴
臺)에서 적과 싸우다가 패전하여 자결하였다.

62 지난해~다투더니: 용문(龍門)은 과거 시험장을 일컫는 말로 쓰인다. 이 두 구절은 과
거장에서 경쟁이 치열함을 표현한 것이다.

63 남궁의~응하였는데: 남궁(南宮)은 본래 남방의 별자리인데 한나라 때 상서성(尙書
省)을 여기 결부시켰으므로 후세에 이부(吏部)를 가리키는 말로도 쓰였다. 우리나라
에서는 예조(禮曹)의 별칭으로도 쓰였다. 예조에서 과거 시험을 관장했으므로 남궁의
별자리에 응했다는 말은 과거에 합격했다는 뜻을 내포하고 있다.

64 원문의 삼청(三淸)은 서울의 삼청동을 말하는 듯하다. 『한경지략(漢京識略)』에 "삼
청동은 북악(北岳) 아래 진장방(鎭長坊)에 있다. 옛날 삼청도관(三淸道觀)이 여기 있
기 때문이라고도 하며, 혹은 산청(山淸)·수청(水淸)·인청(人淸)이라 삼청이 되었다
고도 한다."(卷2 各洞)

조적祖逖의 채찍[65]은 누가 먼저 쥐려나.

留別金壯元士秀(名汝吻)

去歲龍門浪, 風雷奮後先.
南宮應星位, 北塞據狁轑.
一別凋危鬢, 三淸阻勝筵.
山戎近豕突, 誰著祖生鞭.

---

65 조적의 채찍(祖生鞭): 친구가 발전하도록 권면한다는 뜻의 말. 진(晉)의 유곤(劉琨)은
  조적(祖逖)과 친구였는데 조적이 등용되었다는 말을 듣고 편지하기를 "나는 창을 베
  고 날 새기를 기다려 반적을 없애기로 마음먹어 항상 조생이 나보다 선편(先鞭)을 잡
  을까 걱정했다."고 하였다.(『晉書·劉琨傳』)

기묘년
己卯年
1579
~
경진년
庚辰年
1580

철령鐵嶺¹에서

철관鐵關이라 산골막에 길손이 시름하노니
험로에 홍안이 시든단 말 이제 정말 알겠네.

대낮의 해 반쯤이 산마루에 걸쳐 있고
여의주如意珠 일천 섬을 폭포는 뿜는구만.

깊숙한 골짝에선 물도깨비² 더러 만나는데
기암괴석 어느 곳에 날다람쥐 숨어 있나.

절정에 다다라서 가슴 펴고 휘파람 부니
칼 기운은 아슬히 흑수黑水까지 뻗어가네.

鐵嶺作

鐵關峽裡愁征夫, 始信朱顔凋畏途.
山戴半輪停午日, 瀑噴千斛睡龍珠.
幽壑有時逢罔象, 怪巖何處不魖魖³.

---

1 철령(鐵嶺): 함경도 안변(安邊)과 강원도 회양(淮陽) 사이에 있는 고개.
2 물도깨비[罔象]: 망상(罔象)은 물 속에 산다는 괴물. 『사기(史記)』에 "물 속의 괴물은
용과 망상(罔象)이다." 하였다.

行窮絶嶺舒長嘯, 劍氣遙衝黑水隅.

꿈을 꾸고 느껴서[4]

1

벼슬살이 맛이란 초보다 시큼하고
행색은 쓸쓸하여 산승과 다름없네.

웅심雄心은 꿈속에 상기 남아서
철마鐵馬 타고 빙하永河를 건너간다오.

2

백우전白羽箭엔 뽀얗게 먼지 꼈는데

---

3 齃齃: '齃'은 자전(字典)에 이 글자가 보이지 않는데, 생(齃)의 오기가 아닌가 본다. 생
오(齃齃)는 오서(齃鼠)와 같은 것으로 박쥐 비슷하게 생긴 동물. 날다람쥐. 『안씨가훈
(顔氏家訓)』에 날다람쥐는 다섯가지 재주가 있으나 기술이 될 것이 없다는 말이 있
다.("齃鼠五能, 不成技術.") 본문의 不齃齃의 불(不)은 그런 뜻에서 들어간 것이 아닌
가 한다.

4 원제: "한 해가 다 가도록 말을 타고 다니다 보니 허벅지 살이 다 빠졌는데 객지의 꿈
은 오히려 용황(龍荒) 밖에 있으므로 느꺼워 이 시를 짓다" 원주: "고산 찰방(高山察
訪) 때에 지음." 고산은 함경남도 안변(安邊) 땅에 있던 역이며, 백호가 이곳에 찰방
으로 부임한 것은 31세(1579) 때이다. 용황(龍荒)은 변방의 거친 지역. 용사(龍沙)와
같은 말.

꿈에 황룡부黃龍府⁵로 건너간다오.

역정驛亭의 한 벼슬에 몸을 부치어
쪼그려앉아 양보음梁甫吟⁶을 노래하노라.

窮年鞍馬, 髀肉已消, 而旅枕一夢, 尙在龍荒之外, 感而
有作(高山察訪時作.)

宦味酸於醋, 行裝淡似僧.
雄心夢猶在, 鐵馬渡河氷.

其二
塵生白羽箭, 夢渡黃龍府.
郵亭寄一官, 抱膝吟梁甫.

---

5 황룡부(黃龍府): 발해(渤海)의 옛 땅에 있던 지명. 현 중국 길림성(吉林省) 농안현(農安縣) 일대.
6 양보음(梁甫吟): 제갈량(諸葛亮)이 즐겨 부르던 노래 이름. 양보는 태산 기슭의 산.

역루驛樓[7]

오랑캐들 20주州 넘본 것이 언제이더뇨?
공훈을 취하고자 청총마에 올랐더라.

오늘날 변방에는 연진烟塵이 잠잠하니
장사는 할 일 없어 역루에서 낮잠을 자네.

驛樓

胡虜曾窺二十州, 當時躍馬取封侯.
如今絶塞煙塵靜, 壯士閑眠古驛樓.

---

7 『기아(箕雅)』 권3에는 「고산역(高山驛)」이라는 제목으로 실려 있어 고산역의 역루에
서 지은 작품이라는 것을 알 수 있다. 또 차천로(車天輅)의 「오산설림(五山說林)」에도
다음과 같은 일화가 실려 있다. 백호가 고산찰방이었을 때, 양사언(楊士彦, 1517~1584)
이 안변부사(安邊府使)로 있었다. 하루는 백호가 짐짓 어떤 무인(武人)이 지은 시 같다
고 하면서 이 시를 보여주니, 양사언이 빙그레 웃으며 백호 당신이 지은 것이 분명하
다고 말했다는 것이다. 한편, 본래 둘째 구는 "將軍躍馬取封侯"였는데, 역시 유명한 시
인인 최경창(崔慶昌)이 앞의 두 글자를 지금처럼 "當時"로 고쳤다고 한다.

역驛에서 회포를 쓰다

남방 고을 고향 산천 꿈속조차 그리운데
관새關塞 밖의 낮은 벼슬 독우督郵[8]의 신세로세.

선달 매화 피고 져도 돌아가질 못하니
북풍 앞에 양털 갖옷 다 해진단 말가.

驛中書懷

故鄕雲水夢南州, 關外微官是督郵.
開盡臘梅歸未得, 北風零落白羊裘.

---

8 독우(督郵): 독우(督郵)는 원래 한나라 때 군수(郡守)의 보좌역으로 관하를 독찰하는
임무를 맡은 벼슬인데 우리나라에서는 역(驛)의 찰방(察訪)을 지칭하였다. 때는 백호
가 고산도(高山道) 찰방으로 있었던 1579년 31세 즈음일 것이다.

새하곡塞下曲

밤중이라 군문에 정탐꾼이 돌아와서
"선우單于가 내일 아침 백룡퇴白龍堆[9]로 지나간다고."

장군은 마음속에 공 세울 일[10] 자축하여
포도주 한잔 따라 껄껄 웃고 마시더라.

塞下曲

半夜轅門探馬廻, 單于朝過白龍堆.
將軍暗賀凌煙畫, 笑取葡萄飲一杯.

---

9 백룡퇴(白龍堆): 지명. 중국의 신강성(新疆省) 동쪽 천산남로(天山南路)에 있는 사막
   지대.
10 공 세울 일: 원문의 능연화(凌烟畫)는 능연각에 화상이 그려진다는 말로 공신이 됨을
   뜻한다. 능연각(凌烟閣)은 당나라 때 공신의 화상을 걸어둔 전각이다.

백우전白羽箭[11]

백우전白羽箭 한가지를 내 지녔거늘
어복魚服[12]에 묵혀둔 지 어언 10여년.

이걸 뽑아 떠나는 그대에게 드리노니
음산陰山[13]의 호랑이를 쏘아 잡게나.

白羽箭, 送尹景老戍朱乙溫

我有一隻白羽箭, 魚服塵埋今十年.
相逢脫手贈君去, 射殺猛虎陰山前.

---

11 원제: "백우전(白羽箭)으로 주을온(朱乙溫)을 지키러 가는 윤경로(尹景老)를 보내며"
'주을온'은 함경북도 경성(鏡城)에 있던 진보(鎭堡)의 이름. 『신증동국여지승람』 경성
도호부의 관방조에 "주을온보(堡)는 부(府)의 남쪽 32리에 있으며, 석축의 둘레 1068척,
높이 7척이다."고 나왔으며, 병마만호(兵馬萬戶) 1인이 배치되는 것으로 나와 있다. 윤
경로(尹景老)는 이 주을온보의 만호로 부임한 것으로 보인다.
12 어복(魚服): 물고기의 껍질로 만든 화살통. (『詩經·小雅·采薇』: "四牡翼翼, 象弭魚服.")
13 음산(陰山): 원래 중국 북쪽 변경의 지명인데 이곳으로 흉노가 자주 침범하였다. 음
산의 호랑이를 잡으라는 말은 북방의 여진세력을 제압하는 의미를 내포한 것으로 해
석할 수 있다.

무제

봉해蓬海[14]는 아득해라 벽공이 광활한데
옥랑玉娘의 소식 구름만 쓸쓸하이.

가을바람에 한번 만남 상사의 눈물이라
열두 난간 옥루玉樓에 밝은 달이 비추누나.

無題

蓬海茫茫碧落寬, 玉娘消息楚雲寒.
秋風一合相思淚, 月照瓊樓十二闌.

이달李達의 시에 차운하여

무슨 일로 귀밑머리 희어지느뇨?

---

14 봉해(蓬海): 46면 「느낌이 있어(2수)」의 주석 참고.

인생이란 떠나고 머물고 덧없구려.

관북關北의 길 견디기 어려워
역 앞의 누각 자주 오른다오.

옥새玉塞라 서신도 끊어지고
금하金河는 밤낮으로 흘러만 가네.[15]

벗님의 시편 음미해보니
봄 시름이 반이나 되는구려.

次李達韻

底事催華鬢, 人生有去留.
不堪關北路, 重上驛南樓.
玉塞音塵絶, 金河日夜流.
看君海嶠作, 一半是春愁.

---

15 옥새라~흘러만 가네: 옥새(玉塞)는 옥문관(玉門關). 금하(金河)는 내몽고 지방의 강
  이름으로 지금은 대흑하(大黑河)로 불린다. 모두 북쪽 변경이기 때문에 끌어다 쓴 표
  현이다.

도사都事의 시에 차운하여

공무 마치고 남헌南軒으로 나오니 하루해 지루해라
번잡한 일 사절하고 잠깐 눈 붙일 때로다.

유선儒仙이 요즈음 문소관聞韶館에 머무는데
바둑 두는 소리 쩡쩡 바람 따라 들려오리라.

次都事韻

衙退南軒簷影遲, 塵喧暫謝午眠時.
儒仙近駐聞韶館, 風外丁丁落玉棋.

도사都事에게 드리다

남녘 땅 아득해라 며칠 길일런가?
고향 생각에 벼슬이 절로 가볍게 느껴지오.

술잔치를 파하고 나자 마음이 한가해져
홀로 앉아 향 피우고 빗소리를 듣는다오.

呈都事

南國悠悠幾日程, 鄕心自覺宦遊輕.
流霞醉罷閑情在, 獨坐燒香聽雨聲.

거듭 차운하여

고향 생각에 속으로 노정을 헤아리니
독우督郵[16] 벼슬 낮다고 경시해서 아니라오.

중성重城의 고각 소리 본디 비장하다지만
저문 날 풍호楓湖의 뱃노래만 못하구려.

---

16 독우(督郵): 310면 「역(驛)에서 회포를 쓰다」의 주석 참고.

重次

自是思歸暗計程, 督郵雖少敢言輕.
重城鼓角元悲壯, 不及楓湖暮棹聲.

서울로 돌아가는 도사都事 선배를 전송하며[17]

막부幕府에서 함께 일하다가
구름과 진창으로 여기서 갈리네요.

이별의 바람 자세紫塞에 시름겨운데
돌아가는 말 고삐가 나부끼지요.

변방의 달은 강관江舘에 드리우고
봄 추위는 버들가지를 괴롭히네.

다리 위에 나가서 전송도 못하고
떠나는 분 어디로 가시려오?

---

17 원주: "기묘(己卯)." 1579년.

贐都事先生還京(己卯)

幕府同趨走, 雲泥此路違.
別風愁柴塞, 歸騎逸靑絲.
隴月低江館, 春寒勒柳枝.
河橋不相送, 游〔子〕悵何之.

돌아가는 조판관趙判官을 송별하며

함관咸關의 관부로 인끈을 차고
그대 부임한 지 한 해가 지났구려.

황당黃堂[18]에선 형구를 쓰지 않았고
백옥白屋[19]에는 태평가를 부르더라.

장수의 명령은 신속하게 시행되니
백성의 실정이 임금님께 제대로 보고되지 않으리오.

---

18 황당(黃堂): 지방 수령이 정사를 보던 곳.
19 백옥(白屋): 가난한 백성의 집.

송별 연회에 옥절玉節[20]이 이르렀거늘
강물 위로 가볍게 배를 띄우고,

가시는 길 가을 달이 새로워
옛 역루에서 그리움에 잠기리다.

다릿가에 버드나무 몇가지
병든 이 몸 홀로 머뭇거리오.[21]

送趙判官守嵓還家

佩印咸關府, 公來歲一周.
黃堂謝敲朴, 白屋有歌謳.
將令馳風火, 民情隔晃旈.
別筵勞玉節, 江水颺輕舟.
客路新秋月, 相思古驛樓.
河橋幾枝柳, 羈病獨淹留.

(通判爲南帥蘇公啓罷而去, 監司出餞于樂民亭, 余病不得參.)

---

20 옥절(玉節): 감사를 지칭하는 말.
21 원주: "조통판이 소공(蘇公)의 장계(狀啓)로 파직되어 떠나게 되어 감사는 낙민정(樂
民亭)에 나가 전별을 하였다. 나는 병으로 그 자리에 참석하지 못했다." 낙민정은 함흥
의 성천강(城川江) 가에 있던 정자이다.

저물녘에 길을 가며

초방원草芳院 북쪽길 길 가는 사람 드문데
장진長津의 지는 해에 외로운 배 비끼었네.

인생에 검은 인끈(綬) 좋을 게 무엇이뇨?
앞길은 황혼이라 시름이 한없는걸.

팔짝 뛰는 도깨비는 다리 한짝 위태로운데
소나무 삼나무 천년이나 의연하네.

저 초라한 말 타고 가는 남관南關의 길손이여!
귀밑에 서리 앉아 백규白虯의 모양이로세.

暮行

草芳院北少行旅, 長津落日橫孤舟.
人生黑綬有何好, 前路黃昏無限愁.
魑魅跳梁祇一足, 松杉偃蹇幾千秋.
龍鍾鞍馬南關客, 霜氣著鬢如白虯.

대곡선생大谷先生 만사[22]

한 언덕 한 골짝에
산은 높고 물은 흘러라.

사람이 흰 구름과 함께 살더니만
사람은 가고 흰 구름만 남았도다.

흰 구름도 때때로 하늘가로 갔다간
해 저물면 돌아와 바위 밑에 자는데

우리 임은 한번 가고 다시 오질 않으니
혜장蕙帳[23]에 먼지 일고 산 달은 하얗구나.

大谷先生挽

一丘復一壑, 山高而水流.
人與白雲住, 人去白雲留.

---

22 대곡 성운이 세상을 떠난 것은 이 해 5월 26일이다. 이 시는 대략 6월에서 8월 사이에 지어진 듯하다.
23 혜장(蕙帳): 휘장을 아름답게 표현한 말인데 은자가 떠났음을 표현하는 데 주로 쓰인다. (孔稚珪「北山移文」: "蕙帳空兮夜鵠怨, 山人去兮曉猿驚.")

白雲有時天際去, 日暮獨歸巖下宿.
斯人一去不再來, 蕙帳塵生山月白.

안상사安上舍 효원孝元에게[24]

볼 만하구나! 의주부宜州府
타향의 길손 감회 더욱 깊고.

벽오동 울리는 바다의 빗소리
홍촛불 거문고를 원망하누나.

일천리 머나먼 나그네 길에
대장부 소중한 한 치의 마음.

그대를 만나자 뜻이 맞아
가을 물가에서 시 함께 읊노라.

---

24 원주: "의주(宜州)의 여정(旅情)을 읊은 것이다." 의주는 함경도 덕원(德源)의 옛날
이름이며, 덕원은 오늘날의 원산(元山)이다.

贈安上舍孝元(宜州旅懷也.)

牢落宜州府, 羈遊恨轉深.
碧梧鳴海雨, 紅燭怨瑤琴.
客路一千里, 男兒方寸心.
逢君使相許, 秋浦謝楊吟.

의주宜州의 작별

북녘 사람 떠나련다 남녘 사람 돌아가고
망해루望海樓 앞마당 북 치고 젓대 불어 재촉하네.

백잔 술 들고 말등에 올라 금채찍 휘두르니
관산關山의 세 길 눈도 무섭지 않고말고.

宜州敍別

北人將發南人歸, 望海樓前催鼓笛.
百杯上馬揮金鞭, 不怕關山三丈雪.

쌍백정雙栢亭[25]

강직한 수령이 참으로 순리循吏[26]거늘
남쪽 지방이 공의 고향일레.

정자는 들에 다다라 아득한데
쌍백정 현판 이름도 좋을씨고.

붉은 잎새 눈에 띄어 놀라고
눈서리 무심결에 겁내네.

비스듬한 나무등걸 반나마 노룡의 비늘
바람에 솔잎은 저절로 생황소리.

월계月桂와 오랜 지음知音인데
구름과 노송 더불어 사귐이 길어라.

버들가지 늘어진 도정절陶靖節 댁[27]인가

---

25 원제: "쌍백정, 정평(定平) 유선생에게 드리는 20운" 정평(定平)은 함경도에 속한 고
   을 이름. 유선생이 누구인지 미상인데 당시 정평부사로 있었던 듯하다.
26 순리(循吏): 직분을 받들어 법을 지키는 지방관. 원문의 오리(傲吏)가 참으로 순리
   라 함은 법을 지키는 데 상관에게 굽신거리지 않고 강직한 자세를 가져야 가능하다
   는 뜻으로 생각된다.
27 도정절(陶靖節) 댁: 정자 앞에 버드나무 그늘이 드리운 모습은 오류선생(五柳先生)으
   로 자호한 도연명(陶淵明: 정절靖節은 그의 시호)을 연상케 한다는 뜻.

녹나무에 기대어 완화계浣花溪 초당[28]이 완연쿠나.

자고로 사람마다 좋아하는 나무 따로 있되
오직 이 잣나무 성인이 감춘 곳이었네.

군자의 덕이 깃들기 충분하니
본래 이 어르신의 행실이라.

기와지붕 푸른 숲으로 연이어
평생 여기 붙여 노닐리라.

회포도 함께 막역하니
물아物我가 서로 잊고 있다네.

대나무는 울타리를 따라 자라고
도랑물은 밭에 물 주려고 막았네.

향을 피워 한낮의 고요를 더하는데
시구를 얻으니 연륜에 맞누나.

---

28 완화계 초당[浣花堂]: 완화계(浣花溪)는 중국 성도(成都) 서쪽 교외에 있는 냇물 이름.
   이곳에 두보(杜甫)가 우거하던 초당(草堂)이 있었다.(杜甫「卜居」: "浣花溪水水西頭, 主人
   爲卜林塘幽.") 이 초당 앞에 오래된 녹나무(柟樹)가 서 있었던 것으로 나와 있다.(「柟樹
   爲風雨所拔歎」: "倚江柟樹草堂前, 故老相傳二百年.") 柟=柟.

촌 늙은이들과 때로 나이를 다투는데
시냇가 노옹이 간혹 물고기도 맛보시라 보내주네.

자루엔 새 약초가 들어 있고
학업은 옛 서상書箱에 담겨 있네.

졸拙을 지키는 마음 남아 있지만
백성을 걱정하는 뜻 갚아야 하리.

이 몸 한해를 보내도록 돈사豚社[29]를 꿈꾸며
고을살이로 변방에 머물러 있네.

나그네 귀밑머리 가을빛에 물들고
구속받는 수심 밤을 따라 서늘하오.

풀은 한적한 길 파고들고
이끼는 섬돌에 올라 파랗구나.

학의 원망[30] 종당 위로해야 할 터이니
소 잡는 칼[31] 마냥 두고 쓸 건가.

---

29 돈사(豚社): 171면 「서원객헌에 있는 시를 차운하다」의 주석 참고.
30 학의 원망(鶴怨): 기다림에 지쳐 원망한다는 뜻. 발을 돋우고 고개를 뽑아 기다리
   는 모습이 학 같다 해서 '학망(鶴望)'이란 말이 있으니 '학원'은 여기서 나온 말이다.
31 소 잡는 칼(牛刀): 큰 인물이 조그만 일자리를 맡고 있음을 비유할 때 쓰는 말. (『論
   語·陽貨』: "子之武城, 聞弦歌之聲. 夫子莞爾而笑曰: '割雞焉用牛刀?'")

저의 집도 강호에 있거니
뒷날은 송죽에 기약하오리다.

雙栢亭, 贈定平柳先生二十韻

傲吏眞循吏, 南鄕卽故鄕.

一亭臨野逈, 雙栢揭名芳.

有眼驚紅紫, 無心怕雪霜.

虬枝半鱗甲, 風葉自笙簧.

月桂知音久, 雲松託契長.

柳於靖節宅, 相倚浣花堂.

自古人殊賞, 唯渠聖所臧.

足依君子德, 元是丈人行.

棟宇連蒼翠, 平生寄徜徉.

祺期共莫逆, 物我兩相忘.

竹以添籬種, 川從灌圃防.

燒香供晝靜, 得句合年光.

野老時爭席, 溪翁或遺甞.

囊留新藥裹, 業在舊書箱.

守拙心雖在, 憂民志可償.

經年夢豚社, 一宦滯龍荒.

旅鬢逢秋色, 羈愁屬夜涼.

草侵閑逕碧, 苔上半階蒼.

鶴怨終當慰, 牛刀豈可常.

儂家亦湖海, 晚計在松篁.

순무巡撫의 시에 차운하여

1

구름 얽힌 검문劍門의 잔도棧道에

구절양장의 청니반靑泥盤[32]인가.

백발은 속절없이 일천 길인데

나그네 시름 절로 만가지라오.

그래도 충성과 신의 이뿐이요

험난한 고달픔 생각질 않네.

새벽녘에 일어나 거울을 보니

풍상風霜에 얼굴이 상했군그래.

---

32 청니반(靑泥盤): 중국의 사천성(四川省)에서 섬서성(陝西省)으로 통하는 검문(劍門),
   즉 검각(劍閣) 근처에 있는 험준한 고개.

2

변방으로 나가는 저물녘 깃발
밝은 달이 두둥실 수루成樓에 떴네.

산 첩첩 추운 기운 한결 더하고
강 깊어 지세도 기울었구려.

평소에 한자루 긴 칼을 차고
먼 타향 노니는 장부의 심정.

한밤중 낭미狼尾[33]를 바라보니
호가胡笳 소리 사방에 가득하여라.

次巡撫韻

縈雲劍門棧, 九折靑泥盤.
白髮空千丈, 羈愁自萬端.
猶知仗忠信, 不說飽艱難.
淸曉看明鏡, 風霜傷旅顏.

---

33 낭미(狼尾): 여기서 낭(狼)은 별 이름으로 천랑성(天狼星)을 가리키는 것이 아닌가 한
   다. 천랑성은 도적의 출현과 관계가 있다는 말이 전해온다.

旌旗暮出塞, 月到戍樓明.

山擁天寒重, 江深地勢傾.

平生一丈劍, 男子遠遊情.

中夜看狼尾, 胡笳滿四城.

시중대 侍中臺[34]

수로육로 일만리 길

어버이 생각하며 먼 길 가네.

하찮은 이 몸을 아끼오리만

서글퍼라 낮은 벼슬 수고로울 뿐.

길은 청산에 들어 굽이돌고

시중대 바다를 다다라 높다랗네.

---

34 원주: "만령(蔓嶺)에 있다." 『신증동국여지승람』에 "만령은 북청부(北青府) 동쪽 68리
(里) 이성현(利城縣) 경계에 있다." 하였고, 이시애(李施愛)가 길주(吉州)에서 반란을 일
으켰을 때 이곳에서 관군과 싸워 크게 패하였던 사실을 기록하고 있다.(卷49, 咸鏡道
北青)

파도에 닿은 저 구름 남쪽 끝인데
어찌하면 빠른 배 얻어 돌아갈 건고.

侍中臺(在蔓嶺)

水陸一萬里, 思親北去遙.
微軀敢自愛, 薄宦嘆徒勞.
路入靑山轉, 臺臨碧海高.
雲濤接南極, 焉得駕輕舠.

마운령磨雲嶺[35]

높은 산마루 하늘에 비껴 북관北關은 장엄한데
석문石門의 뿔피리 소리 구름 사이로 떨어지네.

---

35 마운령(磨雲嶺): 함경남도의 이원(利原)에 있는 큰 고개. 『신증동국여지승람』 이성
현(利城縣) 산천조에서 "마운령은 단천(端川)과 경계에 있는데 옛날 오랑캐를 방어
하던 요새로 관문의 기추석(基樞石)이 남아 있어 또한 문현(門峴)이라 부르기도 한
다."고 하였다.

홍진紅塵에 말을 몰아 돌아가지 못한 나그네
푸른 바다 가을바람 끝없는 산이로세.

磨雲嶺

絶嶺橫天壯北關, 石門殘角落雲間.
紅塵鞍馬未歸客, 碧海秋風無限山.

원수대元帥臺³⁶

1
마천령 고갯마루 말을 세우니
노을빛 새벽 따라 청명하구나.

대臺는 원수 칭호 받았기에
길손은 장쾌한 구경 한다오.

---

36 원주: "마천령(磨天嶺)에 있다." 마천령은 함경북도 성진(城津) 땅에 있는 고개로 동
해에 접해 있다.

만리 시퍼런 파도 밖에
둥근 바퀴 새빨간 해가 솟는다.

고래떼[37] 함부로 날뛴다니
울적한 심사 긴 파람 불어보네.

2
칼 두드리며 원수대 오르니 기개가 치솟는데
일휘一麾[38]의 행색이라 쓸쓸히 한숨짓네.

푸른 바다 가을 기운 차가워 교룡蛟龍이 엎드리고
장백산長白山에 구름 깊어 호표虎豹가 날뛰누나.

세상에 살아서 금로국金虜國 못 삼켰으니
어느 때 다시금 서울의 다리 건널 건고?

맑은 술 취한 후에 말 몰고 돌아가니
아스란 저 하늘가로 구름안개 사라지네.

---

37 고래떼〔鯨鯢〕: 수컷은 경(鯨), 암컷은 예(鯢)다. 또한 흉악한 사람을 비유하는 데 쓰이
   기도 한다. 여기서는 여진족이 발호하는 사실을 암시한 것으로 볼 수 있다.
38 일휘(一麾): 배척을 받아 지방관으로 나간다는 뜻. 일휘출수(一麾出守). (顔延年「五君
   咏·阮始平」: "屢薦不入官, 一麾乃出守.")

元帥臺(在磨天嶺.)

立馬磨天嶺, 雲霞趁曉淸.
臺存元帥號, 客償壯遊情.
萬里碧波外, 一輪紅日生.
鯨鯢敢驕橫, 長嘯氣難平.

彈劍登臺意氣高, 一麾行色嘆蕭蕭.
滄溟秋冷蛟龍蟄, 長白雲深虎豹驕.
生世未吞金虜國, 幾時重到洛陽橋.
淸尊醉罷催歸騎, 極目遙空瘴霧消.

원수대元帥臺 일출日出[39]

가을밤 맞이한 나그네 심사
혼이 꿈엔들 평온하리오.

---

39 원제: "절도사(節度使)와 원수대(元帥臺)에 나가 놀기로 약속했는데 나는 일출(日出)
을 봐야겠기에 새벽에 먼저 떠난다. 사랑하는 적토마(赤兎馬)를 타다"

닭 울음 듣고 기뻐[40] 춤출 듯이
동문東門으로 병영을 벗어났더라.

금채찍을 모처럼 휘둘러대니
적토마는 바람 앞에 용솟음치네.

나는 듯 남녘 포구 건너왔으나
금장니錦障泥[41] 적시지도 않았구나.

고개를 돌리니 곧 장백산
호올로 원수대에 올랐소.

검푸른 바다 새벽빛 기다리니
혼돈混沌이 처음 열린 듯.

눈썹 달은 이미 바다 떠나고
이울어진 별들 쓸쓸만 하이.

알겠다 아득한 저 만리 밖에는
해가 하마 봉래산蓬萊山 비출 거로세.

---

40 닭 울음 듣고 기뻐〔聞鷄喜〕: 이 구절은 마침 뜻을 펴볼 때가 왔는가 하는 비유적 의미
  를 내포하고 있다. 169면 「새벽에 닭 울음을 듣고」의 주석 참고.
41 금장니(錦障泥): 장니는 말을 탄 사람의 옷에 진흙이 튀지 않도록 가죽 등으로 만들
  어 언치 양쪽에 대는 것. 말다래. 금장니는 비단으로 싼 장니.

與節度約元帥臺之遊, 某要看日出, 凌曉先往, 騎所愛
赤兎

旅思當秋夜, 魂夢何由平.
聞鷄喜欲舞, 出自東門營.
金鞭試一揮, 赤兎臨風嘶.
飛渡南浦口, 不濕錦障泥.
回首長白山, 獨登元帥臺.
滄溟俟曉色, 如混沌初開.
微月已離海, 靐靐天星寒.
遙知萬里外, 日照蓬萊山.

영동嶺東 차운

뉘라서 우관郵官[42] 위해 비단 보료 마련하리
근래에는 점차로 하인들과 친해진다오.

조용히 들앉아서 천년 사적 그려보며

---

42 우관(郵官): 역(驛)을 맡아보는 벼슬을 가리키는데, 백호는 31세 때(1579년) 고산도
찰방(高山道察訪)으로 부임했다. 제목의 영(嶺)은 철령(鐵嶺)이다.

외롭고 쓸쓸하니 만리 신세 놀라노라.

서리 겪은 나뭇잎은 바람 기세 조성하고
한바다 물결엔 달의 정신 유동하누나.

말 달리던 변새의 땅[43] 문득 생각하니
풀 하얗고 구름 노랗고 사람은 뵈질 않네.

次嶺東韻

誰爲郵官設錦茵, 向來僮僕漸相親.
沈冥歷想千年事, 牢落偏驚萬里身.
霜葉助成風氣勢, 海波流動月精神.
還思玉塞馳駓處, 草白雲黃不見人.

---

43 변새의 땅[玉塞]: 옥새는 중국 서쪽 변경에 있는 옥문관(玉門關)을 가리키는데, 변경
을 의미하는 말로도 많이 쓰인다. (李白 「愁陽春賦」: "明妃玉塞, 楚客楓林.")

임명역臨溟驛⁴⁴에서 차운하여

3년을 변방에서 말등에만 앉았자니
객지의 심사 어찌 쉽사리 풀려지랴.

귀농歸農은 기약 없고 봉후封侯는 늦어지니
해역海驛의 석양 무렵 난간에 기대 지쳐 있소.

次臨溟驛韻

三載龍荒據玉鞍, 客情那得易爲寬.
歸田未決封侯晚, 海驛斜陽倦倚闌.

---

44 임명역(臨溟驛): 함경북도 길주(吉州)의 역 이름. 성진과 길주 사이 동해에 다다라
  있었다.

길주吉州를 지나며[45]

미치광이 녀석이 이 땅에 오욕을 남겼단 말 듣고
길주성 밖에 서서 한동안 머뭇거렸더라오.

순리로 통솔해도 제압하기 어렵거늘
흉악한 짓 일삼았으니 무슨 일 이루랴!

지휘를 맡은 종친이 철부지였다니
보좌한 인물들도 다 편비偏裨[46]에 불과하고

청해青海[47]에서 싸우다 죽는 건 하늘의 뜻이라는데
의기도 없고 지모智謀도 없이 죽기 또한 더디다니!

---

45 원제: "정암 방백(方伯)을 따라 북도로 순찰하여 길주를 지나다가" 정암은 박민헌(朴
民獻). 그가 당시 함경북도 관찰사로 있었다. 길주는 세조 때 이시애(李施愛)가 반란을
일으켰을 때 거점이 되었던 곳. 중앙정부는 이시애의 반란을 진압하기 위해 귀성군(龜
城君) 이준(李浚, 1441~1479)을 도총사(都摠使)로 삼았다. 이준은 왕족으로 당시 나이
18세였는데 많은 과오를 범했다 한다.
46 편비(偏裨): 편장(偏將)과 비장(裨將)으로 참모 보좌역의 총칭.
47 청해(青海): 중국 서쪽 변경에 있는 큰 호수. 예로부터 이 지역에서 전쟁이 잦아 전사
자도 많았다. 두보의 「병거행(兵車行)」에 "그대는 보지 못했나? 청해두에 고래로 백골
거두는 사람도 없는걸.〔君不見, 青海頭, 古來白骨無人收〕"이라고 나와 있다.

隨正庵方伯北巡過吉州

聞說狂童此遺臭, 吉州城外久躑躅.

若令言順猶難制, 徒事行兇豈有爲.

閫寄宗英尙幼稚, 幕賓才量盡偏裨.

戰亡青海雖天意, 無義無謀死亦遲.

오촌보吾村堡[48]를 지키는 김자유金子猷를 송별하여

장사가 허리에 백우전白羽箭을 차고 보니
거센 바람 일으켜 검은 구름 날려버리네.

이 서생 또한 의기의 간담을 지닌 터라
주장의 일지 군마 나누어 갖고 싶소.

---

48 오촌보(吾村堡): 함경북도 경성(鏡城)에 있던 진보(鎭堡)의 이름. 『신증동국여지승
람』의 경성도호부의 관방(關防)조에 "오촌보는 부(府)의 서쪽 20리에 있고 석축이 둘
레 1291척, 높이 6척이다."고 했으며, 또 이곳은 분병 방수(分兵防守)하는 것으로 되
어 있다.

送金子猷戍吾村堡

壯士腰橫白羽箭, 雄風吹截黑龍雲.
書生亦有輪困膽, 欲借元戎一隊軍.

경성鏡城에서[49]

북도의 대관문 여기가 경성인데
고금의 정회 나그네 마음일레라.

황룡黃龍[50]에서 실컷 취하니 장한 마음 남아 있고
단풍 숲 늦가을에 이별의 한이 살아나네.

천리 먼 길 떠도는 벼슬이 무슨 사업인가?
두어 편의 시어詩語로 공훈을 당할쏘냐.

---

49 원제: "주촌(朱村)의 운을 써서 경성(鏡城)을 읊은 장구(長句)" '장구'는 칠언율시를
일컫는 말이며, '주촌'은 경성(鏡城)에 있는 지명. 주촌을 읊은, 이미 지어진 누군가의
시에 차운하여 지은 것으로 추정된다.
50 황룡(黃龍): 중국의 동북지방에 있었던 지명. 송나라 충신 악비(岳飛)가 "곧바로 황
룡부(黃龍府)에 다다라 그대들과 함께 통음(痛飮)하리라."고 말한 바 있다. 즉 금국(金
國)을 파멸하겠다는 기개를 나타낸 말이다.

가련타 깨진 갑匣에 고검孤劍이 들어 있어
검광劍光[51]은 별을 찔러 밤마다 밝아지네.

鏡城長句, 用朱村韻

北路雄關是鏡城, 客中多少古今情.
黃龍一醉壯心在, 紅樹晩秋離恨生.
千里宦遊何事業, 數篇詩語當勳名.
自憐破匣餘孤劍, 紫氣干星夜夜明.

수성輸城의 촌에서[52]

강개慷慨한 분 유미암柳眉巖 어른

51 원문의 자기(紫氣)는 상서로운 빛의 기운. 보검의 기운을 가리키기도 한다.(『晉書·張華
傳』: "吳之未滅也, 斗牛之間常有紫氣, …華問(雷)煥曰: '是何神也?'煥曰: '寶劍之精, 上徹於天耳.'")
52 원제: "허순무어사(許巡撫御史)를 따라 수성(輸城)의 촌에서 술을 마시는데, 그 주인
은 일찍이 미암(眉巖)의 적소(謫所)에서 글을 배운 사람이다" 허순무어사는 허봉(許
篈, 1551~1588)을 가리킨다. 수성(輸城)은 함경도 경성(鏡城)에 속한 역(驛)이 있었다.
미암(眉巖)은 유희춘(柳希春, 1513~1577)으로, 1547년 양재역(良才驛) 벽서(壁書) 사건
으로 인해 종성(鍾城)까지 귀양 간 바 있다. 허봉 역시 미암의 제자다.

어느 때 거친 땅으로 귀양 오셨던고?

시골 사람 유달리 예의를 알아
옛 정의로 주연을 베풀었구려.

북과 피리 가을 기운을 울리고
깃발엔 저녁놀이 아슬하도다.

수의繡衣[53] 입은 관원과 어울려 놀면서
독우督郵[54]의 광태狂態를 스스로 웃노라.

從許巡撫飮於輪城野村, 主人曾問字於眉巖謫所者也

慷慨眉巖老, 何時謫大荒.
鄉人習禮義, 舊意設杯觴.
鼓角鳴秋氣, 旌旗逈夕陽.
同遊繡衣吏, 自笑督郵狂.

---

53 수의(繡衣): 예전에 직지사(直指使)는 비단에 수놓은 옷을 입고 부(斧)를 소지했으
므로 뒤에 집법자(執法者) 내지 어사를 지칭하는 말로 쓰였다. 여기서는 허순무 즉 허
봉을 가리킨다.
54 독우(督郵): 310면 「역에서 회포를 쓰다」의 주석 참고.

경흥부慶興府

여기 변방 천연의 요새[55]
뿔피리 소리 군영[56]이 한가하여라.

찬바람 사막에서 일어나고
사냥 불 음산陰山[57]을 비추누나.

미력이나마 바치게 된다면
어찌 돌아가지 못한다 한탄하리오.

반초班超[58]는 본디 무인이 아니로되
옥문관玉門關[59] 넘어가기 소원했더라오.

---

55 천연의 요새〔天塹〕: '천참(天塹)'은 천험(天險)과 같은 말. 큰 강이나 큰 산과 같은 천
   연의 방어물.
56 군영〔轅門〕: 원문(轅門)은 원래 제왕이 순수(巡狩)할 때 임시로 설치하는 문이었는데,
   뒤에 군영(軍營)의 문을 가리키는 말로 썼다.
57 음산(陰山): 북방 변경의 산을 가리키는 말.
58 반초(班超): 한나라 명장으로 무공이 컸다. 그는 원래 글공부를 하다가 붓을 던지
   고 "대장부는 다른 지략이 없으면 응당 부개자(傅介子)와 장건(張騫)을 본받아 이역
   에서 공을 세워 봉후(封侯)를 취해야지 어찌 붓과 벼루 사이에서 오래 일하겠는가!"
   라 하였다 한다.
59 옥문관(玉門關): 서역(西域)으로 나가는 관문.

慶興府

絶塞臨天塹, 轅門畫角閑.
寒風生古磧, 獵火照陰山.
若得輸微力, 何須嘆不還.
班超非壯士, 願入玉門關.

경흥慶興 망적대望敵臺[60]

옛날에 목조穆祖가 오랑캐를 피해 와서
여기 올라 바라보아 망적望敵의 지명 얻었다지.

오색 구름 일어나니 용호龍虎 기운[61] 완연한데
견양犬羊의 군사들 수천의 무리 뉘 헤아릴까.

긴 강물 이로부터 남북으로 나눠지는데

---

60 원주: "대(臺)는 목조(穆祖)의 유적이다. 날이 저물 무렵 올라보고 소회가 있어 짓
　다." 목조는 이성계(李成桂: 태조)의 조상인데, 원래 함경도 덕원(德源)에서 살다가 두
　만강 하류인 경흥(慶興)의 알동(斡東)이란 곳으로 이사했다 한다.
61 용호 기운(龍虎氣): 왕자(王者)의 기운을 말한다.(『史記·項羽本紀』: "〔沛公〕入關, 財物
　無所取, 婦女無所幸, 此其志不在小, 吾令人望其氣, 皆爲龍虎, 成五采, 此天子氣也, 急擊勿失.")

유경遺慶은 지금 와선 우리 땅이 되었다오.

함관咸關에 있을 때 능침陵寢[62]을 뵈오니
석마石馬는 상기 남아 신령을 호위하던 것을.

慶興望敵臺(臺乃穆祖舊迹也, 日暮登臨, 有懷而作.)

昔時穆祖避胡去, 望敵登玆仍得名.
五彩已成龍虎氣, 千群誰數犬羊兵.
長江自此分南北, 遺慶如今屬聖明.
曾在咸關謁陵寢, 猶餘石馬護神行.

관원灌園에게

1
정남征南의 막부幕府에 포의布衣 이 사람
등불 아래 앉아서 격의 없이 대화하며,[63]

---

62 능침(陵寢): 여기서 능침은 목조(穆祖)의 능인 덕릉(德陵)을 가리키는데 원래 경흥 땅
에 있었다가 태종 때 함흥부(咸興府)로 옮겼다.

젓가락 빌려⁶⁴ 책략 짜내면 매번 받아주시고
술잔 들고 읊는 시 맑은 구절로 화답하셨지요.

시골 백성 농사지어 편히 살기 생각하지만
열사烈士는 나라 위해 싸우기로 나섰지요.

5년 사이 공의 관작 팔좌八座⁶⁵에 올랐는데
저 홀로 관세關塞에서 노니니 처량합니다.⁶⁶

2
서울에 머뭇거리느라 덧없이 세월 가서
옛 동산 좋은 계절 국화를 저버렸습니다.

뜬구름 해를 가려⁶⁷ 나그네 슬퍼하고
추위를 재촉하는 가랑비는 까마귀를 적십니다.

---

63 격의 없이 대화하며〔抻薉〕: 151면 「〔붙임〕 차운하여(관원)」의 주석 참고.

64 젓가락 빌려〔借箸〕: 140면 「박사상께」의 주석 참고.

65 팔좌(八座): 옛날 고급 관료를 일컫는 말. 동한(東漢) 때는 6조(六曹)의 상서와 영
  (令)·복야(樓射)를 팔좌라 했으며, 남북조시대에는 5조(五曹) 상서와 2복야, 1령을 팔
  좌라 하였다.

66 원주: "지난 을해년에 왜구(倭寇)의 소요가 있었는데 공은 이때 호남(湖南)을 지키기
  위해 감사(監司)로 나왔다. 그래서 나는 포의(布衣)로 막부(幕府)에 출입하게 되었기
  때문에 위와 같이 말한 것이다."

67 뜬구름 해를 가려〔浮雲蔽日〕: 『고시십구수(古詩十九首)』에 "뜬구름이 밝은 해를 가리
  니, 나그네 다시 돌아오지 못하네.〔浮雲蔽白日, 遊子不復返〕"라는 구절이 있는데 이는
  참소하는 자들이 임금의 총명을 가리는 것을 비유한 말이다.

옥진玉軫[68]이 이따금 옛 가락을 퉁기는데
금도金刀는 아무래도 변방 떠날 꾀가 없습니다.

한음漢陰의 노시인老詩人[69] 소식이 드무니
길손은 시름겨워 피리 소리 듣습니다.

呈灌園

征南幕府布衣人, 捫蝨頻時坐綺筵.

借箸每容談壯略, 引杯常許和淸篇.

邊氓樂業思高枕, 烈士懷恩要著鞭.

五載明公官八座, 宦遊關塞獨凄然.

(往在乙亥, 有倭寇之警, 公時出鎭湖南, 余以布衣出入幕府故云)

京國栖遲感歲華, 故園佳節負黃花.

浮雲蔽日悲遊子, 小雨催寒濕暮鴉.

玉軫有時彈古調, 金刀無計出邊沙.

漢陰詩老音書少, 客路淸愁聽塞笳.

---

68 옥진(玉軫): 원래는 옥으로 만든 금진(琴軫)을 뜻하는데, 거문고를 가리킨다.
69 한음의 노시인[漢陰詩老]: 한음(漢陰)은 한강 남쪽을 가리키는 말인데, 한음시로(漢陰詩老)는 곧 관원을 지칭한 것으로 생각된다.

순무사巡撫使의 무양당武揚堂 시에 차운하여[70]

1

상유上游[71]의 지세에다 훌륭한 무양당 세웠으니

예봉을 가다듬어 변방을 안정하는 훌륭한 설계였네.

원비猿臂[72]의 장사들은 과녁 앞에 다다르고

토저兎罝[73]의 어진 선비도 격구擊毬 하며 달리누나.

오늘날 삼천 군사 초련楚練도 넉넉하고[74]

예로부터 진관秦關이란 백이百二가 강하다오[75].

---

70 원주: "정암(正菴)이 방백(方伯)으로 도임하여, 황초령(黃草嶺)은 적이 다니는 길과
거리가 멀지 않다 해서 이 당(堂)을 상유(上游)에다 세웠다. 일명 군용관(軍容館)이라
한다." 정암은 박민헌(朴民獻, 1516~1586)의 호. 자는 희정(希正)이며, 서경덕(徐敬德)
의 문인으로 함경도 감사 겸 병마절도사를 지낸 바 있다.

71 상유(上游): 경치 좋고 요지인 곳을 이르는 말.

72 원비(猿臂): 사람의 어깨가 원숭이 팔뚝처럼 생겼다는 말로 용맹함을 나타낸다. 한
나라 이광(李廣)과 오나라 태사자(太史慈)가 '원비'로서 활을 잘 쏘아 실수가 없었다
한다.

73 토저(兎罝): 『시경(詩經)·주남(周南)』의 편명. 이는 어진 선비가 은거하여 토끼 몇을
놓고 있다는 내용.("肅肅兎罝, 椓之丁丁, 赳赳武夫, 公侯干城.")

74 초련도 넉넉하고〔楚練三足〕: 춘추시대 초(楚)나라는 등료(鄧寮)로 하여금 조갑(組甲)
3백과 피련(被練) 3천을 거느리고 가서 오나라를 치게 했다.(『左傳』襄公 3년) 이에 군
대를 조련(組練)이라고 일컫게 되었다.

75 예로부터~강하다오: 원문의 백이강(百二强)은 2만의 군대로 100만의 군대를 대적
한다는 의미.(『사기史記』에 "秦形勝之國, 持戟百萬, 秦得百二焉."이라 했는데 그 주註에
"진秦은 땅이 험고險固하여 2만인을 가지면 족히 다른 제후국의 100만명을 당한다. 그
래서 백이百二라 한 것이다."고 하였다.)

당사(棠舍)⁷⁶에서 오히려 소백(召伯)을 읊었거든
하산(河山)에 두루 퍼진 기림의 노래 없을쏘냐.

2
팔진도(八陣圖)⁷⁷ 묘술에다 악기(握奇)⁷⁸까지 통했으니
지휘를 할 적이면 운조(雲鳥)⁷⁹의 진을 이루누나.

음산한 바람 으스스 모래를 불어오고
변방의 해 쓸쓸히 큰 깃발 비추누나.

북소리 둥둥둥 사람들을 뛰게 만드는데
개선의 노래 멎자마자 말울음 한가롭네.

서생 또한 장군의 군막을 보좌하니
칼집에서 뽑아든 보검의 광망(光芒) 멀리 빛을 쏘겠지.

---

76 당사(棠舍): 감사가 정사를 보는 건물을 가리키는 말.(『시경·소남(召南)·감당(甘棠)』
  에서 유래한 것으로 이 시는 소백(召伯)이 어진 정사를 편 데 백성들이 잊지 못해 부른
  것이라 한다.)
77 팔진도(八陣圖): 제갈량(諸葛亮)이 병법을 추연(推演)하여 팔진도를 만들었다 한다.
  (杜甫「八陣圖」: "功蓋三分國, 名成八陣圖.")
78 악기(握奇): 병서의 일종. 『악기경(握奇經)』.
79 운조(雲鳥): 병진(兵陣)의 명칭. 『악기경(握奇經)』에 8진은 천·지·풍·운으로 4정(正)
  을 삼고 비룡·익호(翼虎)·조상(鳥翔)·사반(蛇蟠)으로 4기(奇)를 삼는다 하였다.

次巡撫武揚堂韻(正菴之爲方伯也, 以黃草嶺去賊路未遠, 故建斯堂於
上游, 一名軍容館)

上游形勝更華堂, 蓄銳安邊設計良.
猿臂健兒臨的道, 免置賢士騁毬場.
卽今楚練三千足, 自古秦關百二强.
棠舍猶能詠召伯, 豈無歌頌遍河隍.

八陣神籌試握奇, 變成雲鳥指揮時.
陰風颯颯吹寒磧, 塞日凄凄照大旗.
鼗鼓政催人距躍, 凱歌初罷馬閑嘶.
書生亦佐元戎幕, 匣裡龍光射遠陲.

조정으로 돌아가는 정암正菴선생에게[80]

1
말세라 사람들 학술이 사사로운데[81]

---

80 원주: "박민헌(朴民獻)은 함경 감사로 있다가 교체되어 돌아갔다." 박민헌은 함경도
   관찰사로 1577년 10월에 부임하여 1579년 10월까지 근무하였다.
81 원문의 사학(私學)은 여기서는 대방(大方: 大道)에 대조되는 사사로운 학문 경향을

공은 오직 대방大方으로 나갔지요.

뜻이 당초 경세經世에 있었거니
여가의 일로 문장 솜씨 대단하지요.

규모는 양한兩漢과 같다 할 게고
억센 시풍은 삼당三唐도 못 따르리다.[82]

운연雲烟은 속안俗眼으로 물들었으니
조회藻繪[83]마저 한결같이 처량합니다.

2
제가 아직 고향에 있던 시절
공은 감사監司로 계시었소.

어른들 말씀 들으면 이러했지요
"우리 사또 돌아가지 말아 달라"고.

끝내 어긋나는 한을 품게 되어

가리킨다.
82 시학(詩學)에 있어서는 삼당(三唐: 당나라 시대 시의 발전을 세 시기로 구분하여 초당(初唐), 성당(盛唐), 중당(中唐)으로 일컫고, 통칭해서 삼당이라 함)을 최고의 모범으로 삼기 때문에 삼종(三宗)이라 한 것이다. 앞 구의 구확(短矱)은 정사에 있어서의 법도를 말했고, 이 구절에서는 문장을 언급한 것이다.
83 조회(藻繪): 글의 아름다움을 비유한 말.(『梁書·劉勰傳』: "按轡文雅之場, 而環絡藻繪之賦.")

덧없이 폐패蔽芾[84]의 노래를 불렀답니다.

어찌 알았으리! 내가 북막北幕에 참여하여
또 작별의 아쉬움 겪을 줄이야.

3
장사壯士가 옥검玉劍을 어루만지니
슬픈 노래 북풍에 메아리치네.

공이 오시자 변방이 안정되더니
공이 떠나면 옥경玉京이 아슬하겠지요.

비단폭 내걸린 삼천三川의 물
무지개 떠 있는 만세교萬歲橋.[85]

이 고장 좋은 풍경 모두
거사요去思謠의 사연 속에 들어가겠지요.[86]

---

84 폐패(蔽芾): 원래 뜻은 수목이 무성한 모양인데 백성이 떠나간 관장을 잊지 못하
는 의미로 쓰인다.(『詩經·召南·甘棠』: "蔽芾甘棠, 勿剪勿伐. 召伯所茇." 이에 대한 주석에
"소백(召伯)이 방백(方伯)으로 남국(南國)을 순행하여 문왕(文王)의 정사를 펴면서 더
러 감당(甘棠)이란 나무 아래 쉬기도 했다. 그후 백성들이 그의 정사를 생각하며 그 나
무마저 아까워 차마 베지 않았다."고 했다.)
85 삼천의 물(三川水)과 만세교(萬歲橋)는 백호가 정암과 함께 놀았던 명승을 회상한 것
으로 생각된다. 만세교는 함흥에 있던 다리로 유명한데 삼천수는 확인이 되지 않고 있
다. 삼부폭포(三釜瀑布)가 함흥 지방의 명승인데 이곳을 지칭하는 것이 아닌가 한다.
86 이 고장~들어가겠지요: 거사요(去思謠)는 백성들이 옛 관장의 은덕을 잊지 못해 사
모하는 마음을 표현한 노래. 진중(秦中)은 원래 진나라 옛 땅인 관중(關中)을 가리키

送正菴先生還朝(朴民獻, 以咸鏡監司遞還)

季葉人私學, 唯公造大方.
初心在經濟, 餘事騁文章.
兩漢同矩矱, 三宗避屈强.
雲煙染俗眼, 繰繪亦凄凉.

某在南郷日, 先生按節時.
常聞父老語, 無以我公歸.
竟抱差池恨, 空歌蔽芾詩.
誰言參北幕, 復此惜離違.

壯士拂玉劍, 悲歌朔風飄.
公來紫塞靜, 公去玉京遙.
淨練三川水, 晴虹萬歲橋.
秦中好風景, 都入去思謠.

는데 여기서는 함경도 지방을 의미하고 있다.

허어사許御史가 나를 별해別害로 송별한 시에 차운하여[87]

청명 시절 무엇하러 반후班侯[88]를 사모하랴
벼슬은 무거워 고산도高山道 열두 역驛[89]이로세.

금쇄갑金鎖甲 두르리라 장한 뜻 세웠더니
쇠한 몰골에 무명옷 걸치고 있소.

멀리 노니는 신세 제 몸 돌볼 길 바이없고
휘파람 소리 외로운데 서울 떠난 시름뿐 아니라오.

네 고을 북쪽 바람 고국 달에 불어오니
국경 따라 망루望樓를 오르기도 지친다오.

---

87 허어사(許御史)는 허봉(許篈)을 가리킨다. 별해(別害)는 별해보(別害堡). 함경도 삼수
군(三水郡)에 있었던 진보(鎭堡)로 군사 요충지. 뒤에 장진군(長津郡)에 속하게 된다.
88 반후(班侯): 한나라 명장 반초(班超). 일찍이 붓을 던지고 무예를 닦아 공훈을 세워
정원후(定遠侯)에 봉해졌다.
89 고산도 열두 역(高山十二郵): 고산(高山)은 안변부(安邊府)에 있었던 역 이름. 12우(十
二郵)는 고산도(高山道)에 속하는 역을 가리킨다. 『신증동국여지승람』에 의하면 고산
역은 "부의 남쪽 75리에 있고 본도(本道)에 속하는 역이 13이다."고 하였다. 백호는 당
시 고산도 찰방(高山道察訪)으로 있었기 때문에 이와 같이 쓴 것이다.

次許御史送我別害

淸時何用慕班侯, 官重高山十二郵.

壯志擬披金鎖甲, 殘形猶著木綿裘.

遠遊本絶資身策, 孤嘯非關去國愁.

四郡胡風吹漢月, 塞垣隨處倦登樓.

서울로 가는 순무어사 허봉許篈에게[90]

오늘의 어사御史는 옛날의 수의繡衣[91] 벼슬

유선儒仙이 잠깐 봉황성鳳凰城[92]을 떠나오니

---

90 순무(巡撫): 지방에 변란이나 재해(災害)가 있을 때 왕명으로 지방을 돌아다니며 사
   건을 수습하는 임시 관직. 순무사 또는 순무어사(巡撫御史)라고 일컬어진다. 허봉(許
   篈, 1551~1588)은 선조 11년(1578) 2월, 함경도(咸鏡道) 순무어사(巡撫御史)가 되어 활
   동하였다. 허균(許筠)의 『학산초담(鶴山樵談)』에 따르면, 허봉이 백호에게 보여준 시
   중에 경흥(慶興)의 압호정(狎胡亭)에서 지은 시가 있는데, 백호가 이 시를 극찬하여 차
   운시를 짓고자 했으나, 짓지 못하고 대신 이 작품을 보내주었다고 한다.
91 수의(繡衣): 한나라 무제(武帝) 때 임금의 명을 받들고 나가는 고관에게 수의(繡衣)를
   입도록 한 일이 있다. 수의어사(繡衣御史)란 말이 있다.
92 봉황성(鳳凰城): 궁정을 가리키는 의미로 쓴 것이다. 봉황지(鳳凰池). 유선(儒仙)은 시
   의 대상인 허봉을 아화(雅化)한 표현이다.

동호東湖[93]의 꽃과 새들 시름 아주 줄어들 게고
북쪽 땅 백성들 중망衆望 오래 쏠렸더라오.

백옥白屋 청묘靑苗 읊은 것은 열 글자의 역사요[94]
농운隴雲 관설關雪은 한 해의 노정路程인데,[95]

생양절生陽節[96] 맞춰 다시 조정으로 돌아가시니
벽해碧海의 마음 기약[97] 못 이룰까 두렵다오.

---

93 동호(東湖)는 지금 동호대교 쪽 한강의 별칭이며, 그곳에 독서당(讀書堂)이 있었는데
독서당을 일명 호당(湖堂)으로 부르기도 했다. 이 구절은 허봉이 1573년 사가독서(賜
暇讀書)로 동호에 있으면서 그 주위의 꽃과 새들의 아름다움을 온통 잡아다 글 속에 집
어넣었는데 한동안 떠났으니 그곳의 자연물이 걱정을 잊게 되었다는 의미인 듯하다.
(李奎報「驅詩魔文」: "雲霞之英, 月露之粹, 蟲魚之奇, 鳥獸之異, 與夫芽抽蘖敷草木花卉, 千態萬
貌, 繁天麗地, 汝取之無愧, 十不一弃, 一矚一吟, 雜然坌至, ……是汝之罪三也.")
94 백옥~역사요: 앞서 언급한 허봉이 압호정(狎胡亭)에서 지은 시에 "초가집에서 해
를 넘겨 앓고 있는데, 푸른 모에 한밤중 서리 내렸네.〔白屋經年病, 靑苗半夜霜〕"라는 두
구가 허봉이 실제로 보고 겪은 일을 핍진하게 묘사했다는 뜻이다.(허균『학산초담』)
95 농운~노정인데〔隴雲關雪一年程〕: '농운(隴雲)'은 북방의 구름. '관설(關雪)'은 눈이
쌓인 변경이란 의미로, 북쪽 변경을 1년이나 돌아다녔다는 뜻이다.
96 생양절(生陽節): 절후로 동지(冬至)를 가리키는데, 이때부터 양(陽) 기운이 생겨난
다고 해서 '생양'이라고 하였다. 조정이 좋아지는 방향으로 돌아섰다는 함의(含意)
가 있는 듯하다.
97 벽해(碧海): 전설상의 바다 이름.『해내십주기(海內十洲記)』에 부상(扶桑)은 동해의
동쪽 언덕에 있는데 그곳에 또 벽해가 있다고 하였다. 벽해심기(碧海心期)는 신선의
세계로 가고자 하는 마음을 뜻한다.

贈別許巡撫(篈)還朝

御史古之繡衣吏, 儒仙暫別鳳凰城.

東湖花鳥愁全減, 北地吏民望久傾.

白屋靑苗十字史, 隴雲關雪一年程.

還朝更趁生陽節, 碧海心期恐未成.

수찬修撰 김수金晬[98]가 중국 가는데 멀리서 지어 주다

옥당玉堂의 신하 연새燕塞[99]로 떠나[100]

일양一陽[101]의 때를 따라 천자께 조회 가네.

천관千官의 검패劍佩는 청쇄靑瑣[102]에 붙따르고

---

98 김수(金晬, 1574~1615): 자는 자앙(子昂)이며, 호는 몽촌(蒙村)이고, 본관은 안동이
   다. 선조 때 문과에 급제하여 벼슬은 판중추(判中樞)에 이르렀다.
99 연새(燕塞): 북경이 옛날 변방의 연(燕) 지역이므로 이렇게 표현한 것이다.
100 원문의 분대(分臺)는 사행으로 가게 됨을 표현한 말. 행대(行臺).
101 일양(一陽): 동짓날에 한 양(陽)이 처음 생겨난다 하였다. 동짓날에 맞춰 중국에 사
   신을 파견했다.
102 청쇄(靑瑣): 대궐 창문의 장식을 말한다.(『漢書·元后傳』: "曲陽候根, 驕奢僭上, 赤墀靑
   瑣.")

만국이 하나[103]로 자신紫宸[104]을 떠받드네.

청절淸節이며 관왕關王[105]은 모두 사당 있는데
주루酒樓요 저자에는 영걸 어찌 없을쏘냐?

남아의 담력일랑 키워서
하늘가의 병든 이 몸 기운을 돋궈주오.

遙贈金修撰晬赴京

燕塞分臺玉署臣, 朝元去趁一陽辰.
千官劍珮趨靑瑣, 萬國車書奉紫宸.
淸節關王俱有廟, 酒樓屠市豈無人.
歸來許大男兒膽, 激勵天涯懶病身.

---

103 만국이 하나: 원문의 거서(車書)는 문물의 통일을 의미하는 말.(『中庸』: "車同軌, 書同文.")
104 자신(紫宸): 중국의 천자가 신하나 외국 사신을 접견하는 정전(正殿)을 가리킨다.
105 청절이며 관왕[淸節關王]: 청절(淸節)은 백이·숙제요, 관왕(關王)은 관우(關羽)이다.

간운看雲 생각[106]

눈에 뜨이느니 모두 아우 그리는 심정
변방의 기러기도 남쪽 하늘로 날아가네.

제일 귀여운 막내 아버지 따라서
파도치는 만리 밖에 가 있어요.

馬前卒時未成童, 吾憐而問其歲, 則與季弟同, 忽起看
雲之思

觸物無非憶弟情, 塞天鴻雁亦南征.
最憐阿侘隨嚴父, 今在溟波萬里程.

---

106 원제: "말 앞의 병졸이 아직 어린아이라서 가엾게 여기어 나이를 물은즉 내 막내아
우와 동갑이다. 그래서 갑자기 '간운(看雲) 생각'이 났다." '간운(看雲)'은 아우를 그리
는 데 쓰는 말이다.(杜甫「恨別」: "憶弟看雲白日眼.")

고한苦寒

산 아래 외진 마을 문 굳게 닫혀 있고
시냇가 다리 해 저물자 푸른 연기 오르네.

돌샘이 얼어붙어 발자취 끊겼으니
산처山妻는 눈 녹여 밥 짓는 줄 알겠네.

苦寒

山下孤村深閉門, 溪橋日晚青煙起.
石泉凍合無人蹤, 知有山妻炊雪水.

황초령黃草嶺을 밤에 넘다[107]

이 땅은 요동遼東과 인접하여서
가을부터 모진 추위 밀어닥치네.

백산白山[108]엔 세 길 눈이 쌓이고
황초령 험한 관문 두 군데로세.

잔도棧道로 백리나 멀리 가자니
밤중에도 말안장에 앉아 있노라.

나무 숲 깊어라 달이 걸리고
그윽한 골짝 어두워라 여울 물소리.

말은 지쳐 채찍질에 가지를 않고
군졸도 배고프니 명령이 통하질 못하누나.

위경에 다다르면 담이 더욱 솟구치고

---

107 원제: "양곡 수송하는 군졸을 거느리고 황초령(黃草嶺)을 밤에 넘다" 황초령은 함
 흥 지방에서 장진(長津)으로 넘어가는 중간에 있는 높은 고개. 이 시는 백호가 31세
 무렵 고산도 찰방(高山道察訪)으로 전운관(轉運官)의 업무를 맡았을 때 지은 것이다.
108 백산(白山):『신증동국여지승람』의 함흥부 산천조에 대백역산(大白亦山)과 소백역
 산(小白亦山)이 나와 있는데 "모두 153리(里)에 위치해 있고 두 산이 바다보다 더 하얗
 기 때문에 '백역'이라 일컫는다."고 하였다.

험한 곳 지날 적엔 뜻이 되레 편안하이.

완파연莞坡衍에 당도하자 하도 기뻐
촉도난蜀道難[109] 시를 높이 읊조리노라.

서릿발은 칼날에 엉겨붙는데
불을 붙여 새벽밥 짓노라.

黃草嶺宵征, 領轉粟軍也

此地近遼左, 自秋生苦寒.
白山三丈雪, 黃草兩重關.
百里遙尋棧, 中宵尙據鞍.
喬林深碍月, 幽谷暗鳴湍.
馬困鞭難進, 人飢令亦頑.
臨危膽尤激, 歷險意猶安.
喜到莞坡衍, 高吟蜀道難.
飛霜澁寶劍, 吹火備晨餐.

---

109 촉도난(蜀道難): 이백(李白)의 시. 촉 땅으로 통하는 길의 험난함을 표현한 내용이다.

기행紀行[110]

군량 운반

엄동설한嚴冬雪寒에 변방의 양곡 운반하는 일
9백 사람이 간신히 3백 섬 나르는데,

눈 쌓인 고개 얼어붙은 강 닷새의 노정
산비탈에 불 피우고 모여서 밤잠을 자네.

별해別害[111]

만길 봉우리에 둘러싸인 한조각 성에
몇부대 수자리 병사들 남쪽 사람이 절반이란다.

서리 엉긴 진지에는 갑옷이 차가워
야경하는 호각소리 들리다간 끊어질 듯.

---

110 원주: "고산 찰방으로서 군량을 운반하는 일에 차출되어 해변을 왕래하다."
111 별해(別害): 별해보(別害堡). 355면 「허어사가 나를 별해로 송별한 시에 차운하여」
　　의 주석 참고.

수자리의 괴로움

안식구들 가을 들자 겨울옷 보내와서
눈 쌓인 교하交河에 고향 소식 끊기니

양식이 약간 남아 옷은 바꿔 입어서
몸이 비록 따습대도 주린 배 어이하랴!

산골의 백성들

산비탈엔 해마다 구맥瞿麥[112]을 심고
강물 따라 판옥板屋들이 띄엄띄엄 한두 집

외진 메라 구실 적다 말들랑 마소
날다람쥐 담비 가죽 바치는 게 얼만 줄 아오.

산골 풍속

지나는 길손 산골길 괴롭게들 여기지만

---

112 구맥(瞿麥): 다년생 식물 이름으로 일명 지맥. 여름에 꽃이 피고 열매가 보리처럼
  생겼다 한다. 여러 사전류에는 구맥은 패랭이꽃으로 나와 있으나 서로 다른 것이 아
  닌가 한다.

거기 사는 주민들은 산골 살기 싫다 않네.

당귀며 고사리 봄나물이 풍족하고
밤이면 앞내에서 여항어餘項魚[113]를 잡는다오.

지친 병졸들

돌모서리 창끝처럼 바람은 칼날인 양
험한 땅에 더구나 겨울철 만나다니.

가다 보면 눈길에 붉은 점이 찍혔는데
이는 모두 지친 병사 말굽의 피로다.

紀行(以高山察訪, 差運粟事, 往來海邊.)

運粮
邊城轉粟當嚴冬, 九百人輸三百斛.
雪嶺冰河五日程, 敲火山崖夜聚宿.

---

113 여항어(餘項魚): 우리나라 산골 시냇물에 서식하는 물고기. 허균(許筠)이 지은 『도
문대작(屠門大嚼)』에는 "산골 어느 곳이나 있는데, 강릉에서 나는 것이 가장 크고 맛
도 좋다."라고 하였다.

別害

萬仞山圍一片城, 戍兵數隊南軍半.

霜凝陣磧鐵衣寒, 警夜角聲吹欲斷.

遠戍

閨人秋早寄寒衣, 雪滿交河鄉信稀.

縱有囊資可買褐, 豈將身煖救腸饑.

峽民

山坂年年種瞿麥, 緣江板屋無鄉聚.

窮山莫道少征徭, 靑鼠烏貂入官府.

峽俗

行人苦厭峽中路, 居人不厭峽中居.

當歸薇蕨足春菜, 夜刺前灘餘項魚.

疲兵

石稜如戟風如刀, 冒險還逢愁苦節.

行看雪路點朱殷, 盡是疲兵馬蹄血.

별해別害 길 도중의 시에 다시 차운하여

변경의 수자리에 추위가 닥쳐
누비옷 지급하란 은혜로운 말씀.

사신이 성상聖上의 뜻 체득하니
봄기운 거친 땅에 가득하구려.

해 저물자 바람이 더욱 차갑고
서리 치니 밤 시각 한결 더디네.

이런 때라 유달리 감격에 차서
칼 만지며 성벽에 기대 있다오.

又次別害途中韻

寒到蕭關戌, 恩頒白衲衣.
星輧體聖念, 春氣滿荒陲.
日暮風威冷, 霜嚴夜漏遲.
此時偏感激, 鳴劍倚城陴.

홍원洪原에서[114]

객지의 벼슬살이 본뜻과 어긋나니
옛동산 봄 풍물이 꿈에도 그립구려.

만리 관산關山[115]에 길이 멀리 뻗어 있건만
새 풀 돋는 또 한해에 이 사람은 못 가누나.

臘月以兼官在洪源, 源乃海邑, 多有春氣

羈宦棲遲心事違, 故園春物夢依依.
關山萬里路長在, 芳草一年人未歸.

---

114 원제: "섣달에 겸관(兼官)의 자격으로 홍원(洪原)에 있는데 홍원은 바다 고을이라
　　봄기운이 자못 있었다"
115 관산(關山): 변새의 산.

석룡굴石龍窟[116]

거센 바람 궂은 비 용단龍壇에 제 올릴 적
이끼 미끄럽고 넝쿨 얽혀 찾아가기 힘들구려.

천년의 석굴에 영검한 자취 숨어 있으리니
지금도 인갑鱗甲들이 꿈틀거린다 하네.

石龍窟

盲風腥雨祭龍壇, 蘚闊蘿深度塹難.
石窟千秋祕靈迹, 至今鱗甲尙蜿蜿.

---

116 석룡굴(石龍窟): 평안남도의 영원군(寧遠郡) 광성산(廣城山)에 있는 석굴 이름.『전
선명승고적(全鮮名勝古蹟)』의 영원군 편에 "광성산 속에 석굴이 있는데 굴 안 좌우로
작은 못이 있고 또 두 석룡이 꿈틀거리며 오르는 형상이 있기 때문에 석룡굴이라 부
른다"고 나와 있다.

정융강靜戎江¹¹⁷

강물이야 본디 물결이 없거늘
강바람 어찌 그리 사납단 말가.

외로운 배 기댈 곳 없거늘
안개 낀 숲 하마 석양이 비끼누나.

靜戎江

江水本無浪, 江風何太狂.
孤舟不可倚, 煙樹已斜陽.

보현사普賢寺 동구洞口

저절로 선흥仙興이 일어남을 느껴

---

117 정융강(靜戎江): 평안남도 순천(順川) 지방으로 흐르는 대동강의 지류.

유람길 묘향산으로 접어드니,

신령한 바람에 수염과 머리 나부끼고
보슬비 행장에 흩뿌리네.

우거진 숲에서 새소리 즐겁고
비스듬한 돌다리 물 기운은 차가워라.

푸른 산은 끝내 나를 저버리지 않았나니
인끈일랑 잠시나마 잊어보세.

普賢寺洞口

自覺有仙興, 遊程入妙香.
靈風颯鬢髮, 微雨洒行裝
密葉禽聲樂, 斜矼水氣凉.
碧山終不負, 朱紱暫相忘.

일선一禪 강당講堂[118]

스님 진작 여기서 물거품[119] 이치 설법하니
우담바라[120] 하늘에서 떨어지고 돌도 고개 끄덕였다지.[121]

밝은 달 싣고 간 배는 이제 적막하고
흐르는 물 흰 구름만 저절로 유유하네.

一禪講堂(禪, 方外有道之流也. 常於普賢寺觀音殿講法云.)

禪和曾此說浮漚, 天雨優曇石點頭.
寂寞歸舟載明月, 白雲流水自悠悠.

---

118 원주: "일선은 방외의 도를 지닌 부류이니 항상 보현사(普賢寺)의 관음전(觀音殿)
   에서 불법을 강설했다."
119 물거품(浮漚): 변화무상한 세상사를 비유하는 말.(蘇軾「龜山辯才師」: "羨師游戲浮漚
   間, 笑我榮枯彈指內.")
120 우담바라(優曇鉢): 무화과나무의 일종. 불교에서 상서(祥瑞)를 가져다주는 꽃으로
   되어 있다.
121 돌도 고개 끄덕였다지(石點頭): 설법이 강력한 감화를 보이는 것을 표현한 말. 진(晉)
   나라 때 도생법사(道生法師)가 호구산(虎丘山)에 들어가서 돌을 모아놓고 『열반경(涅槃
   經)』을 강하자 돌들이 모두 머리를 끄덕였다는 이야기에서 유래했다.

성준性俊에게

장삼과 지팡이 운림雲林에 의탁하고
연꽃이라 팔만봉을 길이 마주했네.

내 말 듣소 선사님 눈을 감고 앉았을 적
산수는 보지 말고 마음을 보시구려.

贈性俊

衲衣笻杖寄雲林, 長對芙蓉八萬岺.
傳語禪師閉眼坐, 不觀山水只觀心.

경륜敬倫 대선大禪에게

만고에 맑고 깨끗해라 한 못의 물
벽공에 떠서 비추는 달 둥글다가 기울다가

얄미워라 뜬구름 가려 보이질 않누나

거센 바람 불어칠 땔 기다려야 할 일이로다.

贈敬倫大禪

萬古澄澄一潭水, 碧天來照月盈虧.

生憎更被浮雲掩, 須待剛風別樣吹.

지웅知雄에게

태백산太白山 속 눈 푸른 스님

새벽이면 솔이슬 머금고 밤이면 등불을 켜네.

만나고 헤어짐에 말이 별로 없어라.

격죽擊竹이며 간화看花의 일 물어보질 못했네.

贈智雄

太白山中碧眼僧, 曉餐松露夜懸燈.
相逢相別無多語, 擊竹看花問未能.

국진굴國盡窟

　　보현사에서 내원內院으로 가는 길에 바로 석굴石窟이 있다. 전설에 금
金나라 황제가 도주하여 여기 숨었는데, 원元나라 병사가 추격해 와서,
장차 이 굴을 격파하려 하였다. 부득이 황쩨는 붙잡혔으며, 바위 위에
지금도 도끼 자국이 있다고 한다.

　　너의 조상은 전막氈幕[122]에서 나와
　　웃으며 황옥黃屋[123]에 올랐거늘,

　　쇠잔한 후손은 황옥을 버리고
　　여기 굴속으로 도망와서 숨다니.

---

122 전막(氈幕): 모직으로 만든 천막. 유목민들의 거처를 가리킨다.
123 황옥(黃屋): 제왕이 거처하는 궁전을 가리킨다.

원元나라 군대 점점 깊숙이 쳐들어와
석굴을 파괴하려 들다니!

슬프고 애닮다, 숨을 도리 없어서
포로로 잡히고 나라도 망했구나.

전막으로 돌아가지도 못하고
원한의 넋은 두견새에 부쳤으니,

피눈물 봄꽃을 붉게 물들이고
빈 산에 천고의 달만 떠 있구나.

國盡窟

自普賢向內院, 道□有石窟. 世傳金皇帝逃匿於此, 元兵追到, 將碎破其石
窟, 不得已被虜, 石上至今有斧鑿痕.
乃祖出氈幕, 談笑乘黃屋.
屬孫棄黃屋, 奔竄來巖穴.
元師轉深入, 計欲鑿破之
哀哀匿不得, 身俘國亦移.
氈幕亦不歸, 冤魂托杜宇.
啼血染春花, 空山月千古.

성불암成佛菴에서 휴정休靜을 맞아 이야기하다[124]

산새 한마리 울지 않는 곳에서
두 사람 마주앉아 한가롭다.

진세의 의관이건 불자佛者의 가사건
두 쪽으로 나누어 보질랑 마소.

成佛菴, 邀靜老話(休靜, 一代名僧, 時住香山.)

一鳥不鳴處, 二人相對閑.
塵冠與法服, 莫作兩般看.

---

124 원주: "휴정(休靜)은 한 시대의 명승(名僧)인데 이때에 묘향산(妙香山)에 머물러 있
   었다." 휴정은 서산대사(西山大師, 1520~1604)로, 속성은 최씨이다.

상원암上院菴[125]

가파른 길 아슬아슬 상방上方[126]에 이르는데
돌다리 쇠사슬 소리 울려 쩌렁쩌렁.

깊은 굴속 용이 숨어 구름 하냥 늙었는데
향대香臺에 꽃이 피어 보전寶殿이 훤하구나.

두 줄기 은하수는 흩뿌리는 눈인가
십년의 속세 꿈이 잠시나마 깨는군.

선승과 마주앉아 이야기를 나누노니
화택火宅[127]의 마른 등藤에 참회懺悔가 생기는걸.

上院菴(右有引虎臺, 左有龍角巖, 南北有瀑布, 龍穴在南瀑水舂處.)

危逕摩霄到上方, 石梁金鎖響一丁.

---

125 원주: "바른편에는 인호대(引虎臺)가 있고 왼편에는 용각암(龍角巖)이 있으며 남북
　　으로 폭포가 있는데 용혈(龍六)은 남쪽의 폭포가 떨어지는 곳에 있다."
126 상방(上方): 도가(道家)에서 하늘 위의 선계(仙界)를 일컫는 말인데 여기서는 절
　　을 가리킨다.
127 화택(火宅): 불가(佛家)에서 번뇌에 갇힌 속계(俗界)를 비유한 말. 인간이 정애(情
　　愛)에 얽매여 있는 것은 불타는 아궁이 속 같다는 말.

龍藏峽窟閑雲老, 花滿香臺寶殿明.

兩派銀潢半空雪, 十年塵夢暫時醒.

蒲團更與禪僧話, 火宅枯藤懺悔生.

안심사安心寺[128]

안심사 경치 제일이라기에

산속 깊이 돌문을 찾아드니,

땅이 평평해 서숙 심기 좋고

산조차 고요하여 바둑 구경 할 만하이.

푸른 여울 맑아 메아리치고

기암은 아슬아슬 곧 넘어질 듯

옛 비석엔 목은牧隱의 글 새겨져

풀 헤치고 이슥토록 앉아 보노라.

---

128 안심사(安心寺): 평안도 묘향산에 있는 절. 이 절에 목은(牧隱) 이색(李穡)이 지은 비
문이 새겨진 「향산안심사사리석종기(香山安心寺舍利石鐘記)」라는 비석이 있다.

安心寺

第一安心寺, 幽尋叩石扉.
地平宜種秫, 山靜可觀棋.
碧瀨清猶響, 奇巖迴絶依.
殘碑牧老筆, 披草坐移時.

목련협木蓮峽

산비 뿌려 듣는 듯 마는 듯
시내 바람 귀밑머리 스치는데

굽이진 돌길에 향기가 스치더니만
목련꽃이 선뜻 눈에 드는구려.

木蓮峽

山雨滴未滴, 水風吹鬓影.
奇香滿廻磴, 忽見木蓮花.

침허루枕虛樓 차운

압록강엔 천굽이 물결이 일고
용황龍荒129엔 백 척 누각이 솟아

호성胡星130이 하늘 북쪽에서 동하니
깊은 밤 난간에 기대어 시름하노라.

次枕虛樓韻(碧潼131)

鴨水千層浪, 龍荒百尺樓.
胡星動天北, 深夜倚闌愁.

---

129 용황(龍荒): 변경을 가리키는 말. 용은 용성(龍城)의 준말로 흉노가 하늘에 제사지
   내는 곳, 황은 황복(荒服)이라 해서 변두리지대를 가리킨다.
130 호성(胡星): 묘성(昴星)을 가리킨다. 묘성은 오랑캐를 상징하는 것으로, 이 별이 동
   하면 호병이 일어난다는 말이 있었다. 초고본에는 호성이 '啓星'으로 나와 있다.
131 원주: "벽동(碧潼)." 벽동은 평안도 압록강변의 고을이다.

관원灌園선생을 애도하다(6수)

1

관원灌園선생 돌아가심에 통곡하노니
봉지鳳池[132]에 뛰어난 인물이지요.

봄 구름 피어나는 그의 시 솜씨
천리마 달리는 그의 글재주.

창날을 비껴 잡던 관하關河의 나날
윤음綸音[133]을 베풀던 궁궐의 세월.

웅호雄豪는 당적할 자 없으려니와
신속하기 더구나 뉘가 따르리.

2

관원선생 돌아가심에 통곡하노니
술잔 즐기되 광태는 원칠 않았소.

현賢과 사邪 하나로 혼돈混沌이라면

---

132 봉지(鳳池): 봉황지(鳳凰池)의 준말. 당(唐)나라 중서성(中書省) 안에 있던 못 이름.
133 윤음(綸音): 임금이 내리는 글.(『禮記·緇衣』: "王言如絲, 其出如綸.")

천지는 다시금 요순堯舜이 나와야지.[134]

취하면 온갖 시름 깨뜨려지고
깨어서는 세상 염려 끝이 없었소.

한량이 없는 저 항아리 술은
쉰하고 여섯 해를 함께 났구나.

3
관원선생 돌아가심에 통곡하노니
풍진風塵 속에 의기가 한가하지요.

공융孔融의 북해北海[135]런가 빈객賓客도 많고
사안謝安의 동산東山인가 풍악을 즐기더라.[136]

팔좌八座[137]라 벼슬 비록 높다지만
고고한 충성에 머리 진작 세셨구나.

---

134 천지는~나와야지: 원문의 혼돈(混沌)은 모호하여 불분명한 모양. 우당(虞唐)은 순
(舜)과 요(堯). 세상이 온통 혼돈에 빠졌다면 도덕질서를 원천적으로 회복해야 할 것
이라는 의미를 내포하고 있다.

135 공융의 북해〔孔北海〕: 북해 태수(北海太守)를 지낸 공융(孔融)은 후한 때 인물로 빈
객을 좋아하여 좌상에는 손님이 가득 차고 동이에 술이 비지 않았다 한다.

136 사안의 동산~즐기더라〔絲竹謝東山〕: 동진(東晉)의 사안(謝安)은 풍류를 즐기는 생
활을 누린 바 있다. 사죽(絲竹)은 현악기·관악기를 일컫는 말.

137 팔좌(八座): 판서를 일컫는 말. 당나라 때 육부(六府) 상서(尙書)와 좌우복야(左右僕
射)를 팔좌라 한 데서 유래하였다.

속마음 알아주던 부훤자負喧子¹³⁸를
지하에서 서로 만나 낯을 펴시리다.

4
관원선생 돌아가심에 통곡하노니
고당高堂에 늙으신 어버이¹³⁹시여!

흰 구슬을 황천에 묻는단 말가,¹⁴⁰
지난해도 다시 금년에도.

화복禍福이란 하늘에 묻기도 어려워
문에 기대 날이 저물어라.

오직 막내아우 하나 남아서
긴 베개 홀로 누워¹⁴¹ 눈물 흘리네.

---

138 부훤자(負喧子): 박관원의 가까운 친구로 생각되는데, 동시대의 인물로 오상(吳祥,
   1512~1573, 자는 祥之, 벼슬은 판서에 이름)의 호가 부훤당(負喧堂)이었다.
139 고당에 늙으신 어버이: 관원의 부친은 이름 충원(忠元), 호는 낙촌(駱村)으로 벼슬
   은 이조판서에 문형(文衡)을 지냈다. 관원보다 한 해 뒤에 죽었다.
140 흰 구슬을~묻는단 말가(黃泉埋白璧): 매백벽(埋白璧)은 매옥(埋玉)과 통하는 의미
   로 쓴 것 같다. 매옥은 재주있는 인물이 죽음을 뜻하는 말. 관원은 용현(用賢)·호현(好
   賢) 두 아우가 있는데 관원보다 앞서 한 아우가 세상을 떠난 듯하다.
141 긴 베개 홀로 누워(長枕獨): 옛날에 사이좋은 형제는 긴 베개를 함께 베고 잤다는
   이야기가 전한다. 여기서는 형들이 모두 세상을 떠나고 막내만 남은 것을 말한다.

5

관원선생 돌아가심에 통곡하노니
지나간 을해년에 처음 만났지요.

남방에서 막부幕府를 열었을 적에
천한 이 몸 금채찍을 들게 되었지요.

스스로 돌아봐도 졸렬한 사람
남달리 추장推奬 받아 부끄럽지요.

깊은 은혜 어느 날 갚으오리까.
관문 밖에 귀밑머리 소슬해졌는데.

6

해내海內에는 성징사成徵士[142]
인간세상 박판서朴判書.

평생에 지기知己는 이 두 분 꼽았더니
오늘에 모두 허무로 돌아가시다니.

한강에 슬픈 바람 일어나고

---

142 원주: "대곡(大谷)." 대곡 성운(成運)이 은일(隱逸)의 선비로 나라의 부름을 받은 바
있기 때문에 성징사(成徵士)라고 한 것이다. 대곡은 관원보다 한 해 앞서 세상을 떴다.
해내(海內)는 천하와 같은 뜻의 말이다.

종산鍾山에는 조각달만 남았습니다.

옷섶을 적시는 만줄기 눈물
통곡을 하고 나서 북변北邊[143]으로 돌아갑니다.

悼灌園先生六首

痛哭灌園老, 奇才出鳳池.
春雲靄詩調, 逸驥騁文辭.
橫槊關河日, 宣綸禁掖時.
雄豪莫可敵, 神速更伊誰.

痛哭灌園老, 嗜杯不要狂.
賢邪一混沌, 天地再虞唐.
醉去閑愁破, 醒來世慮長.
金尊無限酒, 五十六年强.

痛哭灌園老, 風塵意氣閑.
賓朋孔北海, 絲竹謝東山.
八座官雖貴, 孤忠鬢已斑.
知音負喧子, 泉壤共開顔.

---

143 북변(北邊): 원문은 낭거(狼居). 낭거서산(狼居胥山). 중국 북쪽 변경에 있는 산 이
름.(袁朗「賦飮馬長城窟」: "朝服踐狼居, 凱歌旋馬邑.")

痛哭灌園老, 高堂鶴髮鮮.

黃泉埋白璧, 前歲又今年.

禍福天難問, 門闌暮未旋.

唯餘季弟在, 長枕獨漣漣.

痛哭灌園老, 相逢乙亥年.

征南開幕府, 賤子仗金鞭.

自顧籌謀拙, 慙蒙獎飾偏.

深恩報何日, 關外鬢蕭然.

海內成徵士(大谷), 人間朴判書.

平生許知己, 今日摠歸虛.

漢水悲風起, 鍾山片月餘.

危襟萬行淚, 哭盡向狼居.

장가행 長歌行

작년 시월에 황초령黃草嶺을 지나더니

금년 시월 또 다시 황초령을 지나가네.

한번은 양곡 수송 차사원差使員으로
한번은 납의衲衣 배급 차사원[144]으로.

밧줄 가교, 구름다리 험난한 관문關門에
쌓인 눈에 얼음 층층 3백리 길을

낡아빠진 짧은 갖옷 추위도 기승을 부리는데
야윈 말 너무 지쳐 가다가 멈칫멈칫.

청하青霞[145]의 기개만은 유독 꺾이질 않아
고개 들고 휘파람 불며 창공을 바라보네.

해 다 저물어 쪽배 내어 사하沙河를 건너자니
진리津吏의 얕보는 눈길 견디기 괴로운걸.[146]

한조각 낡은 성이 되놈과 인접하여

---

144 양곡 수송~차사원으로: 차사원(差使員)은 특별한 임무를 지워 파견하는 임시직. 전
미(轉米)는 함경도 지방으로 쌀의 운송을 맡은 것인데, 납의(衲衣)의 경우 무엇을 가리
키는지 미상. 납의는 중의 옷을 일컫는 말로도 쓰지만, 본뜻은 해진 옷이니 헐벗은 함
경도 백성에게 무명옷을 지급하는 일이 아닌가 한다. 차사원으로 근무한 것은 백호가
고산도 찰방(高山道察訪)으로 부임한 31,32세 무렵의 일이다.
145 청하(青霞): 고원한 뜻을 비유한 말. 청운(青雲)과도 통한다.
146 진리의~괴로운걸: 당(唐) 한유(韓愈)의 시「낭리(瀧吏)」는 창락랑(昌樂瀧)의 나루에
서 배를 관리하는 하급 관리가 자신을 비판하는 형식으로 되어 있다. 여기서도 이를
끌어와 자신의 고달픈 벼슬살이를 한유의 처지에 견준 것이다.

사막에 서리 차고 변새의 달 중천에 떴다.

나라 걱정, 아버님 생각에 밤 깊도록 잠 못 이루는데
호각소리 끊어지고 은하銀河도 돌았어라.

나이 삼십이라 여력도 건장하니
부림을 당하는 건 관가의 독촉 맡겨두자.

분수에 편안하니 근심할 게 무엇이랴
기린각麒麟閣의 단청丹靑은 생각조차 사라졌다오.

나를 알아줄 사람 없다 그대는 말을 마오
"너를 안다" 그러한들 무엇을 하겠는가.

長歌行

去年十月黃草嶺, 今年十月黃草嶺.
一爲轉米差使員, 一爲衲衣差使員.
繩橋雲棧萬夫關, 積雪層氷三百里.
短裘零落寒凌兢, 羸馬虺隤行復止.
靑霞奇氣獨未摧, 揚眉一嘯看天宇.
黃昏孤艇渡沙河, 不堪津吏相輕侮.
殘城一片近山戎, 滿磧寒霜關月午.

關情忠孝夜耿耿, 斷角吹殘星漢廻.

行年三十膂力健, 驅使一任官家催.

知幾安分百不憂, 麟閣丹靑心久灰.

憑君休道莫我知, 縱曰知爾何爲哉.

상산협上山峽에서 입에서 나오는 대로 부르다[147]

1
옥병풍 거듭거듭 오솔길 얽혔는데
한해 보낸 나그네 두번째 넘어가누나.

여와씨女媧氏 하늘 때우느라[148] 바위를 끊어갔나
우禹임금이 용문龍門 뚫은 듯[149] 물소리 굉장쿠나.

---

147 원제의 구점(口占)은 시를 초안을 잡지 않고 입에서 나오는 대로 짓는 것. 상산협(上山峽)은 어딘지 미상인데 함경북도에 있는 곳으로 추정된다. 『임백호집』에는 같은 제목을 가진 두 편의 시가 시체별로 각각 실려 있으나, 여기서는 함께 실었다.

148 여와씨~때우느라〔媧皇補天〕: 『회남자(淮南子)』에 "공공씨(共工氏)가 축융씨(祝融氏)와 더불어 싸워 이기지 못하자 머리로 들이받으니 불주산(不周山)이 무너지고 천주(天柱)가 꺾이고 지유(地維)가 이지러졌다. 이에 여와씨(女媧氏)가 오색의 돌을 단련하여 하늘을 때웠다."하였다. 후인이 세도(世道) 만회(挽回)를 가리켜 보천(補天)이라 칭하였다.

149 우임금이~뚫은 듯〔神禹鑿龍〕: 우(禹)임금이 9년 홍수를 다스리면서 신부(神斧)로 용문산(龍門山)을 끊고 열어 물을 바다로 인도하였다 한다. 용문산은 황하에 있다.

응달의 얼음 눈은 봄에도 엉겨붙고
어둔 골짝 구름 노을 저물어도 개질 않네.

여기 이 풍경이 무협巫峽인가 싶으니
잔나비 울게 하면 정회 다시 많겠구만.

2
상산협에 들어가지 않는다면
무엇으로 나그네 시름 위로하리요.

만길의 절벽은 하늘 고이고
천년의 물 달을 방아질하네.

쭈그린 괴석은 범인가 싶고
넘어진 노송 등걸 뱀같이 뵈네.

새소린 일찍 생기를 얻고
꽃의 태도 쌀쌀히 부끄럼 타듯

오두막은 푸른 뫼를 의지해 섰고
시냇물은 사립을 감돌아가네.

돌밭엔 간간이 서속을 심고

초군의 길 평탄하여 소도 탈 만해.

지경이 동떨어져 풍진風塵 막힌데
산 깊으니 세월도 유유하여라.

길손도 본시부터 조촐한 자라
이 땅에서 잠시나마 서성대누나.

벼슬에 얽매이면 뜻이 꺾이고
연하烟霞에 깃들면 생각 그윽해.

남방의 옛 고향 산천
어느 제나 행역行役을 벗어날거나.

上山峽口占

玉屛重疊迤微縈, 有客經年再度行.
石斷媧皇補天勢, 泉轟神禹鑿龍聲.
陰崖永雪春猶沍, 暗谷雲霞晚未晴.
已覺風煙似巫峽, 若敎猿叫更多情.

不入上山峽, 因何慰旅愁.
支天壁萬仞, 春月水千秋.

怪石蹲疑虎, 枯松倒似虬.

禽聲早得氣, 花意冷含羞.

茅店依靑嶂, 柴扉帶碧流,

石田閑種秫, 樵路穩騎牛.

境絶風埃隔, 山深歲月悠.

行人本瀟洒, 此地暫夷猶.

羈窘心常折, 栖霞思獨幽.

南州舊泉洞, 幾日稅征輈.

도사의 시에 차운하여

반랑班郞[150]의 귀밑머리 쓸쓸도 한데
해천海天에 늦은 가을 구름 드높구려.

저 풍호楓湖 기슭에 나의 집이 있거늘
변방의 나그네 시름 꿈조차 괴로워라.

---

150 반랑(班郞): 반초(班超)를 가리킨다. 반초는 오랫동안 변방의 땅에 있었으므로, 지금 변방에 머무는 시인 자신을 비유한 표현이다.

次都事韻

蕭颯班郞鬢上毛, 海天秋晚隴雲高.
儂家只在楓湖岸, 玉塞羈愁夢獨勞.

역중驛中에서 소회를 쓰다

말등에 몸을 실어 여러 해 변방에서
풍설에 등불 돋우고 작은 역에 앉았노라니

금포錦浦[151]의 푸른 산 눈앞에서 떠나질 않네.
봄이 오면 돌아가서 도구菟裘[152]를 닦으리.

---

151 금포(錦浦): 나주의 별칭이 금성(錦城)이니 금포는 곧 시인의 향리를 가리킨다.
152 도구(菟裘): 중국 산동성(山東省)에 있던 지명. 춘추시대 노(魯)의 땅으로, 『좌전(左
傳)』에 "토구에 집을 지어 내 그곳에서 늙으려 한다.〔使營菟裘, 吾將老焉〕"고 하였다. 그
래서 노년에 땅을 가려 은거하는 것을 도구라고도 한다.

驛中書懷

數年鞍馬寄邊州, 風雪挑燈坐小郵.
錦浦碧山長在眼, 及春歸去理蒐裘.

자술自述

풍사風沙는 옷 속으로 끊임없이 파고드는데
마천령磨天嶺을 또 넘노라니 귀밑머리 시들었소.

10년 공부 글과 칼 쓸 곳이 없으매
고기 잡고 나무하고 이 몸에 알맞은 일이겠지.

自述

風沙衰衰入征袍, 再過磨天旅鬢凋.
書劍十年無用處, 此生端合寄漁樵.

신사년
辛巳年
1581

~

임오년
壬午年
1582

반금당伴琴堂[1]

사립문 앞 적적하다 인적이 끊어지니
옥진玉軫이랑 금휘金徽[2]가 바로 정다운 벗.

도연명陶淵明의 흥취를 마음속 홀로 전해오고
백아伯牙의 소리는 손가락 끝 함께 지녔어라.

여윈 교룡 춤추는 곳 강 구름 캄캄한데
현학玄鶴이 날아오는 밤엔 달도 밝아라.[3]

늘그막에 한가로움 실컷 맛보노니
단사표음簞食瓢飮 신세라도 가만히 있소.

---

1 원주: "외구(外舅: 외숙)댁에 있다." 반금당은 백호의 외가가 있는 구례(求禮) 땅에 있
  었으며, 백호의 외숙인 윤대축(尹大畜)의 당호(堂號)이기도 하다. 『겸재유고』에는 제
  목 아래에 "마땅히 신사년에 있어야 한다(當在辛巳年)"라는 원주가 있다.
2 옥진(玉軫)이랑 금휘(金徽): 모두 거문고를 아름답게 표현한 말. 진(軫)은 줄을 매는 기
  둥.(『玉臺新詠』, 梁元帝「詠夜」: "金徽調玉軫, 茲夜撫離鴻.")
3 현학(玄鶴)이~밝아라: 『삼국사기(三國史記)』 악지(樂志)에 당초 진(晉)인이 칠현금을
  고구려로 보내왔는데 고구려 사람들은 그 연주법을 알지 못했다. 왕산악(王山岳)이 악
  기를 부분적으로 개조하고 100여 곡을 지어서 연주했더니 검은 학이 날아와서 춤을
  추었다. 이에 그 악기를 현학금(玄鶴琴) 또는 현금으로 일컫게 되었다. 이 구절은 이
  고사와 관련하여 쓴 것이다.

伴琴堂(在外舅宅)

柴門寂寂斷經行, 玉軫金徽是友生.
心上獨傳元亮趣, 指邊兼有伯牙聲.
瘦蛟舞處江雲黑, 玄鶴歸時夜月明.
垂老飽嘗閑意味, 一瓢寥落轉無營.

창도역昌道驛⁴ 차운

벼슬살이 유유히 가는 대로 맡겨두노니
막히고 통하고 운명인데 무얼 다시 생각하리.

관하關河에서 한해 저물어 나는 기러기 드물고
산골길 서리 차니 해도 더디 오르네.

한묵翰墨이라 궁도弓刀로 사람들 절로 늙는데
동서로 남북으로 길은 또 갈림이 많아라.

---

4 창도역(昌道驛): 강원도 금성(金城)에 있던 역.

우정郵亭에 서서 팔짱 끼고 오래 읊조리노니
산수山水로 돌아가 쉬는 건 본래의 기약일세.

次昌道驛

拙宦悠悠任所之, 窮通由命更何思.
關河歲暮鴻來少, 峽路霜寒日上遲.
翰墨弓刀人自老, 東西南北路多歧.
郵亭袖手沈吟久, 投老林泉是素期.

회양부淮陽府에서 원옹元翁에게 주다

가을날 회양부를 지나다가
그대를 만나 한번 웃고 나서

주인이 손님을 대접하는 건
산의 과일과 물가의 소채.

자욱한 비 밤을 지나 개고

찬 구름 고개 넘어 흩어지네.

10년 만에 마주한 얼굴
이번 헤어지면 언제 다시.

淮陽府, 贈元翁

秋日交州府, 逢君一笑餘.
主人供客子, 山果與溪蔬.
瞑雨經宵霽, 寒雲過嶺疎.
相看十年面, 此別更何如.

회양淮陽의 윤사문尹斯文[5]을 작별하며

1
3년의 세월 선정을 베푸니[6]

---

5 사문(斯文)은 대개 선비를 가리키는 말. 시의 내용으로 미루어 윤사문(尹斯文)은 당시
회양 부사(淮陽府使)로 있었던 인물이다. 회양(淮陽)은 강원도 고을 이름.
6 선정을 베푸니[重臥]: 중와(重臥)는 서한(西漢) 때 지방관으로 선정을 베풀었다는 급

한 고을이 저절로 현가絃歌[7]의 소리.

임을 그리는 일편의 단심,
하얀 머리로 동장銅章[8]을 찼소그려.

어머니 봉양에 물고기 흔하고
시 짓기 재료 산빛 푸르오.

알고도 남아라 저 급장유汲長孺는
회양淮陽을 박하다 여기지 않은걸.[9]

2
서울서 만나고 나선
어느덧 10년의 세월.

암(汲黯)에게서 유래한 말. 급암이 동해(東海) 태수로 있을 때 원래 무위로 다스림을
좋아했던바, 자신이 병이 많아서 안방에 오래 드러누워 있으면서 직접 보살피지 않았
으나 그 지방이 아주 잘 다스려졌다 한다.

7 현가(絃歌): 시를 현악기에 맞추어 노래하는 것. 학교에서 공부하는 것을 가리키기도
하고 정사(政事)를 잘하는 데도 원용해 쓰인다.(『論語·陽貨』: "子之武城, 聞絃歌之聲. 夫
子莞爾而笑曰: '割鷄焉用牛刀.'")

8 동장(銅章): 옛날 주현의 수령이 착용한 의장의 일종. 여기서는 수령으로 있음을 뜻
하는 말.

9 급장유는~않은걸: 급장유(汲長孺)는 한나라 때 어진 지방관으로 칭송된 급암(장유長
孺는 그의 자). 황제가 급암을 회양 땅의 태수로 임명하고 "그대는 회양을 박하게 여기
는가?" 하며 중와이치(重臥而治)의 역량을 빌리고자 한다고 말했다. 회양이라는 지명
이 서로 같기 때문에 고사로서 차용하기 알맞은 것이다.

이번 상봉은 꿈만 같은데
헤어지면 또 험한 산이 막히겠지.

파란 물가에 강신江神의 사당
푸른 구름 성력산聖歷山[10] 머리.

다른 고장 다른 달밤
얼굴 서로 바라보리.

留別淮陽尹斯文

重臥今三載, 絃歌自一方.
丹衷戀金闕, 白首佩銅章.
奉母溪羞足, 供詩岳色蒼.
須知汲長孺, 初不薄淮陽.

洛下曾傾蓋, 悠悠十載間.
命逢恰一夢, 此別隔重關.
碧水江神廟, 靑雲聖歷山.
兩鄉他夜月, 猶得慰離顏.

---

10 성력산(聖歷山): 함경남도 영흥(永興) 땅에 있는 산 이름. 봉수대가 있었다.

최종성崔鐘城[11]을 전별하는 시

1
서생書生은 백부장百夫長[12]에도 못미치지만
사나이 응당 정원후定遠侯[13]쯤 되어야지.

성대聖代를 만나 몸에 비단옷 걸쳤는데
손에 금갑金甲을 들고서 변경으로 나가시네.

향기 어린 침상에는 청시靑兕가 전해오고[14]
사냥 파한 강가에 자류마紫騮馬[15] 물 마시리.

이 몸 하릴없이 지금 바닷가에서 수자리 살며
달 밝은 밤 누대에 올라 그대 생각을 하리다.

---

11 여기서 최종성(崔鐘城)은 종성 부사(鐘城府使)로 부임하는 최경창(崔慶昌)을 가리키
　는 것으로 추정된다.
12 백부장(百夫長): 백인의 병졸을 거느리는 장교.(『書經·牧誓』: "有百夫長千夫長.")
13 정원후(定遠侯): 후한(後漢)의 명장 반초(班超)가 정원후로 봉해진 일이 있다. 64면
　「출새행」의 주석 참고.
14 향기~전해오고: 원문의 연침(燕寢)은 휴식을 취하는 침실을 말하고, 청시(靑兕)는
　코뿔소를 가리킨다.
15 사냥~ 물 마시리: 원문의 사하(沙河)는 중국 북쪽 지역의 유하(楡河)를 가리키는데
　여기서는 변방을 의미한 것이고, 자류(紫騮)는 좋은 말의 이름.

2

새로 부임하는 사또 명성이 자자하리니

인간 사십에 훌륭한 장부로세.

각곡郤縠¹⁶의 시서詩書는 본디 세업世業이요

곽분양郭汾陽¹⁷의 충심이야 전도를 기약하리.

때로는 교의에 앉아 옥룡관玉龍管을 연주하며

전통¹⁸에 한쌍의 금복고金僕姑¹⁹ 꽂혀 있구려.

사장沙場으로 나아가 무예를 자랑 마소.

근래 공론이 몸 보전을 제일로 친답디다.

崔鐘城別章

書生不及百夫長, 男子當封定遠侯.

身著錦衣遭聖世, 手提金甲出邊州.

香凝燕寢傳靑兒, 獵罷沙河飮紫騮.

---

16 각곡(郤縠): 춘추시대 진(晉)나라 장수이다. 『좌전(左傳)』에 "진문공(晉文公)이 초(楚)
를 치려면서 '누구를 원수로 삼아야 하냐' 물으니, 조최(趙衰)는 '각곡이 예악(禮樂)을
즐기고 시서(詩書)에 돈독하니 맡길 만합니다' 하였다."라고 나온다.

17 분양(汾陽): 당(唐)나라 사람 곽자의(郭子儀)가 분양왕(汾陽王)의 봉(封)을 받았으므
로 세상에서 곽분양(郭汾陽)이라 칭한다.

18 전통: 원문의 어복(魚服)은 물고기 껍질로 만든 화살통.

19 금복고(金僕姑): 화살 이름.(『左傳』莊公 十一年: "公以金僕姑, 射南宮長萬.")

還有腐儒今海戍, 月明相憶一登樓.

愁州藉藉新都護, 四十人間美丈夫.
郤縠詩書元世業, 汾陽忠信扇前途.
胡床三弄玉龍管, 魚服一雙金僕姑.
莫向沙場騁雄武, 近來公議尙全軀.

백호白湖에서 자고 용성龍城으로 가면서

1

약방藥房[20]풀 깨끗도 해라 노니는 사람 적고
산뜻한 가을 물 조촐해서 흐르지 않는 듯.

나무꾼 길 단풍 언덕 멀리서 나누어지고
고기잡이 푯말이 갈대꽃 바로 옆에.

객지로 말 타고 돌아서리 일찍 귀밑에 들고
꿈속엔 도롱이 쓴 어옹漁翁 뱃전에 빗물 떨어져라.

---

20 약방(藥房): 약초의 일종인 백지(白芷).(屈原「九歌」湘夫人: "桂棟兮蘭橑, 辛夷楣兮藥房.")

귀거래歸去來 언제 하려뇨? 벗님 노상 나무라니
좌어부左魚符[21] 행색이 부끄럽기 그지없소.

2

몇해 만에 다시 왔나 예 놀던 일 그리워라
온 강의 물과 구름 모두 나의 보금자리.[22]

산은 본디 낯익은 듯 난간 앞에 들어서고
해오리 기심機心 없는 줄 알아 가까이로 내려앉네.

성근 비 돌다리에 가을빛이 해맑은데
저녁바람 난초길에 암향暗香이 떠오른다.

해가 뜨면 길을 또 떠나야 하는 신세로구나.
긴긴 밤을 마다 않고 외로이 앉았노라.

3

변경으로 여러 해를 떠돈 유자游子 설움

21 좌어부(左魚符): 옛날 벼슬아치들이 착용하던 신부(信符). 우부(右符)는 군(郡)에 보
관해두고 수령이 좌부를 소지했다가 맞추어보았다. 어부는 고기 모양으로 조각을 한
것이기에 붙여진 명칭이다.
22 나의 보금자리〔菟裘〕: 원문의 도구(菟裘)는 원래 중국 산동성(山東省)에 있던 지명인
데, 별장 내지 은퇴해서 사는 것을 지칭하는 말로 쓰인다. 395면 「역중에서 소회를 쓰
다」의 주석 참고. 제목의 '백호'는 곧 시인의 외가이기 때문에 이렇게 표현한 것이다.

얽매인 세상살이 허리춤이 줄었다오.

선주仙洲라 이별의 꿈 삼성三星이 움직이자
낭원閬苑23의 가을바람에 외론 학이 돌아왔네.

다정茶鼎이며 약로藥爐며 옛 모양 그대론데
청포靑袍에 오사모烏紗帽는 오늘은 사양했네.

지금 동구 밖 나가면 시우詩友를 찾아가서
술상맡에서 미인의 노래 한곡 들으리라.24

宿白湖, 向龍城

葯房淸絶少人遊, 澹澹秋湖淨不流.
樵路遠分楓樹岸, 漁標近在荻花洲.
客中鞍馬霜侵鬢, 夢裡煙簑雨滿舟.
溪友每嗔歸去晚, 左魚行色亦堪羞.

數載重來憶舊遊, 一江雲物是菟裘.

---

23 낭원(閬苑): 낭풍(閬風)의 동산으로, 신선이 산다는 세계. 54면 「몽선요」 시의 주석
참고.
24 술상맡에서~들으리라[一曲尊前聽杜韋]: 두위(杜韋)는 당(唐)의 유명한 가기(歌妓) 두
위랑(杜韋娘)을 가리키고, 그녀의 이름을 딴 곡패(曲牌)를 가리키기도 한다.

山固有素當前檻, 鷺爲無機下近洲.
疎雨石梁秋色淡, 夕風蘭逕暗香浮.
傷心日出又行役, 孤坐不辭淸夜悠.

關塞頻年游子悲, 世緣塵事減腰圍.
仙洲別夢三星轉, 閬苑秋風獨鶴歸.
茶鼎藥爐依舊在, 靑袍烏帽至今非.
洞門此去尋詩伴, 一曲尊前聽杜韋.

남례역南禮驛[25]에서 묵으며

문무간에 재목이 못 되니 밝은 세상에 부끄럽고
동장銅章[26]이 귀하대도 역시 고단한 신세.

서주西州[27]의 소식 자주 꿈속에서 얻어듣고
하늘 밖에 아스라이 북극성北極星을 바라보오.

---

25 남례역(南禮驛): 남례역이란 이름은 보이지 않는데 전라도 해남 경내에 남리역(南利驛)이 있다. 혹시 서로 통해서 쓴 것이 아닌가 한다.
26 동장(銅章): 구리로 제조한 인장. 지방 수령이 소지했다.
27 서주(西州): 평안도를 가리키는 말인데 백호의 부친이 당시 평안도에 있었기 때문에 이렇게 쓴 것으로 추정된다.

갯벌에 가을 늦는데 기러기 아니 오고
산골 역驛 밤 깊으니 술조차 깨어온다.

많고 적은 객회를 그 누가 물어주나
좁은 마당 구석에서 귀뚜리만 울어댄다.

宿南禮驛

文武非材愧聖明, 銅章雖貴亦玲嶸.
夢中屢得西州信, 天外遙瞻北極星.
秋晚海田鴻不到, 夜深山驛酒初醒.
客懷多少誰相問, 除有莎鷄咽小庭.

즉사卽事

세상 인연 사절하고 산촌에 잠깐 들러
돌평상에 둘러앉아 아우 언니 오순도순.

절집이 적적해라 중도 자리에 들고
대숲의 비는 소소히 나그네 잠 못 이뤄.

녹봉 위해 만리를 헤매는 신세
금대琴臺[28]의 소갈消渴병은 하마 3년이라오.

남은 생애 어찌 공명功名 누릴 몸이랴.
강호로 돌아가서 밭이나 갈아야지.

卽事

暫向山居謝世緣, 石床清曉弟兄聯.
禪關寂寂僧初定, 竹雨蕭蕭客未眼.
斗粟支離身萬里, 琴臺消渴病三年.
殘生豈是功名骨, 湖上歸耕數畝田.

---

28 금대(琴臺): 사마상여(司馬相如)의 옛집에 금대(琴臺)가 있었다. 여기서는 백호 자신
이 사마상여와 같은 병을 앓고 있었기 때문에 끌어다 쓴 것이다.

현재縣齋의 일을 적어 허미숙許美叔에게 부치다[29]

공사 마치면 오건烏巾 쓰고 서재에 앉았으니
저녁 향불 갈 때면 물이 재에 잠긴다오.

사마상여司馬相如[30] 삼년 병을 몸에 안고 지냈으되
방통龐統[31]은 백리의 땅에 썩혀둘 인물 아니로세.

벽오동에 가을 드니 궂은비도 걷히고
산은 바다에 닿아 신기한 새 날아온다.

서루西樓의 어젯밤 꿈 외론 배를 타고서
갈대밭 안개 깊은 낚시터 찾아 놀았다오.

---

29 원주: "해남 고을에서 짓다." 허미숙(許美叔)은 허봉(許篈)의 자. 백호가 해남 현감으
로 부임한 것은 34세(1582년) 때이다.
30 사마상여(司馬相如): 중국 전한의 문인(기원전 179~117). 자는 장경(長卿). 소갈증(消
渴症)을 앓던 그는 효문원령(孝文園令)으로 있을 때 휴양하기 위해 한거(閑居)했다 한
다. 백호 역시 같은 증세가 있었기 때문에 원용한 것이다.
31 방통(龐統): 중국 삼국(三國)시대 양양(襄陽) 사람. 자는 사원(士元)인데 사마휘(司馬
徽)가 그를 봉추선생(鳳雛先生)이라 칭하였다. 촉한(蜀漢) 선주(先主)가 그로 하여금
뇌양현(耒陽縣)을 다스리게 하였으나 노상 술이 취해 있으면서 정무는 돌보지 아니했
다. 노숙(魯肅)은 선주에게 편지를 보내어 말하기를 "방사원(龐士元)은 백리(百里)의
재목이 아니다."고 하였다.

縣齋書事寄許美叔(海南縣作)

公退烏巾坐小齋, 夕薰初換水沈灰.
馬卿猶抱三年病, 龐統元非百里材.
秋入碧梧蠻雨霽, 海連靑嶂恠禽來.
西樓昨夜孤舟夢, 蘆葦煙深舊釣臺.

9월 9일에 두 아우와 용두천龍頭川에서 노닐어

초승달 변방에 다다라 떴고
추풍은 수초에 가득차라.

이 땅에서 중구 명절을 맞아
친형제 셋이 만나다니

축축한 바다 안개 국화꽃 더디 피고
세월은 물 흐르듯 백발 새롭네.

수유茱萸[32]를 다 함께 꽂을 길 없나
서도西道의 소식이 들리질 않네.

九日, 與兩舍弟遊龍頭川

片月臨邊堞, 秋風滿渚蘋.

關河重九節, 骨肉兩三人.

瘴霧黃花晚, 流年白髮新.

茱萸不可把, 西塞斷音塵.

대둔산大芚山으로 놀러가면서³³

1

황당黃堂의 검정 오모烏帽 안화眼花가 잔뜩 끼어³⁴

책상에 쌓인 문서 안개로 가로막힌 듯

---

32 수유(茱萸): 『속제해기(續齊咳記)』에 "여남(汝南) 사람 환경(桓景)이 비장방(費長房)
을 따라 여러 해를 공부하였는데 하루는 비장방의 말이 '9월 9일에는 너희 집에 재앙
이 있을 것이다. 급히 가서 집안 사람들로 하여금 각기 붉은 주머니를 만들어 수유를
담아서 허리에 차고 높은 데 올라 국화주를 마시게 하라. 그러면 재앙을 면할 것이다'
고 말했다. 이에 그 말과 같이 실행하고 저녁에 돌아오니 집안의 가축들이 모두 죽어
있었다. 비장방은 듣고서 '이들이 액운을 대신한 것이다' 하였다."고 했다.(王維「九月
九日憶山東兄弟」: "遙知兄弟登高處, 遍揷茱萸少一人.")

33 『임백호집』에는 각각 따로 실려 있는 것을 합쳐서 수록하였다. 대둔산(大芚山)은 해
남 두륜산(頭輪山)의 별칭.

34 황당(黃堂)은 지방 수령의 관아를 가리키는 말이고, 오모(烏帽)는 벼슬아치가 착용
하는 모자를 가리킨다. 안화(眼花)는 시력이 쇠하여 가물가물한 증세.

우연한 발걸음 명산을 향해 가을을 바라보니
조각구름 외로운 새 아득한 줄 모를레라.

2
산 숲은 가을 늦어 첫서리에 취하니
어떤 나무 진홍색에 어떤 나무 누르더냐.

노을빛 빼앗은 운금雲錦이 천 조각 만 조각
저걸 가져다가 순舜의 의상衣裳[35] 기웠으면.

遊大芚山途中作

黃堂烏帽眼昏花, 堆案文書若隔霞.
偶向名山騁秋望, 片雲孤鳥不知賖.

林山秋晚醉微霜, 幾樹殷紅幾樹黃.
雲錦奪霞千萬段, 若爲歸補舜衣裳.

---

35 순의 의상(舜衣裳): 순임금이 우(禹)에게 오채(五采)로 복식을 짓겠다는 말을 한 바
  있다. (『書經·益稷』: "以五采, 彰施于五色, 作服, 汝明.")

대둔사大芚寺³⁶ 동구에서 이야기를 나누며

나그네 벼슬살이 한해가 가니
산들바람 날로 쌀쌀해지네.

권태로움에 이은吏隱이 되어가고
한가하니 곧 신선이로세.

들국화 중구절 지난 뒤에도
단풍은 낙조에 비치는 옆에

시냇가 다리에서 또 실컷 취하니
이야말로 도선逃禪을 본받는 거지.

大芚洞口溪邊會話

旅窟將淹歲, 凉風日颯然.
倦來成吏隱, 閑處是神仙.
野菊重陽後, 巖楓返照邊.
溪橋更一醉, 聊與學逃禪.

---

36 원제의 대둔(大芚)은 대둔사. 해남군의 두륜산(頭輪山)에 있는 절. 흔히 대흥사로 불
린다.

장춘동長春洞 잡언雜言

장춘동 이 계곡은 옛적의 신선 경지
열두 난간 옥루玉樓에 인적이 드물어라.

시냇물 얕고 맑아 흰 자갈 드러나고
대밭길 높고 낮아 붉은 잎이 휘날리네.

산바람 쌀쌀해라 계화桂花 열매 떨어지고
바닷비 부슬부슬 초의草衣를 적시누나.

두륜봉頭崙峰[37] 산마루 높이가 팔천 길
학 타고 피리 불며 마고麻姑[38]선녀 돌아오리.

長春洞雜言

長春之洞古仙府, 十二玉樓人到稀.

溪流淸淺白石出, 竹路高低紅葉飛.

山風凄冷落桂子, 海雨飄蕭霑草衣.

---

37 두륜봉(頭崙峰): 전라남도 해남군에 있는 유명한 산. 이 산에 대둔사가 있다. 지금은
일반적으로 두륜산(頭輪山)으로 일컬어진다.

38 마고(麻姑): 전설상의 선녀 이름.

頭崙峯頂八千仞, 待得麻姑笙鶴歸.

대둔사大芚寺

바닷가 장춘동長春洞³⁹으로
칠조선七祖禪⁴⁰ 스님들 찾아갔노라.

시내가 비어 누樓는 대숲에 가직하고
바위는 골짜기에 낀 하늘을 가는 듯.

옛 전각에 예불 소리 들려오고
빈 수풀에 저녁 연기 오르누나.

동봉에 밤이 들어 달이 없으니
등불을 벗하여 고요히 잠드네.

39 장춘동(長春洞): 해남군의 두륜산에 있는 지명.
40 칠조선(七祖禪): 화엄종을 계승한 7인의 고승. 마명(馬鳴)·용수(龍樹)·두순(杜順)·지
엄(智儼)·법장(法藏)·징관(澄觀)·종밀(宗密).

大芚寺

海上長春洞, 來尋七祖禪.
溪虛樓近竹, 峽束石磨天.
古殿聞齋磬, 空林見夕煙.
東峯夜無月, 寂寂伴燈眠.

즉사卽事

불등佛燈은 깜박깜박 밤조차 깊어가는데
가을 소리 끊임없이 나무들 사이에서.

산에 달은 언제 뜨려나 새벽녘 기다려서
다락 아래 졸졸졸 찬 여울물 소리 들리네.

卽事

佛燈明暗夜將闌, 無限秋聲在樹間.
更待五更山月上, 一樓寒碉聽淙潺.

정상인正上人에게

빈 제단에 이슬 젖어 이끼만 자라오르고
약화로는 불이 꺼져 찬 재만 싸늘하오.

바위 사이 요초瑤草는 꺾음직도 하다마는
스님은 마을 나가 상기 아니 돌아오나.

贈正上人

露濕空壇長紫苔, 藥爐無火但寒灰.
巖間瑤草綠可折, 僧在秋村猶未回.

스님에게

석루石樓에서 사흘 밤을 등불 함께 밝혔는데
인끈이 몸에 얽혀 더 머물진 못하노라.

늦게야 길을 떠나 다리 건너 다시 돌아보니
한 병의 가을물로 오재午齋를 드리는지.

贈僧

石樓三夜共寒燈, 雙綬纏身住未能.
晚出溪橋重回首, 一瓶秋水午齋僧.

아우 자중子中의 시에 차운하여[41]

선원仙源[42]은 끝까지 갈 수 없지만
지팡이 하나로 깊숙이 찾네.

좁은 골엔 유달리 가을 소리

---

41 원주: "이름은 환(懽). 시와 술로써 세상에 유명하였고 누차 과거(科擧)에 응시했으
    나 합격하지 못했다. 늦게야 고을 원으로 임명되었는데 50세 미만에 작고하였다." 백
    호의 넷째아우를 가리킨다. 자중(子中)은 그의 자, 호는 습정(習靜). 진사에 합격했고
    임진·정유의 왜란 때 모두 의병을 일으켜 공을 세웠으며 문화(文化) 현감을 지냈다
    (1561~1608).
42 선원(仙源): 신선이 살고 있는 곳.(王維「桃源行」: "春來遍是桃花水, 不辨仙源何處尋.")

높은 산 어느덧 저녁 그늘.

너무도 서늘하니 비가 오려나
울고 난 새는 하마 깃들었나봐.

고요한 절집으로 돌아들 와서
밤 이슥토록 공空을 이야기하네.

次舍弟子中韻(名懼. 以詩酒名於世, 累擧不中, 晩調縣官, 未滿五十而 卒.)

仙源不可極, 一杖試幽尋.
小壑偏秋響, 高林易夕陰.
凉多欲來雨, 啼罷已栖禽.
歸去禪扉靜, 談空坐夜深.

북미륵北彌勒[43]

연하烟霞가 속세를 가로막아서
난야蘭若[44]의 선경이 감춰져 있구려.

빼어난 골짝 서해를 삼키고
아스라한 봉우리에 북두성 걸렸네.

외로운 마음 잠인들 잘 오겠나
방이 비니 저절로 먼지 앉았다오.

신령한 소리 듣는 고요한 밤
등불 심지 자꾸만 사위는구나.

北彌勒

煙霞隔下界, 蘭若秘仙眞.
絶壑呑西海, 危巒掛北辰.

---

43 북미륵(北彌勒): 북미륵암(菴). 대둔사에 있는 암자.『전선명승고적(全鮮名勝古蹟)』에
   의하면 북미륵암에는 "석불이 있고 법당(法堂) 남북으로 두 대(臺)가 있으며 5층탑이
   있다."(全羅南道 海南郡)고 하였다.
44 난야(蘭若): 공정한정(空淨閒靜)한 곳을 뜻하는 말. 곧 암자를 가리킨다.

孤心那得睡, 虛室自無塵.
夜靜聞靈籟, 燈花落又頻.

석굴石窟 속의 곡기 끊은 스님

조촐한 산승의 거처
미풍에 저절로 깃발 날리네.

석탑石榻을 떠난 적이 아예 없거늘
어찌 금문金門⁴⁵을 다시 꿈꾸어보랴.

절식하니 몸에 욕심이 없고
근원으로 돌아와 도道 또한 높네.

안타깝다 약 캐러 나가서
청언淸言을 들어보지 못하다니.

---

45 금문(金門): 금마문(金馬門)의 약칭. 중앙관서를 일컫는 말인데 부귀를 상징하는 의
미로 쓰인다.

石窟數間, 有絶粒僧

洒洒巖僧住, 微風自動幡.
不曾離石榻, 那復夢金門.
絶食身無辱, 還源道亦尊.
仍悲采藥去, 未與接清言.

두륜봉頭崙峯에 올라 탐라耽羅를 바라보며

남두성南斗星 나직이 징검다리 에워 돌고
달 가운데 계수나무 천향天香을 뿌리는가.

용은 해악海嶽으로 돌아가니 구름이 비릿하고
제단 옆 노송이 늙어 흰 해가 기나긴데

병 많으매 때 없이 옥적玉籍[46]을 보려 하고
반평생 늘 금광金光[47]을 취하려 했다오.

---

46 옥적(玉籍): 선인(仙人)의 명부.
47 금광(金光): 황금색 빛. 병기의 광채를 지칭하는 말. 무훈을 비유하는 것으로 생각된
　다.(張華「勞還師歌」"囂聲動山谷, 金光曜素暉.")

한조각 남은 노을 큰 자라 등에 걸히니[48]

영주瀛洲는 아득해라 바로 내 고향인데.

登頭崙峯望耽羅

南斗低垂繞石梁, 月中風桂落天香.

龍歸海嶠腥雲合, 松老瑤壇白日長.

多病每思看玉藉, 半生常擬采金光.

殘霞一片收鰲背, 眇眇瀛洲是故鄕.

호남을 떠나는 구감사具監司[49]에게 드리는 글

예악禮樂이 밝아 천년의 기운

가을 하늘 구름 위로 수리 한 마리.[50]

---

48 큰 자라 등[鰲背]: 전설에 큰 자라(鰲)가 등에 선산(仙山)을 지고 다닌다는 말이 있
   으니, 이 다음 구절에 제주도를 영주(瀛洲)라 하여 선계로 설정한 것과 시상(詩想)이
   연결되고 있다.
49 구감사(具監司) 즉 구사맹(具思孟, 1531~1604)은 명종 때 문과에 급제하여 이조판서,
   좌찬성에 이른 인물이다. 자는 경시(景時), 호는 팔곡(八谷).

호남에 새로 세운 절월節鉞
선부仙府에는 옛 풍류.

소발召茇[51]은 떠남이 아쉬워 노래함이요.
유전劉錢[52]은 부로들의 보답함이라.

이 아름다운 정사 목도할 길 없구려
객지에 벼슬살이 얽매여.

湖南具監司思孟別章

禮樂千齡運, 雲宵一鶚秋.
湖關新節鉞, 仙府舊風流.
召茇謳歌惜, 劉錢父老酬.
無因親美化, 羈宦此淹留.

---

50 수리 한 마리[一鶚]: 훌륭한 인재를 지칭하는 말. (『漢書·鄒陽傳』: "臣聞鷙鳥累百, 不如一鶚.")

51 소발(召茇): 백성들이 어진 정사를 베푼 벼슬아치에 대해 구가함을 뜻하는 말. (『詩經·召南·甘棠』: "蔽芾甘棠, 勿翦勿伐, 召伯所茇.")

52 유전(劉錢): 한나라 때 유총(劉寵)이 회계(會稽) 태수로 있다가 중앙의 대신으로 올라가게 되자 그곳의 5, 6 노인이 각기 100전의 전별금을 바쳤는데 유총은 그 뜻을 저버릴 수 없어 일인당 1전씩 받았고 나머지는 돌려주었다 한다. 후에 청렴한 벼슬아치를 일컫는 말로 쓰였다.

무위사無爲寺로 가는 길[53]

나그네 돌아갈 때 외진 마을 개가 짖고
해 저물자 흰 연기 대울에서 일어나네.

앞길은 절이 가까워 다시금 반가우니
희미한 저 종소리 시내를 건너온다.

向無爲寺, 次子中韻

孤村犬吠客歸時, 日暮白煙生竹籬.
前路更憐蕭寺近, 一聲微磬渡溪遲.

---

53 원제: "무위사(無爲寺)로 가는 길 자중(子中)의 시에 차운하여" 무위사는 전라도 강
진군 월출산 남동쪽에 있는 절.

무위사無爲寺에서 묵으며[54]

옛 절이라 무위사 쪽빛 하늘에
나그네 채찍 따라 황혼이 찾아드네.

얼음 밑 시냇물은 차갑기 옥빛이요
눈 속의 수풀은 연기처럼 파랑구나.

천년의 불화佛畫는 혼미한 눈 열어주고
한잔의 녹차는 곤한 잠을 깨우더라.

한밤중 종소리 골짝을 울리는데
옷에 찌든 흙먼지 전생 인연 슬프도다.

宿無爲寺(法堂後壁有佛畫, 筆法妙絶)

無爲古寺蔚藍天, 暝色來隨遠客鞭.
氷下小溪寒似玉, 雪中佳樹碧如煙.
千年佛畫開昏眼, 一椀僧茶醒困眠.
半夜淸鍾動林壑, 滿衣塵土愴前緣.

---

54 원주: "법당 뒤쪽 벽에 불화(佛畫)가 그려져 있는데 필법이 절묘하다."

월남사月南寺[55] 절터를 지나며

예가 바로 옛날의 월남사련만
지금은 적막한 채 연하煙霞만 자욱.

빛나는 전각이 어리비치던 이 산에
물만 절로 세월을 흘려 보내누나.

옛 탑은 마을 담장 옆에 서 있고
토막난 빗돌은 들판 다리 되었구나.

없을 무無자 본시 보결寶訣[56]일진대
흥망을 애써 물어 무엇하리오.

過月南寺遺址

此昔月南寺, 煙霞今寂寥.
山曾暎金碧, 水自送昏朝.

---

55 월남사(月南寺): 전라도 강진군 월출산 남쪽에 있던 절. 중간에 폐해지고 그 절터에
　마을이 들어서서 이름을 월남리(月南里)라 한다. 현재는 탑과 비신(碑身)의 일부만 유
　물로 남아 있다.
56 보결(寶訣): 훌륭한 비결이라는 뜻.

古塔依村塢, 殘碑作野橋.
一無元寶訣, 興廢問何勞.

백옥봉白玉峯 만사輓詞[57]

근세의 재자才子를 논하자면
그대가 우뚝 무리에서 빼어났었네.

누구 있어 고조古調를 추구하리
다시는 그런 글 찾을 길이 없어라.

옥수玉樹는 종내 황토로 돌아가니
청산엔 다못 백운뿐이로세.

오직 맑은 술이 남았기로
외로운 무덤 앞에 쓸쓸히 뿌리오.

---

57 이 시는 『옥봉집(玉峯集)』 별집 부록의 만사(輓詞)에 수록되어 있는 것이다. 옥봉(玉峯) 백광훈(白光勳)은 1582년에 작고하였는데 당시 백호는 해남(海南) 현감으로 있으면서 이 만사를 지었다.

自玉峯輓詞

近代論才子, 徵君獨出群.
有誰追古調, 無復覓遺文.
玉樹終黃土, 靑山但白雲.
惟餘祭淸酒, 寂莫瀉孤墳.

계미년
癸未年
1583
~
갑신년
甲申年
1584

북으로 가는 절도사 정언신鄭彦信[1]을 전송하며

시서詩書 능한 장수 임금이 불러
대장의 병부[2]를 나눠주셨네.

웅걸한 바람 사막에서 일어나고
살기는 변방 구름을 끼고 돌아라.

기린각麒麟閣[3]에 걸리리다 채필의 화상
성군聖君께 보답하는 일편단심.

어느 누가 걸화乞火[4]를 해득하리오.
한자루 칼로 종군從軍하기 소원이로세.

---

1 정언신(鄭彦信): 자는 입부(立夫), 호는 나암(懶菴). 명종 때 문과에 합격, 우의정에 이르렀다. 1583년에 니탕개(尼湯介)가 북쪽 변경으로 침입하자 도순찰사(都巡察使)로 임명이 되어 적을 격퇴하였다.
2 대장의~나눠주셨네(元戎虎竹分): 원융(元戎)은 대장을 일컫는 말이며, 호죽(虎竹)은 병부(兵符)를 일컫는 말이다. 병부란 사령관에게 내리는 신표이니 '分'은 이 신표를 나누어 가지는 것을 표현하고 있다.
3 기린각(麒麟閣): 나라에 큰 공훈을 세운 인물의 화상을 보관하던 전각. 한나라 선제(宣帝) 때의 일이다.
4 걸화(乞火): 원래 불씨를 구한다는 말인데 분쟁을 해결하거나 인재를 천거하는 데 실정을 잘 파악해서 하는 것을 뜻하는 의미로 쓰인다.(『漢書·蒯通傳』: "里婦夜亡肉, 姑以爲盜, 怒而逐之, 婦晨去, 過所善諸母, ……(里母)卽束縕請火於亡肉家曰: 昨莫夜, 犬得肉, 爭鬪相殺, 請火治犬, 亡肉家遽追呼婦, 故里母兆談說之士也. 束縕乞火, 非還婦之道也. 然物有相感, 事有適可.") 여기서는 정언신에게 천거를 기대하면서 다음 구절에서 백호 자신이 종군의 의사를 비친 것이다.

送鄭節度彦信北征

王命詩書將, 元戎虎竹分.
雄風吹大漠, 殺氣擁邊雲.
彩筆圖麟閣, 丹心報聖君.
誰人解乞火, 一劍願從軍.

양대박梁大樸과 작별하며[5]

붉은 활 흰 화살로 관서를 향해 가니
날이 저물어 가을 구름 장안의 거리 싸늘하이.

남산 아래 여관에서 병든 옛친구
전 학관學官을 성문에서 떠나보내오.

---

5 원주: "공이 관서(關西)의 평사(評事)로 나갈 때이다." 원주에는 '關西評事'라 되어 있
  으나, 『임백호집』의 배열 순서는 평안도사(平安都事)로 갈 때라야 맞는 듯하다.

贈別梁大樸(公以關西評事出去時也.)

駢弓白羽出西關, 落日秋雲九陌寒.
故人旅病終南下, 相送都門舊學官.

중길仲吉의 시에 차운하여 안거사安居士에게

예 놀던 일 꿈결인 양 갈수록 희미한데
산인山人을 만나보니 먼 생각 일으키네.

가장 그립나니 상원사上院寺 가을날
단풍 물든 석단 위에 앉아 시 짓던 때.

次仲吉韻贈安居士

舊遊如夢轉依依, 逢著山人起遠思.
最愛秋晴上院寺, 石壇紅葉坐題詩.

안거사安居士와 작별하며

외로운 구름 짝 잃은 학 의지할 데 다시 없거늘
예서 떠나면 어느 산에 돌문이나 가릴 건고?

맑은 물 한잔에 향심지 하나 피우고
대숲이라 갠 날에 그대를 보내다니!

別安居士

孤雲寡鶴本無依, 此去何山掩石扉.
淸水一杯香一炷, 竹林晴日送君歸.

안거사安居士가 요성遼城으로 떠나며 이별시를 청하기에

시냇가 풀 우거지고 시냇물 흐르는데
나그네 되어 나그네 보내는 시름일레.

요양遼陽이라 만리 길 못 잊어 그리는 곳
해질 무렵 팔각정 올라서 바라보겠지.

安居士將遊遼城, 索別語

溪草萋萋溪水流, 客中還作送人愁.
遼陽萬里相思處, 落日登臨八角樓.

진위振威 동헌東軒에서

전언마傳言馬 닫고 달려 날마다 분주한데
객실客室에 밤이 길어라 오히려 기꺼우이.

삼경 싸늘한 달빛에 마음이 되살아나고
맥문동麥門冬 시원한 맛 폐속이 개운하오.

베개 위의 꿈꾸는 혼 위궐魏闕[6]로 앞서 갔거늘
발에 가득 솔소리는 산자락에서 들려오네.

시를 쓰는 일이야 성정性情을 펴내는 건데
만길 뻗는 규성奎星[7]의 빛이야 어찌 바라리오.

振威東軒韻

騎傳奔馳日日忙, 客堂還喜夜偏長.
心蘇關月三更冷, 肺醒門冬一味涼.
孤枕夢魂先魏闕, 滿簾松籟自山墻.
題詩只要陶情性, 寧復奎躔萬丈光.

---

6 위궐(魏闕): 궁문 밖의 누관(樓觀), 조정을 가리키기도 한다.
7 규성(奎星): 원문은 규전(奎躔). 28수(宿)의 하나인 규성(奎星)의 별자리를 가리킨다.
  이 규성은 문장(文章)을 관장한다고 생각했던바 대개 임금의 좌우에서 글을 짓는 경
  우를 지칭하였다. 규부(奎府)·규장(奎章).

청석골에서[8]

1
남쪽 출신 이 사람[9]은 말안장을 못 떠나니
글과 칼 둘 중에서 끝내 무얼 이룰 것인가.

공명功名은 언제고 오가는 대로 맡겨두고
마음만은 한결같아 스스로 기특하군.

산 푸르고 구름 희어 비는 막 개이고
오랜 바위 맑은 시내 티끌 한점 일지 않네.

눈썹 펴고 때때로 초란패椒蘭佩[10]를 만지건만
임은 보이지 않으니 이내 마음 어이하리.

---

8 원제: "청석골에서 내키는 대로 말하다" 청석골은 개성에서 황해도 금천으로 가는 길
에 있는 지명으로 청석고개, 청석골이라고도 하며, 청석(靑石)이 많이 나서 붙은 지명
이라 한다. 홍명희의 소설 『임꺽정』의 배경이 된 곳으로도 유명하다. 최근 경상대학교
문천각(文泉閣)에서 발견된 『백호공초고필적(白湖公草稿筆跡)』에 모두 6수가 실려 있
는데, 『임백호집(林白湖集)』 권3에는 같은 제목으로 제1수만 실려 있고, 제3수는 '벽제
운을 따라 짓다(次碧蹄韻)'라는 제목으로 바뀌어 실려 있다.
9 남쪽 출신 이 사람(南冠君子): 남관(南冠)은 원래 중국 남방의 초(楚)나라 사람의 모자
를 지칭하는 말인데, 대개 이역에 와서 부자유하게 지내는 경우에 쓰인다.
10 초란패(椒蘭佩): 초(椒)와 난(蘭)은 중국 남방에서 나는 향초의 이름인데 아름답고
고결한 인품을 비유하는 데 쓰인다. 패(佩)는 남자들이 옷에 차는 물건.

2

황곡黃鵠은 높이 떠 하늘로 돌아가건만

주주周周[11]가 날개를 겯는다고 날 수 있으랴.

평생의 우정으로 신교神交 맺었으나

이별한 뒤로는 꿈에서도 서로 보기 어려워라.

남겨진 소리에 때로 백설白雪[12]로 화답하고

이승에선 수의繡衣를 읊을 길이 없네.

산이 역로驛路에 닿아 먼지가 막히는데

수심이 구름에 엉켜 찬 비를 뿌리는가.

3

사신 수레 따라서 교외로 함께 나와

조촐한 송별연을 이 역驛에서 마련했다오.

타향에 남은 것은 오직 외로운 저 달

이별이란 말이 나자 다시 또 한잔 술을.

---

11 주주(周周): 일명 주주(翢翢). 전설에 나오는 새의 일종으로 머리가 무겁고 꼬리는
구부러져 강에서 물을 마실 때에도 서로 날개를 겯고 마신다고 한다.(『韓非子』「說林
下」: “鳥有翢翢者, 重首而屈尾. 將欲飲於河則必顚, 乃銜其羽而飲之.” 李白「古風」, 其五十七:
“羽族稟萬物, 小大各有依. 周周亦何辜? 六翮掩不揮. 願銜衆禽翼, 一向黃河飛. 飛者莫我顧, 嘆
息將安歸.”)

12 백설(白雪): 양춘백설(陽春白雪)의 준말. 훌륭한 옛 악곡의 명칭. 이 반대가 하시파인
(下是巴人)이다. 상대방이 화답하는 것을 존대하는 의미로 ‘양춘백설’이란 말을 쓴다.

눈물 고인 눈을 들어 서로 바라보기만
좋은 소식 어디서 돌고돌아 오려는지.

밤이 들면 더욱 서글퍼 어떻게 견딜 건고
낙엽은 바람에 날리는데 술잔을 스쳐가오.

4
검푸른 바위 두 기인畸人이 둔갑한 듯
고목에 의지하여 세월은 얼마나 겪었던가?

설법에 고개 끄덕여 불교에 아첨한 것 부끄러우니
표면에 새긴 공덕 어찌 모두 참말일까?[13]

훤칠한 키에 옥을 잘 다듬는다 자부하지만
말세의 풍속 본디 옥과 돌을 분간 못하는데야.

얼음 서리 내리면 고야선인姑射仙人[14] 같을지니

---

13 설법에~참말일까: 앞 구는 진(晉)나라 도생법사(道生法師)가 호구산(虎丘山)에 들
  어가서 돌을 모아놓고 『열반경(涅槃經)』을 강하자 돌들이 모두 머리를 끄덕였다[石點
  頭]는 이야기에서 유래하였다. 본래는 설법이 감화력이 뛰어난 것을 일컫는 말로 많
  이 쓰이지만, 여기서는 이를 뒤집어 바위가 불법에 아첨했다고 표현한 것이다. 뒷구
  로 보아 이 시에서 읊고 있는 바위들에는 어떤 사람의 공덕을 칭송하는 글이 새겨져
  있었던 것으로 보인다.
14 고야선인(姑射仙人): '고야(姑射)'는 본래 『장자(莊子)』에 나오는, 묘고야산(藐姑射
  山)에 사는 피부가 투명한 신인(神人)을 말하는데, 그 뒤로 보통 신선이나 미인을 가리

한 표주박 맑은 물로 조촐하게 제사를 지내리라.

5

안개 걷혀 빈 물가 물도 맑으니
차가운 물결 고요한 나루.

미풍은 뱃전으로 불어오고
지는 해는 아기牙旗[15]에 비추누나.

나그네 길 돌아갈 날 아득한데
이별의 회포 달 뜨기를 기다리네.

오늘 이 놀이 다시 기약할 수 없는데
마음을 어떻게 가져갈거나.

6

장단長湍의 강물 물은 서쪽으로 흐르는데
강물 따라 한번 배를 띄워보노라.

계도桂櫂와 난장蘭槳에는 노랫소리 아득한데

킬 때 많이 사용되었다. 여기서는 바위에 얼음과 서리가 쌓여 반짝거리면 꼭 『장자』에
서 형용한 신인의 모습과 같을 것이라는 의미로 말한 것이다.(『莊子·逍遙游』: "藐姑射
之山, 有神人居焉, 肌膚若冰雪, 綽約若處子.")

15 아기(牙旗): 장수의 깃발.

찬 물결 잎 다 진 나무 바람소리 우수수.

적벽赤壁에서 놀던 옛일 누가 말했나
지금 눈 속에서 선유仙遊 가는 걸 보아라.

임고臨皐의 호의객縞衣客에게 묻고자 하니
그 당시에도 동파東坡 형제 함께했던가?[16]

靑石洞放言

南冠君子事鞍馬, 學書學劍終何成.
功名長擬任來去, 方寸自憐無晦明.
山靑雲白雨初霽, 石老溪淸塵不生.
揚眉時撫椒蘭佩, 不見美人空復情.

黃鵠還冲碧落歸, 周周含翼詎能飛.
百年義分神交在, 一別音容夢見稀.
遺響有時吟白雪, 此生無路賦繡衣.
山當驛路征塵隔, 愁結陰雲冷雨霏.

共挽星軺野外來, 山郵草草饌筵開.

---

16 임고(臨皐)의~함께했던가: 63면 「임고의 학 그림에 쓴 시」의 주석 참고.

分留絶國唯孤月, 說到生離更一杯.

淚眼此時看脈脈, 好音何處道回回.

那堪入夜增怊悵, 霜葉隨風度酒[17]壘.

蒼巖幻作二畸人, 倚立山樹閱幾春.

頭點法乘羞佞佛, 面鐫功德豈隨〔眞〕[18]

長身自許能攻玉, 末俗元來不辨珉.

若得氷霜是姑射, 一瓢清水擬明禋.

烟歛空洲淸, 波寒孤渡平.

微風吹桂棹, 落日照牙旌.

客路歸天遠, 離懷待月明.

玆遊不可再, 那得易爲情.

長湍江水水西流, 試向江流秪泛舟.

桂櫂蘭槳歌渺渺, 寒波落木響颼颼.

誰論赤壁千年事, 爭覩雪裡此日遊.

欲問臨皐縞衣客, 當時還有二蘇不.

---

17 酒:『임백호집』에는 '謝'로 되어 있으나,『백호공초고필적(白湖公草稿筆跡)』에 의거하
여 바로잡았다.

18 眞: 필사본에는 '實'자로 되어 있고, 그 옆에 다른 글자로 교정한다는 표시로 점이 찍
혀 있다. 어떤 글자로 바꾸었던 듯한데, 표구하는 과정에서 그 글자가 손상된 것으로
보인다. 운각(韻脚)인 춘(春), 민(珉), 인(禋)은 모두 상평성(上平聲) 진운(眞韻)에 속하
는 글자들이다. 따라서, 운과 글자의 의미, 문맥 등을 고려하면 진(眞)자로 고쳤을 확
률이 높다.

송도松都를 지나며

송도라 관개冠蓋[19] 중에 영웅이 몇이더뇨?
오백년 세월이 꿈인 양 허무해라.

이운 풀 차가운 연기 옛 만월대에서
만나는 사람 누구나 정포은鄭圃隱 이야기.

過松都

松都冠蓋幾英雄, 五百年間一夢空.
衰草寒煙古臺畔, 逢人唯說鄭文忠.

---

19 관개(冠蓋): 벼슬아치의 복식과 수레. 곧 벼슬아치.(반고班固 부賦에 "구름 같은 벼슬
아치, 수많은 문무대신(冠蓋如雲, 七相五公)"이라 하였다.) 또 사신이 오고가는 것을 관
개상망(冠蓋相望)이라 이른다.

송도松都 고궁古宮을 지나면서 차운하다

고궁 서편에 첨성대瞻星臺 살펴보소
돌난간 부스러져 이끼가 돋았지.

그 당시 태사太史[20]는 헛되이 눈만 괴롭혔군
요승妖僧이 하마 꿈속에 들어와 있었던걸.

過松都故宮次韻

古宮西畔瞻星臺, 零落石闌生紫苔.
當時太史空勞眼, 已有妖僧入夢來.

---

20 태사(太史): 천문·역법을 맡는 벼슬. 다음 구 요승(妖僧)이란 고려 왕조가 멸망하는
데 한 몫을 한 신돈(辛旽)을 가리킨다.

송도松都 회고懷古 시에 차운하다(10수)

1

옛 왕조 조문하는 울적한 마음 해마저 저무니
황량한 만월대엔 아름드리나무들 찬 안개에 가려 있네.

범이 걸터앉고 용이 서린 이곳 형세
조계박압操鷄搏鴨[21]의 역사가 적막하여라.

2

송악산 봉우리 울울창창 높고 높아
지난 왕조의 기상을 상상코도 남겠네.

오백년 지난 일이 새벽 꿈 같으니
태평시절 연화煙火는 한양의 강산일레.

3

예로부터 명승지로 전하던 만월대滿月臺는
이제 황량한 언덕 나무꾼 목동들이 지나가네.

---

21 조계박압(操鷄搏鴨): 왕건이 고려를 건국하던 일을 이르는 말. 왕창근(王昌瑾)의 비
기(秘記)에 먼저 닭(類鷄林, 즉 신라를 가리킴)을 잡고 뒤에 오리(鴨: 압록강)를 잡으라
고 나와 있었다. 왕건은 그대로 실행하여 압록강 이남의 땅을 통일하여 고려를 세웠
다는 것이다.(成俔『慵齋叢話』)

요승의 꿈에 한번 현혹되고 보니

곡령鵠嶺 송산松山 다시는 도읍지가 되지 못했네.[22]

4

고목나무 가을바람 감회도 새로워라

반천년 문물 유적 모두 다 티끌일레.

그 당시 칼을 차고 대궐로 나갈 적에

사나이라 손꼽힐 자 몇몇이나 있었던가.

5

갈가마귀 날아가고 날은 저무는데

슬프다 어구御溝의 물 예전처럼 귀에 울려.

민가 곳곳에 교룡蛟龍의 주춧돌

아직도 옛 왕궁터 이슬에 젖는구려.

6

인적 끊긴 쓸쓸한 교외에 안개 멀리 푸르고

---

22 요승은 신돈(辛旽)을 가리키며, 신돈이 공민왕(恭愍王)을 현혹하여 결국 고려가 망하는 계기가 되었다고 본 것이다. 곡령과 송산은 모두 개성을 상징하는 지명으로, 송산은 개성의 진산인 송악(松嶽)이며 곡령도 그곳에 있다. 최치원이 신라가 망하고 고려가 흥할 것이라는 의미로 "계림황엽(鷄林黃葉), 곡령청송(鵠嶺青松)"이라는 글귀를 남긴 바 있다고 전한다.

한가락 젓대 소리 석양에 애끊는데

고려시절 옛일이 이별한 마음에 시름 보태니
북녘 구름 찬 눈에 돌아갈 길 헤어본다.

7

열두 다리에 바람 이슬 해맑은데
밤 깊자 외로운 달 사람 향해 밝아오네.

어찌하리, 목이 멘 냇물소리
무정한 듯 유정한 듯.

8

송도라 산악 형세 멀리 뻗어 우뚝우뚝
천상의 유선儒仙 사절使節의 거마車馬 멈추었네.

어쩌면 자하동紫霞洞²³에 모시고 노닐면서

---

23 자하동(紫霞洞): 송악산에 있는 명승으로 이름난 골짜기. 고려 때 시중(侍中) 채홍철
(蔡洪哲)이 그곳에 중화당(中和堂)이라는 집을 짓고 국로(國老)들을 자주 초청하여 기
영회(耆英會)를 열었다. 이때 노래를 지어 가비(歌婢)로 하여금 부르게 하였는데「자
하동」이라는 이름으로 후세에 전하는 것이다. 남효온(南孝溫)의 「송경록(松京錄)」에
그때 노래가 천상의 소리 같아서 "채홍철이 손님들에게 '자하동에는 전부터 신선이
있어 밤이면 이런 소리가 들린다'고 말하니 모두 그대로 믿었다. 하루는 음악소리가
점차 가까이 와서 중화당 뒤편에 이르렀다가 금방 당 앞의 뜰 가운데로 나와, 이에 채
홍철은 무릎을 꿇었고 여러 손님들도 모두 머리를 조아리고 부복하여 들었다."(『秋江
集』권6) 한다. 이 시구는 이런 자하동의 고사를 근거로 한 것이다.

옥루玉樓 밝은 달에 퉁소 소리 들을 거냐.

9

일신이 한적하면 어느 곳인들 좋지 않으랴!
운라雲蘿는 끝없이 푸른 벼랑 덮었어라.

지금 곧 젊은 나이에 벼슬일랑 내던지고
나물밥 한사발, 조촐한 집에 가 앉고 싶네.

10

삼십 당년 이 몸이 글과 칼 하나도 못 이루고
청포青袍와 오사모烏紗帽로 풍진 속에 헤매다니[24]

세상에서 미치광이라 떠들어도 이상히 알지 마오
시인이 아니라면 술꾼이겠지.

次松都懷古

弔古幽襟屬暮天, 荒臺喬木鎖寒煙.

凄凉踞虎蟠龍勢, 寂寞操鷄搏鴨年.

---

24 '청포'는 하급 관원들이 입는 관복이며, '오사모'는 관원들이 쓰는 얇은 사(紗)로 검
은빛깔 모자이다.

松巒一朶鬱嵯峨, 想得前朝王氣多.
五百年間同曉夢, 大平煙火漢山河.

滿月臺傳舊勝區, 祇今樵牧過寒蕪.
應緣一惑妖僧夢, 鵠嶺松山不復都.

古木霜風感慨新, 半千文物摠成塵.
當時劍佩趨金闕, 屈指男兒有幾人.

飛盡寒鴉日欲昏, 傷心溝水舊聲喧.
村家處處蛟龍礎, 猶濕王宮雨露痕.

荒郊人絕遠煙青, 落日那堪一笛橫.
往事轉添傷別意, 朔雲寒雪計歸程.

十二橋頭風露淸, 夜深孤月向人明.
如何咽咽寒溪水, 任是無情似有情.

松都山勢遠岧嶢, 天上儒仙駐使軺.
安得陪遊紫霞洞, 玉樓明月聽吹簫.

身閑何處境非佳, 無限雲蘿掩翠崖.
便欲紅顏謝簪紱, 一盃蔬食坐淸齋.

書劍無成五六春, 靑袍烏帽在風塵.
狂名滿世休相訝, 不是詩人是酒人.

검수역劍水驛[25] 누각

어제 제안관齊安館을 지나서
오늘 검수역 누각 오르노라.

어버이 계신 곳 이제 천리만리
돌아갈 생각은 하루가 삼추三秋라네.

충효忠孝는 처음 마음 그대로인데
행장行裝은 멀리 노닐 뿐.

석양이라 옥술잔[26]을 재촉하니
갈림길 당해서 마음 아득해.

---

25 검수역(劍水驛): 황해도 봉산(鳳山) 고을에 있던 역 이름.
26 옥술잔(玉厄): 옥호(玉壺). 옥으로 만든 술잔.

劍水驛樓

昨過齊安館, 今登劍水樓.
親庭已萬里, 歸計又三秋.
忠孝猶初服, 行裝祇遠遊.
夕陽催玉厄, 歧路政悠悠.

총수산葱秀山[27]

태사太史[28]는 여기 글을 남겼기에
석양에 나그네 길을 멈췄네.

바위 아슬히 소나무 넘어질 듯
고운 모래 깨끗해 물은 유난히 맑고

골이 깊어 늘 빗발이 오락가락

---

27 총수산(葱秀山): 황해도 평산(平山)에 있는 산 이름.
28 태사(太史): 성종 때 사신으로 왔던 명(明)의 동월(董越)을 가리킨다. 총수산은 원래
   총수(聰秀)였는데 '葱秀'로 바꾸고 기문(記文)을 지었다. 『신증동국여지승람』(卷41 平
   山都護府)에 이 기문이 수록되어 있다.

숲속엔 해를 보기도 어렵다네.

어여쁘다 푸른 봉우리의 저 달
오늘 밤엔 누굴 향해 비치려나.

葱秀山

太史曾留記, 斜陽駐客程.
石危松欲倒, 沙淨水偏淸.
暗峽長留雨, 幽林少見晴.
可憐靑嶂月, 今夜向誰明.

안성역安城驛[29] 누각에 올라

1
나그네 옷에 십년 먼지 훌훌 털어버리고
두건을 비껴쓴 채 높은 누각에 기댔노라.

---

29 안성역(安城驛): 황해도 평산(平山)에 있다.

한 오라기 가는 바람 소매 속에 서늘하니
밭에서 땀 흘리는 일꾼에게 갖다줄 수 없을까.

2
하늘 같은 부모 은혜 어느 때나 갚을 건고?
머나먼 변방으로 떠돌기만 하였으니.

서북쪽으로 얽혀진 산이 눈앞을 가로막으니
허리에 칼을 뽑아들어 툭 트이도록 하였다면.

登安城驛樓

征袍暫拂十年塵, 獨倚高樓岸紫綸.
一縷小風涼滿袖, 若爲持贈夏畦人.

昊天恩大報何時, 關塞悠悠遠別離.
西北亂山遮望眼, 欲將腰劍剗無遺.

아우의 시에 차운하다

쓸쓸한 동헌의 저녁
뜨락의 나무 이미 소슬한 가을

높은 다락에 젓대 소리 들리고
달빛 침침한데 반딧불 흐르네.

허리에 찬 인끈이 좋을 게 뭐람.
귀밑 흰머리 시름으로 자란다오.

척령鶺鴒[30]의 뜻 누가 알아줄 거냐
호해湖海 먼 곳으로 따라가려네.

次舍弟韻

悄悄郡齋夕, 庭柯颯已秋.
樓高一笛起, 月黑數螢流.
腰綬有何好, 鬢絲緣是愁.
誰憐鶺鴒意, 湖海遠追遊.

---

30 척령(鶺鴒): 새 이름. 형제간을 비유하는 데 쓰인다.(『시경詩經·소아小雅·상체常棣』의
"척령이 언덕에서 그러하듯, 형제들은 급할 때 돕는 법[鶺鴒在原, 兄弟急難]"에서 나왔다.)

황강黃岡³¹ 길에서

어버이 두고 노상 떠나 있으매
자식 된 도리 어쩌잔 말고?

흰 구름 만리를 날아가고
봄풀도 삼하三河로 연해 푸르러라.

말안장 사람을 곁늙게 하는데
변방이 가까울수록 풍사風沙도 거칠구나.

노정을 헤아리며 자위나 할까,
내일이면 중화中和에 당도할 테지.

黃岡道中

有父長離索, 其如子職何.
白雲飛萬里, 春草接三河.

---

31 황강(黃岡): 황주(黃州)를 가리키는 듯하다. 마지막 구절에서 내일이면 중화(中和)
에 당도한다 했는데, 중화는 황해도와 가장 근접한 평안남도 고을이다. 시에 부친을
생각하는 뜻이 담겨 있는데 그의 부친은 당시 평안도 땅에 근무하고 있었던 것으로
생각된다.

鞍馬令人老, 風沙近塞多.

算程猶自慰, 明日到中和.

생양관生陽館³²에서

여윈 말 피곤한 길손을 싣고
늦게야 황주黃州를 떠나니

한스러울손 답청절踏靑節³³ 좋은 날
부벽루浮碧樓를 오르지 못하다니.

어여쁜 소리 금루곡金縷曲³⁴ 노래하며
강물에 목란木蘭배 띄우고 놀 것을.

적적한 생양관生陽館에 홀로 앉아서

---

32 생양관(生陽館): 평안남도 중화(中和) 땅에 생양역이 있었는데 그 공관. 생양역은 황
   주에서 평양으로 가는 중간에 있던 역이다.
33 답청절(踏靑節): 청명(淸明)날에 나가 노는 것을 답청(踏靑)이라 하며, 따라서 청명
   을 답청절이라고도 부른다.
34 금루곡(金縷曲): 악곡의 이름. '금루의(金縷衣)'라고도 한다.(蘇軾「臺頭寺送宋希元」: "日
   夜更歌金縷曲, 他時莫忘角弓篇.")

그리는 밤은 가을과 같아라.

戲題生陽館

贏驂載倦客, 日晚發黃州.
堪恨踏靑節, 未登浮碧樓.
佳人金縷曲, 江水木蘭舟.
寂寂生陽館, 相思夜似秋.

안정관安定館³⁵에서 눈을 만나

안정관 정월달에 눈이 내리니
나그네 시름 속에 급한 걸음 지체하네.

일년이나 남쪽 소식 듣지를 못했는데
매화 핀 금호錦湖에 봄물 흐르겠지.

---

35 안정관(安定館): 평안남도 순안(順安)에 안정역(安定驛)이 있었는데 그곳에 있던 건
물인 듯하다.

安定館値雪

安定館前正月雪, 征夫愁病滯嚴程.
一年南國無消息, 梅發錦湖春水生.

숙천肅川 원 문옥동文玉洞에게[36]

문옹文翁이 진작 금성錦城 사람 되었을 적
당시 만나뵙지 못한 일 늘 아쉬웠더니

변새를 떠돌던 중 처음 뵙고서
다시 병 걸린 몸 좋은 자리 저버리게 되오.

奉贈肅川倅先生(文玉洞)

文翁曾作錦城人, 常恨當時阻後塵.
關塞□遊初識面, 更持多病負華茵.

---

36 문옥동(文玉洞): 이름 익성(益成). 옥동은 호. 남명(南冥) 조식의 문인으로 『옥동집(玉洞集)』이 있다.

안주安州에서 윤어사尹御史 수부粹夫[37]에게

천리 밖에서 만나니 눈이 문득 밝아지네
십년 전 서울에서 첫인사를 하잖았소.

평양성중 동이술로 마냥 마셔 취했더니
안시성安市城 붉은 촛불 밤을 지새웠지.

그대야 정녕 미급靡及[38]의 뜻 품었거늘
이 나그네는 지금 곧 망운望雲[39]의 정 간절하오.

인산진麟山鎭[40] 압록강 멀리 서로 바라볼 적에
연파烟波를 향하여 소식이나 끊지 마오.[41]

---

37 윤어사 수부(尹御史粹夫): 윤선각(尹先覺). 호는 은성(恩省), 본관은 파평(城平). 선조 때 문과에 합격하여, 옥당(玉堂)을 거쳐 공조판서(工曹判書)에 이름. 수부는 그의 자(字).

38 미급(靡及):『시경(詩經)·소아(小雅)·황황자화(皇皇者華)』의 "급히 가는 행인이여, 미치지 못할까 늘 걱정이도다(駪駪征夫, 每懷靡及)"에서 나온 말인데, 이는 사신을 위로하는 시로서 그 사신의 품은 생각이 항상 미치지 못할 바가 있는 듯이 힘써 한다는 뜻.

39 망운(望雲): 구름을 우러러 바라본다는 말로 경우에 따라 내포한 뜻이 다르게 쓰인다. 자유로움을 동경하는 의미를 갖기도 한다.(陶淵明「始作鎭軍參軍經曲阿作」: "望雲慙高鳥, 臨水愧游魚.")

40 인산(麟山): 의주(義州)에 있었던 진(鎭)의 이름.『신증동국여지승람』의 의주편에 "인산진은 주(州)의 서남 38리(里)에 있다. 세조 때 석성(石城)을 축조해서 둘레 8,206척(尺), 높이 9척이며 샘 9개소와 군창(軍倉)이 있고 병마첨절제사영(兵馬僉節制使營)을 두었다."(卷53)고 나와 있다.

41 원주: "이때 의주(義州)로 가기 때문에 이렇게 쓴 것이다."

安州, 贈尹御史粹夫

千里重逢眼却明, 十年京洛蓋初傾.

玉尊醉盡箕王國, 紅燭剪殘安市城.

夫子政懷靡及意, 旅人方切望雲情.

麟山鴨水遙相望, 莫向煙波闕寄聲.(時往義州故云.)

백상루百祥樓[42]에 올라

성 위의 높은 누각 열하고도 두 난간

셋으로 갈라진 형승은 의주와 방사해라.

길손은 유흥에 마음 겨를 못 갖고

서북으로 외로운 구름 서성이며 바라보네.[43]

---

42 백상루(百祥樓): 평안북도 안주(安州)에 있던 누각 이름.

43 원주: "이때 대부(大府)께서 인산(麟山)으로 유배 가 계시기 때문이다." '대부'는 여기서 부친을 지칭한다. 결국 청강(淸江) 이제신(李濟臣)과 함께 유배된 것이 아닐까?

登百祥樓

城上高樓十二闌, 三叉形勝似龍灣.

客來未暇登臨興, 西北孤雲倚柱看.(時大府謫麟山故云.)

철옹성鐵甕城의 모란봉牡丹峯 약산대藥山臺[44]를 바라보며

모란봉의 맑은 구름 활짝 걷히자

만 길의 약산대 낙조가 붉네.

신선이 학을 타고 저기 밤중에 내려와

옥통소를 홀로 불며 광한궁廣寒宮에 들르겠지.

---

44 약산대(藥山臺): 평안북도 영변(寧邊)에 있는 명승.『신증동국여지승람』영변대도호부 형승(形勝)조에서 "고기(古記)에 약산(藥山)의 험하기는 동방에서 으뜸이다. 층층의 봉우리와 첩첩의 산굽이가 사면으로 감돌아 그 형상이 철옹(鐵甕)과 같다."고 하였다. 그리고 산천(山川)조에 "약산은 부의 서쪽 8리에 있으며 진산(鎭山)이다."고 나와 있다.

望鐵瓮城牧丹峯藥山臺

晴雲飛盡牧丹峯, 萬仞仙臺夕照紅.
應有夜來騎鶴侶, 玉簫吹徹廣寒宮.

정주관定州館 현판縣板의 시에 차운하여

공훈은 어디 갔나 거울 앞에서 서글퍼
나의 생애 떠도는 저 다북쑥인가.

반초班超처럼 변새邊塞에 머물렀는데
종각宗慤[45]의 장풍長風을 타질 못했네.

한조각 남주南州의 꿈
야삼경夜三更 북해의 기러기

나그네 가슴속에 끝없는 근심
다 타든 촛불만 주렴 사이로 붉구나.

---

45 종각(宗慤): 동진(東晉) 때 인물. 종각의 숙부가 종각에게 소원을 물으니 그 대답이 "장풍을 타고 만리 파도를 격파하는 것이 소원이다"라 했다 한다.(『晉書·宗慤傳』)

次定州館板韻

勳業悲看鏡, 生涯嘆轉蓬.
班超猶在塞, 宗慤未乘風.
一片南州夢, 三更北海鴻.
羈懷空悄悄, 殘燭隔簾紅.

정주定州에서 정포은鄭圃隱의 시에 차운하여

일찍이 선죽교善竹橋를 지나간 적 있었더니
이제 또 시를 읽고 눈이 문득 밝아지오.

임의 충혼忠魂 길이 그려 짧은 머리 긁적이고
가을비 하룻밤에 외론 성 젖는구나.

지금도 사나이 간담肝膽을 격동시키거니
예로부터 열사烈士의 뜻은 꺾인 적 많았다오.

서글퍼라 술잔 앞에 비치던 옛 달은
한가정漢家庭[46]에 비추기를 부끄러워하였나니.

定州, 次圃隱韻

曾於善竹橋邊過, 重對遺篇眼却明.
永憶忠魂搔短髮, 一宵秋雨滿孤城.
祗今激勵男兒膽, 從古摧傷烈士情.
怊悵尊前舊時月, 想應羞照漢家庭.

거련관車輦館⁴⁷에서

주렴에 바람 불어 비올 기운 많은데
술동이 넘실넘실 파문이 일어나네.

서쪽으로 가는 막객幕客 정情도 많아
호상胡床에 홀로 기대 늦은 꽃을 마주보네.

---

46 한가정(漢家庭): 여기서 한가는 조선 왕조를 암시적으로 가리킨 것으로 생각된다.
47 거련관(車輦館): 평안북도 철산(鐵山) 땅에 거련역(車輦驛)이 있으며 거기에 거련관
   이라는 유명한 건물이 있다.

車輦館卽事

風度簾旌雨氣多, 綠尊千丈酒生波.
征西幕客多情調, 獨倚胡床對晚花.

거련관 반송蟠松[48]

거련관 앞에 서려 있는 저 늙은 소나무
중국 사신들 보고 읊어서 맑은 향취 전하여라.

다른 탓이 있을 건가 한길에 선 연유로서
거련관 반송은 천하에 이름났지.

청산의 보슬비에 나그네 찾아가니
분칠한 담장 단청한 헌함 안개 속에 자욱하이.

---

48 거련관(車輦館) 반송(蟠松):『신증동국여지승람』에 "거련역은 철산군 북쪽 27리에
있는데 관(館) 앞에 반송(盤松)이 있어 크고 굽어서 그늘이 여러 묘(畝)를 덮는다."(卷
53 鐵山)고 나와 있다. 이 소나무가 유명하여 많은 시인들이 읊은 시가 전하는데 특히
중국 사신으로 우리나라에 온 예겸(倪謙), 기순(祁順), 동월(董越) 등의 시편이『신증
동국여지승람』에 소개되어 있다.

울퉁불퉁 뻗은 줄기 동량감은 못될망정,
복숭아 오얏꽃마냥 꾸밀 마음 죽어도 없다오.

하늘을 찌르는 깊은 산골의 장송長松에는 못 미쳐도
달 속 토끼랑 구름 위 학이 알아주는 벗이라네.

車輦館蟠松

車輦館前古松樹, 華人吟賞留淸芬.
秖緣生在官道上, 車輦之松天下聞.
靑山微雨客來尋, 粉墻丹檻煙沈沈.
輪囷縱乏棟樑材, 抵死應無桃李心.
終不及深山絶壑凌宵幹, 月兔雲鶴爲知音.

쌍충묘雙忠廟에 들러[49]

되놈의 군사들 압록강 건너와서
대낮에 싸움이 치열했다네.

외진 고을 구원병도 닿질 않아
외로운 성 포위는 풀리질 못했었네.

남아가 의리를 욕되게 하랴!
열사는 죽음을 돌아가듯 보았구려.

만고에 거룩한 쌍충묘라서
석양에 말고삐를 멈추노라.

過雙忠廟(在鐵山.)

胡兵渡鴨水, 白日戰塵飛.
絶塞無來救, 孤城未解圍.
男兒義不辱, 烈士死如歸.

---

49 원주: "철산(鐵山)에 있다." 고려 때 몽고 군대의 침략으로 성이 포위되자 끝까지 싸
우다가 비장한 최후를 맞은 이원정(李元禎, 당시 방어사)과 이희적(李希勣, 당시 판관)
을 모신 사당.

萬古雙忠廟, 征驂駐夕暉.

용천龍川에서 고향을 그리워하며

장미는 비에 젖고 원院집은 그윽한데
고요하여 무한히 내닫는 길손의 마음.

턱 괴고 사념에 잠겨 조는 줄도 모르다가
꿈은 어느덧 강남의 단풍숲으로 들어갔다오.

龍川客思

雨濕薔薇小院深, 靜中無限客遊心.
沈思不覺支頤睡, 夢入江南楓樹林.

산점 山店

능수버들 늘어진 데 서너 집 뷜락말락
아낙들 나물바구니 끼고 시냇가로 내려가네.

멀리서도 알겠으니 저녁밥 거의 익어
제비 너머 푸른 연기 비끼고 또 비껴 있네.

山店

楊柳深藏三四家, 女携筐菜下溪沙.
遙知晚飯炊將熟, 燕外靑煙斜復斜.

인산麟山에 당도하여 자침子忱의 시에 차운하다[50]

시월이라 인주麟州엔 강안개 자욱한데

일성 호가胡笳 애를 끊어 변새의 성벽 기나길고.

길고봉桔槹峯 위 하늘은 바다로 연했으니
여기 출정한 사람들 날마다 고향 하늘 바라보네.

到麟山, 次子忱韻

十月麟州江霧黃, 悲笳吹斷塞垣長.
桔槹峯上天連海, 日日征人望故鄕.

인주麟州[51]에서 절도사節度使 휘하에 부쳐[52]

바다 밖 한구석에서 부친을 어렵게 뵙자
기꺼운 심정 잠깐이요 서글픈 생각 많지요.

성루城樓라 지는 해에 들리느니 호각소리
모래 언덕 늦은 봄에 꽃은 아직 피질 않고

---

51 인주(麟州)는 의주(義州)의 옛이름.
52 원주: "이때 의주에 있었다."

만리에 깃든 것은 낙토樂土여서가 아니거니
두 고을 평온함은 이 또한 임금 은혜.

깃발이 상유上游에 머물렀다 알려오니[53]
멀리 서로 그리는 마음 귀밑이 희어집니다.

在麟州, 寄節度麾下(時在義州)

辛苦寧親海一涯, 懽情草草愴懷多.
城樓落日唯聞角, 沙磧殘春不見花.
萬里棲遲非樂土, 兩鄕安穩亦恩波.
上游更報旌旗駐, 贏得相思半鬢華.

관등觀燈날 저녁에

변방의 살기殺氣는 온화한 기운 억누르니

외로운 성 4월에야 새싹을 보겠구만.

요해遼海의 저녁 바람 어둔 비를 몰아오고
수루戍樓라 딱따기 소리 슬픈 피리 한데 섞여

늦은 밤 나그네 꿈 관수關樹가 희미한데
두어 장 가서家書에는 머리 셌나 물어왔네.

등불 환한 서울 거리 눈앞에 어른어른
오늘 같은 명절에 하늘 끝에 있다니.

遇燈夕

邊庭殺氣勒陽和, 四月孤城見草芽.
遼海夕風吹瘴雨, 戍樓寒柝雜悲笳.
殘宵客夢迷關樹, 數紙家書問鬢華.
燈火九衢思舊國, 不堪佳節在天涯.

절도節度형과 고죽孤竹·인봉仁峯에게 부쳐 화답을 청하다[54]

옥절玉節이랑 주기朱旗랑[55] 맑은 잔치 어울리니
좋은 시절이라 술도 듬뿍 넘치는군.

봄바람 한들한들 구슬 장막 감싸 흐르고
풍악은 두둥두둥 무대 위를 싸고 돌아,

버들가지 공교로이 긴소매 춤사위와 얽히는데
구름은 살포시 구지등九枝燈[56]을 비추누나.

아름답다! 막부幕府에는 재자才子도 많을시고
취한 후에 글을 지어 누가 잘했나 견줘보리.

呈節度兄, 兼寄孤竹仁峯求和

玉節朱旂淸讌同, 良辰兼有酒如澠.

香風嫋嫋圍珠帳, 仙樂嘈嘈繞錦棚.

官柳巧縈長袖舞, 江雲微暎九枝燈.

遙憐幕府多才子, 醉後新詞較孰能.

취승정聚勝亭에서 읊다[57]

화병의 하얀 배꽃에 춘광이 머무르고

은촛불 휘황하게 비단 이불에 비추누나.

끊임없이 맑은 시름 거문고줄에 쏟노라니[58]

뜨락의 솔바람 소리 밤이 깊어 더하구려.

聚勝亭謾吟(在義州)

小瓶梨雪住韶華, 銀燭煌煌照綺羅.

無限清愁寫玉軫, 一階松籟夜深多.

---

57 원주: "의주(義州)에 있다." 『신증동국여지승람』 의주목(義州牧)의 누정조에 "취승정
   은 객관 동쪽에 있다"고 나와 있다.
58 원문의 옥진(玉軫)은 옥으로 만든 금진(琴軫). 진(軫)은 거문고의 줄을 매는 작은 기둥.

취승정聚勝亭[59]

누마루 아슬아슬 북천北天에 닿아 있고
열두 마루 주렴은 석양에 걷어올렸네.

한굽이 압록강은 멀리 바다로 통하고
천길 성가퀴 반나마 구름 속에

눈 덮인 벌판에 외길이 가느다란데
저물녘 누루미는 하나둘 돌아오네.

벼슬 뜻 고향생각 모두 의지 없으니
달 아래 들려오는 피리소리 어찌 견디리.

聚勝亭(在義州)

危檻平臨薊北天, 緗簾十二捲斜曛.
鴨江一曲遙通海, 雉堞千尋半入雲.
寒雪古原微有路, 暮林歸鶴不成群.
宦情鄕恩俱無賴, 羌笛那堪月裡聞.

---

59 원주: "취승정(聚勝亭)은 의주(義州)에 있다."

구룡담九龍潭에서 배를 띄워 취벽翠壁을 구경하고[60]

맑은 강 해질 무렵 선창에 기대앉으니
계수薊樹[61]의 풍광風光이 한눈에 몰려든다.

꽃은 저 제노齊奴[62]의 금보장錦步障인 듯
천층 옥병풍으로 겹겹이 가렸구려.

泛九龍潭玩翠壁(在龍灣)

淸江落日倚船蓬, 薊樹風煙一望中.
花似齊奴錦步障, 玉屏千疊掩重重.

---

60 원주: "용만(龍灣: 의주)에 있다."
61 계수(薊樹): 계문(薊門)의 나무. 계문은 북경 지방의 지명. 계문연수(薊門烟樹)는 연
   경팔경(燕京八景)의 하나로 손꼽혔다. 여기서 계수풍연(薊樹風煙)은 압록강 건너 중국
   땅의 풍경을 뜻하는 말로 쓰였다.
62 제노(齊奴): 부자로 유명한 석숭(石崇)의 소자(小字). 석숭의 집에는 50리의 금보장
   (錦步障)이 있고 4, 5척이 넘는 산호수가 많이 있었다 한다.

구룡담九龍潭⁶³에서 남으로 내려가며

길손이 구룡협 지나노라니
연파烟波에 외로운 배 느릿느릿

해 지는 요동遼東 바다 툭 트이고
바람에 계문薊門의 구름⁶⁴ 흩날리누나.

장한 뜻 천리 물결 타고 왔거니
청유淸遊는 여기 지금이로세.

강 꽃은 아양스레 말 걸고 싶은 듯
곱고 고운 비단옷을 시새움하네.

自九龍潭順流而南

客過九龍峽, 煙波孤棹遲.

63 구룡담(九龍潭): 의주에 있는 물 이름.『신증동국여지승람』에 "구룡연(九龍淵)은 의
   주 북쪽 8리에 있다."(권53) 하였다. 이 시는 구룡담에서 압록강을 따라 하류로 내려
   가며 지은 것이다.
64 계문의 구름〔薊雲〕: 계(薊)는 중국 하북성(河北省)의 계주(薊州). 계문연수(薊門烟樹)
   는 예로부터 북경(北京)의 8경의 하나로 일컬어왔다. 압록강 하류의 바다는 곧 발해
   만으로 요동땅과 닿아 있고 또 연·계(燕薊)의 지역이 바다 건너이므로 '계운'이라고
   한 것이다.

日沈遼海大, 風振薊雲微.

壯志凌千里, 清遊此一時.

江花嬌欲語, 妬殺越羅衣.

아우 선恮을 남쪽으로 떠나보내며

1

바닷가 수자리 외로운 연기 지는 노을
이 사이서 작별하니 마음이 배나 아프구나.

압록강 삼천리 길 반의斑衣[65]로 올라와서
영원鴒原[66]이라 봄 석달을 한이불에 잠을 잤지.

방초芳草는 시름 불러 닫는 말을 재촉하고
뭇 산이 눈에 부딪쳐 먼지를 막아준다.

---

65 반의(斑衣): 무늬 찬란한 옷을 말한다. 옛날에 노래자(老萊子)가 반의를 입고서 어버이를 즐겁게 하였다는 이야기가 있다.(당나라 시인 전기錢起의 시 「送韋信愛子歸觀」에 "당채꽃은 미소 머금고 반의를 기다리네.〔棠花含笑待斑衣〕"가 있다.)
66 영원(鴒原): 형제 사이에 쓰는 말. 457면 「아우의 시에 차운하다」의 주석 참고.

고향의 부로父老들이 혹시라도 묻거들랑

예와 같이 풍진 속에 낙척한 사람이라 일러다오.

2

가엾다 너의 생애 네 벽四壁[67]이 비었거늘

먼 길 다녀가느라 어려움을 겪는구나.

수문脩門에서 옥 품었으니 공명은 박할밖에

절새絕塞로 아버님 뵈러[68] 달려오니 가는 길도 어렵고말고.

남자의 백년이란 운명을 믿어야지

천리 밖에 떨어져 바라나니 밥 잘 먹고 몸 성해라.

가는 길의 역루驛樓들 우리 함께 다 올라본 곳

석양에 젓대 불며 난간에 기대지 마라.

3

눈물을 뿌리며 버들가지 무심코 꺾어

너를 주고 비노라, 평안히 집에 당도하라고.

---

67 네 벽(四壁): 가난한 집을 가리키는 말.(『史記·司馬相如傳』: "文君乃夜奔相如, 相如與歸
　成都, 家徒四壁.")
68 원문의 추정(趨庭)은 아들이 아버지에게 나아가 교훈을 받는 것을 이르는 말.(『論
　語』: "嘗獨立鯉趨而過底.")

온 수풀 비바람에 꽃들이 다 졌는데
한필 말로 호남 고향길조차 머나머네.

옳은 길 어디 있나 시서詩書에 노력하며
명교名敎로 낙을 삼고 소광疏狂일랑 경계해라.

객지에서 해 넘기니 선산이 걱정이라
이별에 다다라 마음 더욱 애닲구나.

送舍弟愃南歸

海戍孤煙夕照邊, 此間離合倍傷神.
斑衣鴨水三千里, 長被鴒原九十春.
芳草喚愁催別馬, 亂山當眼隔行塵.
南中父老如相問, 依舊風埈歷落人.

憐爾生涯四壁殘, 更堪爲客事征鞍.
脩門抱玉功名薄, 絶塞趨庭去住難.
男子百年須信命, 弟兄千里願可餐.
驛樓盡是同登處, 橫笛斜陽莫倚欄.

揮涕無心折綠楊, 祝君安穩到家鄕.
千林風雨芳菲歇, 一騎湖關道路長.

義在詩書須努力, 樂存名教戒疎狂.

經年客裡思先壠, 莫怪臨離倍慘傷.

안도사安道士가 찾아와서[69]

인주麟州서 몸져눕던 날

학발鶴髮 신선이 날 찾아왔네.

고죽孤竹의 소식 전해주는데

온산의 연하煙霞를 몸에 띠었다는군.

나그네 시름 풀리면 무엇이 있을까.

묵은 병도 시원히 나을 듯 싶소.

그대랑 백련사白蓮社[70]에 기약을 맺어

---

69 원제: "안도사(安道士)가 찾아와서 또 최대동(崔大同)의 안부를 전해주어 감사를 표하
다" 안도사(安道士)는 누군지 미상. 최대동(崔大同)은 최경창(崔慶昌, 1539~1583, 호 고
죽)을 가리킨다. 대동도찰방(大同道察訪)을 지낸 바 있기 때문에 이렇게 칭한 것이다.

70 백련사(白蓮社): 정토(淨土)의 소망을 닦는 장소. 원래 동진(東晉)의 고승 혜원(慧遠)
이 여산(盧山)에서 뜻을 같이 하는 사람들과 결사(結社)를 하고 그 이름을 백련사로 한
데서 유래했다. 당(唐)의 시인 백거이(白居易)도 향산(香山)에서 중 여만(如滿)과 모임
을 갖고 백련사라 한 바 있다.

편히 앉아 현담玄談이나 나누리.

謝安道士來訪, 且傳崔大同相問

臥病麟州日, 來尋鶴髮仙.
口傳孤竹信, 身帶萬山煙.
旅思寬何有, 沈痾爽欲痊.
期君白蓮社, 寂寞坐談玄.

기사記事

고향 꿈 나그네 시름 둘 다 아득할 뿐
강 건너 연수煙樹는 요동遼東이 가까워라.

풍속은 개화가 덜 되었으니 누구에게 말을 거나
샘물까지 모래 섞여 목마름을 못 달랜다.

봄이 지난 변새 바람 물처럼 선득선득
밤 깊어 관산關山의 달빛 서릿발처럼 시리도다.

이 사람 지금 다시 남쪽 생각 간절하이

부들 부채 등륜藤輪[71]으로 대평상에 누웠을걸.

記事

鄕夢羈懷兩眇茫, 隔江煙樹近遼陽.

俗同夷貊愁誰語, 井混泥沙渴未嘗.

春後塞風涼似水, 夜深關月冷如霜.

令人更切南州思, 蒲扇藤輪臥竹床.

즉사卽事[72]

막부幕府에 머무는 길손 아는 사람 드물고

하늘가의 서리 눈 해마저 옮겨가네.

갈가마귀 물색은 황혼이 가까운데
병든 학 마음의 기약 푸른 하늘이 알고 있지.

삼경三逕이 못내 그리워 옛 고향 생각하되
벼슬 한자리 진실로 밝은 시대 위해서라오.

화로의 식은 재에 글자 쓰며 십년 일 헤아리니
고요 깃든 강성江城에 시간 가기 더디구려.

即事(在龍灣)

幕府覊棲相識稀, 天涯霜雪歲將移.
寒鴉物色黃昏近, 病鶴心期碧落知.
三逕可堪思舊業, 一官端爲戀明時.
書灰坐算十年事, 寂寂江城更漏遲.

삼춘체三春體

외진 변방 어느덧 봄이 다 갔나

외로운 성 저문 날에 지켜보노라.

버들은 무슨 한에 찡그리는가
꽃은 누굴 위해 곱게 피었나

봄이 남았을 젠 볼 만하더니
봄이 가버리면 또 가련하겠군.

아서라 기울여 술 마시자
한번 취해 이도 저도 잊도록.

三春體

絶塞驚春晩, 孤城倚暮天.
柳嚬緣底恨, 花笑爲誰姸.
春在猶堪賞, 春歸亦可憐.
莫如傾淥醑, 一醉兩茫然.

아침 일찍 인산麟山을 떠나며

한달 동안 부자간에 의지하여 지냈거니
신세와 고난이 둘 다 저절로 슬프구나.

돌아가자 칼을 두드린들[73] 선뜻 발길 떨어지랴
재촉하는 채찍은 오던 때와 같질 않아.

수풀 속의 아침이슬 우는 새 원망하고
버들에서 솜털 날려[74] 제비새끼 더디누나.

물색은 다 저절로 나그네 회포 상하는데
아이야 무슨 까닭에 갈 길을 물어보느냐.

早發麟山

三旬父子暫相依, 身世艱難兩自悲.

彈鋏可堪歸去日, 催鞭不似到來時.

---

73 원문의 탄협(彈鋏)은 칼을 두드리며 노래한다는 말로, 답답한 심정으로 포부를 펼 곳을 찾는다는 의미를 내포하고 있다. 제나라 맹상군(孟嘗君)의 식객인 풍훤(馮諼)이 칼을 두드리며 부른 노래에서 유래했다. 148면 「박사상께(2)」의 주석 참고.
74 원문의 청사(晴絲)는 늦은 봄철 공중에 날리는 솜털.(杜甫 「春日江村」: "燕外晴絲卷, 鷗邊水葉開.")

林間宿露啼禽怨, 柳外晴絲乳燕暹.
物色自然傷旅抱, 僕夫何事問程期.

길에서 비를 만나

등산복을 군복으로 갈아입고서
걷고 걸어 구름 속으로 들어가자니

은하수를 기울인 듯 비가 쏟아지니
천 봉우리 연꽃처럼 산뜻하여라.

말굽 아래 흙먼지도 말쑥하고
호대虎臺 가의 샘물은 메아리치네.

이 근처에 선방禪房이 없을 리 있나
송화松花가루 석전石田에 가득하구만.

道中逢雨

山裝換戎服, 去去入雲煙.
一雨傾雲漢, 千峯洗玉蓮.
塵淸馬蹄下, 泉響虎臺邊.
定有禪居處, 松花滿石田.

선천宣川 가는 길에[75]

1
내 마음 알아주는 건 거문고[76] 하나
세속에 맞추기론 아무 재주 없소.

어허! 밝은 조정에 태어난 몸이
늘상 말안장에 앉아 떠돌고 있다니.

---

75 원제: "용천(龍泉)을 떠나서 비를 무릅쓰고 선천군(宣川郡)에 가서 묵다. 가는 도중에
   '빗속에 말을 채찍질해 가는데, 관문 밖이라 만나는 사람도 드물구나.'라는 옛 글귀를
   읊고서 마침내 운자(韻字)로 나누어 5언 절구 10수를 지었다"
76 원문의 단동(短桐)은 거문고를 가리키는 말. 한(漢)나라 채옹(蔡邕)이 불에 타다 남
   은 초미동(焦尾桐)으로 거문고를 만들었더니 소리가 특이했다는 이야기가 있다.

2

추풍追風[77]이라 천리마를 내 탔으니
옥처럼 낯이 하얀 한 필 호마胡馬.

사방 국경에 전쟁 먼지 일어나지 않으니
천금의 값어치를 뉘 알아주리까.

3

접해鰈海[78]의 바다 천겹 만겹 구름이러니
용천龍川의 한나절 소낙비 내리네.

옷이 다 젖었다 탓하지 마소
단비 맞고 대지가 소생하는걸.

4

시서詩書의 마을에 종사하던 몸
객지 먼 길로 고생하며 다닌다오.

하늘 문 두드려 갈 수만 있다면
산들바람 타고서 곧장 올라가련다[79]

---

77 추풍(追風): 명마의 이름.「낙양가람기(洛陽伽藍記)」에 "후위(後魏)의 하간왕(河間王)
  침(琛)이 사신을 파사국(波斯國-페르시아)으로 보내 천리마를 얻었는데 그 이름을 추
  풍(追風)이라 했다." 한다.
78 접해(鰈海): 황해를 가리키는 말.『이아(爾雅)』에 "동방에 비목어(比目魚)가 있으니
  그 이름을 접(鰈)이라" 하였다.

5

서도西道라 머나먼 만리 길을
홀로 갔다 홀로 오는 나그네로세.

휘파람 불다 다시 노래 부르며
사람 만나도 한마디 말이 없네.

6

옛 도道는 나날이 시들어가니
날 알아줄 사람을 어디서 만날거나.

에라! 옷자락 털고 훌쩍 떠나서
내 고향 푸른 골짝에 깃들여 살리.

7

글과 칼 좋아하여 터덕거리는 사나이
풍진 속에 정녕 멍청한[80] 사람.

지난해도 올해도 변경에 떠돌며

---

79 산들바람~올라가련다(御冷風): 원문의 '영풍(冷風)'은 부드러운 바람. 신선처럼 바
람을 타고 하늘을 날고 싶다는 뜻이다.(『莊子·逍遙遊』: "夫列子御風而行, 冷然善也." 『莊
子·齊物論』: "冷風則小和, 飄風則大和.")
80 원문의 이의(佁儗)는 멍청한 모양.(李白「贈黃屋山人魏萬」: "五月造我語, 知非佁儗人.")

고향산천의 봄 가보지 못해.

8

황천皇天을 향해 속으로 비옵나니
금계金鷄[81]를 어서 놓아 관문關門을 떠나

남쪽 땅 옛 고장 돈사豚社[82] 아래
아비 아들 한시에 돌아가게 하옵소서.

9

하늘 가 높고 낮고 푸른 봉우리들
우리 아버님 지금 저 너머 계신다오.[83]

한 걸음 두 걸음에 고개 돌리며
그리다 못해 허리띠 헐거워지오.

10

해가 다 저물도록 상기 가야 하는데

---

81 금계(金鷄): 임금이 온 세상에 기쁜 소식을 전하는 의식. 옛날 천자가 사조(赦詔)를
반포하는 날에는 금계를 장대 끝에 달아서 길일(吉日)임을 표시했다 한다.(李白「流夜
郞贈辛判官」詩: "我愁遠謫夜郞云, 何日金鷄放赦回.")
82 돈사(豚社): 계돈사(鷄豚社). 향촌에서 토지신에게 제사를 드리고 마을사람들이 모여
음식을 나누어 먹으며 즐겼다. 172면「서원 객헌에 있는 시~」의 주석 참고.
83 백호의 부친이 무장으로서 당시 평안도 지방에 근무하고 있었기 때문에 이렇게 쓴
것이다.

수풀도 어둑어둑 나는 새도 드물다오.

오늘밤 투숙할 곳 벗님의 집 아니련만
그래도 닫는 말을 채찍질한다오.

發龍泉, 冒雨投宿宣川郡, 途中吟策馬雨中去, 逢人關外稀之句, 乃分韻成五言絶句十首

知心有短桐, 應俗無長策.
嘆息休明人, 常爲鞍馬客.

我有追風騎, 胡驄玉面馬.
塵沙靜四關, 誰識千金價.

千重鰈海雲, 一陣龍川雨.
莫惜濕征衣, 甘霖蘇九土.

從事詩書府, 勞生客路中.
天關如可叩, 直欲御冷風.

西州萬里程, 有客獨來去.
長嘯復長歌, 逢人無一語.

古道日蕭索, 知音那可逢.
莫如拂衣去, 舊壑巢雲松.

書劍龍鍾客, 風塵佲儗人.
年年關塞上, 不見故山春.

暗向皇天禱, 金鷄早出關.
南鄕舊豚社, 父子一時還.

天際亂峯晴, 吾親住其外.
行行首獨回, 相憶寬衣帶.

日暮尚行役, 林昏歸鳥稀.
所投非舊識, 猶自促征駟.

정주定州 길에서

나그네로 떠도니 뉘라서 살필 건고!
어버이 하직하곤 내 홀로 상심하네.

아스라이 바라보자니 눈이 쓸쓸한데
갈 길 멀어도 몸은 건장하이.

날이 개자 풀이 무성하고
풍광風光은 찔레꽃이 독차지하네.

사양斜陽에 한가락 젓대 소리
떠나건 머물건 망망하여라.

定州途中

旅泊誰相問, 辭親祇獨傷.
眼寒從望遠, 身健任途長.
霽色饒溪草, 風光屬野棠.
斜陽一聲笛, 去住兩茫茫.

정주定州 객관客館에서 자침과 작별하여

만리 타관 떠도는 삶이 가장 서글프지

외론 성이 쓸쓸한데 달빛은 서릿발

하늘가에서 만난 골육骨肉 오직 세 식구
이제 다시 흩어져서 뿔뿔이 떠난단 말인가.

定州客館別子忱

萬里羈棲最可傷, 孤城悄悄月如霜.
天涯骨肉都三口, 那忍分離各一方.

한식날 길에서 아우의 편지를 받고

지루해라 벼슬살이 병든 몸 맡겨두니
거울 속 귀밑머리 희끗희끗 생겨나네.

서새西塞로 가는 말은 먼 길에 지쳤거늘
한식날 봄바람 옛 동산이 그립구나.

방초 위에 아지랑이 숲속의 절집이요

매화꽃 지고 새 우는 물가 마을이라.

우리 아우[84] 보낸 편지 어제 받았는데
낚시 친구 이웃 중 두루 다 잘 있다는군.

寒食途中, 見舍弟書

一宦棲遲任病身, 靑銅華鬢欲生痕.
征鞍西塞倦長路, 寒食東風思故園.
芳草淡煙林下寺, 落梅啼鳥水邊村.
惠連昨日傳書札, 漁伴鄰僧共保存.

청천강淸川江을 건너며

초초한 길손의 시름

---

84 원문은 혜련(惠連)인데 육조(六朝)시대의 사혜련(謝惠連)을 말한다. 혜련의 집안의
형 사영운(謝靈運)이 역시 이름높은 시인으로서 매양 혜련을 보면 좋은 글귀를 지어
냈으므로 백호도 아우를 일컬어 혜련이라 하였다.(李白「春夜宴桃李園序」: "群秀俊秀, 皆
爲惠連, 吾人詠歌, 獨慚康樂.")

유유하여 앞 나루를 묻네.

포구 깊고 구름도 먹빛같아
바람에 말려 비가 먼지처럼.

계절은 청명淸明이 지났건만
돌아갈 길 안개 낀 물가.

외로운 배에 도롱이 쓰고 섰자니
고향의 봄물이 문득 생각나라.

渡淸川江

草草愁行李, 悠悠問去津.
浦深雲似墨, 風捲雨如塵.
節侯淸明後, 歸程瘴海濱.
孤舟荷蓑立, 却憶故溪春.

병중에 김자앙金子昂에게 부치다

1
반평생 지기知己인데 그립지 아니하랴
관문 밖에서 만나고 헤어져 있네그려.

적적한 성안의 봄 병을 앓는 사람이라
강 건너며 북치고 피리 부는 소리 누워서 듣는다오.

2
술구기 금술잔 멀어진 지 오래라오.
이별의 정 말하려다 갈수록 아득하이.

강변의 푸른 버들 꺾음직하다마는
임 오길 기다리는데 봄은 하마 가버린걸.

病寄金子昂

相知半世足相思, 關外逢君又別離.
寂寂春城人抱病, 臥聞簫鼓過江時.

翠杓金尊病久違, 離情欲說轉依依.

江邊楊柳綠可折, 若待君來春已歸.

지산인池山人을 보내면서

도골道骨이야 여윈들 어떠랴
초탈한 마음 본래 매인 곳 없고

운송雲松[85]의 옛 터전 그리느라
호해湖海의 새 벗을 사절하지요.

목식木食[86]은 인연 따라 배부르고
나의蘿衣도 몸 가리기 알맞네요.

산중의 학은 기다림에 원망이 쌓였거늘
돌아가는 발길 어찌 더딜까보냐.

---

85 운송(雲松): 구름과 소나무. 자고로 은자의 벗이 되었다.(이백의 시「望廬山五老峯」에
    "나는 이곳 구름과 소나무에 깃들어 살리라.〔吾將此地巢雲松〕"라는 구절이 있다.)
86 목식(木食): 나무 열매를 먹고 산다는 뜻.(여동빈呂東賓의 시「贈羅浮道士」에 "풀옷 입
    고 열매 먹으며 옥후를 경시하네〔草衣木食輕玉侯〕"라는 구절이 있다.)

送池山人

道骨何嫌瘦, 高情本不羈.
雲松思舊業, 湖海謝新知.
木食隨緣足, 蘿衣蓋體宜.
幽巖饒鶴怨, 一杖肯遲遲.

아우 환懽의 시에 차운하여

시절 마침 한식이라[87] 북두성 자루 돌아
낯선 땅에 봄이 드니 저절로 서글프다.

왕연王椽은 산을 바라보며 홀笏을 노상 꽂아두고[88]

---

87 원문의 금연(禁煙)은 한식(寒食) 명절을 가리키는 말. 전하는 말에 의하면 "진 문공 (晉文公)이 수풀에 불을 질러 개지추(介之推)를 나오도록 했는데 개지추는 나무를 안 고 끝내 죽고 말았으므로 진 문공은 슬퍼하며, 이 날에는 사람들에게 불을 쓰지 못하 도록 했다. 이로 말미암아 후세에 한식의 별칭이 된 것이다."

88 왕연(王椽)·주홀(柱笏): 『세설신어(世說新語)』간오(簡傲)조에 "왕자유(王子猷)가 환충 (桓沖)의 연조(椽曹: 서기)가 되었는데 환충이 왕자유더러 이르기를 '그대가 부(府)에 있은 지가 오래인데 근자에는 무슨 일을 하고 있는가' 하자 왕자유가 처음에는 아무 런 대답을 하지 않고 바로 고시(高視)하며 수판(手版)을 들어 뺨에 대며 '서산(西山)에 아침이 되면 상쾌한 기운이 전해온다'라." 하였다. 수판은 곧 '홀'인데 옛날 관인이 소 지하던 것. 이 구절은 백호 자신이 벼슬살이하는 태도를 암시한 내용이며, 다음 구절

사마상여司馬相如 폐를 상해 술을 오래 멈췄단다.

일년 만에 남쪽 소식 안서雁書[89] 처음 받았거니
서도西道라 2월인데 매화 아직 피지 않네.

아우 언니 천리 사이 서로 그리는 곳에
석림사石林寺 풍경소리 죽방竹房이 열렸겠지.

次舍弟懽韻

禁煙時節斗杓迴, 異地逢春轉自哀.
王橡對山常柱笏, 馬卿傷肺久停杯.
一年南信初憑鴈, 二月西州不見梅.
千里弟兄相憶處, 石林微磬竹房開.

은 자신의 건강 상태를 나타낸 내용이다.
89 안서(雁書): 안족(雁足). 기러기 발에다 편지를 묶어 보냈다는 고사에 의거하였다.

4월 18일 술회

1

말을 몰아 어디로 가려는고?
갈림길 다다르자 눈물 적시네.

괴로울 손 가난의 이별이지만
사람의 정리 아버님 자애보다 깊은 게 있으랴.

원로에 갈 길을 걱정하시고
좋은 시절 육침陸沈[90]을 경계하셨지.

이 은혜 갚을 날 언제런고?
떠나는 내 마음 서글프기만.

2

서쪽의 변경에서 떠나는 사람
남녘 구름 멀고 멀다 몇 천리더냐.

역정驛亭에선 수심으로 달을 보고

---

90 육침(陸沈): 사람 사이에서 숨는 것은 물이 없는 데 침몰(沈沒)하는 데 비유한다. 그
래서 육침(陸沈)이라 했다.(『사기史記』에 "속세에 묻혀 살며, 금마문에서 세상을 피한
다(陸沈於俗, 避世金馬門)"라 하였다.)

방초芳草는 한스럽다 하늘에 닿았네.

장절壯節을 뉘라서 하찮다 하랴
낭관郎官이니 버림받은 것도 아닌데.

알아야 하리 나라에 몸 바친 날이
바로 곧 어버이께 갚는 때로세.

四月十八日述懷

策馬將安適, 臨歧淚滿襟.
世間貧別苦, 人理父慈深.
遠路憂行色, 淸時戒陸沈.
酬恩問何日, 惻惻去留心.

西塞人將發, 南雲路幾千.
驛亭愁見月, 芳草恨連天.
壯節寧微眇, 郞官不棄捐.
須知許國日, 是我報親年.

곽산郭山 길에

술에 취해 늦게야 말 달려가니
길을 따라 갠 경치 새롭군그래.

창망蒼茫[91]은 두보杜甫의 시상일진대
소갈消渴은 사마상여司馬相如의 신세라네.[92]

지는 해는 산성에 환히 비추고
풍광風光은 수초로 떠오르누나.

평소에 날아 움직이는 뜻
뉘를 향해 이 적막감을 호소할까.

郭山途中

中酒征驂晩, 沿途霽景新.
滄茫杜子句, 消渴馬卿身.

---

91 창망(蒼茫): 아득하다는 뜻.(杜甫 「北狂」: "杜子將北狂, 蒼茫問家室.")
92 사마상여(司馬相如)의 신세: 사마상여가 오랫동안 소갈증을 앓았는데, 백호 자신이
   이 증세가 있기 때문에 끌어 쓴 것이다. 412면 「현재의 일을 적어 허미숙에게 부치다」
   의 주석 참고.

落日明山郭, 風光泛渚蘋.
平生飛動意, 寂寞向誰陳.

임금단任金丹에게

강해江海라 그대는 청운靑雲[93]의 선비
풍진風塵에 이 몸은 수부水部[94]의 벼슬.

한 치의 마음이야 서로 알지만
어느덧 십년을 보지 못했소.

변경에서 만나다니 천행이라
술상머리 이야기 끝이 없구려.

저 푸른 봉우리 깊은 밤 달은
이별 뒤 그대 얼굴 되어 줄걸세.

---

93 청운(靑雲): 덕이 있어 이름을 얻은 자에게 쓰는 말. 또 높은 지위에 비유하기도 한다.
94 수부(水部): 관명(官名)으로 수(隋)나라 시대에 수부원외랑(水部員外郎)을 두었는데
　　공부(工部)에 속했다. 그래서 후에 공조(工曹)의 별칭으로 썼다.

贈任金丹

江海靑雲士, 風塵水部官.
相知寸心是, 不見十年間.
塞外逢何幸, 尊前話未闌.
碧峯殘夜月, 留作別來顔.

꾀꼬리 소리를 듣다

꾀꼬리 울음소리 꿈결에 들려오니
그윽한 창살에 잠이 익지를 않아.

새벽노을 붉어 한줄기 타오르고
고운 풀 우거져 푸르름이 쌓이네.

제 흥 겨운 그 소리 원망이 깃들었고
부끄럼 품었는가 말을 더듬듯.

봉지鳳池[95]에 날씨마저 화창한데
너 어찌 소용簫鏞[96]에 화답이 더디냐?

聞鶯

小夢鶯啼送, 幽窓睡未濃.
曉霞紅一抹, 芳草碧千重.
得意聲猶怨, 含羞語似慵.
鳳池風日好, 遲爾和簫鏞.

늦게 일어나다

늦게야 일어나니 술에 취한 탓이지.
무심코 소헌小軒에 앉았노라니

작약꽃 붉은 동산에 해 떠오르고
푸른 버들 마을에 안개 살포시.

소갈消渴이 드니 냉수를 찾고

---

95 봉지(鳳池): 봉황지(鳳凰池). 원래 중서성(中書省)에 있었던 연못 이름. 문사들이 역량
   을 발휘할 중앙의 관서를 뜻하고 있다.
96 소용(簫鏞): 소는 대로 만든 관악기의 일종, 용은 큰 종. 옛날 이런 악기를 연주하여
   태평시대를 이루었다는 말이 있다.

시끄러움 피하려고 문을 닫네.

꾀꼬리야 너는 가장 흥에 겨워서
노래 실컷 부르고 날아가느냐.

晩起

起晩緣傷酒, 悠然倚小軒.
日高紅藥塢, 煙淡綠楊村.
病渴呼氷椀, 逃喧閉院門.
流鶯最得意, 啼罷又飛翻.

박점마朴點馬[97]에게 작별하며 준 시

옛 나루 인적이 뜸해지고
배 한척 저문 강에 비껴 있네.

지음知音을 얻기란 쉽지 않나니
이 이별에 남은 정 어찌하리까.

겨울이 따뜻하여 물안개 자욱한데
나무숲 성글어 역마길 시원해라.

떠나가는 발걸음을 바라다보니
멀고 멀어라 한양성漢陽城이여.

贈別朴點馬

石渡人初靜, 孤舟日暮橫.
知音不易得, 此別若爲情.
冬暖江煙重, 林疎驛路明.
行塵入悵望, 迢遞漢陽城.

산중 고을

동헌마루 밤이 적막하니

이 마음 어떤가 물어보네.

깊은 숲에 새소리 한결 즐겁고
작은 집에 산빛은 유달리 푸르러.

상에는 지초와 창출이 찬으로 오르고
길은 온통 구름과 덩굴 속일레.

도리어 비웃노라 삼청관三淸館 밤에
꽃등잔에 비단자락 비치던 일을.

山郡

寥寥郡齋夕, 此意問如何.
深樹鳥聲樂, 小軒山色多.
盤羞雜芝木, 客路盡雲蘿.
却笑三淸館, 華燈照越羅.

산가山家

이곳이 곧 무릉도원 아닐런가
순박한 풍속 그대로 남아 있네.

산전山田은 장부에서 빠져 있고
띠집들 저절로 마을 이뤘다.

소 모는 아이들 밭둑으로 돌아오고
바구니 든 여자들 채마밭에 있네.

남새는 부드러워 고기보다 좋으니
무엇하러 자라 고기[98]를 탐내랴!

山家

此地似桃源, 淳風無乃存.

---

98 자라 고기〔子公黿〕: 『좌전(左傳)』에 "초나라 사람이 큰 자라를 정나라 영공(靈公)에
게 선사했는데 자공(子公)의 식지(食指)가 문득 움직였다. 자공은 말하기를, '지난날
에 내가 이렇게 되면 반드시 맛있는 것을 먹게 되었다' 했다. 영공은 그 자라를 대부
들에게 나누어 먹이는데 자공은 불러놓고 참여시키지 아니했다. 이에 자공은 노하여
그 솥에 손가락을 넣어 찍어 맛보고 나왔다." 하였다. 뒤에 분수 밖의 것을 바라는 경
우에 쓰는 용어가 되었다.

山田不入籍, 茅舍自成村.

放犢兒歸壟, 提筐女在園.

園蔬軟勝肉, 孰與子公䵣.

방백方伯 막하幕下에

풍류 있고 점잖은 분이라 전에 익히 듣다가
지난 섣달에[99] 한번 뵙고 말씀 깊이 새겼지요.

고적한 밤 꿈속에서 하늘 북쪽 끝으로 가고
여러 해 경략經略은 나라 서쪽 관문에 있소.[100]

연산燕山[101]의 저문 빛은 주렴 사이로 들어오고
압록강 맑은 물결 옥술잔에 비치네요.

---

99 원문의 가평(嘉平)은 12월(臘月)의 별칭. 『사기』 진시황기(秦始皇紀)에 "31년 12월에
납(臘)의 명칭을 고쳐서 가평(嘉平)이라 했다."고 하였다.
100 원문의 천북극(天北極)은 대궐의 지존(至尊)인 임금을 가리킨다. 그리고 국서문(國
西門)은 평안도 국경을 가리키는바, 지금 방백(方伯) 즉 감사가 평안도를 맡았다 하여
이렇게 쓴 것이다.
101 연산(燕山): 평안도 국경이 옛 연(燕) 지역과 가까이 있으므로 쓴 표현이다.

꽃다운 숲 구름 어린 40리 길

이 병든 문원文園[102] 어느 뉘 기억하리요.

奉寄方伯幕下

風流儒雅飽曾聞, 一謁嘉平服話言.

獨夜夢魂天北極, 數年經略國西門.

燕山晚色來珠箔, 鴨水淸波暎玉尊.

芳樹連雲四十里, 寂寥誰記病文園.

평양서 몸져누워 서윤庶尹 선생께 편지를 보내다

서쪽 변경 요동과 가깝기에

추위는 언제고 배나 더하네요.

기자의 옛 도읍 봄이 한창인 때

---

102 문원(文園): 원래 한나라 문제(文帝)의 묘소인데 사마상여(司馬相如)가 문원령(文園
令)을 지낸 일이 있다. 이에 문원(文園)은 곧 사마상여를 지칭하는데 백호 자신이 사마
상여와 같은 병을 앓고 있으므로 자신을 병문원(病文園)으로 비유한 것이다.

진달래꽃 구경도 못하다니요.

나그네로 병조차 많으니
가고픈 마음 꿈꾸면 곧 나의 집

뱃놀이의 흥겨움을 어겼는데
강 위의 달 누굴 위해 비치던가요.

伏枕箕都, 奉簡庶尹先生

西塞近遼左, 地寒常倍加.
方春箕子國, 不見杜鵑花.
作客身多病, 思歸夢是家.
蘭舟違醉興, 江月爲誰斜.

연광정練光亭

아름답기로 일컫는 고도古都에
연광정 누대 중에 절경이라.

고향을 바라보는 곳 산은 나지막
놀잇배 띄울 적에 강물 드넓네.

황폐한 절이라 중이 드물고
우거진 숲에 비는 더디 지나가네.

제일 좋긴 가을밤 고요한데
달 아래서 퉁소를 듣는 거로세.

練光亭

古國稱佳麗, 亭臺此絶奇.
山低望鄕處, 水闊放船時.
廢寺僧歸少, 脩林雨過遲.
最宜秋夜靜, 明月聽參差.

은밀대隱密臺에 올라 선연동嬋娟洞[103]을 바라보며

꽃 피고 새 우는 때 몇 봄이나 마음 상했더뇨?
비에 젖은 연지분은 먼지로 덮였구나.

만고 흥망 따라서 영웅도 다 갔거늘
노래하고 춤추던 사람이야 말하여 무엇하리.

登隱密臺, 望嬋娟洞

花鳥傷心度幾春, 雨沾脂粉染黃塵.
興亡萬古英雄盡, 何況當時歌舞人.

---

103 선연동(嬋娟洞): 평양 기생들의 공동묘지가 있는 곳.

패강浿江 푸른 물결에 배를 띄워[104]

1
평양성내 계집아이 석류빛 다홍치마
채련곡採蓮曲 한가락에 봄기운 넘실넘실.

푸른 강물 끝없는데 밤이 되자 바람 일어
목란木蘭배 띄우려다 섭섭히 바라보네.

2
물가에 늘어진 버드나무
봄바람에 한들한들 춤을 추누나.

어여쁜 여인네들 난저蘭渚 가에서
꽃다운 시절 스스로 아깝게 여겨,

쪽배 저어 먼 물가로 향해 가는데
넘실넘실 푸른 물결.

마름 캐어 고운 임께 드리려 하니
마름 향기 비단옷에 스미는구나.

---

104 『임백호집』에는 시체별로 따로 수록된 것을 여기서는 합하여 수록하였다.

하늘가의 봄빛을 임은 모르시는지
청루靑樓라 주박珠箔이 천만리인가?

浿江泛碧

箕城兒女石榴裙, 一曲菱歌春蕩漾.
綠江無際夜多風, 欲試蘭橈空悵望.

汀洲楊柳樹, 搖蕩東風前.
佳人蘭渚上, 自惜芳華年.
輕舟向極浦, 淼淼滄浪水.
采采欲有贈, 蘋香襲羅綺.
天涯春色君不知, 珠箔靑樓千萬里.

배 타고 가며

1
푸른 물결 맑고 맑아 텅 빈 듯

갈대숲 우거져 배를 댈 만도 하이.

어랑漁郞은 밤마다 술동이 비우며
고국 흥망 노래에 부쳐 한 곡조 부르네.

2
모래톱 밀물이 들자 외론 배 돌아가고
어등漁燈에 비치어 갈대꽃 하얗구나.

맑은 강에 별 박혀 하늘이 위아래로
오히려 개벽 전의 혼돈混沌과 흡사하이.

3
한가락 노랫소리 북두칠성 비끼어라
백년의 시름 술과 함께 깨버리네.

환이桓伊[105]의 젓대 다시 잡게 되면
닭 밝은 이 밤 강정江亭에 같이 오를 거냐.

---

105 환이(桓伊): 동진(東晉) 때 인물로 소자(小字)는 야왕(野王)이다. 사현(謝玄) 등과 함께 전진(前秦) 부견(符堅)의 군대를 비수(淝水)에서 격파하여 우군장군(右軍將軍)이 되었다. 그는 음악에 정묘하여 일찍이 채옹(蔡邕)의 가정적(柯亭笛)을 항상 혼자 불었다. 왕휘지(王徽之)가 왕의 부름을 받고 서울로 가면서 청계(淸溪)에 배를 매고 있는데 환이는 왕휘지와 모르는 사이로 때마침 언덕을 지나가고 있었다. 선중에 환이를 아는 자가 있어 말하기를 "환야왕(桓野王)이 저기 간다"고 하므로 왕휘지는 사람을 시켜 "그대가 젓대를 잘 분다고 하니 한번 들려달라" 하여, 환이는 수레에서 내려 세 곡을 불고 말없이 떠나갔다.

4

은하銀河는 서쪽으로 흐르고 별들은 듬성듬성.
강 맑고 이슬 차고 안개 어슴푸레.

대동문大同門 밖에선 떠나는 배 전송하는데
푸른 숲 싸인 성벽엔 까막까치 날아드네.

舟中卽事

滄浪之水淸如空, 蘆葦叢深舟可泊.
漁郎夜酌綠尊空, 故國興亡歌一曲.

洲渚潮生孤棹歸, 漁燈照見蘆花白.
澄江星映兩重天, 恰似混沌猶未闢.

一曲歌橫北斗星, 百年愁與酒兼醒.
若爲更把桓伊笛, 明月共登江上亭.

河漢西流星斗稀, 江淸露冷煙依依.
大同門外客送棹, 綠樹重城烏鵲飛.

윤기尹妓에게

강 달은 열두 번을 차고 또 기울어
관서關西의 취한 나그네 이제 곧 돌아가오.

어느 제나 다시 보리 귀여운 너의 자태
술동이 앞에 놓고 금루의金縷衣¹⁰⁶ 부를거나.

贈尹妓

江月盈虧十二度, 西關醉客今將歸.
何時重見宛轉態, 與唱尊前金縷衣.

옥정玉井에게

거문고를 앞에 놓고 별학조別鶴操¹⁰⁷를 타지 마오.

---

106 금루의(金縷衣): 노래 제목. 일명 '하신랑(賀新郞)'이라 한다.
107 별학조(別鶴操): 악부(樂府)의 금곡(琴曲) 이름. 남녀의 이별을 표현한 것이다.(최

강남의 꽃다운 풀 해마다 시름인걸.

변치 않는 제 마음 패강浿江이 증명하리니
어느 날 임과 함께 부벽루浮碧樓를 오를거나.

贈玉井

莫把瑤琴奏別鶴, 江南芳草年年愁.
妾心未變浿江在, 何日共登浮碧樓.

다시 향렴香奩 절구絶句 한 수를 지어주다

휘장 내려 깊이 가려요 꿈속의 구름[108] 넘치니
애교 띤 찌푸림은 이 곧 원망일레.

표崔豹『고금주古今注』에 "상륙商陸 목자牧子가 장가 든 지 5년이 되어도 자식이 없어
서 부모가 다시 장가보내려 했다. 그 처가 그 말을 듣고서 한밤중에 문에 기대어 슬퍼
하므로 목자 역시 슬퍼하여 노래하기를 '將乖比翼隔天端, 山川悠悠路漫漫, 攬衣不寢食忘
餐.'이라 하였는데 후인後人이 취하여 악장을 만들었다."고 하였다.)
108 꿈속의 구름〔夢雲〕: 남녀의 만남을 상징한 말. 운우지몽(雲雨之夢). 초(楚) 회왕(懷
王)이 꿈에 미인을 만났는데 그 미인의 말이 "저는 무산(巫山)의 신녀로 아침에는 구
름이 되었다가 저녁에는 비가 된다."고 하였다.

임의 사랑 보전하기 어려운 줄 알았나니
합환금合歡衾[109] 밖은 바로 곧 하늘 끝일레.

又贈香盒一絶

重幃深掩夢雲多, 一半嬌顰是怨嗟.
早識郎恩難自保, 合歡衾外卽天涯.

기생의 죽음을 애도하며

곱고 고운 자태 평양성 중에 빼어나
두 눈썹 먼 산이 가느다랗게.

열매 맺을 인연 없었던 꽃
옥玉 같은 용모는 어찌 사위어갔느냐?

---

109 합환금(合歡衾): 합환피(合歡被). 폭을 이은 큰 이불. 즉 부부가 덮는 이불.(古詩十九
首: "文綵雙鴛鴦, 裁爲合懽被.")

세상 자취 경대에 남아 있고,
춤추던 옷엔 먼지만 날리네.

꽃다운 넋은 어디로 떠나갔나
강버들에 제비는 돌아오건만.

妓挽

艶艶箕都秀, 雙蛾遠岫微.
不緣花結子, 那有玉銷圍.
世事餘粧鏡, 流塵暗舞衣.
春魂托何處, 江柳燕初歸.

탄금곡彈琴曲

역산峰山의 벽오동[110]을 손에 든 신선님네
취중에 바람 타고 푸른 벼랑 지나가네.

---

110 역산의 벽오동〔嶧山桐〕: 역산(嶧山)은 중국의 산동성(山東省) 추현(鄒縣)에 있는 산
인데 전설에 옛날 그 산 남쪽에 오동나무가 많아 거문고 재료로 쓰였다 한다.

양춘곡陽春曲[111] 한가락에 찬 구름 날아가고
열두 난간 옥루玉樓엔 달빛만 하얗더라.

彈琴曲

仙人手把嶧山桐, 醉挾天風過靑壁.
陽春一曲冷雲飛, 十二玉樓空月白.

패강가浿江歌

1
층층 성곽 푸른 나무 잔잔한 강물 억누르고
누대樓臺는 높다랗게 하늘에 맞닿은 듯.

---

111 양춘곡(陽春曲): 옛 악곡의 이름. 송옥(宋玉)의 『초왕문(楚王問)』에 "어떤 사람이 영
중(郢中)에서 처음에 하리파인(下里巴人)의 곡을 불렀더니 국중에 화답하는 자가 수
천 인이었다. 다시 양춘백설(陽春白雪)의 곡을 부르자 화답하는 자가 불과 수십 인뿐
이었다."고 하였다. 양춘곡은 격조가 높은 음악을 가리키는 말로 쓰인다.

옛날의 번화는 아직도 그대로 남아
밝은 달 풍류소리 강 언덕에서 퍼지누나.

2

동명왕의 신비한 이야기 어부 초동에 속해 있어
기린굴 조천석[112]은 옛 유적이 적막하이.

잡초는 우거져 문무정文武井을 파묻는데
물새들 오락가락 백운교白雲橋[113]로 나는구나.

3

수역壽域[114]이라 농상農桑이 해동海東에 펼쳐 있고
팔조八條의 가르침[115]을 지금껏 숭상한다.

"신하 노릇 하지 않겠다."[116] 그 말씀 아직도 생생하니

---

112 기린굴(麒麟窟)·조천석(朝天石): 모두 부벽루(浮碧樓) 아래 있는 동명왕의 전설에 연계된 유적.『신증동국여지승람』평양부의 고적(古跡)조에 기린굴이 나와 있는데 "세상에 전하기를 왕이 기린마를 타고 이 굴로 들어가서 땅속에서 조천석으로 나와 승천하였다. 그 말굽 자취가 지금 바위 위에 남아 있다."고 하였다.

113 백운교(白雲橋):『신증동국여지승람』평양부의 고적조에 "청운교·백운교는 모두 구제궁(九梯宮) 터 안에 있으니 동명왕 때의 다리다. 자연 그대로 이루어져 인공(人工)을 빌리지 않았다."고 하였다. 구제궁은 영명사 경내에 있는 동명왕의 궁궐로 전하는 곳. 앞 구의 문무정(文武井) 역시 구제궁 내에 있는 것으로 짐작된다.

114 수역(壽域): 태평성세를 비유한 말.(『漢書·禮樂志』: "驅一世之民, 躋之仁壽之域.")

115 팔조의 가르침〔八條遺敎〕: 기자(箕子)가 동국으로 와서 팔조(八條)로 백성을 가르쳤다고 전하는 고사.

116 신하 노릇 하지 않겠다〔罔爲臣僕〕: 불의에 굴복하여 신하 노릇을 하지 않겠다는 의미.(『書經·微子』: "商其淪喪, 我罔爲臣僕")

강상綱常을 바로 세운 제일의 공이로세.

4
연나라의 망명객이 감히 반란 일으키자¹¹⁷
창해에 일엽편주로 끝없이 떠났다네.

하늘의 뜻 어진 그 자손 보존하사
강남이라 한쪽에 마한馬韓을 세웠어라.¹¹⁸

5
제자帝子여 돌아오라 넋이야 있건 없건
칠성문七星門 밖으로 외로운 저 흙무덤.

석수石獸에는 이끼 끼고 인적이 끊겼는데
일천 마을 북 퉁소 소리 자고紫姑¹¹⁹ 신령께 굿을 하네.

---

117 원문의 연지망인(燕地亡人)은 곧 위만(衛滿)을 가리킨다. 게간(揭竿)은 저항의 기
   치를 세움, 즉 반란을 일으킴을 가리키는 말.(『史記·秦始皇紀』: "斬木爲兵, 揭竿爲旗.")
118 기준(箕準)이 위만의 반란을 피하여 남쪽으로 내려와 지금 익산군(益山郡)의 금마
   (金馬)에서 마한(馬韓)을 세웠다는 설이 있다. 여기서 일편강남(一片江南)은 곧 금마
   를 가리킨다.
119 자고(紫姑): 여신의 이름. 전설에 의하면 자고는 원래 남의 첩이 되어 본처의 투기
   로 인해 더러운 일을 하다가 원한에 사무쳐 정월 보름날 죽었다. 그후 정월 보름날 그
   의 화상을 그려놓고 밤에 측간이나 돼지우리 옆으로 맞이하여 화복을 비는 풍속이 생
   겨났다는 것이다.

6
패강의 아녀자들 봄볕을 밟노라니
강가의 능수버들 정히도 애를 끊네.

무한하다 저 연사烟絲로 베를 짤 수 있다면
임을 위해 지으리라 춤추는 의상을.

7
저의 얼굴 꽃과 같아 피었다간 시드는데
임의 마음 버들솜처럼 머무는 듯 떠나지요.

비옵건대 백척의 청류벽淸流壁을 옮겨놓아
난주蘭舟를 가로막고 놓아 보내지 않으리라.

8
헤어지는 사람들 날마다 버들가지 꺾어내어
천 가지나 다 꺾어도 사람은 머물질 않네.

젊은 색시 붉은 소매 하 많은 눈물이여
연파烟波라 지는 해에 고금의 수심일레.

9
금수산錦繡山[120] 앞으로 영명사永明寺 절이 있어
때때로 여인네들 점등하고 돌아오네.

신명의 도움 입어 소망을 이루고자
비단 장삼 몰래 지어 부처님께 시주하네.

10
흥망이다 이별이다 모두 생각지 말고
미친 듯 주중선酒中仙이나 되어보세.

맑은 강물 용연龍涎¹²¹의 서기瑞氣 어려 기뻐하노니
백리의 푸른 물결 낚싯배에 몸을 실어.

浿江歌

層城碧樹壓微瀾, 天襯樓臺縹緲間.
古國繁華今尙在, 月明歌吹動江關.

東明異說屬漁樵, 麟馬朝天事寂寥.
野草欲埋文武井, 沙禽飛上白雲橋.

---

120 금수산(錦繡山): 평양의 진산(鎭山). 이 산에 모란봉(牡丹峯)이 있으며 영명사(永明寺)는 그곳의 부벽루 서쪽 기린굴 위에 있다.
121 용연(龍涎): 용연향(龍涎香). 본래 향유고래 수컷이 먹이를 제대로 소화하지 못했을 때 소화기관에서 생성되었다가 분비되는 물질로 매우 고가에 거래된다. 여기서는 대동강에 물결이 칠 때 보이는 물거품을 미화해서 표현한 것으로 생각된다.

壽域農桑遍海東, 八條遺敎至今崇.
罔爲臣僕言猶在, 扶植綱常第一功.

燕地亡人敢揭竿, 扁舟滄海去無端.
天心不泯仁賢祚, 一片江南作馬韓.

帝子歸來魂有無, 七星門外土墳孤.
苔深石獸人蹤斷, 簫鼓千村賽紫姑.

浿江兒女踏春陽, 江上垂楊政斷腸.
無限煙絲若可織, 爲君裁作舞衣裳.

妾貌似花紅易減, 郎心如絮去何輕.
願移百尺淸流壁, 遮却蘭舟不放行.

離人日日折楊柳, 折盡千枝人莫留.
紅袖翠娥多少淚, 煙波落日古今愁.

錦繡山前永明寺, 有時兒女點燈歸.
欲將冥佑諧心事, 暗剪羅衫施佛衣.

不管興亡與別筵, 顚狂來作酒中仙.
江淸喜絶龍涎瑞, 百里滄浪付釣船.

보원상인普願上人에게

그대와 광릉廣陵 절에서 작별한 후로
십년을 두고 만나고 싶었더라오.

병瓶 하나 강한江漢의 달이요
낡은 장삼 묘향산妙香山 구름.

도화桃花의 묘리[122]를 해득하고자
한가로이 패엽貝葉[123]의 글 넘겨보네.

조계曹溪[124]의 낯익은 그 얼굴
서로 대하니 해는 석양이로세.

---

122 도화의 묘리[桃花妙]:『오등회원(五燈會元)』에 "지근선사(志勤禪師)가 처음 위산(潙山)에 있을 때 복숭아꽃을 보고 도를 깨달았다. 그래서 게(偈)를 짓되 '삼십년간 심검(心劍) 찾던 객이여, 몇번이나 잎 지고 싹 텄던가. 복사꽃 한차례 본 다음부터, 지금까지 다시 의심치 않았네.[三十年來尋劍客, 幾回落葉又抽枝. 自從一見桃花復, 直到如今更不疑]'라 하였다." 했다.

123 패엽(貝葉): 불경을 가리키는 말. 인도(印度)에서 패다수(貝多樹)라는 나무의 잎에 경문을 쓴 데서 유래했다.

124 조계(曹溪): 사찰을 가리키는 말.『전등록(傳燈錄)』에 "양(梁)의 천감(天監) 1년(502)에 중 지섭(智藥)이 배를 타고 소주(蘇州) 조계에 와서 그 물을 맛보고 하는 말이 '이 물 상류에 좋은 땅이 있다' 하고 드디어 산을 개척하여 절을 세웠으니 곧 보림사(寶林寺)다." 하였다.

贈普願上人

昔別廣陵寺, 十年思見君.

一瓶江漢月, 殘衲妙香雲.

欲解桃花妙, 閑翻貝葉文.

曹溪舊面目, 相對已斜曛.

서장관書狀官 장운익張雲翼을 송별하며[125]

천상의 인물인가 장공자張公子는

준마 타고 옥경玉京[126]으로 달려가네.

외로운 배 이 이별 한스러워

차가운 달 옛 성을 비추네.

---

125 장운익(張雲翼, 1561~1599): 자는 만리(萬里), 호는 서촌(西村), 본관은 덕수. 선조
때 문과에 급제, 벼슬이 형조판서에 이른다. 그런데, 이 시와 동일한 작품이 이정립
(李廷立)의 『계은선생유고(溪隱先生遺稿)』에 「별장목사(운익)別張牧使(雲翼)」이라는
제목으로 실려 있다.

126 옥경(玉京): 천상의 상제가 있다는 세계. 여기서는 중국의 천자에게 사신으로 가
기 때문에 쓴 표현.

폐병으로 술마저 들기 어려운데
정이 많아 시구를 못다 이루네.

한가람의 가을물이 담담도 하니
술잔 가득 따라 전송하노라.

張書狀雲翼別章

天上張公子, 乘驄路玉京.
孤舟新別恨, 寒月古長城.
肺病杯難進, 情多句未成.
江中秋水澹, 一酌送君行.

허서장관許書狀官 만사

1
천리 이별도 괴롭기 그지없거늘
구원九原의 혼 어디서 불러올까?

사신[127]이 국경을 넘어서자마자
선학仙鶴[128]은 돌아오질 못하누나.

술잔[129]은 금루곡金縷曲을 재촉했고
석별의 정 닻줄을 늦췄더니만

거듭 와서 한마당 곡하고 나니
가람의 저 달 밤조차 깊네.

2
연꽃 핀 못에서 그대와 취할 적엔
뉘라서 알았으리 생이별이 사별이 될 줄.

객지의 상여 돌아오는데 하늘에 서릿발 날려
연잎 시들어 차가운 연못 달이 잠겼네.

---

127 원문의 사성(使星)은 사신을 지칭하는 말. 한나라 화제(和帝)가 사신을 지방으로 파
   견하되 미복으로 가서 민정을 탐문하도록 했다. 두 사신이 익주(益州)로 가서 이합(李
   郃)에게 투숙하게 되었는데 이합은 "두 사성(使星)이 익주 분야(分野)로 향해 오기에
   사신이 올 것을 미리 알고 있었다."고 말했다 한다.(『後漢書·李郃傳』)
128 선학(仙鶴): 한나라 요동사람 정영위(丁令威)가 도술을 배워 신선이 되어 고향을 찾
   아왔다는 이야기. 26면 「동고 만사」의 주석 참고.
129 원문의 녹주(淥酒)는 술을 가리키는 말. 술 위에 떠 있는 녹색의 거품 같은 것을 녹
   의(綠蟻)라 한다.

許書狀挽詞

千里別猶苦, 九原魂可招.
使星纔過塞, 仙鶴不歸遼.
渌酒催金縷, 離情緩彩橈.
重來唯一哭, 江月夜迢迢.

芙蓉池上與君醉, 誰識生離是死別.
旅櫬歸來天雨霜, 枯荷蕭索寒塘月.

영변寧邊의 수구문水口門을 지나며

일찍이 서도로 갈 제 취흥 도도한 서기[130]라서
일천 기병 앞뒤로 세워 생황 불고 노래하며 갔더니

수구문 저녁 나절 무지개 다리 강변을
2년이 지난 오늘에 포의로 돌아오는걸.

---

130 서기(書記): 병마서기(兵馬書記), 즉 평사(評事)를 가리킨다. 백호가 평안도 평사로
   부임하던 32세 때의 일을 회상한 것이다.

過寧邊水口門

曾是征西醉書記, 笙歌千騎後先歸.
水門斜日虹橋畔, 二載歸來一布衣.

노저鷺渚[131]의 시를 차운하여 스님에게 주다

객당客堂이라 맑은 낮에 향불 연기 날리는데
명승을 마주 대하니 세상 생각 없어지네.

그 옛적 진眞을 찾던 상원사를 회상하니
목련화 꽃피어 비조차 부슬부슬.

次鷺渚韻, 贈僧

客堂淸晝篆煙飛, 坐對名僧世慮微.
憶昔尋眞上院寺, 木蓮花發雨霏霏.

---

131 노저(鷺渚): 이양원(李陽元, 1533~1592)의 호. 자는 백춘(伯春), 본관은 전주, 문과에
급제, 대제학을 거쳐 영의정에까지 이른 인물.

천참사天參師에게[132]

지난 겁劫[133]에 용상龍象[134]이 되었던지
이 생生에서 속세를 벗어났구려.

무루無漏[135]의 학學에 참여 않고
유위有爲[136]의 이 사람을 찾아오다니.

관새關塞의 풍설에 헤매다 보니
호산湖山의 봄이 어느새 가고

광릉廣陵이라 다른 날 밤 꿈속에서는
외로운 배 마름 사이로 스쳐가리.

---

132 원제: "정부(正夫)의 편지를 가지고 온 천참사(天參師)에게"
133 겁(劫): 불교에서 천지가 형성되었다가 훼멸되는 것을 1겁이라 한다. 과겁(過劫)은
　　전세(前世)를 말한다.
134 용상(龍象): 불가(佛家)에서 고승을 일컫는 말. 물속에서는 용이 가장 힘이 세고 육
　　지에서는 코끼리가 가장 힘이 세다 하여 비유한 것이다.
135 무루(無漏): 유루(有漏)에 상대되는 말. 누(漏)는 불가에서 번뇌를 말하니 무루란 진
　　지(眞智)로써 번뇌를 제거하는 것을 가리킨다.
136 유위(有爲): 무위(無爲)에 상대되는 말로 무언가를 영위한다.

贈天參師, 師持正夫書來

過悷曾龍象, 今生又離塵.
不參無漏學, 來訪有爲人.
關雪栖栖者, 湖山去去春.
廣陵他夜夢, 孤棹沒青蘋.

진사眞師를 송별하여[137]

십에 팔구는 뜻대로 되지 않나니
풍진風塵의 세상 반려伴侶가 드물밖에.

어떻게 견딜 건고? 이곳 객지에서
더더구나 스님마저 돌아가다니.

석림石林의 절에서 여러 해를 지나더니
벽라薜蘿 옷으로 일생을 마치는구려.

---

137 원제: "희천군(熙川郡)에서 산으로 돌아가는 진사(眞師)를 송별하며"

나라일이라 유독 늦추질 못하고

한필 말로 금미산金微山[138] 향해 갑니다.

熙川郡, 送眞師還山

八九不如意, 風塵儔侶稀.

那堪爲客處, 復此送僧歸.

數載石林寺, 一生蘿薜衣.

王程獨不暇, 匹馬向金微.

황회지黃晦之[139]를 함관咸關 군막으로 송별하며

3월이라 진천秦川으로 옥륵마玉勒馬[140] 몰아갈 제

늘어진 버들가지 적란교赤欄橋를 스치리라.

---

138 금미(金微): 옛 산 이름. 중국의 서북 변경에 있는데 지금의 아이태산(阿爾泰山).(盧照鄰「昭君怨」: "肝腸辭玉輦, 形影向金微.")

139 회지(晦之): 황혁(黃赫: 1551~1612)의 자. 호는 독석(獨石), 황정욱(黃廷彧)의 아들로 문과에 급제, 승지에 이른 인물. 부친의 영향을 받아 시문을 잘했다. 임진왜란 때 함경도에서 왜군에게 붙잡혔다가 송환되어 왔다.

140 옥륵마(玉勒馬): 옥으로 장식한 재갈을 한 말이란 뜻으로 말을 미화한 표현이다.

다릿가 채반彩伴[141]들이 혹시 소식 묻거들랑
춘성에 병들어 누운 수조水曹[142]를 말해주오.

送黄晦之咸闕幕

三月秦川玉勒驕, 煙楊低拂赤欄橋.
橋邊彩伴如相問, 爲說春城病水曹.

이절도李節度 만사輓詞[143]

농서隴西 공자[144] 그이는 남다른 정령精靈을 지녔기로
인간 중에 빼어나서 기개도 우람하이.

---

141 채반(彩伴): 놀던 자리에 함께 있었던 기생을 가리키는 듯하다.
142 수조(水曹): 수부(水部). 공조(工曹)의 낭관(郎官)을 지칭하는 말.
143 시의 내용과 배경으로 보았을 때, 함경도 북병사로 재임하면서 1583년 일어난 니탕
    개(尼蕩介)의 난에 제대로 대처하지 못해 평안도 의주 인산진(麟山鎭)에 유배되었다
    가 거기서 세상을 뜬 청강(清江) 이제신(李濟臣, 1536~1583)의 만사로 추정된다.
144 농서공자(隴西公子): 이절도를 가리킨다. 농서는 중국의 이씨의 본관인데, 우리나
    라에서도 이씨를 칭할 때 농서를 쓰기도 했다.

한창려韓昌黎를 일찍 알아 지문誌文 능히 지어내고
동보同父[145]를 가상히 여겨 병법 담론 좋아했네.

북변의 어려운 때 수자리로 여러 해를
서도西道의 귀양살이 며칠 걸린 길이었지.

조정의 의론도 보장保障[146]이 넘어졌다 이르는데
임금 뜻인들 장성長城을 무너뜨리고[147] 싶었겠나.

슬픈 바람 홀연히 큰 나무[148]에 일어나자
옛 병졸들 슬픔 겨워 표기영驃騎營[149]에 노래하네.

새납 소리 넋이 끊겨 달이 따라 눈물짓고
칼이 든 갑 속에는 용이 상기 울음 우네.

---

145 동보(同父): 송(宋)의 진량(陳亮)을 가리키는 듯. 진량의 자가 동보(同父=同甫)인데
    그는 사(詞)를 잘했으며, 특히 실지(失地)의 회복을 위해 여러번 상소한 일이 있었다.
146 보장(保障): 믿어서 보호장폐(保護障蔽)로 삼는다는 의미의 말.(『左傳』定公十二年:
    "成, 孟氏之保障也, 無成是無孟氏也.")
147 장성을 무너뜨리고〔壞長城〕: 단도제(檀道濟)는 남조(南朝) 송(宋)나라 사람으로 큰
    공을 세워 위세가 조정에 떨쳤는데 왕이 그를 두려워해 마침내 투옥되어 죽었다. 그
    는 투옥되자 책(幘)을 벗어 땅에 던지며 "마침내 너의 만리장성을 무너뜨리는 거냐."
    고 말했다 한다.
148 큰 나무〔將軍樹〕: 풍이(馮異)는 한나라 때 인물로 장군이 되어 큰 공을 세웠다. 논
    공(論功)을 할 적에 그는 다른 사람들에게 양보하고 큰 나무(大樹) 아래 홀로 앉아 있
    었다. 군중이 그를 '대수장군'이라 일컬었다.(庾信「哀江南敏」: "將軍一去, 大樹飄零.")
149 표기영(驃騎營): 장군의 군영이란 뜻. 한나라 곽거병(霍去病)이 표기장군으로 된 이
    래 이 칭호가 무관에게 쓰였다.

군신간의 의리는 이승에서 끝났으되
지하에선 오히려 부자父子의 정 보전하리.

적막한 청사靑史에는 거룩한 업적 전할지니
애처로운 붉은 명정엔 제명除名[150]으로 쓰였구나.

처량한 복사鵩舍[151]는 천고에 슬픔이거니
쓸쓸한 우거牛車[152]는 구원九原으로 돌아가리.

식지 않을 영용英勇한 마음 한이 어찌 없을손가
이제껏 하늘 북쪽에 참창欃搶[153]이 있답니다.

李節度挽

隴西公子異精靈, 磊落人間氣未平.
早識昌黎能作誌, 可憐同父喜談兵.
艱危北塞經年戌, 淪謫西州幾日程.
廷議祗云虧保障, 聖心寧欲壞長城.

---

150 제명(除名): 명부에서 이름이 제거되는 것이니, 획득한 신분이 취소됨을 뜻한다.
　　곧 이절도가 벌책을 받아 명정(銘旌)에 원래의 관명을 쓰지 못했던 것으로 추정된다.
151 복사(鵩舍): 유배된 곳을 가리키는 말. 가의(賈誼)는 장사(長沙) 땅으로 유배를 간
　　지 3년에 복조가 날아와서 뜰의 나무에 앉으므로 이에 「복조부(鵩鳥賦)」를 지었다.
152 우거(牛車): 소가 끄는 수레로, 옛날에 관인들도 간혹 우거(牛車)를 사용했다 한다.
　　여기서는 관을 싣고 가는 상여를 의미한다. 원문의 구경(九京)은 구원(九原)의 뜻이다.
153 참창(欃搶): 혜성을 가리키는 말. 참창(欃搶)으로 쓰기도 한다.

悲風忽起將軍樹, 舊卒哀歌驃騎營.

魂斷塞笳應月泣, 劍藏塵匣尙龍鳴.

此生縱決君臣義, 長夜猶全父子情.

青簡寂寥傳盛業, 丹旌慘惔寫除名.

凄凄鵬舍悲千古, 草草牛車返九京.

未死雄心豈無恨, 至今天北有攙搶.

다시 앞의 시의 운韻을 사용하여[154]

오르고 내리는 건 운수라 생각지 말자.
홀로 높은 정자 올라 휘파람 길어지네.

꿈 끊어진 다리 남쪽 풀만이 푸르르고
끝없이 바라뵈는 요동遼東엔 구름조차 누르스름.

남아 어찌 세상에서 시詩로 울리길 구하랴!
시사時事는 오직 술을 잔뜩 권하누나.

---

154 원주: "「성상초정(城上草亭)」의 운자."

만리타관 서른 날을 혼정신성昏定晨省 하게 되니
요즘으론 문득 향수를 잊게 되었다오.

再用前韻(「城上草亭」韻)

升沈有數莫思量, 獨上高亭嘯也長.
夢斷橋南湖草碧, 望窮遼左塞雲黃.
男兒豈要詩鳴世, 時事唯須酒滿觴.
萬里晨昏三十日, 近來忘却客殊鄕.

빗소리

하늘엔 구름 깊고 밤조차 적적한데
오경이라 종鐘 울린 뒤 우수수 듣는 소리.

수심이 뻗힌 잔도棧道에 삼랑三郞은 폭삭 늙고[155]

---

155 수심이~폭삭 늙고: 원문의 촉잔(蜀棧)은 촉 땅으로 가는 길에 놓인 잔도(棧道)를
말하며, 삼랑(三郞)은 당나라 현종(玄宗)을 가리킨다.(집안의 같은 항렬(行列)에서 세
번째이기 때문에 삼랑이라 불렀다.) 현종은 안녹산 난리 때문에 촉 지방으로 황급히

소박맞은 장문궁長門宮[156]에 편옥片玉이 녹는구려.

반죽斑竹[157]은 한이 맺혀 상슬湘瑟이 애달프고
청풍靑楓은 의지 없다 초혼楚魂[158]을 불러보리.

가장 유유할손 강남의 길손
세상걱정 고향생각 귀밑머리 반은 희었구려.

雨聲

碧落雲深夜寂廖, 五更鐘後聽簫簫.

愁連蜀棧三郎老, 恩薄長門片玉銷.

斑竹有冤湘瑟苦, 靑楓無賴楚魂招.

悠悠最是江南客, 憂世思鄕鬢半凋.

들어갔다.

156 소박맞은 장문궁(長門宮): 진황후(陳皇后)가 무제(武帝)의 총애를 잃고 이 장문궁에
　　서 쓸쓸히 지낸 일이 있다.

157 반죽(斑竹): 중국의 호남성(湖南省) 등지에서 특산되는 대의 일종으로 대의 표피에
　　반점(斑點)이 있는데 아황(娥皇)·여영(女英)의 눈물이 떨어져 생겼다는 전설이 있다.
　　이 구절은 그들 상비(湘妃)의 비극적 사연을 끌어다 표현한 것이다. 157면「대행대비
　　만사」의 주석도 참고.

158 초혼(楚魂): 초혼은 시에서 옛날 초나라 사람의 혼령을 조문하는 뜻으로 쓰이며 지
　　칭하는 대상이 경우에 따라 다른데 여기서는 굴원(屈原)을 가리키는 것 같다.

기사記事 [159]

태천읍내 서편에 고원古院의 동쪽
시내 한굽이 돌아서자 가난한 오두막집.

사립문 닫히고 밥 짓는 연기 오르지 않는데
어머니는 90세요 아들은 백발이라.

도토리 산채로 이어가기 어렵거늘
이 모자 무엇으로 보릿고개 넘길까.

함께 주림을 참고 천륜을 온전히 지키누나.
절연하고 헤어지는 일 세상에 얼마나 많은가.

지나는 사람 이 모자 보고서 걸음 멈춰
따스한 봄볕[160] 홀로 대해 피눈물 흘리오.

---

159 원제: "구황(救荒)의 일로 궁벽한 마을을 돌아다니다가 태천(泰川) 지경에 당도하
여 70세 늙은이가 90세 된 어머니를 받드는 것을 보고 느껴 사실을 기록하다"
160 따스한 봄볕(春暉): 어머니의 자애를 비유.(孟郊「遊子吟」: "慈母手中線, 遊子身上衣. 臨
行密密縫, 意恐遲遲歸. 安將寸草心, 報得三春暉.")

以救荒事行遍窮村, 到泰川境, 見七十歲老翁奉九十
慈親, 感而紀事

泰川縣西古院東, 一曲溪回懸馨室.
柴扉晝閉斷無煙, 母年九十兒白髮.
山蔬橡實不盈筐, 兒母將何度春日.
同飢猶自保天倫, 何恨人間斷裾別.
征夫見爾立斯須, 獨對春暉淚如血.

비파협琵琶峽[161]

천험天險으로 이루어진 빼어난 경치
이번 길에 듣던 말 확인하노라.

높은 봉우리 해를 돌리려 하고
빈 벼랑엔 저절로 구름이 일어

돌은 늙어 굴러가기 어렵다지만

---

161 원주: "위원(渭原)" 평안북도 압록강에 면한 고을.

강물 본디 쏟아져 내리니 요란하구려.

배를 매고 다시 고개 돌리니
저녁 기운 아득하여 가리지 못할레라.

琵琶峽(渭原)

絶勝因天險, 玆行驗昔聞.
高巒欲廻日, 虛壁自生雲.
石老猶難轉, 江喧本自奔.
維舟更回首, 夕氣杳難分.

인풍루仁風樓[162]

성 위 높은 문루 난간에 홀로 기대
큰 강 동북으론 오랑캐 산이라네.

---

162 인풍루(仁風樓): 평안도 강계(江界)에 있는 누각. 관서팔경(關西八景)의 하나.

바라보는 중에 천길 절벽 가장 좋으니
거센 물결에 우뚝 서 의기조차 한가로워.

仁風樓

城上高樓獨倚欄, 大江東北是胡山.
望中最愛千尋壁, 屹立狂瀾意氣閑.

상토진上土鎭[163]

이판梨坂길 구불구불 구름 얽혀 아스라이
골짝이 열리면서 들어갈수록 트이누나.

백첩百堞이나 높다란 성벽 호랑이나 다닐 길
한겹의 산이 오랑캐 하늘을 가로막다.

---

163 상토진(上土鎭): 평안북도 강계(江界) 땅에 있는 지명. 『신증동국여지승람』에는 상
토보(上土堡)로 나와 있는데, "강계부(府) 북쪽 100리에 있으며, 석성(石城)으로 둘레
530척(尺), 높이 4척(尺)이고 군창(軍倉)이 있다."(卷55 江界府)고 하였다.

변방의 막다른 땅 치달려도 몸은 상기 건강한데
누란樓蘭[164]의 목을 못 베다니 기가 꽉 막히누나.

음부경陰符經 3백 글자[165] 다 읽고 나니
딱따기[166] 치는 소리에 이 밤 잠 못 이루네.

上土鎭

盤盤梨坂遠縈雲, 洞口初開稍豁然.

百堞城當豺虎逕, 一重山隔犬羊天.

窮馳絶塞身猶健, 未斬樓蘭氣欲塡.

讀罷陰符三百字, 數聲高拆不能眠.

---

164 누란(樓蘭): 실크로드에 있는 서역 지방의 한 나라. 한(漢) 무제(武帝) 때에 여러 번
   사신을 시켜 대완(大宛)과 상통하는데 누란이 길을 막고 항상 사신을 공격하므로, 소
   제(昭帝)가 즉위하자 부개자(傅介子)를 보내어 그 왕을 죽였다.
165 음부경(陰符經) 3백 글자[陰符三百字]: 『음부경(陰符經)』은 병서(兵書)의 일종. 그 경
   문이 모두 384자이므로 줄여서 3백자라 했다. 태공(太公), 범려(范蠡), 귀곡자(鬼谷子),
   장량(張良), 제갈량(諸葛亮), 이전(李筌) 6가의 주(註)가 있다.
166 딱따기(柝): 야경(夜警)할 적에 두드리는 판대기를 말한다.(『易·繫辭』: "重門擊柝, 以
   待暴客.")

수항정受降亭 시에 차운하다[167]

한조각 외로운 성 만리의 강물

서쪽 구름[168] 관산關山의 달 변방 근심 일으키누나.

속절없이 옥검玉劍 차고 막다른 데 와서

수루戍樓에 홀로 올라 금성金星을 바라본다.

청해靑海[169]에는 지금도 살기가 얽혔거늘

무슨 심사 술 마시고 놀기를 일삼단 말가.

이 서생書生 세웠거니 오랑캐 물리칠 계략

부귀야 공명이야 본디 원칠 않는다오.

次受降亭韻(滿浦)

一片孤城萬里流, 隴雲關月起邊愁.

---

167 원주: "만포(滿浦)" 『신증동국여지승람』에 의하면 "만포진은 강계부(江界府)의 서
쪽 128리에 있고, 석성(石城)으로 둘레 3,172척(尺), 높이 5척이며, 병마첨절제사영(兵
馬僉節制使營)이 있다."(卷55 江界府)고 하였다.
168 서쪽 구름〔隴雲〕: 원문의 농(隴)은 서쪽 변방 지역을 가리키는 관용적인 표현. 원래
중국의 감숙성(甘肅省) 지방을 농(隴) 또는 농서(隴西)라 하였다.
169 청해(靑海): 중국의 서쪽 변경에 있는 호수의 명칭이며, 그 지역을 가리키는 이름.
여기서는 서쪽 변경에 대한 관용적 표현이다.

空携玉劍來窮漢, 獨看金星上戍樓.
青海至今纏殺氣, 綠尊何意辦豪遊.
書生早有呑胡計, 鐘鼎功名本不求.

소대小臺[170]

소대小臺에 편히 앉았노라니
해오라기 사장으로 날아드네.

쓸쓸히 마을에 어둠 깔리니
개구리 울음만 소란스러워.

새털구름 달빛을 가리질 않고
밤이슬 하마 꽃을 적시네.

경물景物이 스스로 이 같거늘
나그네 시름이야 어떠하겠나.

---

170 원주: "담담정(澹澹亭) 앞에 있다." 담담정은 평안도 은산(殷山, 뒤에 평안남도 순
천順川에 속한 고을)에 있었던 정자.

小臺(在澹澹亭前.)

小臺方燕坐, 宿鷺下溪沙.
悄悄村墟暝, 喧喧蛙黽多.
微雲不妨月, 重露已沾花.
景物自如此, 客愁知奈何.

적유령狄踰嶺[171]

길 가는 사람 일찍 적유관狄踰館을 출발해서
백리 구름길 올라가는데 힘겹기 그지없네.

백산白山[172] 마루턱에 산 아지랑이 갓 걷히니
두어 떨기 기봉奇峰이 홀(圭)을 쥐고 선 모양이라.[173]

지난 밤 소낙비가 온 산을 씻어내어

---

171 적유령(狄踰嶺): 평안도 강계 땅의 산 이름. 지세가 험준하여 서북지방의 웅관(雄關)이었다.
172 백산(白山): 적유령 서쪽에 있는 산 이름.
173 규(圭)는 벼슬아치가 쥐는 홀인데, 산봉우리들이 조회를 하듯 이쪽을 향해 공손히 서 있음을 표현하고 있다.

골짝엔 티끌 하나 없이 소나무 전나무 소슬하여라.

깊은 숲 짙은 안개 어둑히 침침한데
울고 우는 새소리만 들려오누나.

고사목은 넘어져서 나이도 헤아리기 어렵다
천길 아리 시내에는 백규白虯[174]가 물을 마시는가.

시냇물 감돌아 길은 몇번이나 다리를 건너는고?
아마도 속세의 사람 길 찾기 어려우리.

이제부턴 이곳 이름 심원동尋源洞이라 부르기로
이끼 낀 바위 쓸고 세 글자 새겼더라오.

원류에 다가가자 물소리 줄어들고
마루턱에서 돌아보니 뭇산이 나직하이.

고원古院을 겨우 오르자 해는 하마 중천이요
중관重關을 통과하니 새도 깃들 곳 찾아가네.

긴 노래로 넌지시 출새곡出塞曲[175] 읊조리니

---

174 백규(白虯): 전설상의 하얀 용. 뿔이 없는 용을 규(虯)라 한다.
175 출새곡(出塞曲): 변방으로 출정하는 노래. 두보(杜甫)의 시에 「전출새곡」과 「후출새곡」이 있다. 여기서는 이 시가 출새곡의 뜻을 갖고 있다는 의미.

바로 북쪽 관산關山에선 상기도 싸우는 북소리[176].

신광원神光院[177]에 투숙하여 밤중에 칼을 뽑아 보니
붉은 기운 확실히 무지개를 이루었군.

狄踰嶺

征人早發狄踰館, 百里雲磴勞攀躋.
晴嵐乍捲白山頂, 數朶奇巒如執圭.
前宵急雨洗千巖, 洞壑無塵松檜凄.
深林宿霧杳冥冥, 但聞幽禽啼復啼.
枯松摧倒不知歲, 白虹下飲千尋溪.
溪廻路轉幾度橋, 恐有塵蹤迷舊蹊.
尋源之洞自令號, 手掃苔巖二字題.
窮源漸覺水聲小, 近嶺回看山岳低.
纔登古院日已午, 過盡重關禽欲栖.
長歌便作出塞曲, 直北關山幽鼓鼙.
神光(院名)投宿夜看劍, 定有紫氣成虹霓.

---

176 북소리〔鼓鼙〕: 전란이 있음을 표현한 말.(白居易「長恨歌」: "漁陽鼓鼙動地來, 驚罷霓裳
羽衣曲.")
177 원주: "원(院)의 이름." 신광원은 강계 땅에 있었다.

감회시感懷詩¹⁷⁸

녹수청산綠水靑山이라 길은 멀어 굽이굽이
북으로 종군하여 가던 일 연상이 되네.

무산巫山의 백옥 피리를 사들고서
초천원草川院 밝은 달에 밤 깊도록 불었노라.

往在庚辰春, 余以此道兵馬書記, 改赴北塞, 路由成川
府, 以衣裘換白玉小管, 宿草川院, 適月明人靜, 試吹一
曲焉, 癸未歲, 又入棠幕, 翌年春, 王事適我, 重過其地,
溪山風景, 宛如前日, 而局促嚴程, 無復昔時風流, 感懷
一絶, 索崔明府以和, 爲好事者話本云爾

綠波靑嶂路逶迤, 仍憶從戎北去時.

---

178 원제: "지난 경진년(庚辰年, 1580) 봄에 이 도의 병마서기(兵馬書記)로 다시 북새(北
塞)로 가게 되어 길이 성천부(成川府)를 경유하게 되었다. 의구(衣裘)를 주고 피리와
바꾼 다음 초천원(草川院)에서 자노라니, 마침 달은 밝고 인적은 고요하여 시험삼아
한가락을 불었던 것이다. 계미년(癸未年, 1583)에 또 감사(監司)의 막하에 들어가서 이
듬해 봄에 나라의 일이 나에게 맡겨져서 다시 그곳을 지나갔다. 계산(溪山)의 풍경은
완연히 전날과 같았지만 바쁜 일정에 쫓기다 보니 다시 옛날의 풍류는 없었다. 감회
시(感懷詩) 한 절구를 지어 최명부(崔明府, 군현의 수령)에게 화작(和作)을 청함과 동
시에 호사자의 이야기거리나 삼도록 한다" 위에서 "감사(監司)의 막하에 들어갔다"
는 것은 평안도 도사(都事)로 부임한 것을 말한다.

買得巫山白玉笛, 草川明月夜深吹.

해경海冏에게 차운하여 주다

나무숲 빽빽한 사이 새벽달 갓 돋으니
온 시내 물소리 가을처럼 상쾌하이.

노니는 나그네 삼생三生의 일을 뉘우쳐서
석루石樓를 지나가는 종소리 다시 들어본다네.

次韻贈海冏

曉月初生雲木稠, 一溪靈籟爽如秋.
遊人懺悔三生事, 更聽微鍾度石樓.

이암頤菴의 시를 차운하여 계호戒浩에게 주다

석장錫杖 하나 병瓶 하나로 모암茅庵에 의탁하여
선가禪家의 불이법문不二法門 깨쳐 알았다오.

차 마시고 향 사위자 말없이 앉았으니
돌상의 불경은 푸른 안개에 젖는구려.

次頤庵韻贈戒浩

早將瓶錫寄茅庵, 透得禪門不一三.
茶罷香殘坐無語, 石床經卷濕靑嵐.

기몽紀夢

남북으로 여러 해를 소식이 끊기었으매
여관에서 밤마다 자진子眞[179]을 꿈에 보네.

그대도 회계會溪에서 나를 생각하는가?

산 첩첩 깊은 속에 돌아가는 한 사람.

紀夢

數年南北斷音塵, 旅枕連宵夢子眞.

君在會溪相憶否, 萬山深裏一歸人.

지천芝川[180]의 시에 차운하여

지는 해 반짝반짝 열은 내를 부수는데

이별의 시 그지없어 난간에 기댔노라.

잔 멈추고 강변길을 서글피 바라보니

푸른 나무 멀리 산해관山海關으로 연이었구려.

---

179 자진(子眞): 회계(會溪)에 은거한 정지승(鄭之升)을 가리키는 것으로 생각된다. 자
진(子眞)은 한(漢)나라 때 곡구(谷口)에 은거한 은사(隱士) 정박(鄭樸)의 자(字)로, 역
시 은사인 정지승을 함의한 것이다.
180 지천(芝川): 시인으로 이름 있는 황정욱(黃廷彧, 1532~1607)의 호.

次芝川韻

殘日暉暉碎淺灣, 離愁無限倚危欄.
停杯悵望秋江路, 綠樹遙連山海關.

주청정사奏請正使 지천芝川[181] 정승의 송별시

강성江城의 버들 꺾어 저문 물가로 내려오는데
떠나는 즈음이라 배 멈출 시각 없어라.

알겠네 이 이별 삼추三秋나 걸릴 텐데[182]
원릉園陵의 백대 치욕 어이 참고 견디리오.[183]

서리 내린 옥하관玉河館[184]에 외기러기 지나가고

---

181 지천(芝川) 황정욱은 1584년에 종계변무주청사(宗系辨誣奏請使)로 명나라에 파견
된 일이 있었다. 이 시는 이때 지은 것이다.
182 원문의 관개(冠蓋)는 벼슬아치를 가리키는 말. 446면 「송도를 지나며」의 주석 참고.
183 원릉(園陵)은 제왕의 묘지를 가리키는 말이다. 여기서는 조선왕조의 선대를 지칭
하고 있다. 명(明)의 공식 기록에 이성계(李成桂)의 부친이 이인임(李仁任)으로 잘못
되어 있었는데 이것을 바로잡는 일이 당시 외교적 문제였다. 황정욱 역시 이를 바로
잡기 위해 주청사로 파견되었던 것이다.
184 옥하관(玉河館): 중국 북경(北京)에 있었던 조선 사신이 묵던 곳을 가리킨다.

달이 잠긴 금궐金闕에 반딧불 흐르겠지요.

좋은 소식 받들고 응당 일찍 돌아오리니
단봉루丹鳳樓[185] 감도는 노랫소리 기다리겠소.

奏請正使芝川相公別帖

折柳江城下晚洲, 臨離無意駐蘭舟.
亦知冠蓋三秋別, 可忍園陸百歲羞.
霜落玉河孤鴈度, 月沈金闕數螢流.
格天頒慶歸應早, 待聽歌聲繞鳳樓.

서상관書狀官 한응인韓應寅[186]을 작별하는 시

해채관獬豸冠[187]의젓하다 연경燕京에 사신 가니

---

185 단봉루(丹鳳樓): 궁전을 가리키는 말.
186 한응인(韓應寅, 1554~1614): 자가 춘경(春卿), 호는 백졸재(百拙齋), 본관은 청주(淸
州). 선조 때 문과에 급제, 1584년 종계변무주청사(宗系辨誣奏請使)의 서장관으로 중국
에 다녀왔으며, 좌의정에 이르렀다.
187 해채관(獬豸冠): 관(冠)의 이름. 『후한서(後漢書)·여복지(輿服志)』에 "법관(法冠)은

신인神人의 바람이라 가는 걸음 신속하리.

나의 이 나그네 마음 석별의 정 배나 느끼는데
그대와는 젊어서 알아 이제 장년으로 만나다니

강관江館의 빗소리 변새에 닿아 서늘하고
연교煙郊의 풀빛은 멀리 하늘에 뻗어 있다.

오늘 이후 초승달[188]을 시험삼아 바라보오.
외로운 꿈 둥글기 어려워도 달이사 쉽게 둥글겠지.

贈韓書狀應寅別

獬豸冠巍价赴燕, 神人屬望去宜遄.
旅情自覺添離思, 少日相知各壯年.
江館雨聲涼接塞, 煙郊草色遠連天.
試看別夜初弦月, 孤夢難圓月易圓.

집법자(執法者)가 쓰는 관인데 혹은 해채관(獬豸冠)이라 한다. 해채는 신양(神羊)으로
서 능히 곡직(曲直)을 분별한다. 그러기에 그것으로 관을 만든다.”고 하였다.
188 원문에 '絃月'로 나와 있는데 '弦月'로 바로잡았다.

송질정宋質正¹⁸⁹ 상현象賢을 작별하는 시

철면鐵面¹⁹⁰의 기이한 모습 훌륭한 장부로서
글공부 남은 힘으로 억센 활을 당기누나.

북녘 땅 강적羌笛¹⁹¹ 사이에 3년을 지키다가
서쪽으로 유거輶車¹⁹²를 타고 이제 만리길 떠나는구려.

청성淸聖의 사당¹⁹³ 앞에 향불을 피울 터이요
형경荊卿의 저자에서 술도 사서 마셔야지.

비장한 마음 이별의 한 모두 참기 어려워라
한가락 슬픈 노래 옥병을 두들기오.

---

189 질정(質正)은 질정관(質正官). 중국 사신에 포함되던 임시 벼슬. 송상현(宋象賢,
  1551~1592)은 임진왜란 때 동래부사로서 순절한 인물. 역시 1584년에 종계 변무주청
  사의 일원으로 중국에 다녀왔다.
190 철면(鐵面): 철면어사(鐵面御史). 대개 강직하여 사심이 없는 인물을 일컫는 말. 송
  (宋)나라 조변(趙抃)이 전중시어사(殿中侍御史)가 되어 권력자나 행신(倖臣)들을 두려
  워하지 않고 탄핵을 하였으므로 사람들이 그를 가리켜 철면어사라고 불렀다.
191 북녘 땅 강적(朔雲羌笛): 송상현이 질정관으로 뽑히기 전에 경성판관(鏡城判官)을
  지냈으므로 이렇게 표현한 것이다.
192 유거(輶車): 원래는 가벼운 수레를 뜻하는데 사신이 타는 수레를 가리키기도 한
  다. 유헌(輶軒).
193 청성(淸聖)의 사당: 백이(伯夷)의 사당을 가리킨다.(『孟子 · 萬章(下)』: "伯夷聖之淸者
  也.") 북경으로 가는 길목에 수양산(首陽山)이 있고 그곳에 백이(伯夷)의 사당이 있어
  사신들이 으레 들르곤 하였다.

贈宋質正象賢別

鐵面奇姿好丈夫, 攻文餘力挽强弧.[194]

朔雲羌笛三年戍, 西塞輶車萬里途.

清聖廟前香可瓣, 荊卿市上酒須沽.

壯心離恨俱難遣, 一曲悲歌擊玉壺.

태헌苔軒[195]의 시에 차운하여 현준玄峻에게 주다

처음 먹은 마음 어찌 명리名利에 있었으리
벼슬살이 세월이 흘러 벽산碧山을 저버렸다네.

늙은 중 만나서도 한마디 말없으니
흰구름 소식을 무슨 낯으로 물어보랴.

---

194 强弧:『임백호집』에는 '强孤'로 나와 있어서 바로잡았다.
195 태헌(苔軒): 고경명(高敬命, 1533~1592)을 가리킨다.

次苔軒韻, 贈玄峻

初心豈在利名間, 烏帽多時負碧山.
逢著老僧無一語, 白雲消息問何顔.

답청일踏靑日 즉사卽事

3월이라 삼짇날은 명절의 하나
나그네 몸으로 좋은 때를 보내다니.

강둑엔 풀이 자라 봄물결 넘실대고
해악海嶽에 하늘 낮아 저녁 안개 자욱한걸.

가는 비는 관각官閣 옆의 버들잎만 살찌우고
가벼운 추위 난간 아래 꽃소식 늦게 하네.

거문고 노랫가락 남도 소리[196] 들려오니
풍강楓江의 뱃노래[197]가 아슬히 생각나지.

---

196 남도 소리〔吳絃郢曲〕: 오현영곡(吳絃郢曲)은 남방의 음악 일반을 지칭하는 말로 쓴
것이다. 영(郢)은 초(楚)나라의 수도 이름.

踏靑日卽事

三月之三乃佳節, 不堪爲客度年華.
湖堤草長春波闊, 海嶠天低夕靄多.
小雨只饒官閣柳, 輕寒未放玉欄花.
吳絃郢曲頻相送, 遙憶楓江欸乃歌.

새벽에 신안新安¹⁹⁸을 떠나며

더위 먹은 사람이란 술에 취한 사람 같아
신안이라 맑은 새벽 나그네 걸음 바쁘더라.

푸른 구름 저 밖엔 붉은 노을 한자락
태양이 미처 뜨지 않아 바다 하늘 서늘하다.

---

197 뱃노래[欸乃歌]: 배젓는 노래. 곧 남방의 음악을 들으니 고향 강의 뱃노래가 생각
   난다는 뜻이다.
198 신안(新安): 평안북도 정주(定州)에 있는 지명으로 추정된다.

新安曉發

溽暑中人如中酒, 新安淸曉客行忙.
紅霞一抹碧雲外, 旭日未升天海凉.

대곶大串[199]

샛강의 풍물은 보기에도 놀라워라
섬에 넘치는 연하煙霞 경관이 어울려서

넓은 풀밭에 날뛰는 만 마리 저 말떼
석양 속에 명멸하는 외로운 깃발.

꽃은 장막을 쳐서 주홍으로 뫼를 감싸고
바다는 포도주葡萄酒 발효하듯[200] 창공에 비쳐 푸르르다.

---

199 원주: "철산(鐵山)에 있다." 『신증동국여지승람』에 의하면 철산군의 산천조(山川
條)에 "대곶도(大串島)는 군 남쪽 19리에 있는데 목장이 있으며, 봄·가을로 관(官)에
서 치제(致祭)한다."(卷53)는 기록이 보인다.
200 바다는~발효하듯[海潑蒲萄]: 바닷물이 끓어오르는 정경을 포도주가 고일 때에 비
유한 표현이다.(李白 「襄陽歌」: "遙看漢水鴨頭綠, 恰似葡萄初發醅.")

90일의 봄빛이 취한 듯 지나가니
한잔을 다시 들고 하느님께 사례하네.

大串(在鐵山.)

歧州風物還警眼, 彌島煙霞勝賞同.
萬馬勝驤平楚外, 孤旌明滅夕陽中.
花成幄幕紅圍岫, 海潑蒲萄綠暎空.
九十韶華醉經過, 一盃重爲謝天公.

섬 서쪽 돌섬 위에 단壇이 쌓여 있기에[201]

석대石臺는 우뚝이 바다를 눌렀으매
여기 올라 북과 퉁소로 석양을 보내노라.

섬들은 허공에 떠서 하늘이 멀고 큰데
어룡魚龍은 안개를 불어 달빛이 침침해라.

---

201 원주: "단의 주위에는 노송이 빙 둘러 있는데 이 고장에서 왜대(倭臺)라고 부른다."

금루金縷²⁰² 노래 부르자 운문雲紋 술잔 기울이고

춤추는 손 꽃에 스쳐 비단방석 향기로워.

지난 날 13역驛²⁰³에 풍사風沙가 날렸더니

오늘의 이 놀이 추억하며 해산海山으로 머리 돌리리.

島西有石嶼, 上築方壇(壇之四周, 古松環繞, 諺號倭臺.)

石堂偃蹇覆重溟, 簫鼓登臨送夕陽.

島嶼浮空天遠大, 魚龍吹霧月蒼茫.

歌傳金縷雲罍亞, 舞拂花叢綺席香.

他日風沙十三驛, 淸遊回首海山長.

---

202 금루(金縷): 곡조의 명칭. 금루곡 또는 금루의(金縷衣)라고도 부른다.(宋 梅堯臣 「一日曲」: "東風若見郞, 重爲歌金縷.")

203 13역(驛): 백호가 찰방(察訪)으로 있었던 고산도(高山道)는 13역을 관장하였다. 본문의 13역은 이를 가리키는 것으로 생각된다.

산골에서 비를 만나

잔도棧道 아슬아슬 새들은 지저귀고
다래넝쿨 뒤엉킨 데 구름이 일어나네.

뇌성벽력 들이쳐도 근심만 북돋울 뿐
몇 방울 비 떨어진들 가뭄 탄 싹 어이 살리랴.

이끼 길 미끄러워 병든 말 시름하는데
풀꽃 귀여워 눈이 밝아 즐겁네요.

물소리 사이로 진종일 읊고 다니니
날 아는 어느 누구 이 노래를 이해할까.

峽中遇雨

陰鳥關關棧道危, 暗藤高下峽雲驕.
獰雷祇激憂時膽, 急雨寧蘇遇旱苗.
馬病轉愁苔蘚滑, 眼明猶喜草花嬌.
行吟盡日水聲裡, 知我誰人解此謠.

의주_{義州}에 당도하여

물은 구당협瞿塘峽인가 산길도 태항산太行山[204]
수루의 젓대 소리 구름 덮여 싸늘쿠나.

시름 속에 달을 보면 귀밑머리 서글픈데
병중에 사람 만나니 하느니 고향 이야기

강물 흐름 끝이던가 바다가 가직한 듯
협곡을 통과하자 하늘이 드넓구나.

저물녘 용만관龍灣館에 깃발을 세워두니
풍광은 예와 같아 길손에게 술잔 권하네.

到義州

水似瞿塘路太行, 戍樓吹笛隴雲涼.

愁邊對月驚衰鬢, 病裡逢人說故鄕.

江勢欲窮知海近, 峽門總過覺天長.

旌旗晚駐龍灣館, 依舊風煙侑客觴.

---

204 물은~태항산(太行山): 구당(瞿塘)은 양자강의 협곡으로 이름난 삼협(三峽)의 하나.
  태항(太行)은 중국 산서성(山西省)에 있는 험하기로 유명한 산 이름.

5월 17일 삭주朔州에서[205]

지난해 오늘엔 생신 잔치 크게 열었더니
서상西廂의 등불 밝힌 곳 바로 관산冠山이라네.

이 몸은 옥새玉塞에 떠돌고 어버이 남방에 계셔서
한장의 정든 글월 눈물 참고 읽는다오.

五月十七日到朔州, 見父親手簡, 此日適壽辰也

去歲玆辰敞壽筵, 西廂燈火是冠山.
身遊玉塞親南徹, 一札情緘忍淚看.

삭주의 술

삭주의 좋은 술 천가마 갚아두어

---

205 원제: "5월 17일 삭주(朔州)에 당도하여 부친의 편지를 받았는데 이 날은 마침 수
신(壽辰)이었다"

운안雲安의 국미춘麴米春[206]보다 더 좋은 술이거늘

무더위 가는 길에 소갈증 마시기를 조심해야 한다니
금슬錦瑟[207]로 미인을 대하기도 부끄럽구려.

朔州酒

朔州美酒藏千斛, 絶勝雲安麴米春.
病渴炎程屬戒飮, 羞將錦瑟對佳人.

수문탄水門灘

산을 이어 성난 물결 아우성 우레처럼
구당협瞿塘峽 염예퇴灩澦堆[208]와 다름이 없겠네.

---

206 국미춘(麴米春): 술의 일종인데 오늘날 사천성(四川省) 운양현(雲陽縣)인 운안(雲安)에서 제조하는 국미춘(麴米春)이 천하에 유명했다. (杜甫 「撥悶」: "聞道雲安麴米春, 纔傾一盞卽醺人.")
207 금슬(錦瑟): 비단처럼 무늬를 새긴 비파.(杜甫 「曲江對酒」: "何時詔此金錢會, 暫醉佳人錦瑟傍.")
208 구당(瞿塘) 염예퇴(灩澦堆): 중국 장강(長江)의 삼협(三峽) 중의 하나인 구당협의 입구에 염예퇴가 있다. 이조(李肇)의 『당국사보(唐國史補)』에서 "촉(蜀)의 삼협 중의 가

용문龍門²⁰⁹의 일천 길을 거꾸로 쏟아내니

배 한 척 기우뚱 구천九天에서 내려오나?

水門灘

連山怒浪吼如雷, 何異瞿塘灩澦堆.

倒瀉龍門一千丈, 孤舟疑自九天來.

직동보直洞堡에서 김권관金權管에게²¹⁰

변새의 해 떨어지자 강 안개 사라지니

음산한 바람 우수수 깃발이 가득하이.

장 험급한 곳으로 4, 5월 두 달이 더욱 험하다. 그래서 행객이 노래하기를 '염예퇴의
크기가 말만 하면, 구당협에 내려갈 수 없고, 염예퇴의 크기가 소만 하면, 구당협에 머
물 수 없네.〔灩澦大如馬, 瞿塘不可下. 灩澦大如牛, 瞿塘不可留〕'라 한다"고 하였다.

209 용문(龍門): 중국 하북성(河北省) 적성현(赤城縣)에 있는 지명. 『요사(遼史)』 지리지
에서 "용문현(龍門縣)에 용문산이 있는데 성벽이 마주 서 높이가 수백 척이라 바라
보면 문과 같다. 변방의 여러 하수와 사막의 물이 모두 이곳을 통과한다."고 하였다.

210 직동보(直洞堡)는 평안북도의 위원(渭原) 땅에 있던 관방(關防)의 하나. '鳶洞堡'로
도 표기되어 있다. 권관(權管)은 변경의 작은 진보에 둔 9품직의 무관.

장군은 호령하며 칼을 어루만지니
몇 박자 피리소리 관산關山 달 높이 뜨네.

直洞堡, 贈金權管

塞日初沈江霧消, 陰風獵獵滿旌旄.
將軍出號坐撫劍, 數拍胡笳關月高.

파저강婆猪江 211

천고의 금성탕지金城湯池 212 서북쪽이 튼튼하여
긴 강을 한계삼아 낭거서산狼居胥山 213 을 가로막았네.

---

211 원주: "서북쪽으로부터 흘러와서 산양회(山羊會) 동구에 이르러 압록강과 합류한
다." 파저강은 평안북도 초산(楚山) 지방에 있으며, '산양회' 역시 이곳의 지명으로 '산
양호(山羊湖)'라고도 한다.
212 금성탕지(金城湯池): 아주 견고한 지경을 이르는 말.
213 낭거서(狼居胥): 북쪽 변방의 산 이름. 지금 몽골 지역에 있다. 한나라 때 곽거병(霍
去病)이 출정을 하여 흉노를 격파하여 낭거서산에 봉(封)한 바 있다.

파저강 한줄기 궁막穹幕[214]에 가까우니

되놈 아이들 대낮에 와 고기를 잡아가누나.

婆猪江(自西北來, 至山羊會洞口, 與鴨江合)

千古金湯壯西北, 長江限隔狼居胥.

婆猪一水近穹幕, 白日胡兒來捕魚.

창성昌城에서[215]

외로운 배 비바람에 병으로 시름시름

변성邊城에 드러누워 월음越吟을 읊조리오.

만리 밖의 봉후封侯란 이제는 막막하니

깊은 밤 등불 아래 고향생각 그지없어라.

---

214 궁막(穹幕): 본래 가운데가 불쑥 높은 천막을 이르는 말로, 북방 유목민을 지칭하는
뜻으로 쓰인다. (『史記』: "匈奴父子, 同穹幕而臥.")

215 원제: "창주(昌洲)에서 창성(昌城)으로 가다가 배 안에서 병을 얻어 창성서 하루를
묵으며" 창성 역시 압록강변에 있다.

自昌洲向昌城, 舟中得疾, 留昌城一日

孤舟風雨病涔涔, 淹臥邊城劇越吟.
萬里封侯今寂寞, 一燈無限故園心.

배 타고 가면서

가을바람 부질없다 송옥宋玉[216]의 슬픔이요
낙엽이 우수수 기러기 날아가오.

용악산龍岳山[217]에 해가 지니 절집이 고요하고
마탄馬灘[218]에 물 빠지니 낚싯배 드물어라.

가을 하늘[219] 밤이 깊어 별자리 움직이고
하의荷衣에 이슬 스며 술기운마저 희미해라.

---

216 원문의 송생(宋生)은 전국시대 초(楚)의 시인 송옥(宋玉)을 가리킨다. 송옥은 「구
변(九辨)」이라는 작품에서 가을철의 변화를 슬퍼하는 가운데 자기의 뜻을 붙였다.
217 용악(龍岳): 평양에 있는 산 이름. 『신증동국여지승람』에 "용악산은 평양부의 서쪽
28리(里)에 있다. 일명 농학산(弄鶴山)이다."(卷51 平壤府 山三條)라고 하였다.
218 마탄(馬灘): 『신증동국여지승람』에 마탄은 "평양부의 동쪽 40리(里)에 있다."(위
와 같음)고 하였다.
219 원문의 옥우(玉字)는 가을 하늘을 가리키는 말.

빈 강물 노에 기대니 건너 마을 침침한데
숲 사이 비치는 등불 고기 잡다 가는 거겠지.

舟中卽事

秋風無賴宋生悲, 落木蕭蕭鴻鴈飛.
龍岳日沈僧院靜, 馬灘潮退釣船稀.
更深玉宇星文動, 露逼荷衣酒力微.
倚棹空洲水村暝, 隔林籬火夜漁歸.

성남城南[220]에서 밤 이야기

흥망이야 돌아보지 말 걸 이 마음 뒤흔드네
눈 내린 황성荒城에 늦게야 문을 나섰소.

무너진 우물터 샘솟는 물 선왕의 은택일런가.

---

220 성남(城南)은 평양성 남쪽인데 이곳에 기자(箕子)가 정전(井田)을 실시했다는 유
적이 남아 있다.

정전井田의 자취 찾아가니 옛 규모 남았구나.

밭을 갈면 예사로 교룡蛟龍 초석 나온다네
순박한 늙은이들 종종 하는 말이라오.

화당華堂에 밤이 들어 취흥에 이끌리니
중천의 밝은 달이 금술잔에 비치더라.

夜話城南

不堪興廢動離魂, 雪後荒城晚出門.
泉浸壞甃王澤在, 路尋遺井舊規存.
耕犁每見蛟龍礎, 朴俗時聞父老言.
夜入華堂牽醉興, 一天明月照金尊.

모란봉牧丹峰

서도西都는 예로부터 좋기로 이름난 땅
금수산錦繡山[221] 마루턱 전망도 멀리까지.

푸른 물 푸른 숲은 수백리 마냥이요
미색 주렴 주홍 대문 천호 만호

호젓이 들 주막 연기 오르는데
젓대 소리 날아오자 해는 서산에 비끼었소.

남호南湖로 다시 가서 술친구 맞아다가
밝은 달에 들어보세 후정화後庭花[222] 노랫가락.

牧丹峰

西都自古稱佳麗, 錦繡峯頭騁望賒.
渌水靑林數百里, 緗簾朱戶幾千家.
孤煙遙起野店小, 一笛初飛山日斜.
更向南湖邀酒伴, 月明重聽後庭花.

---

221 금수산(錦繡山): 평양에 있는 산 이름. 『신증동국여지승람』에 "금수산은 평양부의
북쪽 5리(里)에 있으며 진산(鎭山)이다."고 하였다. 이 금수산에 모란봉이 있다.
222 후정화(後庭花): 곡조의 이름. 진 후주(陳後主)가 작곡한 것. 옥수후정화(玉樹後庭
花). 망국의 애절한 곡으로 전해온다.(杜牧「泊棒淮」: "商女不知亡國恨, 隔江猶唱後庭花.")

영명사永明寺에서 묵으며

동쪽 성곽 동쪽으로 영명사永明寺 옛절에
한가한 길손 잠깐 되어 안장을 머무노니

거문고에 별학조別鶴操[223] 올리니 갯 구름 끊어지고
젓대에 낙매곡落梅曲[224] 퍼지자 강물결 차가워라.

백대의 흥망 산은 말이 없는데
한 누대의 향화香火 밤이 곧 깊어가오.

이 풍연風煙 한결로 우리들 손에 들었거니
시조詩調도 청원淸圓하고 주량도 넉넉하오.

宿永明寺

東郭之東永明寺, 暫爲閑客稅征鞍.
琴彈別鶴浦雲斷, 笛奏落梅江水寒.
百代興亡山不語, 一樓香火夜將闌.

---

223 별학조(別鶴操): 금곡(琴曲)의 곡목. 부부간의 이별의 정회를 표현하였다.
224 낙매곡(落梅曲): 강적(羌笛)에 낙매곡(落梅曲)이 있다.(李白「聽笛」: "黃鶴樓中吹玉笛,
江城五月落梅花.")

風煙儘入吾儕手, 詩調淸圓酒量寬.

무제 無題

미운 님²²⁵ 그리는 마음이사 다만지 칼의 눈동자
요지瑤池²²⁶에서 돌아오던 처음 일이 유유합니다.

월궁月宮의 독수공방 살아도 낙이 없고
거울²²⁷ 앞의 외로운 눈물 춤이 곧 시름이라.

몇밤이냐 신녀神女의 비²²⁸ 밤꿈만이 차가웁고.
5년을 물가의 아가씨²²⁹ 이 봄도 늦어가는데.

225 미운 님〔冤家〕: 정인(情人)을 지칭하는 말.(宋 吳處厚「靑箱雜記一」陳亞閨情詩: "擬續
斷來絃, 待這冤家看.")
226 요지(瑤池): 옛 신화 속의 신선의 세계. 서왕모(西王母)가 사는 곳이다.
227 거울〔菱鏡〕: 능경(菱鏡)은 능화경(菱花鏡). 능화 모양의 거울을 가리킨다.
228 신녀의 비〔神女雨〕: 전설상에 적제(赤帝)의 딸 요희(瑤姬)가 결혼하지 않고 일찍 죽
어 무산(巫山)의 신녀가 되었다 한다. 이 신녀는 아침이면 구름이 되고 저물녘이면 비
가 되므로 '신녀우'라 한 것이다. 이 전설에 근거해 운우(雲雨)라는 말이 남녀의 사랑
을 의미하게 되었다.
229 물가의 아가씨〔小姑洲〕: 소고(小姑)는 소녀를 지칭하는 말로서, 고악부(古樂府)의
「청계소고곡(靑溪小姑曲)」이나 온정균(溫庭筠)의 「난당사(蘭塘詞)」("小姑晩歸紅妝漢,
鏡裏芙蓉照水鮮.") 등에서 물가의 소녀〔小姑洲〕가 등장하고 있다.

하늘길 머나멀어 파랑새[230] 보이질 않는구나.

끊어진 애간장 다시 이을 수 있으려나.

無題

商略冤家祇劍眸, 瑤池初返事悠悠.

桂宮孀宿生非樂, 菱鏡孤鳴舞是愁.

幾夜夢寒神女雨, 五年春晚小姑洲.

天長不見三靑鳥, 才斷心腸續得不.

평양 기생을 대신하여 그의 정인情人에게

1

꽃일랑 지기 쉽고요

달일랑 차면 기울어

---

230 파랑새(三靑鳥): 전설상의 선조(仙鳥). 심부름을 하는 새로 묘사되고 있다.(李白「相
逢行」: "願因三靑鳥, 更報長相思.")

꽃이랑 달이랑 끌어다가
이내 마음 견주들 마오.

임의 정이 도리어 대동강 물 같은지
꽃피어 향기로운데 멈추질 않소.[231]

2
비단 휘장 드리우고 사향麝香 향기 그윽한데
맑은 밤 이 시간을 붙잡지 못해 애태웁니다.

미더운 맹세 정녕 저 하늘의 해가 있고
깊은 정이야 우리 둘밖에 귀신도 모를레라.

능수버들 늘어진 곳 제비는 짝지어 날고
연꽃 가득 핀 못에는 조는 원앙새.

비파 소리 퉁소 가락 이별이 안타까워
청루의 밝은 달에 얼마나 그리련가?

대동강에 시름 더해 물결 일어 천겹 만겹
배꽃 가지 눈물 젖어 비처럼 뚝뚝.

---

231 원주: "이 시는 3·5·7언(言)."

이 모두 그대 탓에 흔들리기 쉽건만
꽃다운 이 마음은 죽더라도 변하리까?

代箕城娼, 贈王孫

花易落, 月盈虧.
莫將花月意, 枉比妾心期.
郎君還似浿江水, 不爲芳華住少時.(三五七言.)

麝臍香燼下羅帷, 腸斷淸宵苦未遲.
信誓有如天日在, 深情不許鬼神知.
雙飛燕子柳垂地, 並睡鴛鴦荷滿池.
瑤瑟玉簫還惜別, 碧樓明月幾相思.
愁添浿水波千疊, 淚濕梨花雨一枝.
摠爲王孫易流蕩, 芳心抵死豈能移.

김이옥金爾玉과 이별하며

맑은 노래 좋은 술 앞에 놓고

장사壯士는 기색이 참담해라.

세 길 쌓인 금하金河[232]의 눈
천길 철옹鐵甕의 관문.

먼 여정 헤아리기 어려워라
헤어지는 아픔을 무엇으로 위로하리.

꺾어줄 버들가지 그나마 없으니
서운한 마음 난간에 기대섰노라.

贈別金爾玉

清歌對美酒, 壯士慘無懽.
三丈金河雪, 千尋鋳甕關.
遙程不可度, 離抱若爲寬.
未折春城柳, 含情倚玉闌.

---

232 금하(金河): 원래 중국 내몽고 지역에 있는 강이름. 현재는 대흑하(大黑河)로 일컬어진다. 여기서는 적과 접촉이 잦은 북쪽 변경을 뜻한다.

김이옥金爾玉에게[233]

일장 검
만리 길

웅대한 포부 사람들 몰라주니
공업은 끝내 무엇을 이루었나.

한동이 술로 김이옥을 마주 대하니
가을바람 철옹성에 낙엽 진 때로다.

贈金爾玉(三五七言)

一丈劍, 萬里程.
雄心人未識, 勳業竟何成.
尊酒相逢金爾玉, 秋風木落鐵瓮城.

---

233 원주: "이 시는 3·5·7언(言)."

원문轅門에서 잠이 깨어 짓다[234]

세상에 어리석고
천하에 졸렬하다.

신장은 7척에도 미달이요
활솜씨 미늘[235] 한 장 못 뚫는데

마음 마냥 호쾌하여 천병만마를 압도하고
청해靑海 머리 달밤에 허허 웃고 노래한다오.

轅門睡罷偶成(三五七言)

世間癡, 天下拙.
身不滿七尺, 射不穿一札.
壯心直壓千熊羆, 大笑高歌靑海月.

---

234 원주: "이 시는 3·5·7언(言)."
235 미늘: 원문은 찰(札)인데 갑옷의 미늘을 뜻한다.(『左傳』成公十六年: "潘尫之黨, 與養由基, 蹲甲而射之, 徹七札焉.")

부벽루상영 浮碧樓觴詠[236]

　나는 서경西京의 막객幕客으로 있다가 임기를 마치고 떠날 즈음 병을 안고 홀로 무료히 앉아서 공중에다 글자를 그리고 있었다. 우연히 김이옥金爾玉(이름 새璽, 호 경호畊湖), 황응시黃應時(이름 징澄, 호 국헌菊軒), 이응청李應淸(이름 인상仁祥, 호 송오松塢), 김운거金雲擧(이름 명한溟翰, 호 호서湖西), 노경달盧景達(이름 대민大敏, 호 남파南坡) 등과 호사湖寺의 약조를 하여, 동짓달 초승 병이 뜸할 때 나가 놀기로 했다. 마침 속사俗事에 응하는 일이 생겨 어둠을 타고서 부벽루에 이르렀다. 산은 높고 달은 조그만데 수위가 떨어져 돌이 드러나니 정히 자첨子瞻(소식蘇軾)의 「후적벽부後赤壁賦」에서 놀던 물색이 있었다. 이에 함벽涵碧에서 술을 마시고 영명사永明寺에서 묵었다. 때는 만력萬曆 12년 갑신甲申(1584년)이다.

浮碧樓觴詠錄序

悌以西京幕客, 瓜滿當還, 抱病無憀, 孤坐書空. 偶與金爾玉·黃應時·李應淸·金雲擧·盧景達, 有湖寺之約. 至月之初, 病間出遊, 適有應俗事, 乘暝直至浮碧樓. 山高月小, 水落石出, 正是子瞻後遊物色, 乃觴于涵碧, 宿于

---

236 본래 『부벽루상영록(浮碧樓觴詠錄)』은 소책자로 간행되어 전해온 것이다. 시회에 동참했던 5인의 시편들도 모두 함께 실려 있는데 거기서 백호의 작만 뽑아서 수록하였다. 또한 이 『부벽루상영록』이라는 책자의 끝에 조우인(曺友仁)이 1611년에 쓴 제시(題詩)와 발(跋)이 붙어 있어 함께 실었다.

永明寺. 時萬曆十二年甲申也.

참석자

임제林悌	자순子順	백호白湖
황징黃澄	응시應時	국헌菊軒
이인상李仁祥	응청應淸	송오松塢
김명한金溟翰	운거雲擧	호서湖西
노대민盧大敏	경달景達	남파南坡
김새金璽	이옥爾玉	경호畊湖

1

바람 차웁고 밤은 물인 양
달이 비껴 난간에 기댄 사람들.

갈대숲 사이 어화漁火가 비치는데
먼 포구에 돌아오는 배.

五言絶句

風冷夜如水, 月斜人倚樓.
疎林見漁火, 遙浦有歸舟.

2

성문 벗어나자 한가와 여유 깨닫아
좋은 벗들 만나 어울려 노니노라.

물이 떨어져 찬 바위 드러나고
초승달 희미한데 별은 하늘 가득히.

사람들 말소리 울리지 않으랴
이따금 물새들도 나는구나.

밤이 들어 절집의 분위기
구름다리에 또 옷깃을 스친다.

五言律

出城覺閑曠, 良友偶同歸.

水落寒巖瘦, 星繁初月微.

豈無人語響, 時有渚禽飛.

夜入招提境, 雲橋更拂衣.

3

강바람 건듯 불어 옷소매 날리거늘
다래 넝쿨에 걸린 달 옛절 종소리에 잦아드오.

하늘 맑고 물 차갑고 산 적적한데
한가락 피리소리 잠든 용을 일으키네.

七言絶句

江風乍動遊人袂, 蘿月初殘古寺鍾.

天淡水寒山寂寂, 一聲長笛起魚龍.

4

동쪽 성 모루 동쪽 영명사에
잠깐 한가한 손이 되어 발길 멈추니

거문고 별학조別鶴操 갯가의 구름 끊어지고
피리에 낙매화곡落梅花曲²³⁷ 강물이 차가워라.

백대의 흥망을 산은 말하지 않나니
높은 다락 등불 아래 밤이 따라 깊어가오.

풍광은 온통 우리 손에 들었으매
시 가락 청원淸圓하여 주량도 커지누나.

七言律

東郭之東永明寺, 暫爲閒客稅征鞍.
琴彈別鶴浦雲斷, 笛奏落梅江水寒.
百代興亡山不語, 一樓燈火夜將欄.
風煙盡入吾倫手, 詩調淸圓酒量寬.

---

237 별학조(別鶴操)·낙매화곡(落梅花曲): 악곡의 명칭. 585면 「영명사에서 묵으며」의 주
석 참고.

5

불우한 이 사람 누가 알아보랴!
세상에 알려지길 광객狂客이란 이름으로.

변새의 산하에 노상 나그네 되어
글과 칼로 오래 종군을 하노라.

막부幕府의 해를 넘긴 꿈
돌아갈 마음 한 골짝의 구름일레.

인생은 본디 헤어지기 마련인 걸
어찌 잠시의 나뉨을 애석해하랴!

五言律

歷落誰相識, 狂名世共聞.
關河長作客, 書劍舊從軍.
幕府經年夢, 歸心一壑雲.
人生元有別, 那惜蹔時分.

6

통소는 목메듯
비파는 맑게 울고

나라 망했으되 고궁이 남아 있고
강물 차가운데 신월新月은 밝다.

높은 누각에 마주 앉아 취하질 못하다니
하늘 끝 이별의 정 이제 또 어찌하리!

三五七言

秦簫咽, 湘瑟淸.
國破古宮在, 江寒新月明.
高樓相對不能醉, 更耐天涯離別情.

연구聯句[238]

도성 밖에 전 왕조의 사찰로(임제)
글벗들 함께 나가 좋은 놀이 되었노라.(황징)

선방에 향불 심지 타오르고(김새)
운수雲樹엔 천추의 달 걸렸구나.(김명한)

탑은 소나무 성근 그림자에 예스럽고(이인상)
성은 갈대꽃 하얀 물가로 다다랐네.(노대민)

쌍무지개 다리 백척인데
거울처럼 맑은 물 마주쳐 흐른다.(이인상)

기린마 기이한 자취를 전했고(김새)
연화궁 옛 시름을 일으킨다.(김명한)

벽에다 취묵醉墨을 남기고(황징)
머리 돌리니 뜻이 유유하여라.(노대민)

---

238 이는 6인이 합작한 연구시(聯句詩)로 제1구만 백호가 지은 것이다. 다른 구의 작자
는 원문에 각각 표시되어 있다.

郭外前朝寺,(白湖), 詩朋作勝遊.(菊軒)

禪窓香一炷,(畊湖), 雲樹月千秋.(湖西)

塔古疎松影,(松塢), 城臨白鷺洲.(南坡)

雙虹橋百尺, 長鏡水交流.(松塢)

麟馬傳奇迹,(畊湖), 蓮宮起舊愁.(湖西)

壁間留醉墨,(菊軒), 回首意悠悠.(南坡)

8

위의 연구는 여섯 사람이 각각 1구씩 채워서 한 편을 이룬 것인데, 마
침내 앞의 시의 운을 사용하여 고풍古風을 짓다

우연히 몇몇 친구들과
세속 밖의 놀이를 기약하니

산과 물 하나로 예스럽거늘
경물은 하마 가을이 지났구나.

지는 달 높은 성가퀴에 걸리고
찬 물결 멀리 모래톱에서 울리네.

석실石室[239]엔 연루蓮漏[240]의 시각 길어
은하에 새벽별이 흐르는구나.

시짓기 장단구가 섞이는데
술은 고금의 시름 녹이누나.

바쁘고 한가롭긴 떠나고 남기로 다르거니
관산關山의 길은 다시 또 아득하여라.

右聯句六賢各足一句以成篇, 遂用前韻作古風
偶與二三客, 約爲塵外遊.
湖山渾似舊, 景物已經秋.
落月掛高堞, 寒潮鳴遠洲.
石室蓮漏水, 銀漢曉星流.
詩雜長短句, 酒銷今古愁.
閑忙殊去住, 關路更悠悠.

---

239 석실(石室): 여기서 석실은 산중에 은거한 사람의 거처.(于武陵「贈隱者」: "石室掃無
塵, 人寰與此分.")
240 연루(蓮漏): 연화루(蓮花樓). 선종을 연 혜원(慧遠)이 여산(廬山)에 있을 때 연꽃 모
양의 물시계를 만들어놓았다 한다.

9

세상살이 뜻과 같지 않거니
시끄런 소리 어찌 귀에 담으랴.

취향醉鄕이야 오리傲吏도 용납하거니
시루詩壘는 고군孤軍을 겁낸다지.

친구들 마음속 한결 같아라
사귐에 구름 끼고 비오는 변덕 경계하였지.[241]

이 추운 밤의 한동이罇 달
해 지고 나면 서로 나누어지겠지.

五言律

在世不如意, 紛喧那入聞.
醉鄕容傲吏, 詩壘劫孤軍.

---

241 사귐에 구름 끼고 비오는~〔論交戒雨雲〕: 두보(杜甫)의 「빈교행(貧交行)」에 "손바닥
뒤집으면 구름 되고 손바닥 엎으면 비 되나니, 분분함과 경박함을 어찌 헤아릴 것 있
으랴〔飜手作雲覆手雨, 紛紛輕薄何須數〕"라는 구절이 있는데 이는 구름이 끼었다가 비가
내리는 것이 손바닥을 한번 엎었다 뒤집었다 하는 사이에 일어나듯 친구간의 사귐이
오래가지 못함을 탄식한 내용이다.

有客同肝膽, 論交戒雨雲.

寒宵一尊月, 別後兩相分.

10
장방주張芳洲 차운[242]

고목나무 아래에 요단瑤壇이 쓸쓸하고
둥근 달 그림자는 빈 강물에 잠기었네.

모래 희고 물 푸른데 거꾸로 열린 하늘
더욱이 가을 밤이라 서리 이슬 깨끗하이.

영롱한 퉁소 소리 층루層樓를 메아리치니
원앙새 놀라 깨어 여울가로 날아가네.

먼 마을 등잔불이 성근 숲을 비추니
물빛이랑 산빛이 농담濃淡을 이뤘구나.

---

242 『부벽루상영록(浮碧樓觴詠錄)』에는 따로 제목이 없으나, 『임백호집(林白湖集)』 권3
에 이 제목으로 실려 있다. 『부벽루상영록』에 장방주(張芳洲)로 호칭된 인물은 보이지
않는다. 장방주는 지명으로 쓴 것이 아닌가 한다.

백운白雲은 서쪽으로 청운靑雲은 동쪽으로

돌다리에 가만히 그려지는 연포燕浦·남포南浦²⁴³의 무지개.

혼이 문득 맑아져서 온 밤을 지새우니

금선궁金仙宮²⁴⁴ 쇠북 소리 새벽녘에 은은하네.

강바람 불어오니 술도 선뜻 깨이고

향불이 사위어가니 초당草堂은 썰렁하다.

여기 명호明湖에 언제 돌아감을 얻어²⁴⁵

연파煙波의 풍광 속에 노경老境을 보낼건고.

次張芳洲韻

瑤壇冷落古樹底, 璧月影浸空江水.

水碧沙明天倒開, 更着寒宵霜露洗.

層樓吹徹玉參差, 驚起鳬鶩移蕙渚.

---

243 연포(燕浦)·남포(南浦): 원문은 '燕南'으로 나와 있는데 연포와 남포를 지칭하는 것
  으로 추정하였다. 『신증동국여지승람』의 평양부 산천조에 연포는 부(府)의 남쪽 10리
  에 있고 남포는 부의 남쪽 5리에 있는 것으로 나와 있다.
244 금선궁(金仙宮): 금선은 석가여래를 지칭하는 말이니, 금선궁은 곧 절을 가리킨다.
245 여기~얻어[明湖安得賜知章]: 당나라 시인 하지장(賀知章)이 향리에 은퇴하자 현종
  (玄宗)은 경호섬천(鏡湖剡川) 한굽이를 하사한 일이 있다.

遙村燈火暎疎林, 水色山光濃淡裡.

白雲在西靑雲東, 石橋暗起燕南虹.

魂淸坐到星漢轉, 微鍾曉出金仙宮.

江風吹入酒易醒, 香炧初殘草座冷.

明湖安得賜知章, 送老煙波無限景.

11

저물녘에 배를 돌려오니, 어여쁜 기생들이 한껏 단장하고 조천석朝天
石에서 맞이하기에, 마침내 각각 칠언절구 두 수를 바로 읊다[246]

11-1
능수버들 늘어진 뚝 저 소소소蘇少小 아가씨[247]
강에서 임을 만나 노저어 가누나.

단장한 얼굴 석양에 비쳐 다들 더 곱거니

---

246 이 시는 『임백호집』 권2에는 각각 「차운(次韻)」, 「주중즉사(舟中卽事)」 5수(五首) 중
    다섯번째 수로 따로 실려 있는 것을 『부벽루상영록』에 따라 이렇게 정리하였다.
247 원문의 소소랑(蘇少娘)은 소소소(蘇少小)를 지칭한다. 이 이름으로 불리던 인물에
    두 사람이 있는데 한 사람은 남제(南齊) 때, 또 한 사람은 남송(南宋) 때로, 둘 다 전당
    (錢塘: 杭州)의 가기(歌妓)였다. 여기서는 기생을 가리킨다.

호서湖西²⁴⁸의 철석간장 끊어지겠네.

11-2

청산은 무한하여 앞인 듯 홀연 뒤로
석양의 젓대소리 강물 따라 내려가네.

이제부터 풍류 설화를 꺼내야 좋을지니
연엽주蓮葉舟에 태을선太乙仙이 앉아 있거든.²⁴⁹

薄暮舟還, 佳妓盛粧, 迎拜于朝大石, 因遂口占, 各七絶二首
楊柳堤邊蘇少娘, 相邀江裏蕩蘭槳.
新粧落日共明媚, 斷盡湖西金石腸.

無數靑山忽後前, 斜陽一笛下江船.
從今定惹風流話, 蓮葉舟中太乙仙.

---

248 호서(湖西): 『부벽루상영록』에서 함께 시를 수창한 김명한(金溟翰).
249 연엽주(蓮葉舟)에~앉아 있거든: 태을선(太乙仙)은 천신(天神)의 이름으로 태일선
(太一仙)이라고도 한다. 북송(北宋)의 화가 이공린(李公麟)이 그린 그림에 태일진인도
가 있는데 진인이 큰 연잎 위에 드러누워 책을 들고 읽는 모습이다. 한구(韓駒)가 그
그림에 "太一眞人蓮葉舟"라고 썼다.

12

푸른 벼랑 고금의 길로
석양에 사람들 오고간다.

어떤 사람 말 타고 지나가고
어떤 사람 소 타고 돌아오고

우스워라, 죽림竹林의 객
달 밝은데 홀로 노를 드네.

五言古風

靑壁今古路, 夕陽人去來.
有人騎馬過, 有人騎牛迴.
可笑竹林客, 月明孤棹開.

13
선상에서 농조로 지음[250]

저문 빛 망망하고 물기운 어두운데
모래톱에 달 비끼어 밀려드는 물결 하얗네.

뱃노래에 나무꾼 노래 일시에 들려오니
강 건너 연기 오르니 두세 집 마을일레.

船中戲題

晚色滄茫水氣昏, 月斜沙渚見潮痕.
樵唱漁歌一時起, 隔江煙火數家村.

---

250 『부벽루상영록』에는 따로 제목이 없으나, 『임백호집』에는 이 제목으로 실려 있다.

14

계응季鷹²⁵¹은 본디 소쇄한 성격
애초부터 농어회 좋아서가 아니라오.

배 한척 강남 물가의 석양
한정閑情에 구름도 서서히.

五言絶句

季鷹本蕭灑, 初不鱠鱸魚.
一棹吳洲夕, 閑情雲共徐.

---

251 계응(季鷹): 육조시대 진(晉)의 문인 장한(張漢)의 자(字). 그는 고향이 옛 오국(吳
國) 땅이었는데 난세에 벼슬살이하다가 가을바람이 일자 순채국[蓴羹]과 노어(鱸魚:
쏘가리)회가 생각난다며 귀향하였다.

『부벽루상영록』 뒤에 붙여

조우인曺友仁

우주는 아득하다 끝도 가도 없는데
심상한 인간사 흐르는 물 같아라.

묵은 자취 망망한데 시편 홀로 남아 있어
책자를 펼쳐들자 놀라워 눈이 산뜻해지네.

대동강의 누관은 천하의 절경이라
강가에 다다라 나는 지붕 찬란한 단청

같이 놀던 풍류 운사 다들 신선의 짝일런가
한폭 그림 속에 풍채 또한 빼어나라.

백호의 시 우리 동국에서 가장 유명커늘
기개도 드높아라 하늘 높이 뜬 무지개.

왕왕 좋은 글귀 얻어 채필彩筆을 휘두르면
붓끝에 피어나는 교인鮫人의 궁궐[252]인가

---

252 교인(鮫人)의 궁궐: 교인(鮫人)은 교인(蛟人)이라고도 한다. 남해 속에 교인의 집이
있는데 교인은 고기처럼 물속에 살면서 계속 베를 짜고 눈물을 흘리면 구슬이 된다
는 전설이 있다.(『述異記』)

하늘 위에 지은 누각 사람이 살 수 없거니
황량黃粱의 꿈을 깨니 혼이 벌써 서늘해라.

지금에는 그 정령精靈 어디로 날아가셨소?
당시의 좋은 풍경 그대로 남아 있거늘.

題浮碧樓觴詠錄後

大塊莽蕩無邊底, 等閒人事若流水.

陳迹茫茫詩獨在, 開卷渾驚眼如洗.

浿水樓觀天下勝, 飛甍畫棟臨江渚.

同遊韻士摠仙儔, 風彩軒昂畫圖裏.

白湖詩最名吾東, 氣宇落落如長虹.

往往得句揮彩筆, 筆花飜動鮫人宮.

天上樓成不可住, 夢破黃粱魂已冷.

秪今精爽落何處, 留得當時好風景.

신해년(1611) 중추 9일에 나는 석채釋菜[253] 헌관獻官이 되어 근궁芹宮[254]

---

253 석채(釋菜): 공자를 모시는 문묘(文廟)에 봄과 가을에 드리는 제사를 일컫는 말. 석
전(釋奠). 여기서는 성균관의 대성전(大成殿)에 드리는 제사를 가리킨다.
254 근궁(芹宮): 옛날 학교를 일컫는 말. 태학(太學). 즉 성균관의 별칭. 또한 반궁(泮宮)

의 동상東廂에서 재숙齋宿을 하였다. 황진사 또한 종향 헌관從享獻官으로 함께 있었다. 이윽고 황진사가 한 소책자를 꺼내서 펼쳐 보이는데 제목을 '부벽루 상영록'이라 한 것이었다.

그 책자 가운데 창수한 작품이 무려 약간 편인데 그야말로 주옥이라 땅에 떨어지면 맑은 소리가 날 듯싶었다. 한번 읊조려 음미해보니 격조가 높아 화답할 이가 드물겠다는 탄식을 발하게 한다. 그 성명들을 살펴보니 생존해 있는 분은 얼마 안되었다.

임자순林子順(백호의 자)은 청운의 원대한 그릇으로 그 그릇을 미처 다 못 채웠고 또 세상에 오래 살지를 못했으나 시를 남겼다. 그의 정신 기상에 불멸의 무엇이 존재하는 듯하다. 나는 기왕에 그 사람을 애달파했고 또 그 격률의 고고高古함을 좋아했거니와 생애 또한 동시내로 평소에 종유할 기회를 얻지 못했음을 더욱 탄식했던 터이다. 애오라지 『부벽루상영록』의 마지막에 실린 7언고시에 화답해서 이 책에 붙인다. 재숙하는 그날 밤이다.

하산夏山 조우인曺友仁[255] 여익汝益은 쓰다.

辛亥仲秋九日, 余以釋菜獻官, 入齋于芹宮之東廂, 黃上庠亦以從享獻官偕焉. 無何, 公袖一小冊子示余. 展觀之, 題曰『浮碧樓觴詠錄』. 卷中酬唱諸作, 無慮若干篇, 璆琤瑀琚, 擲地有聲. 吟玩一過, 令人爲調高寡和之歎.

이라고 한다. (『詩經·魯頌·泮水』: "思樂泮水, 薄采其芹.")

255 조우인(曺友仁, 1561~1625): 여익(汝益)은 그의 자, 호는 이재(頤齋) 혹은 매호(梅湖), 본관은 창녕. 벼슬은 승지에 이르고 『이재집(頤齋集)』과 「매호별곡(梅湖別曲)」 등을 남겼다. 회화 및 음악에도 조예가 깊었다.

闕其姓名, 存者無幾, 而林子順以靑雲遠器, 不能充其才, 又不能久於世, 而詩有在焉. 其精神氣象, 似有不昧者存焉. 余旣哀其爲人, 又愛其格律之高古, 生又同時而益歎不得從遊於平日, 聊和卷末七言古詩, 題之于卷. 是日齋夕, 夏山曺友仁汝益書.

을유년
乙 酉 年
1585

고흥高興 현판懸板의 시에 차운하여

남과 북 유유해라 떠나고 머무는 정
동인銅印[1]을 잠깐 차고 외로운 성에 머물렀네.

삼천리라 대궐은 꿈에 들어 희미한데
마을 닭 첫회 울자 추던 춤 멈추노라.

속마음 봄에 끌려 번뇌를 일으키는데
새벽빛이 맑은 줄을 발 사이로 깨달았네.

다만 지갑 속에 칼 별을 찌르는 기운 사랑할 뿐
졸렬한 내 평생 명예 따윈 원치 않소.

次高興懸板

南北悠悠去住情, 暫携銅印滯孤城.
夢迷魏闕三千里, 舞罷村鷄第一聲.
肝膽肯牽春物惱, 簾櫳梢覺曙光淸.
秪憐匣裡干星氣, 癡拙平生不要名.

---

1 동인(銅印): 지방관이 차는 인장(印章). 이로 미루어 백호가 고흥현감으로 있었음을
알 수 있다.

고흥高興으로 가면서[2]

변방 삼도三道 말안장에 허벅지 살 쪽 빠졌는데
이제 또 고을살이 남쪽 땅으로 나가다니

허리에 부인符印을 찼으니 벼슬 영화 대단하고
행낭 속의 손오병서孫吳兵書[3] 특이한 은사恩賜로세.

차가운 비 뱃전에 뿌려 강물은 저는데
짝 잃은 기러기 달 보고 우니 바닷산은 가을이라.

태평성세 대각臺閣에 영재들 많겠거니
관문 밖은 응당 정원후定遠侯[4]를 기다리리.

---

2 원주: "흥양(興陽) 원이 되어갈 때 짓다." 흥양은 전라남도 고흥의 옛이름.
3 손오(孫吳): 병서(兵書)의 고전인 『손무자(孫武子)』와 『오자(吳子)』를 가리킨다. 글귀
　의 내용으로 미루어 당시 백호는 『손무자』와 『오자』를 하사(下賜)받은 것이 있었던
　듯하다.
4 정원후(定遠侯): 동한(東漢)의 명장 반초(班超)를 가리킨다. 앞 구의 대각(臺閣)은 여기
　서는 임금 측근의 청화(淸華)의 벼슬을 가리키는데 지금 태평을 누리고 있기 때문에
　국왕의 측근에 글재주 있는 선비들이 모여 있으나 이럴 때일수록 변방의 요충에 장략
　(將略)이 있는 인물들이 배치되어야 한다는 뜻을 담고 있다.

向高興(爲興陽倅時作)

鞍馬三邊髀肉消, 一麾今復出南州.
腰間符印官榮大, 橐裡孫吳寵賜優.
涼雨滿船江漢夕, 斷鴻嘶月海山秋.
淸時臺閣多英妙, 關外應須定遠侯.

병 술 년

丙 戌 年

1586

대궐의 입춘첩

봉각鳳閣[1]의 동쪽으로 고운 해 갓 돋으니
화로 연기 하늘하늘 공중으로 흩어지네.

훈훈한 봄바람 임금님 뜻 같아라
궁촌의 가난한 집 골고루 펼쳐지리.

立春帖字, 大殿

麗日初升鳳閣東, 爐煙細細散晴空.
春風政似君王意, 應遍窮村白屋中.

---

1 봉각(鳳閣): 화려한 전각. 대개 궁전의 건물을 가리키는 데 쓰인다.

대궐의 영상첩자迎祥帖字[2]

동풍이 건듯 불어 임의 옷깃[3] 스치니

지금 바로 어느 땐가? 천지만물 발육시라.

태액지太液池[4]의 푸른 이끼 비가 때맞춰 뿌려주고

고릉舳䑲[5]이라 주홍 무늬 아침 햇살 쏘이누나.

어진 보필[6] 다투어 순임금 신하의 노래 본을 받고

연악燕樂에는 마땅히 초객楚客의 사詞[7] 살피소서.

금전金殿의 옥퉁소를 한가락 불고 나니

구천九天에 향기 가득 봉황이 와서 춤을 추네.

---

2 영상첩자(迎祥帖字): 춘첩(春帖). 입춘(立春)날 궁궐의 문에 시를 지어 붙이는 것. 상서
를 맞아들인다는 의미로 영상(迎祥)이라고도 했다. 이 시는 백호가 예조정랑(禮曹正
郎)으로 있을 때 지은 것이 아닌가 한다.

3 임의 옷깃: 원문의 순상수(舜裳垂)에서 순상(舜裳)은 순임금 의상이란 말로 임금의 옷
을 가리킨다. 수는 수공(垂拱)의 의미로 쓴 것. 옷소매를 늘어뜨리고 팔짱을 끼고 있어
도 저절로 일이 잘되는 성대(盛代)의 정치를 뜻하는 말.(『書經·武成』:"垂拱而天下治.")

4 태액지(太液池): 한나라 건장궁(建章宮)에 있던 못 이름.

5 고릉(舳䑲): 대궐 건물의 기와지붕에서 가장 높은 모서리.(班固 「西都賦」:"設壁門之鳳
闕, 上舳䑲而棲金爵.")

6 원문의 명량(明良)은 『서경(書經)·익직(益稷)』에 나오는 "元首明哉, 股肱良哉, 庶事康哉(임금
님이 밝으시면 신하들도 훌륭하여 모든 일이 평안해지리다)." 노래 구절에서 따온 말. 이
노래는 순(舜)의 신하인 고요(皐陶)가 부른 것이므로 우신영(虞臣詠)이라 일컫는 것이다.

7 초객사(楚客詞): 초나라 시인 송옥(宋玉)의 「고당부(高唐賦)」를 가리킨다. 사치스럽고
일락에 빠진 생활을 경계하는 내용이 담겨 있다.

迎祥帖字, 大殿

東風微動舜裳垂, 政是乾坤發育時.
太液綠痕添好雨, 觚稜紅暈射新曦.
明良競效虞臣詠, 燕昵宜監楚客詞.
金殿玉簫吹一曲, 九天香滿鳳來儀.

입춘첩자立春帖字

봉궐鳳闕[8]의 아지랑이 따스해지고
용지龍池의 버들잎 피어나리라.

자신전紫宸殿[9] 조회를 파하고 나면
황도黃道[10]엔 해가 이제 걸어지리라.

절서節序는 옮기고 바뀌건만
천심天心은 언제고 변치 않으리라.

---

8 봉궐(鳳闕): 단봉궐(丹鳳闕)의 준말. 즉 대궐을 가리킨다.
9 자신(紫宸): 당나라 때 궁전의 이름.(杜甫「臘日」:"還家初散紫宸朝.")
10 황도(黃道): 천문학 용어. 태양이 운행하는 길을 말한다.

별실은 고요하고 향불이 훈훈한데
복희씨 주역을 음미하리라.

立春帖字

鳳闕煙初暖, 龍池柳欲舒.
紫宸朝罷後, 黃道日長初.
節序從移換, 天心本自如.
鑪薰別院靜, 應玩伏羲書.

김이옥金爾玉에게

역驛 먼지 술자욱이 적삼 위에 얼룩지고
귀밑머리 수심 타서 흰 눈이 섞이었소.

멀리서 소식 묻는 친구 고맙기 그지없어라.
가는 말을 다시 따라 관문으로 들었노라.

청산의 새벽에 꾀꼬리 짝을 찾고
녹수綠水의 황혼에 가랑비 시詩를 재촉하네.

여기서 평양 가면 그 옛날 도읍터라
때를 느껴 상심하니 넋이 얼마나 녹을는지.

贈金爾玉

驛塵官酒半衫痕, 雙鬢綠愁雪欲渾.
深謝故人存遠問, 更隨征馬入關門.
一鶯求友靑山曉, 小雨催詩碧水昏.
此去箕城是故國, 感時傷別幾銷魂.

정해년
丁亥年
1587

경성판관鏡城判官으로 가는 황경윤黃景潤을 전별하여¹

원수대元帥臺² 앞바다는 하늘과 맞닿는데
나도 일찍 글과 칼로 융단 위에 취했었네.

음산陰山이라 팔월에도 눈이 항상 날려서
때로는 바람 따라 춤추는 마당에 떨어지던걸.

送黃景潤爲鏡城判官(名澯.)

元帥臺前海接天, 曾將書劍醉戎氈.
陰山八月恒飛雪, 時逐長風落舞筵.

---

1 원주: "이름은 찬(澯)." 문과방목(文科榜目)에는 이름이 찬(粲)으로 나와 있으며, 1580
년 경진년 알성시(謁聖試)에 급제했고 벼슬은 부사를 지냈으며 본관은 창원이다. 이항
복이 백호의 병이 위중하다는 이야기를 듣고 문병을 갔다가 최근에 지은 작품을 물었
더니 바로 이 시를 보여주었고, 얼마 뒤 세상을 떠났다고 전한다.(申最『汾厓遺稿』卷10,
「記聞」) 병세가 위중함에도 이처럼 기운이 펄펄 넘치는 시를 지은 것에 대해 후세에도
감탄한 사람들이 많았던 것으로 보인다.(李宜顯『陶谷集』卷27,『雲陽漫錄』)
2 원수대(元帥臺):『신증동국여지승람』의 경성도호부 산천조에 "원수대는 경성부의 남
쪽 8리에 있는데 앞면이 바다에 다다라 있다."고 하였다.

누구를 대신해서 짓다

1

계궁桂宮[3]의 외로운 침상 전생을 후회하여
천고의 수심이 어려 달바퀴를 가리었네.

옥부玉府[4]의 선랑仙郎은 나이 한창 젊기로
속세로 내려가서 애끓는 사람 되었지요.

2

깊은 정은 말없어도 서로 어기지 않으니
파랑새[5] 날아들어 소곤소곤 말해주네.

운화雲和[6]를 손에 잡고 수심을 펼쳐내니
눈물이 앞서 방울방울 자연의紫煙衣[7] 젖는구려.

---

3 계궁(桂宮): 계궁은 신화에 달 가운데는 계수나무가 있다고 하여 나온 말. 곧 월궁(月宮)
을 뜻한다. 이 월궁 속에는 항아(姮娥, 혹은 嫦娥)라는 여신이 살고 있다고 한다.

4 옥부(玉府): 『주례(周禮)』의 관제에 궁정의 보물을 관장하는 기구를 지칭하기도 하는
데, 여기서는 역시 옥궁(玉宮) 곧 월궁을 의미한다.

5 파랑새(靑鳥): 신선의 전령(傳令). 『한무고사(漢武故事)』에 "7월 7일에 갑자기 청조(靑
鳥)가 날아와 궁전 앞에 앉으니 동방삭(東方朔)이 말하길 '서왕모가 오려는 것이다.'
하였는데, 이윽고 서왕모가 당도하고 세마리 청조가 서왕모 곁에 시립(侍立)했다."고
하였다.

6 운화(雲和): 거문고의 다른 명칭.

7 자연의(紫煙衣): 자연은 보랏빛의 상서로운 구름을 가리키니 자연의란 서민들이 입는
옷을 의미하는 말.(晉 郭璞「遊仙詩」: "赤松臨上游, 駕鴻乘紫烟.")

代人作

桂宮嬌宿悔前身, 千古然痕翳月輪.
玉府仙郎政年少, 塵寰來作斷腸人.

深情脉脉兩無違, 靑鳥飛來語亦微.
欲把雲和奏愁思, 淚痕先濕紫煙衣.

동작대銅雀臺[8] 그림에 붙여

위공魏公의 누대는 장수漳水의 풍광을 압도했으되
한漢나라 산하山河 이미 다 석양이어라.

필경에는 서릉西陵에 무덤이 일흔 곳이라[9]
임 계신 곳 어디인가 바라봐도 알 수 없네.

---

8 동작대(銅雀臺): 조조(曹操)가 세운 누대의 이름. 지금 하북성(河北省)의 임장현(臨漳縣)에 있었다. 조조는 이 누대에서 미희(美姬)들과 행락을 누리면서 미희들에게 내가 죽으면 나의 무덤을 바라보고 서 있으라고 말했다는 전설이 있다. 본문의 위공(魏公)은 곧 조조를 가리킨다.
9 무덤이 일흔 곳이라: 조조가 죽으면서 유언으로 70곳의 의총(疑塚)을 만들게 하여 도굴을 방지하였다 한다.

題銅雀臺畫

魏公臺榭壓淸漳, 漢國山河已夕陽.
畢竟西陵七十塚, 不知何處望君王.

병중에 마음을 달래다

해묵은 고질병이 장부의 몸을 얽어매니
가을을 만나도 기력이 쾌하질 않는군.

서울이야 어찌 몸을 정양할 곳이리오.
산은 저 가야산伽倻山 물은 저 금호錦湖로세.[10]

病中自遣

二竪經年縛壯夫, 逢秋氣力未全蘇.

---

10 금호와 가야산은 곧 백호의 고향을 가리키는 것. 회진 앞으로 흐르는 영산강의 별칭
이 금호(錦湖)이며, 그 건너에 앙암(仰巖)이란 바위가 있는데 그 위 산을 가야산(伽倻
山) 혹은 '개산'이라고 부른다.

京華豈是頤神地, 山憶伽倻水錦湖.

스스로를 애도하다

강한江漢의 풍류 사십년 세월
맑은 이름 당세에 울리고도 남으리라.

이제는 학鶴을 타고 속세 그물 벗어나니
해상의 반도蟠桃[11]는 열매 새로 익으리라.

自挽

江漢風流四十春, 清名嬴得動時人.
如今鶴駕超塵網, 海上蟠桃子又新.

---

11 반도(蟠桃): 선계에 있다는 복숭아. 『논형(論衡)』에서 『산해경(山海經)』을 인용하여
"창해 가운데 도삭지산(度朔之山)이 있는데 그 위에 복숭아나무는 삼천리에 서려 있
다."고 하였다. 한편 서왕모(西王母)의 복숭아는 삼천년에 한번 열매가 익는다는 이
야기가 전한다.